Obras do autor publicadas pela Editora Record

1356
Azincourt
O condenado
Stonehenge
O forte
Tolos e mortais

Trilogia As Crônicas de Artur

O rei do inverno
O inimigo de Deus
Excalibur

Trilogia A Busca do Graal

O arqueiro
O andarilho
O herege

Série As Aventuras de um Soldado nas Guerras Napoleônicas

O tigre de Sharpe (Índia, 1799)
O triunfo de Sharpe (Índia, setembro de 1803)
A fortaleza de Sharpe (Índia, dezembro de 1803)
Sharpe em Trafalgar (Espanha, 1805)
A presa de Sharpe (Dinamarca, 1807)
Os fuzileiros de Sharpe (Espanha, janeiro de 1809)
A devastação de Sharpe (Portugal, maio de 1809)
A águia de Sharpe (Espanha, julho de 1809)
O ouro de Sharpe (Portugal, agosto de 1810)
A fuga de Sharpe (Portugal, setembro de 1810)
A fúria de Sharpe (Espanha, março de 1811)
A batalha de Sharpe (Espanha, maio de 1811)
A companhia de Sharpe (Espanha, janeiro a abril de 1812)
A espada de Sharpe (Espanha, junho e julho de 1812)
O inimigo de Sharpe (Espanha, dezembro de 1812)

Série Crônicas Saxônicas

O último reino
O cavaleiro da morte
Os senhores do norte
A canção da espada
Terra em chamas
Morte dos reis
O guerreiro pagão
O trono vazio
Guerreiros da tempestade
O Portador do Fogo
A guerra do lobo
A espada dos reis
O senhor da guerra

Série As Crônicas de Starbuck

Rebelde
Traidor
Inimigo
Herói

BERNARD CORNWELL

O PORTADOR DO FOGO

Tradução de
ALVES CALADO

6ª edição

EDITORA RECORD
RIO DE JANEIRO • SÃO PAULO
2025

CIP-BRASIL. CATALOGAÇÃO NA PUBLICAÇÃO
SINDICATO NACIONAL DOS EDITORES DE LIVROS, RJ

C834p
6ª ed.

Cornwell, Bernard, 1944-
    O Portador do Fogo / Bernard Cornwell; tradução de Alves Calado.
    – 6ª ed. – Rio de Janeiro: Record, 2025.

    Tradução de: The Flame Bearer
    Sequência de: Guerreiros da tempestade
    ISBN: 978-85-01-10950-7

    1. Romance inglês. I. Calado, Alves. II. Título.

16-38552

CDD: 823
CDU: 813.111-3

Título original:
The Flame Bearer

Copyright © Bernard Cornwell, 2016

Texto revisado segundo o Acordo Ortográfico da Língua Portuguesa de 1990.

Todos os direitos reservados. Proibida a reprodução, no todo ou em parte, através de quaisquer meios. Os direitos morais do autor foram assegurados.

Direitos exclusivos de publicação em língua portuguesa somente para o Brasil adquiridos pela
EDITORA RECORD LTDA.
Rua Argentina, 171 – Rio de Janeiro, RJ – 20921-380 – Tel.: (21) 2585-2000, que se reserva a propriedade literária desta tradução.

Impresso no Brasil

ISBN 978-85-01-10950-7

Seja um leitor preferencial Record.
Cadastre-se no site www.record.com.br e receba informações sobre nossos lançamentos e nossas promoções.

EDITORA AFILIADA

Atendimento e venda direta ao leitor:
sac@record.com.br

O Portador do Fogo
é dedicado a Kevin Scott Callahan,
1992–2015
Wyrd bið ful aræd

NOTA DE TRADUÇÃO

Mantive a grafia original de muitas palavras e até deixei de traduzir algumas, porque o autor as usa intencionalmente num sentido arcaico, como Yule (que hoje em dia se refere às festas natalinas, mas originalmente, e no livro, é um ritual pagão) ou burh (burgo). Várias foram explicadas nos volumes anteriores. Além disso, mantive para no original algumas denominações sociais, como earl (atualmente traduzido para "conde", mas o próprio autor o especifica como um título dinamarquês — mais tarde equiparado ao de conde, usado na Europa continental), thegn, reeve, ealdorman e outros, que são explicados ao longo da série de livros. Por outro lado, traduzi lord sempre como "senhor", jamais como "lorde", que remete à monarquia inglesa posterior e não à estrutura medieval. Hall foi traduzido ora como "castelo", ora como "salão", visto que a maioria dos castelos da época não passava de um enorme salão de madeira coberto de palha, com uma plataforma elevada para a mesa dos comensais do senhor; e o chão era de terra, simplesmente forrado de juncos. Britain foi traduzido como Britânia (opção igualmente aceita, mas pouco usada) para não confundir com a Bretanha, no norte da França (Brittany), mesmo recurso usado na tradução da série *As crônicas de Artur*, do mesmo autor.

Sumário

Mapa 9

Topônimos 11

Primeira parte 13
O rei

Segunda parte 59
A armadilha

Terceira parte 155
O bispo louco

Quarta parte 249
O retorno a Bebbanburg

Epílogo 311

Nota histórica 317

MAPA

Topônimos

A GRAFIA DOS TOPÔNIMOS na Inglaterra anglo-saxã era incerta, sem nenhuma consistência ou concordância, nem mesmo quanto ao nome em si. Assim, Londres era grafado como Lundonia, Lundenberg, Lundenne, Lundene, Lundenwic, Lundenceaster e Lundres. Sem dúvida, alguns leitores preferirão outras versões dos nomes listados a seguir, mas, em geral, empreguei a grafia utilizada no *Oxford Dictionary of English Place-Names* ou no *Cambridge Dictionary of English Place-Names* para os anos mais próximos ou contidos no reinado de Alfredo, de 871 a 899 d.C., mas nem mesmo essa solução é à prova de erro. A ilha de Hayling, em 956, era grafada tanto como Heilincigae quanto como Hæglingaiggæ. E eu mesmo não fui consistente; preferi a grafia moderna Nortúmbria a Norðhymbralond para evitar a sugestão de que as fronteiras do antigo reino coincidiam com as do condado moderno. Desse modo, a lista, assim como as grafias, é resultado de um capricho.

ÆTGEFRIN	Yeavering Bell, Northumberland
ALBA	Um reino que abarca boa parte da atual Escócia
BEAMFLEOT	Benfleet, Essex
BEBBANBURG	Bamburgh, Northumberland
BEINA	Rio Bain
CAIR LIGUALID	Carlisle, Cumbria
CEASTER	Chester, Cheshire
CIRRENCEASTRE	Cirencester, Gloucestershire
COCUEDES	Ilha Coquet, Northumberland

CONTWARABURG	Canterbury, Kent
DUMNOC	Dunwich, Suffolk (agora quase totalmente desaparecido sob o mar)
DUNHOLM	Durham, Condado de Durham
EOFERWIC (nome dinamarquês: Jorvik)	York, Yorkshire
ETHANDUN	Edington, Wiltshire
O GEWASC	O Wash
GODMUNDCESTRE	Godmanchester, Cambridgeshire
GRIMESBI	Grimsby, Humberside
GYRUUM	Jarrow, Tyne e Wear
HORNECASTRE	Horncastle, Lincolnshire
HUMBRE	Rio Humber
HUNTANDUN	Huntingdon, Cambridgeshire
LEDECESTRE	Leicester, Leicestershire
LINDCOLNE	Lincoln, Lincolnshire
LINDISFARENA	Lindisfarne (Ilha Sagrada), Northumberland
LUNDENE	Londres
MÆLDUNESBURH	Malmesbury, Wiltshire
STEANFORD	Stamford, Lincolnshire
STRATH CLOTA	Strathclyde
SUMORSÆTE	Somerset
TINAN	Rio Tyne
USE	Rio Ouse (Nortúmbria), também Grande Ouse (Ânglia Oriental)
WAVENHE	Rio Waveney
WEALLBYRIG	Nome fictício de um forte na Muralha de Adriano
WIIRE	Rio Wear
WILTUNSCIR	Wiltshire
WINTANCEASTER	Winchester, Hampshire

Primeira parte
O rei

Um

Tudo começou com três embarcações.

Agora eram quatro.

Os três barcos chegaram ao litoral da Nortúmbria quando eu era criança. Alguns dias depois meu irmão mais velho estava morto e, dentro de algumas semanas, meu pai o tinha acompanhado à sepultura, meu tio havia roubado minhas terras e eu tinha me tornado um exilado. Agora, passados tantos anos, eu estava na mesma praia vendo quatro embarcações chegarem ao litoral.

Elas vinham do norte, e qualquer coisa que venha do norte é uma má notícia. O norte traz frio e gelo, noruegueses e escoceses. Traz inimigos, e eu tinha inimigos suficientes porque tinha vindo à Nortúmbria para recuperar Bebbanburg. Eu tinha vindo matar meu primo que usurpou meu lugar. Eu tinha vindo reaver meu lar.

Bebbanburg ficava ao sul. De onde nossos cavalos estavam não dava para ver as fortificações porque as dunas eram altas demais, no entanto era possível avistar a fumaça das lareiras da fortaleza seguindo para o oeste com o vento forte. Era soprada para o interior, fundindo-se com as nuvens baixas e cinzentas que eram levadas para as colinas escuras da Nortúmbria.

Era um vento cortante. Os baixios de areia que se estendiam para Lindisfarena estavam agitados com as ondas que quebravam e formavam uma espuma branca e rápida. Mais distante da praia era como se as ondas tivessem capas de espuma que tremulavam, turbulentas. Além disso, fazia um frio de rachar. O verão devia ter acabado de chegar à Britânia, mas o inverno ainda brandia uma faca afiada no litoral da Nortúmbria e eu estava satisfeito com meu manto de pele de urso.

— Dia ruim para os marinheiros — gritou Berg para mim.

Ele era um dos meus homens mais jovens, um norueguês que se deleitava com a própria habilidade com a espada. Tinha deixado o cabelo comprido crescer ainda mais no ano anterior, até se projetar como o rabo de um cavalo por baixo do elmo. Uma vez eu vi um saxão agarrar o cabelo comprido de um homem e puxá-lo para trás, arrancando-o da sela, para depois cravar uma lança no oponente enquanto ele ainda agitava os braços no chão.

— Você devia cortar o cabelo — falei.

— Na batalha eu prendo! — gritou ele de volta, depois indicou o mar com a cabeça. — Eles vão ser destruídos! Estão perto demais da costa!

Os quatro barcos acompanhavam o litoral, esforçando-se para permanecer no mar. O vento queria levá-los para a terra, encalhá-los nos baixios, virá-los e, em seguida, despedaçá-los, mas os remadores puxavam os longos remos, enquanto os timoneiros tentavam forçar as proas a se afastar das ondas que quebravam. O mar se lançava contra as proas e se espalhava, branco, ao longo dos conveses. O vento de costado era forte o bastante para levar metros de pano embora, por isso as velas pesadas estavam guardadas no convés.

— Quem são eles? — perguntou meu filho, esporeando o cavalo para ficar ao meu lado. O vento levantava seu manto e agitava a crina e a cauda do cavalo.

— Como eu vou saber?

— O senhor não os viu antes?

— Nunca — respondi.

Eu conhecia muitas das embarcações que perambulavam pelo litoral da Nortúmbria, mas aquelas quatro eram estranhas. Não eram barcos mercantes, pois tinham a proa alta e a amurada baixa das embarcações de guerra. As proas exibiam cabeças de feras, o que indicava que eram pagãos. As embarcações eram grandes. Imaginei que cada uma devia ter quarenta ou cinquenta homens que agora remavam para salvar a vida em meio ao mar violento e ao vento forte. A maré estava subindo, o que significava que a corrente era intensa para o norte, e os barcos se esforçavam para seguir para o sul, as proas com dragões no alto se chocavam nas águas, enquanto as ondas transversais atingiam os cascos. Vi o barco mais próximo subir numa onda e quase desaparecer sob a água fria, que quebrou no casco. Será que aqueles homens sabiam da existência de um canal raso que serpenteava atrás de Lindisfarena e proporcionava abrigo? Era fácil vê-lo na maré baixa, mas agora, na maré montante agitada pelo vento, a passagem ficava escondida pela espuma e pelas ondas. E as quatro embarcações, sem saber da segurança oferecida pelo canal, passaram remando pela entrada e continuaram se esforçando para chegar ao próximo ancoradouro que lhes oferecesse segurança.

Estavam indo para Bebbanburg.

Virei o cavalo para o sul e levei meus sessenta homens pela praia. O vento jogava areia no meu rosto.

Eu não sabia quem eles eram, mas sabia para onde as quatro embarcações estavam indo. Dirigiam-se a Bebbanburg, e pensei que, subitamente, a vida tinha ficado mais difícil.

Levamos pouco tempo para chegar ao canal de Bebbanburg. As ondas quebravam na praia e enchiam de uma espuma cinzenta e agitada a estreita entrada do porto. Quando criança, eu costumava atravessá-la a nado com frequência, mas jamais quando a maré montante estava forte. Uma das minhas lembranças mais antigas era de ver um garoto se afogar quando a maré o varreu para fora do canal do porto. O nome dele era Eglaf, e devia ter uns 6 ou 7 anos quando morreu. Era filho de um padre, filho único. É estranho como nomes e rostos do passado distante vêm à mente. Era um menino pequeno e magro, de cabelos escuros e alegre, e eu gostava dele. Meu irmão mais velho o havia desafiado a atravessar o canal, e me lembro dele rindo enquanto Eglaf sumia na agitação do mar escuro com ondas brancas. Eu estava chorando, e meu irmão me deu um tapa na cabeça.

— Ele era fraco — comentou.

Como desprezamos a fraqueza! Só mulheres e padres têm permissão de ser fracos. Poetas também, talvez. O coitado do Eglaf morreu porque queria parecer tão intrépido quanto o restante de nós, e no fim provou apenas que era igualmente idiota.

— Eglaf. — Falei o nome em voz alta enquanto seguíamos a meio-galope na areia da praia soprada pelo vento.

17

O rei

— O quê? — gritou meu filho.

— Eglaf — repeti, sem me dar ao trabalho de explicar.

Eu acho que, enquanto nos lembramos do nome das pessoas, elas continuam vivendo. Não sei direito como elas vivem — se são espíritos pairando feito nuvens ou se vivem num outro mundo. Eglaf não podia ter ido para o Valhala porque não morreu em batalha. E, claro, além disso, era cristão, por isso deve ter ido para o céu, o que me fez sentir ainda mais pena dele. Os cristãos dizem que ficam até o fim dos tempos cantando louvores ao seu deus pregado. Até o fim dos tempos! A eternidade! Que tipo de deus metido a besta quer ser louvado para sempre? Esse pensamento fez com que eu me lembrasse de Barwulf, um thegn saxão ocidental que pagou a quatro harpistas para que cantassem músicas sobre seus feitos em batalha, praticamente inexistentes. Barwulf tinha sido um porco gordo, egoísta e ganancioso — o tipo de sujeito que desejaria ser louvado para sempre. Imaginei o deus cristão como um thegn gordo e carrancudo, mal-humorado, tomando hidromel em seu salão e ouvindo lacaios dizerem como ele era grandioso.

— Eles estão virando! — gritou meu filho, interrompendo meus pensamentos.

Olhei para a esquerda e vi a primeira embarcação virando para o canal. Era uma entrada direta, mas um comandante inexperiente poderia ser enganado pela forte correnteza da maré perto da costa. Entretanto, aquele homem tinha experiência o bastante para prever o perigo, então conduziu seu longo casco na direção certa.

— Conte os homens a bordo — ordenei a Berg.

Paramos os cavalos na margem norte do canal, onde a areia tinha amontoados de favas-do-mar, conchas e pedaços de madeira já sem cor.

— Quem são eles? — perguntou Rorik. Ele era um garoto, meu novo serviçal.

— Provavelmente noruegueses — respondi. — Como você.

Eu tinha matado o pai de Rorik e ferido o garoto numa batalha confusa que expulsou os pagãos da Mércia. Senti remorso por ter machucado uma criança — ele tinha apenas 9 anos quando o acertei com minha espada, Ferrão de Vespa —, e a culpa me levou a adotar o menino, assim como Ragnar, o Velho, tinha me adotado tanto tempo atrás. O braço esquerdo de Rorik se recuperou, embora nunca vá ser tão forte quanto o direito. Apesar disso, ele era capaz de segurar um escudo e parecia feliz. Eu gostava dele.

— São noruegueses! — ecoou, animado.

— Acho que sim.

Eu não tinha certeza, mas havia algo nos barcos que sugeria que eram noruegueses e não dinamarqueses. As grandes feras na proa eram mais espalhafatosas, e os mastros curtos se inclinavam mais para a popa do que na maioria das embarcações dinamarquesas.

— Não vá muito fundo! — gritei para Berg, que tinha esporeado o cavalo até enfiar as quartelas na água revolta.

A maré entrava no canal com força, as ondas ficavam brancas com o vento, mas eu estava olhando para a costa mais adiante, a uns cinquenta ou sessenta metros. Lá havia uma pequena faixa de areia que logo seria coberta pela maré, e em seguida ficavam pedras escuras amontoadas que chegavam até um muro alto. Era um muro de pedras que, como muitas outras coisas em Bebbanburg, tinha sido construído depois do tempo do meu pai. E, no centro desse muro, ficava o Portão do Mar. Anos antes, aterrorizado com a ideia de que eu o atacasse, meu tio havia lacrado tanto o Portão de Baixo quanto o de Cima, que juntos formavam a entrada principal da fortaleza, e tinha construído o Portão do Mar, que só era acessível de barco ou por um caminho ao longo da praia que levava até a parte de baixo da muralha voltada para o mar. Com o tempo, seu terror havia diminuído e, como carregar suprimentos para Bebbanburg pelo Portão do Mar era inconveniente e demorado, ele tinha reaberto os dois portões do sul. No entanto, o Portão do Mar ainda existia. Atrás dele, havia um caminho íngreme levando a um portão mais alto que atravessava a paliçada de madeira que cercava todo o longo cume de rocha onde Bebbanburg era construída.

Homens se reuniam na plataforma de combate da alta paliçada. Acenavam, não para nós, mas para os barcos que chegavam, e pensei ter ouvido gritos de comemoração naquelas fortificações. Mas talvez tivesse sido minha imaginação.

Eu não imaginei a lança. Um homem a atirou da paliçada, e eu observei seu voo, escura contra nuvens escuras. Por um instante, foi como se ela pairasse no ar, e então, como um falcão mergulhando sobre uma presa, veio se cravar com força na água rasa a apenas quatro ou cinco passos do cavalo de Berg.

— Pegue-a — ordenei a Rorik.

Agora ouvia os homens zombando deles na fortificação. A lança podia não ter atingido o alvo, mas ainda assim tinha sido um portentoso arremesso. Outras duas caíram, ambas espirrando água inutilmente no centro do canal. Então Rorik me trouxe a primeira lança.

— Segure com a ponta virada para baixo — pedi.

— Para baixo?

— Perto da areia.

Apeei, ergui a pesada cota de malha, abri os cadarços e mirei.

— Segure firme — ordenei a Rorik.

E então, quando tive certeza de que os homens na proa da primeira embarcação estavam olhando, mijei na ponta da lança. Meu filho deu uma risadinha e Rorik gargalhou.

— Agora me entregue — ordenei ao garoto, e peguei o cabo de freixo com ele.

Esperei. O primeiro barco avançava rapidamente no canal, as ondas formando espuma ao longo do casco enquanto os remadores puxavam as pás. A proa alta, exibindo um dragão com a boca aberta e os olhos arregalados, erguia-se acima da água branca. Recuei o braço, esperei. Seria um arremesso difícil, dificultado ainda mais pela força do vento e pelo peso do manto de pele de urso que tentava baixar meu braço, mas eu não tinha tempo para soltar a pele pesada.

— Isto — gritei para o navio — é a maldição de Odin!

Então atirei a lança.

Vinte passos.

E a lâmina encharcada de mijo acertou, como eu havia mirado. Cravou-se no olho do dragão, e o cabo estremeceu enquanto a embarcação passava por nós, impelida pela maré, seguindo para as calmas águas interiores do porto raso, abrigado da tempestade pela grande rocha onde ficava a fortaleza.

Minha fortaleza. Bebbanburg.

Bebbanburg.

Desde o dia em que foi roubada de mim eu sonhava em recuperar Bebbanburg. O ladrão era meu tio, e agora seu filho, que ousava se chamar de Uhtred, era o senhor da grande fortaleza. Os homens diziam que ela só poderia ser tomada por meio de alguma traição ou forçando quem estivesse dentro da fortaleza a passar fome. Ela era enorme, construída na grande rocha que era quase uma ilha, e só podia ser abordada por terra através de uma trilha estreita. E era minha.

Uma vez, eu tinha chegado muito perto de recuperar o forte. Havia levado meus homens pelo Portão de Baixo, mas o de Cima tinha sido fechado bem a tempo, e assim meu primo ainda era o senhor da grande fortaleza ao lado do mar turbulento. Seu estandarte com a cabeça de lobo tremulava lá no alto, e seus homens zombavam de cima das muralhas enquanto passávamos a cavalo e as quatro embarcações percorriam o canal até encontrar um ancoradouro seguro no porto de águas rasas.

— Cento e cinquenta homens — disse Berg, e acrescentou: —, eu acho.

— E algumas mulheres e crianças — acrescentou meu filho.

— O que significa que vieram para ficar, quem quer que sejam — concluí.

Demos a volta na extremidade norte do porto onde a praia estava enevoada por causa das fogueiras com as quais os arrendatários do meu primo defumavam arenques ou ferviam água do mar para fazer sal. Agora esses arrendatários se encolhiam em suas casinhas na parte interna do porto. Eles estavam com medo de nós e das embarcações recém-chegadas, que jogavam âncoras de pedra no meio dos pequenos barcos de pesca que se balançavam com o vento maligno na água segura de Bebbanburg. Um cachorro latiu numa das cabanas cobertas de relva e foi silenciado imediatamente. Esporeei meu cavalo, passando entre duas casas, e subi a encosta do outro lado. Cabras fugiram com a nossa aproximação, e a pastora, uma menininha de 5 ou 6 anos, choramingou e enterrou a cabeça nas mãos. Eu me virei no topo do morro baixo para ver as tripulações dos quatro barcos vadeando para a terra, com cargas pesadas nos ombros.

— Poderíamos trucidá-los enquanto se dirigem para terra firme — sugeriu meu filho.

— Agora não podemos — retruquei, apontando para o Portão de Baixo, que barrava o istmo estreito ligado à fortaleza. Havia cavaleiros lá, emergindo do arco decorado com crânios e galopando para o porto.

Berg deu uma risadinha e apontou para a embarcação mais próxima.

— Sua lança ainda está lá, senhor!

— Foi sorte — disse meu filho.

— Não foi sorte — reprovou Berg. — Odin guiou a arma. — Berg era um rapaz devoto.

Os cavaleiros orientavam os recém-chegados guerreiros do mar para as choupanas da aldeia, e não para a fortaleza na rocha alta. A tripulação dos barcos largou os fardos no chão e acrescentou feixes de lanças, pilhas de escudos e montes de machados e espadas. Mulheres carregavam crianças pequenas para terra firme. O vento trazia trechos de conversas e risadas. Obviamente, os recém-chegados tinham vindo para ficar. E, como se demonstrassem que agora eles possuíam aquela terra, um homem fincou uma bandeira perto da água, enfiando o mastro no cascalho. Era uma bandeira cinzenta, que estalava ao vento frio.

— Dá para ver o que tem nela? — perguntei.

— Uma cabeça de dragão — respondeu Berg.

— Quem tem uma cabeça de dragão na bandeira? — indagou meu filho.

Dei de ombros.

— Ninguém que eu conheça.

— Eu gostaria de ver um dragão — comentou Berg, desejoso.

— Talvez fosse a última coisa que você veria na vida — observou meu filho.

Eu não sei se dragões existem. Nunca vi um. Meu pai me disse que eles moravam nas montanhas altas e se alimentavam de gado e ovelhas, mas Beocca, que foi um dos padres do meu pai e meu tutor na infância, tinha certeza de que todos os dragões estavam adormecidos no fundo da terra.

— São criaturas de Satã — dizia ele —, e se escondem bem fundo, no subterrâneo, esperando os últimos dias. E, quando a trombeta do céu anunciar a volta de Jesus, eles irromperão do chão como demônios! Eles vão lutar! Suas asas vão esconder o sol, seu bafo vai queimar a Terra e seu fogo consumirá os justos!

— Então vamos todos morrer?

— Não, não, não! Nós vamos lutar contra eles!

— Como se luta contra um dragão?

— Com orações, garoto, com orações.

— Então vamos todos morrer — eu falei, e ele me deu um tapa na cabeça.

Agora, quatro embarcações levavam a prole do dragão para Bebbanburg. Meu primo sabia que seria atacado. Ele havia passado anos em segurança, protegido por sua fortaleza inexpugnável e pelos reis da Nortúmbria. Esses reis foram meus inimigos. Para atacar Bebbanburg, eu precisaria atravessar a Nortúmbria combatendo e derrotando os exércitos de dinamarqueses e noruegueses que iriam se reunir para proteger suas terras, mas, agora, o rei em Eoferwic era meu genro, minha filha era sua rainha, os pagãos da Nortúmbria eram meus aliados e eu pude viajar sem ser importunado desde a fronteira da Mércia até os muros de Bebbanburg. E eu havia passado um mês inteiro usufruindo dessa nova liberdade para percorrer os pastos do meu primo, saquear suas propriedades, matar seus homens jurados, roubar seu gado e me exibir diante de sua muralha. Meu primo não tinha cavalgado para me confrontar, preferindo permanecer em segurança atrás das fortificações formidáveis, mas agora estava aumentando suas forças. Os homens que carregavam escudos e armas para terra firme deviam ter sido contratados para defender Bebbanburg. Eu tinha ouvido boatos de que meu primo estava disposto a pagar ouro a homens assim, e tínhamos ficado atentos à chegada deles. Agora estavam aqui.

— Nós estamos em maior número — comentou meu filho.

Eu tinha quase duzentos homens acampados nas colinas a oeste, portanto, sim, se houvesse uma luta, estaríamos em maior número, mas não se meu primo acrescentasse as tropas de sua guarnição. Agora ele comandava mais de quatrocentas lanças e a vida tinha ficado mais difícil.

— Vamos descer para encontrá-los — falei.

— Descer? — perguntou Berg, surpreso. Éramos apenas sessenta naquele dia, menos de metade do número do inimigo.

— Precisamos saber quem são eles antes de matá-los. Só estamos sendo educados. — Apontei para uma árvore curvada pelo vento. — Rorik! chamei. — Corte um galho daquela árvore e segure como um estandarte. — Ergui a voz para que todos os meus homens ouvissem. — Virem os escudos de cabeça para baixo!

Esperei até que Rorik estivesse brandindo um galho como símbolo de trégua e até que meus homens, desajeitados, tivessem virado os escudos de cabeça para baixo. Em seguida, fiz Tintreg, meu garanhão preto, descer a encosta. Não fomos rápido. Eu queria que os recém-chegados tivessem certeza de que íamos em paz.

Os recém-chegados vieram ao nosso encontro. Doze homens escoltados por uns vinte cavaleiros do meu primo subiram com dificuldade o trecho do campo onde as cabras dos aldeões pastavam cardos. Os cavaleiros eram liderados por Waldhere, que comandava as tropas domésticas de Bebbanburg e que eu tinha conhecido apenas duas semanas antes. Ele havia ido ao meu acampamento nas colinas a oeste com um punhado de guerreiros, um galho de trégua e uma exigência despudorada de que deixássemos as terras do meu primo antes que fôssemos mortos. Eu havia zombado da oferta e denegrido Waldhere, mas sabia que ele era um guerreiro perigoso e experiente, que tinha se provado muitas vezes em combates contra invasores escoceses. Como eu, usava um manto de pele de urso e tinha uma espada pesada à cintura, do lado esquerdo. Seu rosto comum era emoldurado por um elmo de ferro com uma garra de águia na cimeira. A barba curta era grisalha, os olhos, sérios e a boca, um corte largo que parecia jamais ter sorrido. O símbolo pintado em seu escudo era igual ao meu, a cabeça de lobo cinza. Era a divisa de Bebbanburg, e eu nunca a havia abandonado. Waldhere levantou a mão enluvada para fazer parar os homens que o seguiam, e esporeou o cavalo para se aproximar alguns passos do meu.

— Veio se render? — perguntou.

— Eu esqueci seu nome — falei.

— A maioria das pessoas caga pela bunda — retrucou Waldhere —, mas você consegue cagar pela boca.

— Sua mãe deu à luz pela bunda — eu disse —, e você ainda fede à merda dela.

Os insultos eram rotina. Não se pode encontrar um inimigo sem o depreciar. Nós nos insultamos e depois lutamos, mas eu duvidei de que nesse dia precisaríamos desembainhar espadas. Mesmo assim precisávamos fingir.

— Dois minutos — ameaçou Waldhere —, depois atacamos vocês.

— Mas eu vim em paz. — Indiquei o galho.

— Vou contar até duzentos — avisou Waldhere.

— Mas você só tem dez dedos — interveio meu filho, fazendo meus homens rirem.

— Duzentos — vociferou Waldhere —, depois vou enfiar o galho de trégua na sua bunda.

— E quem é você?

Fiz a pergunta a um homem que tinha subido a encosta para se juntar a Waldhere. Presumi que era o líder dos recém-chegados. Era um homem alto e claro, com cabelos loiros que começavam numa testa alta e caíam pelas costas. Vestia-se suntuosamente, com um colar e braceletes de ouro. A fivela do cinto era de ouro e o guarda-mão da espada reluzia com mais ouro. Supus que teria uns 30 anos. Tinha ombros largos, rosto comprido, olhos muito claros e cabeças de dragão pintadas na bochecha.

— Diga seu nome — exigi.

— Não responda! — disse Waldhere, rispidamente. Falava em inglês, apesar de minha pergunta ter sido feita em dinamarquês.

— Berg — falei, ainda olhando para o recém-chegado —, se esse desgraçado com boca de merda me interromper mais uma vez, vou presumir que ele rompeu a trégua e você pode matá-lo.

— Sim, senhor.

Waldhere fez cara de desprezo, mas não falou nada. Estava em menor número, entretanto cada segundo que nos demorávamos a mais no pasto trazia outros recém-chegados, e eles vinham com escudos e armas. Não demoraria muito até estarem em maior número que nós.

— Então, quem é você? — perguntei de novo.

— Eu me chamo Einar Egilson — respondeu ele, com orgulho. — Os homens me chamam de Einar, o Branco.

— Você é norueguês?

— Sou.

— E eu sou Uhtred de Bebbanburg, e os homens me chamam de muitos nomes. O que mais me orgulha é Uhtredærwe. Significa Uhtred, o Perverso.

— Ouvi falar de você.

— Você ouviu falar de mim, mas eu nunca ouvi falar de você! É por isso que você veio? Acha que seu nome vai ficar famoso se me matar?

— Vai.

— E, se eu matar você, Einar Egilson, isso vai aumentar meu renome? — Balancei a cabeça em resposta à minha própria pergunta. — Quem vai lamentar sua morte? Quem vai se lembrar de você? — Cuspi na direção de Waldhere. — Esses homens lhe pagaram ouro para me matar. Você sabe por quê?

— Diga — pediu Einar.

— Porque desde que eu era criança eles tentaram me matar e fracassaram. Sempre fracassaram. Você sabe por que fracassaram?

— Diga — repetiu ele.

— Porque são amaldiçoados. Porque adoram o deus pregado dos cristãos, que não vai protegê-los. Eles desprezam nossos deuses. — Eu via um martelo esculpido em osso branco no pescoço de Einar. — Mas há alguns anos, Einar Egilson, eu coloquei a maldição de Odin sobre eles, invoquei a fúria de Tor contra eles. E você vai aceitar o ouro sujo deles?

— Ouro é ouro — respondeu Einar.

— E eu lancei a mesma maldição no seu navio.

Ele assentiu, tocou o martelo branco, mas não disse nada.

— Eu vou matar você — avisei a Einar — ou você irá se juntar a nós. Não vou oferecer ouro para se juntar a mim, vou oferecer algo melhor. Sua vida. Lute por esse homem — cuspi na direção de Waldhere — e você morrerá. Lute por mim e viverá.

Einar não disse nada, mas olhou para mim com solenidade. Eu não tinha certeza se Waldhere entendia a conversa, mas não precisava entender. Ele sabia que nossas palavras eram hostis ao seu senhor.

— Basta! — vociferou ele.

— A Nortúmbria inteira odeia esses homens — continuei, ignorando Waldhere. — Você morreria com eles? Se optar por morrer com eles, vamos tomar seu precioso ouro. — Olhei para Waldhere. — Terminou de contar?

Waldhere não respondeu. Tinha esperado que mais homens viessem se juntar a ele, homens suficientes para nos suplantar, mas nossos números estavam praticamente iguais, e ele não sentia vontade de começar um combate que não tinha certeza se venceria.

— Faça suas orações — falei para ele — porque sua morte está próxima. — Mordi o dedo e dei um peteleco na direção dele. Waldhere fez o sinal da cruz, e Einar só pareceu preocupado. — Se você tiver coragem —

falei para Waldhere —, vou esperá-lo amanhã em Ætgefrin. — Dei outro peteleco, sinal de uma maldição sendo lançada. Logo depois, cavalgamos para o oeste.

Quando um homem não pode lutar, deve amaldiçoar. Os deuses gostam de se sentir necessários.

Cavalgamos para o oeste no crepúsculo. O céu estava escuro, com nuvens, e o chão encharcado por causa dos dias de chuva. Não tínhamos pressa. Waldhere não iria nos seguir e eu duvidava de que meu primo aceitaria a oferta de uma batalha em Ætgefrin. Ele lutaria, pensei, agora que tinha os guerreiros implacáveis de Einar além de seus próprios, mas num terreno de sua escolha, não da minha.

Seguimos por um vale que subia lentamente até as colinas mais altas. Era uma região de ovelhas, uma região rica, mas os pastos estavam vazios. As poucas propriedades pelas quais passávamos estavam escuras, sem fumaça saindo dos buracos na cobertura de palha. Tínhamos devastado essa terra. Eu havia trazido um pequeno exército para o norte, e, durante um mês, tínhamos atacado ferozmente os arrendatários do meu primo. Tínhamos debandado seus rebanhos, roubado seu gado, queimado seus armazéns e incendiado os barcos de pesca nos pequenos portos ao norte e ao sul da fortaleza. Não havíamos matado ninguém, a não ser os que usavam o símbolo do meu primo e os poucos que ofereceram resistência, e não tínhamos tomado escravos. Fomos misericordiosos porque um dia aquelas pessoas seriam meu povo. Por isso os mandamos procurar comida em Bebbanburg, onde meu primo precisaria alimentá-los, ao mesmo tempo que roubávamos a comida que sua terra fornecia.

— Einar, o Branco? — perguntou meu filho.

— Nunca ouvi falar dele — respondi sem dar importância.

— Eu ouvi falar de Einar — interveio Berg. — É um norueguês que seguia Grimdahl quando ele entrou remando nos rios da terra branca.

A terra branca era a vastidão que ficava em algum lugar para além do lar dos dinamarqueses e dos nórdicos, uma terra de invernos longos, árvores brancas, planícies brancas e céus escuros. Diziam que havia gigantes lá, além de pessoas que tinham pelos em vez de roupas e garras capazes de rasgar um homem ao meio.

— A terra branca — ecoou meu filho. — É por isso que ele é chamado de o Branco?

— É porque ele faz os inimigos sangrarem até ficarem brancos — respondeu Berg.

Zombei disso, mas mesmo assim toquei o martelo no pescoço.

— Ele é bom? — perguntou meu filho.

— É norueguês — respondeu Berg com orgulho —, por isso é claro que ele é um grande guerreiro! — Berg fez uma pausa. — Mas também o ouvi ser chamado de outra coisa.

— Outra coisa?

— Einar, o Azarado.

— Por que azarado? — quis saber.

Berg deu de ombros.

— Os barcos dele encalham, suas mulheres morrem. — Ele tocou o martelo pendurado no pescoço para que os infortúnios que descrevia não o tocassem. — Mas sabe-se que ele também vence batalhas!

Azarado ou não, pensei, os cento e cinquenta noruegueses implacáveis de Einar eram um acréscimo formidável à força de Bebbanburg, tão formidável que meu primo evidentemente estava se recusando a deixá-los entrar na sua fortaleza, por medo de se voltarem contra ele e se tornarem os novos donos de Bebbanburg. Por isso, estava aquartelando-os na aldeia, e não duvidei de que logo lhes daria cavalos e mandaria que viessem atormentar nossas forças. Os homens de Einar não estavam lá para defender os muros de Bebbanburg, e sim para afastar meus homens daquelas fortificações.

— Eles virão logo — falei.

— Virão?

— Waldhere e Einar. Duvido que venham amanhã, mas virão sem demora.

Meu primo devia querer acabar logo com isso. Ele queria que eu fosse morto. O ouro no pescoço e nos pulsos de Einar eram prova do dinheiro que meu primo tinha pagado para trazer guerreiros com o objetivo de me matar, e, quanto mais tempo ficassem, mais ouro lhe custariam. Se não fosse amanhã, seria ainda nesta semana, pensei.

— Lá, senhor! — gritou Berg, apontando para o norte.

Havia um cavaleiro na colina.

O homem estava imóvel. Segurava uma lança com a ponta virada para baixo. Ficou nos observando por um tempo, depois se virou e cavalgou para além do alto da colina.

— É o terceiro hoje — disse meu filho.

— Dois ontem, senhor — observou Rorik.

— Deveríamos matar um ou dois deles — declarou Berg, vingativo.

— Por quê? — perguntei. — Quero que meu primo saiba onde estamos. Quero que ele venha até nossas lanças.

Aqueles cavaleiros eram batedores e eu presumia que tinham sido mandados por meu primo para nos vigiar. Eram bons no serviço. Durante dias formaram um cordão amplo ao nosso redor, um cordão invisível durante boa parte do tempo, mas eu sabia que estava lá. Vi de relance outro cavaleiro assim que o sol desapareceu atrás das colinas a oeste. O sol poente se refletiu na ponta de sua lança, uma luz vermelho-sangue, e então ele sumiu nas sombras, cavalgando para Bebbanburg.

— Vinte e seis cabeças de gado e quatro cavalos hoje — relatou Finan. Enquanto eu provocava meu primo levando homens para perto de sua fortaleza, Finan estivera procurando saques ao sul de Ætgefrin. Ele tinha mandado os animais capturados por uma trilha de gado que os levaria a Dunholm. — Erlig e quatro homens levaram — continuou —, e havia batedores ao sul, apenas alguns.

— Nós os vimos ao norte e ao leste — comentei. — E são bons — acrescentei com má vontade.

— E agora ele tem cento e cinquenta novos guerreiros? — perguntou Finan.

Fiz que sim com a cabeça.

— Noruegueses, lanceiros contratados sob o comando de um homem chamado Einar, o Branco.

— Mais um para matar, então — declarou Finan.

Ele era irlandês e meu amigo mais antigo, meu segundo em comando e meu companheiro de incontáveis paredes de escudos. Agora tinha cabelos grisalhos e um rosto com rugas profundas, assim como eu. Eu estava ficando velho e queria morrer pacificamente na fortaleza que era minha por direito.

Tinha imaginado que demoraria um ano para capturar Bebbanburg. Primeiro, durante o verão, o outono e o inverno, eu acabaria com o suprimento de comida da fortaleza matando ou capturando o gado e as ovelhas que viviam nas terras amplas e nas colinas verdejantes. Quebraria os celeiros de grãos, queimaria as pilhas de feno e mandaria embarcações para destruir os barcos de pesca do meu primo. Obrigaria seus vassalos apavorados a procurar abrigo atrás de suas muralhas altas para que ele tivesse muitas bocas e pouca comida. Na primavera estariam passando fome, e homens famintos são fracos. E, quando estivessem comendo ratos, nós atacaríamos.

Ou pelo menos era o que eu esperava.

Nós fazemos planos, mas os deuses e as três Nornas ao pé da árvore Yggdrasil decidem nosso destino. Meu plano era enfraquecer meu primo e seus homens, fazê-los passar fome e eventualmente matá-los, mas wyrd bið ful aræd.

Eu deveria saber disso.

O destino é inexorável. Eu tinha esperado atrair meu primo para o vale a leste de Ætgefrin, onde poderíamos fazer os dois riachos correrem vermelhos com o sangue deles. Havia poucos abrigos lá. Ætgefrin era um forte no alto de uma colina, construído pelo antigo povo que vivia na Britânia antes mesmo da chegada dos romanos. Os muros de terra do antigo forte desmoronaram havia muito, mas os restos rasos do fosso ainda cercavam o topo. Não havia nenhum povoado por lá, nenhuma construção, nem árvores. Só a grande protuberância que era a colina sob o vento incessante. Era uma área desconfortável para acampar. Não havia lenha para fogueira, e a fonte de água mais próxima ficava a quase um quilômetro, mas tinha uma bela vista. Ninguém podia se aproximar escondido, e, se meu primo ousasse mandar homens, iríamos vê-los se aproximando e teríamos o terreno elevado.

Ele não veio. Em vez disso, três dias depois do meu confronto com Waldhere vimos um único cavaleiro se aproximar pelo sul. Era um homem pequeno montado num cavalo pequeno, trajava um manto preto que se agitava ao vento, que ainda soprava forte do mar distante. O homem olhou para nós e instigou sua montaria diminuta a avançar pela encosta íngreme.

— É um padre, o que significa que eles querem falar, em vez de lutar — gritou Finan com uma voz amarga.

— Você acha que meu primo o mandou?

— Quem mais teria mandado?

— Então por que ele está vindo do sul?

— É um padre. Ele não conseguiria encontrar a própria bunda nem se você o fizesse dar meia-volta e desse um chute nela.

Procurei por algum sinal de batedores nos vigiando, mas não vi nada. Não víamos ninguém havia dois dias. Essa ausência de batedores tinha me levado a crer que meu primo estava preparando algum ardil, por isso havíamos ido a Bebbanburg mais cedo naquele dia, onde tínhamos podido ver pessoalmente o que ele estava fazendo. Os homens de Einar estavam construindo uma nova paliçada, transversal ao istmo de areia que levava à rocha da fortaleza. Essa parecia ser a defesa dos noruegueses, um novo muro externo. Meu primo não confiava neles dentro da fortaleza, por isso os nórdicos construíam um novo refúgio, que precisaríamos atravessar antes de atacarmos primeiro o Portão de Baixo e depois o de Cima.

— O desgraçado se enterrou — havia vociferado Finan para mim. — Ele não vai lutar conosco no campo. Ele quer que a gente morra na sua muralha.

— Três muralhas, agora.

Precisaríamos atravessar a nova paliçada, depois as fortificações formidáveis do Portão de Baixo e ainda haveria o grande muro cortado pelo Portão de Cima.

Mas essa nova muralha não era a pior notícia. O que tinha me feito sentir um aperto no coração foram as duas novas embarcações no porto de Bebbanburg. Um barco de guerra, menor que os quatro que tínhamos visto chegar, porém, como eles, exibindo a bandeira de Einar, com a cabeça de dragão; e, ao lado, um barco mercante de bojo gordo. Homens carregavam barris para terra firme, vadeando pela água rasa e deixando os suprimentos na praia logo abaixo do Portão de Baixo.

— Einar está trazendo comida para ele — eu havia comentado, desanimado. Finan tinha ficado em silêncio. Ele sabia o que eu estava sentindo: desespero. Agora meu primo tinha mais homens e uma frota para trazer comida para sua guarnição. — Não posso mais fazê-los passar fome, pelo menos enquanto esses filhos da mãe estiverem aqui.

Agora, no fim da tarde e sob um céu carrancudo, um padre chegou a Ætgefrin, e eu presumi que tivesse sido mandado pelo meu primo com uma mensagem tripudiando sobre nós. O homem já estava suficientemente perto para que eu visse que tinha cabelos pretos, compridos e sebosos pendendo dos dois lados de um rosto pálido e ansioso que olhava para nosso muro de terra. Ele acenou, provavelmente querendo que respondêssemos com um aceno, garantindo que seria bem-vindo, mas nenhum dos meus homens respondeu. Ficamos apenas observando enquanto seu capão cansado chegava ao fim da subida e o carregava por cima da fortificação de terra. O padre se desequilibrou ligeiramente ao apear. Olhou em volta e estremeceu diante do que viu. Meus homens. Homens com cota de malha e couro, homens duros, homens com espadas. Ninguém falou nada, nós só esperamos que ele explicasse sua chegada. Por fim, ele me viu, viu o ouro no meu pescoço e nos antebraços, veio até mim e se ajoelhou.

— O senhor é o senhor Uhtred?

— Eu sou o senhor Uhtred.

— Meu nome é Eadig, padre Eadig. Estive procurando o senhor.

— Eu disse a Waldhere onde ele poderia me encontrar — falei rispidamente. Eadig me lançou um olhar perplexo.

— Waldhere, senhor?

— Você é de Bebbanburg?

— Bebbanburg? — Ele balançou a cabeça. — Não, senhor, nós viemos de Eoferwic.

— Eoferwic! — Não pude esconder minha surpresa. — E "nós"? Quantos são? — Olhei para o sul, mas não vi nenhum outro cavaleiro.

— Cinco de nós saímos de Eoferwic, senhor, mas fomos atacados.

— E só você sobreviveu? — perguntou Finan, como se o acusasse.

— Os outros atraíram os homens que nos atacaram para longe, senhor.

— O padre Eadig falou comigo, e não com Finan. — Eles queriam que eu alcançasse o senhor. Sabiam que era importante.

— Quem mandou vocês?

— O rei Sigtryggr, senhor.

Senti um frio na espinha. Por um momento não ousei falar, com medo do que esse jovem padre diria.

— Sigtryggr — falei por fim, e imaginei que tipo de crise levaria meu genro a mandar um mensageiro. Temi por minha filha. — Stiorra está doente? — perguntei, ansioso. — As crianças?

— Não, senhor, a rainha e as crianças estão bem.

— Então...

— O rei pede o seu retorno, senhor — disse Eadig bruscamente, e pegou um pergaminho enrolado dentro do manto. Estendeu-o para mim.

Peguei o pergaminho amassado, mas não o desenrolei.

— Por quê?

— Os saxões atacaram, senhor. A Nortúmbria está em guerra. — Ele ainda estava de joelhos, olhando para mim. — O rei quer suas tropas, senhor. E quer o senhor.

Xinguei. Então Bebbanburg precisava esperar. Cavalgaríamos para o sul.

Dois

Partimos na manhã seguinte. Levei cento e noventa e quatro homens, além de uns vinte meninos serviçais, e cavalgamos para o sul através de chuva e vento, sob nuvens escuras como o manto do padre Eadig.

— Por que meu genro mandou um padre? — perguntei. Sigtryggr, como eu, cultuava os deuses antigos, os verdadeiros deuses de Asgard.

— Nós fazemos o trabalho de escrituração dele, senhor.

— Nós?

— Nós, sacerdotes, senhor. Somos seis servindo ao rei Sigtryggr, escrevendo suas leis e seus decretos. A maioria dos... — ele hesitou. — É porque sabemos ler e escrever.

— E a maioria dos pagãos não sabe?

— Sim, senhor. — Ele enrubesceu. O padre Eadig sabia que nós, que cultuamos os deuses antigos, não gostamos de ser chamados de pagãos, e por isso tinha hesitado.

— Pode me chamar de pagão — falei. — Tenho orgulho disso.

— Sim, senhor — disse ele, sem graça.

— E este pagão sabe ler e escrever.

Eu tinha essa capacidade porque fui criado como cristão, e os cristãos valorizam a escrita, o que é útil, eu acho. O rei Alfredo havia estabelecido escolas por todo Wessex, onde meninos eram molestados por monges quando não eram obrigados a aprender as letras. Sigtryggr, curioso com relação ao modo como os saxões comandavam o sul da Britânia, tinha me perguntado certa vez se deveria fazer o mesmo, mas eu lhe disse que ensinasse os meninos a usar uma espada, segurar um escudo, conduzir um arado, montar a cavalo e descarnar uma carcaça. "E para isso você não precisa de escolas", eu havia completado.

— E ele me mandou, senhor — continuou o padre Eadig —, porque sabia que o senhor faria perguntas.

— Que você é capaz de responder?

— Do melhor modo que puder, senhor.

A mensagem de Sigtryggr no pergaminho dizia apenas que forças saxãs ocidentais tinham invadido o sul da Nortúmbria e que ele precisava das minhas forças em Eoferwic assim que possível. A mensagem havia sido assinada com um rabisco que poderia ser do meu genro, mas também tinha seu lacre com a forma do machado. Os cristãos dizem que a única grande vantagem de ler e escrever é que podemos ter certeza de que uma mensagem é verdadeira, mas eles falsificam documentos o tempo todo. Em Wiltunscir existe um mosteiro capaz de produzir escrituras que parecem ter 200 ou 300 anos. Eles raspam pergaminhos antigos, deixando apenas o suficiente da escrita original visível para que as novas palavras, escritas sobre as antigas com tinta fraca, sejam difíceis de ler, e esculpem cópias de sinetes; e todas as escrituras falsas afirmam que algum rei antigo concedeu à Igreja terras valiosas ou o rendimento do pagamento de alfândegas. Então os abades e os bispos que pagam aos monges pelos documentos falsos levam os pergaminhos à corte real para que alguma família seja expulsa de sua propriedade e os cristãos fiquem mais ricos ainda. Por isso acho que ler e escrever são mesmo habilidades úteis.

— Forças saxãs ocidentais, e não mércias? — perguntei.

— Saxãs ocidentais, senhor. Eles têm um exército em Hornecastre.

— Hornecastre? Onde fica isso?

— A leste de Lindcolne, senhor, no rio Beina.

— E é terra de Sigtryggr?

— Ah, sim, senhor. A fronteira não fica longe, mas a terra é da Nortúmbria.

Eu nunca tinha ouvido falar de Hornecastre, o que sugeria que não era uma cidade importante. As cidades importantes eram aquelas construídas em estradas romanas ou que tinham sido fortificadas como burhs, mas Hornecastre? A única explicação em que eu podia pensar era que a cidade seria um local conveniente para reunir forças destinadas a realizar um ataque a Lindcolne. Eu disse isso ao padre Eadig, que assentiu, ansioso ao concordar.

— Sim, senhor. E, se o rei não estiver em Eoferwic, pede que o senhor se junte a ele em Lindcolne.

Fazia sentido. Se os saxões ocidentais quisessem capturar Eoferwic, a capital de Sigtryggr, eles avançariam para o norte pela estrada romana, por isso precisariam atacar as altas muralhas de Lindcolne antes de se aproximar de Eoferwic. Mas o que não fazia sentido era por que estavam lá.

Não fazia sentido porque havia um tratado de paz entre saxões e dinamarqueses. Sigtryggr, meu genro e rei de Eoferwic e da Nortúmbria, tinha feito o acordo com Æthelflaed da Mércia, e havia entregado terras e burhs como pagamento por essa paz. Alguns homens o desprezavam por isso, mas a Nortúmbria era um reino fraco, e os reinos saxões da Mércia e de Wessex eram fortes. Sigtryggr precisava de tempo, de homens e de dinheiro para suportar o ataque saxão que tinha certeza de que viria.

Viria porque o sonho do rei Alfredo estava se transformando em realidade. Sou velho o bastante para me lembrar de um tempo em que os dinamarqueses eram senhores de quase tudo que é agora a Inglaterra. Eles capturaram a Nortúmbria, tomaram a Ânglia Oriental e ocuparam toda a Mércia. Então Guthrum, o Dinamarquês, invadiu Wessex, expulsando Alfredo e um punhado de homens para os pântanos de Sumorsæte; no entanto, Alfredo obteve a vitória improvável em Ethandun. Desde então, os saxões seguiram inexoravelmente para o norte. O antigo reino da Mércia estava nas mãos dos saxões, e Eduardo de Wessex, filho de Alfredo e irmão de Æthelflaed da Mércia, havia reconquistado a Ânglia Oriental. O sonho de Alfredo, sua paixão, era unir todas as terras onde a língua saxã era falada, e dessas terras só restava a Nortúmbria. Poderia haver um tratado de paz entre Nortúmbria e Mércia, mas todos sabíamos que o ataque saxão viria.

Rorik, o menino norueguês cujo pai eu tinha matado, havia escutado minha conversa com o padre Eadig.

— Senhor, de que lado nós estamos? — perguntou ele, nervoso.

Gargalhei. Eu nasci saxão, mas fui criado por dinamarqueses, minha filha tinha se casado com um norueguês, meu amigo mais querido era irlandês, minha mulher era saxã, a mãe dos meus filhos era dinamarquesa, meus deuses eram pagãos e meu juramento foi feito a Æthelflaed, uma cristã. De que lado eu estava?

— Garoto, você só precisa saber que o lado do senhor Uhtred é o lado que sempre vence — vociferou Finan.

O céu estava desabando, transformando numa lama densa a trilha que seguíamos. A chuva era tão forte que precisei falar mais alto para Eadig me ouvir.

— Você disse que os mércios não invadiram?

— Até onde sabemos, não, senhor.

— Só os saxões ocidentais?

— É o que parece, senhor.

E isso era estranho. Antes de Sigtryggr capturar o trono de Eoferwic, eu havia tentado convencer Æthelflaed a atacar a Nortúmbria. Ela recusou, dizendo que não começaria uma guerra a não ser que as tropas do irmão lutassem ao lado dos seus homens. E Eduardo de Wessex, o irmão, havia se mostrado teimoso quanto a isso. Ele insistia que a Nortúmbria só poderia ser conquistada pelos exércitos combinados de Wessex e da Mércia, mas agora tinha marchado sozinho? Eu sabia que existia uma facção na corte saxã ocidental que insistia que Wessex seria capaz de conquistar a Nortúmbria sem a ajuda dos mércios, entretanto Eduardo era muito cauteloso. Ele queria o exército da irmã ao lado do seu. Pressionei Eadig, mas ele tinha certeza de que não havia acontecido um ataque mércio.

— Pelo menos não até eu sair de Eoferwic, senhor.

— São apenas boatos — reagiu Finan com desprezo. — Quem sabe o que está acontecendo? Vamos chegar lá e descobrir que não é nada além de um maldito ataque para roubar gado.

— Batedores — comentou Rorik.

Achei que ele queria dizer que um punhado de batedores de Wessex teria sido confundido com uma invasão, mas, em vez disso, ele apontava para trás. Eu me virei e vi dois cavaleiros nos vigiando do topo de um morro. Era difícil vê-los através da chuva torrencial, mas eram inconfundíveis. Os mesmos cavalos pequenos e rápidos, as mesmas lanças compridas. Tínhamos passado dias sem ver batedores, mas eles estavam de volta e nos seguiam.

Cuspi.

— Agora meu primo sabe que estamos indo embora.

— Ele vai ficar feliz — disse Finan.

— Parecem os homens que fizeram a emboscada contra nós — comentou o padre Eadig, olhando para os batedores distantes e fazendo o sinal da cruz. — Eram seis, em cavalos rápidos e portando lanças. — Sigtryggr tinha mandado o padre com uma escolta armada que sacrificou a vida para que Eadig escapasse.

— São homens do meu primo — contei ao padre Eadig. — E se pegarmos algum eu deixo que você o mate.

— Eu não poderia fazer isso!

Franzi a testa para ele.

— Você não quer vingança?

— Eu sou um padre, senhor, não posso matar!

— Eu ensino, se você quiser.

Eu duvidava de que algum dia entenderia o cristianismo. "Não matarás!", ensinam os sacerdotes deles; depois encorajam os guerreiros a batalhar contra os pagãos, ou até contra outros cristãos, se houver alguma chance de obter terras, escravos ou prata. O padre Beocca tinha me ensinado os dez mandamentos do deus pregado, mas muito tempo atrás eu aprendi que o principal mandamento cristão era "Enriquecerás meus sacerdotes".

Durante mais dois dias os batedores nos seguiram para o sul até que, numa tarde molhada, chegamos à muralha. A muralha! Existem muitas maravilhas na Britânia; o povo antigo deixou misteriosos círculos de pedra e os romanos construíram templos, palácios e grandes salões. Mas, dentre todas as maravilhas, a que mais me espanta é a muralha.

É claro que era obra dos romanos. Eles construíram uma muralha que cortava toda a Britânia, através da Nortúmbria. Uma muralha que se estendia desde o rio Tinan, no litoral leste da Nortúmbria, até o litoral da Cúmbria, no mar da Irlanda. Ela terminava perto de Cair Ligualid, embora a maioria das pedras da muralha na região tivesse sido pilhada para ser usada em outras construções. No entanto, boa parte da muralha ainda existia. E não era simplesmente uma muralha, mas uma enorme fortificação de pedra, larga o suficiente no topo para que dois homens andassem lado a lado. Na frente, havia um fosso e um barranco de terra, e atrás, outro fosso. A cada poucos quilômetros ficava um forte, como o que chamávamos de Weallbyrig. Uma fileira de fortes! Eu nunca os havia contado, mas uma vez cavalguei junto à muralha, de um mar a outro, e que fortes maravilhosos! Havia torres de onde as sentinelas podiam olhar para as colinas do norte, cisternas para armazenar água, havia alojamentos, estábulos, depósitos, tudo feito de pedra! Eu me lembro do meu pai fechando a cara para a muralha, que serpenteava para dentro de um vale e subia pelo morro distante. Ele balançou a cabeça, admirado.

— De quantos escravos eles precisaram para construir isso?

— Centenas — respondeu meu irmão mais velho. E seis meses depois ele estava morto; então meu pai me deu o nome dele e eu me tornei herdeiro de Bebbanburg.

A muralha marcava a fronteira sul das terras de Bebbanburg, e meu pai sempre havia deixado uns vinte guerreiros em Weallbyrig para cobrar taxas dos viajantes que usavam a estrada principal que ligava a Escócia a Lundene. Esses homens morreram muito tempo atrás, é claro, expulsos quando os dinamarqueses conquistaram a Nortúmbria durante a invasão que custou a vida do meu pai e me deixou órfão, com um nome nobre e sem nenhuma terra. Sem terra porque meu tio a havia roubado.

— Você é o senhor de nada — tinha dito o rei Alfredo rispidamente para mim uma vez. — Senhor de nada e de lugar nenhum. Uhtred, o Sem Deus; Uhtred, o Sem Terras; e Uhtred, o Incorrigível.

Ele estava certo, claro, mas agora eu era Uhtred de Dunholm. Eu tinha tomado o forte quando derrotamos Ragnall e matamos Brida. Era uma grande fortaleza, quase tão formidável quanto Bebbanburg. E Weallbyrig marcava o limite norte das terras de Dunholm, assim como marcava a borda sul dos domínios de Bebbanburg. Se o forte tinha outro nome, eu não sabia. Nós o chamávamos de Weallbyrig, que significa forte da muralha, pois tinha sido construído onde a grande muralha atravessava uma colina baixa. Os anos e a chuva fizeram os fossos ficarem rasos, mas a muralha em si ainda era forte. As construções haviam perdido a cobertura, mas nós limpamos o entulho de três delas e trouxemos caibros das florestas próximas a Dunholm para fazer novos telhados, nos quais colocamos camadas de turfa. Depois, construímos um novo abrigo em cima das torres de vigia para que as sentinelas se protegessem do vento e da chuva enquanto olhavam para o norte.

Sempre para o norte. Eu pensava nisso com frequência. Não sei há quantos anos os romanos tinham saído da Britânia. O padre Beocca, meu tutor na infância, havia me dito que fazia mais de quinhentos anos, e talvez ele estivesse certo, mas, mesmo naquela época, por mais tempo que faça, as sentinelas olhavam para o norte. Sempre para o norte, para onde estavam os escoceses, que deviam ser tão encrenqueiros na época quanto são agora. Eu me lembro do meu pai os xingando e dos sacerdotes dele rezando para que o deus pregado os humilhasse. Sempre me intrigou os escoceses também serem cristãos. Quando eu tinha apenas 8 anos, meu pai me deixou cavalgar com seus guerreiros num ataque para punir o povo do norte capturando gado na Escócia, e me lembro de uma cidadezinha, num vale amplo, onde as mulheres e as crianças se apinharam numa igreja.

— Não toquem neles! — ordenou meu pai. — Eles têm o abrigo da igreja!

— Eles são inimigos! — protestei. — Não queremos escravos?

— Eles são cristãos — explicou meu pai peremptoriamente.

Assim, tomamos seu gado de pelo comprido, queimamos a maior parte das casas e voltamos para casa com peneiras, espetos e panelas. Na verdade, voltamos com qualquer coisa que nosso ferreiro pudesse derreter, mas não entramos na igreja.

— Porque eles são cristãos — explicou meu pai de novo. — Você não entende, garoto idiota?

Eu não entendia. E depois, claro, os dinamarqueses vieram e despedaçaram as igrejas para roubar a prata dos altares. Eu me lembro de Ragnar rindo um dia.

— É uma gentileza tão grande da parte dos cristãos! Eles colocam toda a riqueza no mesmo lugar e o marcam com uma cruz enorme! Isso torna a vida muito fácil.

Assim aprendi que os escoceses eram cristãos mas também inimigos, assim como eram inimigos quando milhares de escravos romanos arrastaram pedras pelas colinas da Nortúmbria para construir a muralha. Na minha infância eu também era cristão, não sabia de nada, e me lembro de ter perguntado ao padre Beocca como outros cristãos podiam ser nossos inimigos.

— Eles de fato são cristãos — explicou o padre Beocca —, mas, além disso, são selvagens!

Ele tinha me levado ao mosteiro de Lindisfarena e pedido ao abade, que seria trucidado pelos dinamarqueses em menos de seis meses, que me mostrasse um dos seis livros do mosteiro. Era um livro enorme, com páginas quebradiças. Beocca as virou com reverência, acompanhando as linhas de escrita ininteligível com uma unha suja.

— Ah! Aqui está! — Ele virou o livro para que eu pudesse ler, mas como estava em latim não significava nada para mim. — Este é um livro escrito por são Gildas. É um livro muito raro. São Gildas era um britânico e seu livro nos fala de nossa vinda! A vinda dos saxões! Ele não gostava de nós — Beocca riu ao dizer isso —, porque, é claro, na época não éramos cristãos. Mas quero que você veja isso porque são Gildas veio da Nortúmbria e conhecia bem os escoceses! — Ele virou o livro de novo e dobrou a página. — Aqui está! Escute! "Assim que os romanos voltaram para casa" — traduziu enquanto seu dedo acompanhava as linhas — "emergiram, ansiosas, abomináveis hordas de escoceses, como aglomerações escuras de vermes, retorcendo-se para sair de rachaduras nas pedras. Eles cobiçavam o derramamento de sangue e estavam mais dispostos a cobrir os rostos vilanescos com cabelos do que as partes íntimas com roupas." — Beocca fez o sinal da cruz depois de fechar o livro. — Nada muda! Eles são ladrões!

— Ladrões nus? — perguntei. A passagem sobre partes íntimas tinha me interessado.

— Não, não, não. Agora eles são cristãos. Agora cobrem as partes vergonhosas, que Deus seja louvado.

— Então eles são cristãos. Mas nós não atacamos as terras deles também?

— Claro que sim! Porque eles devem ser castigados.

— Por quê?

— Por atacar nossas terras, é claro.

— Mas nós atacamos as terras deles — insisti. — Então não somos ladrões também? — Eu gostava da ideia de sermos tão selvagens e sem leis quanto os odiados escoceses.

— Você vai entender quando for adulto — disse Beocca, como sempre fazia quando não sabia a resposta.

E agora que eu era adulto ainda não entendia o argumento de Beocca, de que nossa guerra contra os escoceses era uma punição justa. O rei Alfredo, que não era idiota, dizia que a guerra travada por toda a Britânia era uma cruzada do cristianismo contra os pagãos, mas sempre que o combate chegava ao território escocês ou galês ela subitamente virava outra coisa. Então se tornava uma guerra de cristãos contra cristãos, e era tão selvagem e tão sangrenta quanto qualquer guerra. Nossos padres nos diziam que fazíamos a vontade do deus pregado, enquanto os padres da Escócia diziam exatamente o mesmo aos seus guerreiros quando nos atacavam. A verdade, claro, é que era uma guerra por terras. Havia quatro tribos numa ilha — galeses, escoceses, saxões e nórdicos —, e nós quatro queríamos a mesma terra. Os padres pregavam incessantemente que devíamos lutar pela terra porque ela nos tinha sido dada pelo deus pregado, como recompensa. No entanto, quando os saxões capturaram a ilha, éramos todos pagãos. Então presumivelmente Tor ou Odin nos deu a Terra.

— Não é verdade? — perguntei naquela noite ao padre Eadig.

Estávamos abrigados numa das boas construções de pedra de Weallbyrig, protegidos do vento e da chuva implacáveis pelas paredes romanas e aquecidos por um grande fogo na lareira.

Eadig me deu um sorriso nervoso.

— É verdade, senhor, que Deus nos mandou para esta terra, mas não foi um dos deuses antigos, foi o Deus verdadeiro. Ele nos mandou.

— Os saxões? Ele mandou os saxões?

— Sim, senhor.

— Mas na época não éramos cristãos — observei. Meus homens, que já tinham ouvido isso antes, riram.

— Não éramos cristãos na época — concordou Eadig —, mas os galeses, que possuíam esta terra antes de nós, eram cristãos. Só que eram maus cristãos, por isso Deus mandou os saxões como punição.

— O que eles tinham feito? Quero dizer, os galeses. Eles eram maus em que sentido?

— Eu não sei, senhor, mas Deus não teria nos mandado a não ser que eles merecessem.

— Então eles eram maus e Deus preferia ter maus pagãos na Britânia a maus cristãos? É como matar uma vaca porque ela tem uma pata manca e substituí-la por uma vaca que cambaleia!

— Ah, mas Deus nos converteu à fé verdadeira como recompensa por ter castigado os galeses! — disse ele, animado. — Agora somos uma boa vaca!

— Então por que Deus mandou os dinamarqueses? — perguntei. — Ele estava nos punindo por sermos maus cristãos?

— É uma possibilidade, senhor — respondeu ele, desconfortável, como se não tivesse certeza da resposta.

— E quando isso termina?

— Termina, senhor?

— Alguns dinamarqueses estão se convertendo, então quem seu deus vai mandar para castigá-los quando se tornarem maus cristãos? Os francos?

— Há um incêndio — interrompeu meu filho. Ele havia puxado a cortina de couro e estava olhando para o norte.

— Nessa chuva? — questionou Finan.

Fui para perto do meu filho. E, de fato, em algum lugar nas distantes colinas do norte, um grande incêndio lançava um brilho no céu. Incêndios significam encrenca, mas eu não conseguia imaginar algum grupo fazendo uma incursão naquela noite de chuva e vento.

— Provavelmente é uma construção que pegou fogo — sugeri.

— E é bem longe — observou Finan.

— Deus está castigando alguém — falei. — Mas que deus?

O padre Eadig fez o sinal da cruz. Observamos a claridade distante por um tempo, mas não surgiram mais focos de incêndio. Então a chuva umedeceu as chamas e o céu escureceu de novo.

Trocamos as sentinelas na torre alta e dormimos.

E de manhã o inimigo chegou.

— Você, senhor Uhtred — ordenou meu inimigo —, irá para o sul.

Ele tinha vindo junto com a chuva da manhã, e eu soube de sua chegada quando as sentinelas na torre de vigia bateram na barra de ferro que servia como sino de alarme. Tinha amanhecido há cerca de uma hora, mas a única sugestão de sol era uma palidez fantasmagórica nas nuvens a leste.

— Tem gente lá — avisou uma das sentinelas, apontando para o norte. — A pé.

Eu me inclinei no parapeito da torre e encarei a chuva e a névoa enquanto Finan subia a escada atrás de mim.

— O que é? — quis saber ele.

— Pastores, talvez — sugeri. Não dava para ver nada. Agora a chuva estava menos violenta, era somente um aguaceiro constante.

— Eles estavam correndo na nossa direção, senhor — disse a sentinela.

— Correndo?

— Ou pelo menos tropeçando no caminho.

Olhei, mas não vi nada.

— Havia cavaleiros também — prosseguiu Godric, que era a segunda sentinela. Ele era jovem e não muito inteligente. Até um ano atrás tinha sido meu serviçal e conseguia ver inimigos em qualquer sombra.

— Eu não vi cavaleiros, senhor — interferiu a primeira sentinela, um homem confiável chamado Cenwulf.

Nossos cavalos estavam sendo arreados para a viagem do dia. Imaginei se valeria a pena levar batedores para o norte com o objetivo de descobrir se realmente havia homens por lá, quem eram e o que desejavam.

— Quantos homens vocês viram? — perguntei.

— Três — respondeu Cenwulf.

— Cinco — disse Godric ao mesmo tempo. — E dois cavaleiros.

Olhei para o norte e não vi nada além da chuva caindo sobre as samambaias. Áreas de névoa menos densa escondiam algumas elevações mais distantes no terreno.

— Provavelmente eram pastores — falei.

— Havia cavaleiros, senhor — afirmou Godric, inseguro. — Eu os vi.

Nenhum pastor estaria a cavalo. Olhei para a chuva e a névoa. Os olhos de Godric eram mais jovens que os de Cenwulf, mas sua imaginação também era muito mais criativa.

— Quem, em nome de Deus, estaria lá nessa hora da manhã? — resmungou Finan?

— Ninguém — respondi e me empertiguei. — Godric está imaginando coisas de novo.

— Não estou, senhor! — retrucou ele com seriedade.

— Donzelas que cuidam de vacas — falei. — Ele não pensa em outra coisa.

— Não, senhor! — Godric enrubesceu.

— Quantos anos você tem? — perguntei. — Quatorze? Quinze? Era só nisso que eu pensava na sua idade. Em peitos.

— E não mudou muito — murmurou Finan.

— Eu vi mesmo, senhor — protestou Godric.

— Você estava sonhando com peitos de novo — falei. E parei, porque havia homens nas colinas encharcadas.

Quatro homens surgiram de uma dobra no terreno. Estavam correndo na nossa direção, correndo desesperadamente, e logo depois vi por quê. Seis cavaleiros saíram da névoa, galopando para cortar o caminho dos fugitivos.

— Abram o portão! — gritei para os homens ao pé da torre. — Vão lá! Tragam aqueles homens para cá!

Desci a escada correndo, chegando assim que Rorik apareceu com Tintreg. Precisei esperar a barrigueira ser apertada, depois montei na sela e acompanhei doze homens a cavalo até a encosta da colina. Finan não estava muito atrás de mim.

— Senhor! — Rorik gritava para mim enquanto saía do forte. — Senhor! — Ele segurava o pesado cinturão da minha espada com Bafo de Serpente na bainha.

Eu me virei, me inclinei na sela e simplesmente desembainhei a espada, deixando o cinturão e a bainha nas mãos de Rorik.

— Volte para o forte, garoto.

— Mas...

— Volte!

Os doze guerreiros montados e prontos para sair do forte já estavam bem à frente, todos cavalgando para interceptar os cavaleiros que perseguiam os quatro homens. Esses cavaleiros, ao ver que estavam em menor número, se desviaram; e nesse momento surgiu um quinto fugitivo. Ele devia estar escondido no meio das samambaias além do horizonte e agora vinha correndo, saltando encosta abaixo. Os cavaleiros o viram e se viraram de novo, desta vez na direção do quinto sujeito que, ao ouvir o som dos cascos, tentou se afastar. Mas o cavaleiro da frente diminuiu a velocidade, ergueu a lança na horizontal com calma e enfiou a ponta na espinha do fugitivo. Por um instante, o homem arqueou as costas, permanecendo de pé, depois o segundo cavaleiro o alcançou e brandiu um machado, então eu vi a nuvem de sangue súbita e reluzente. O homem desmoronou imediatamente, mas sua morte havia distraído e retardado os perseguidores, salvando seus quatro companheiros, que agora estavam protegidos pelos meus guerreiros.

— Por que aquele idiota não continuou escondido? — perguntei, indicando com a cabeça o local onde os seis cavaleiros cercaram o homem caído.

— Por isso — respondeu Finan, e apontou para norte, onde um grande grupo de cavaleiros surgia da névoa no horizonte. — Que Deus nos proteja — disse, fazendo o sinal da cruz. — É um maldito exército.

Atrás de mim, as sentinelas na torre estavam batendo com força na barra de ferro para trazer o restante dos homens às muralhas do forte. Subitamente começou a cair uma forte pancada de chuva, agitando a capa dos cavaleiros no horizonte. Havia dezenas deles.

— Nenhum estandarte — comentei.

— Seu primo?

Fiz que não com a cabeça. À luz cinzenta e entrecortada pela chuva era difícil enxergar os homens ao longe, mas duvidei de que meu primo tivesse coragem de trazer sua guarnição tão ao sul durante uma noite escura.

— Einar, talvez? — questionei, mas, nesse caso, quem ele estaria perseguindo?

Esporeei Tintreg para ir até meus homens, que protegiam os quatro fugitivos.

— São noruegueses, senhor! — gritou Gerbruht enquanto eu me aproximava.

Os quatro estavam encharcados, tremendo de frio e aterrorizados. Eram todos jovens de cabelos claros e tinham desenhos feitos com tinta no rosto. Quando viram minha espada desembainhada, eles se ajoelharam.

— Senhor, por favor! — clamou um deles.

Olhei para o norte e vi que o exército de cavaleiros não tinha se mexido. Eles simplesmente olhavam para nós.

— Trezentos homens? — supus.

— Trezentos e quarenta — corrigiu Finan.

— Meu nome é Uhtred de Bebbanburg — falei aos homens ajoelhados na urze molhada. Vi o medo no rosto deles e deixei que o sentissem por alguns instantes. — E quem são vocês?

Eles murmuraram seus nomes. Eram homens de Einar, mandados para nos vigiar. Tinham cavalgado durante boa parte da tarde anterior e, não tendo encontrado nossa trilha, acamparam numa cabana de pastores nas colinas a oeste. Porém, pouco antes do alvorecer, os cavaleiros ao norte atrapalharam seu sono e eles fugiram, abandonando os cavalos em meio ao pânico.

— E quem são eles? — Indiquei os cavaleiros ao norte com a cabeça.

— Nós achávamos que eram seus homens, senhor!

— Vocês não sabem por quem estão sendo perseguidos? — questionei.

— Inimigos, senhor — arriscou um deles, arrasado e sem oferecer nenhuma ajuda.

— Então contem o que aconteceu.

Os cinco foram enviados por Einar para nos procurar, mas três dos misteriosos batedores montados os descobriram pouco antes de o sol nascer por trás das nuvens densas a leste. O abrigo de pastores ficava numa depressão do terreno e eles conseguiram arrancar um dos batedores da sela e espantar os outros dois. Mataram o sujeito, mas, enquanto o faziam, os dois batedores sobreviventes espantaram seus cavalos.

— Então vocês mataram o homem, mas não perguntaram quem ele era? — indaguei.

— Não, senhor — confessou o sobrevivente mais velho. — Não entendemos a língua dele. E ele lutou, senhor. O sujeito sacou uma faca.

— Quem você acha que ele era?

O homem hesitou, depois murmurou que tinha achado que a vítima era meu seguidor.

— Por isso simplesmente o mataram?

O homem deu de ombros.

— Bom, sim, senhor!

Depois eles correram para o sul, mas descobriram que estavam sendo perseguidos por todo um exército de cavaleiros.

— Vocês mataram um homem porque acharam que ele me servia. Então por que eu não deveria matar vocês?

— Ele estava gritando, senhor. Precisávamos fazer com que ele ficasse quieto.

Isso era motivo suficiente, e imagino que eu teria feito o mesmo.

— E o que eu faço com vocês? Entrego àqueles homens? — Indiquei os cavaleiros que esperavam. — Ou simplesmente os mato? — Eles não tinham resposta para isso, mas eu não esperava por uma.

— Seria mais gentil simplesmente matar os desgraçados — comentou Finan.

— Senhor, por favor! — sussurrou um deles.

Ignorei-o porque seis cavaleiros desciam a colina distante e vinham até nós. Avançavam devagar, como se quisessem garantir que não ofereciam nenhuma ameaça.

— Leve esses quatro desgraçados para o forte — ordenei a Gerbruht. — E não os mate.

— Não, senhor? — O grande frísio pareceu desapontado.

— Ainda não.

Meu filho tinha vindo do forte, e ele e Finan foram comigo ao encontro dos seis homens.

— Quem são eles? — perguntou Uhtred.

— Não é o meu primo — avisei. Se meu primo tivesse nos perseguido, estaria ostentando seu estandarte com a cabeça de lobo. — E não é Einar.

— Então quem é?

Pouco depois eu soube quem era. Enquanto os seis cavaleiros se aproximavam, reconheci o sujeito que os comandava. Estava montado num belo garanhão preto e usava uma longa capa azul, aberta sobre a anca do cavalo. Tinha uma cruz de ouro pendurada no pescoço. Cavalgava com as costas eretas, a cabeça erguida. Ele sabia quem eu era, nós já tínhamos nos encontrado, e ele sorriu ao me ver encarando-o.

— É encrenca — comentei aos meus companheiros. — Uma maldita encrenca.

E era mesmo.

*

O homem de capa azul ainda sorria quando conteve o cavalo a alguns passos de mim.

— Uma espada desembainhada, senhor Uhtred? — censurou ele. — É assim que recebe um velho amigo?

— Sou um homem pobre. Não posso pagar por uma bainha.

Enfiei Bafo de Serpente na bota esquerda, deslizando-a com cuidado até que a lâmina estivesse bem alojada ao lado do tornozelo e com o cabo no ar.

— Uma solução elegante — comentou, zombando de mim.

Ele próprio era elegante. A capa azul-escura estava espantosamente limpa, a cota de malha polida, as botas sem lama e a barba bem aparada, assim como o cabelo preto-corvo com um diadema de ouro. Os arreios tinham enfeites de ouro, uma corrente de ouro envolvia seu pescoço e o pomo da empunhadura da espada era de ouro brilhante. Era Causantín mac Áeda, rei de Alba, que eu conhecia como Constantin. E, ao lado dele, num garanhão ligeiramente menor, estava seu filho, Cellach mac Causantín. Quatro homens esperavam atrás do pai e do filho, dois guerreiros e dois padres, e os quatro olhavam para mim com raiva, provavelmente porque eu não tinha me dirigido a Constantin como "senhor rei".

— Senhor príncipe — falei com Cellach. — É bom vê-lo de novo.

Cellach olhou para o pai como se pedisse permissão para falar.

— Você pode falar com ele! — concedeu o rei Constantin. — Mas fale devagar e com simplicidade. O senhor Uhtred é saxão, não entende palavras longas.

— Senhor Uhtred — disse Cellach educadamente —, é bom revê-lo também.

Anos antes, quando era apenas um menino, Cellach foi refém em minha casa. Eu gostava dele na época e ainda gostava então, embora pensasse que talvez um dia tivesse de matá-lo. Agora ele devia estar com uns 20 anos, era bonito como o pai, com o mesmo cabelo escuro e os olhos azuis muito brilhantes, mas não era uma surpresa que carecesse da calma e da confiança de Constantin.

— Você está bem, garoto? — perguntei, e seus olhos se arregalaram ligeiramente quando o chamei de "garoto", mas ele conseguiu assentir em resposta. — Então, senhor rei — voltei a olhar para Constantin —, o que o traz às minhas terras?

— Suas terras? — Constantin achou isso divertido. — Isto aqui é a Escócia!

— O senhor deve falar devagar e com simplicidade, porque não entendo palavras absurdas — pedi.

Constantin riu.

— Eu adoraria não gostar de você, senhor Uhtred. A vida seria muito mais simples se eu o detestasse.

— A maioria dos cristãos detesta — declarei, olhando para os seus padres sérios.

— Eu poderia aprender a detestá-lo, mas só se você optasse por ser meu inimigo.

— Por que eu faria isso?

— Exatamente, por quê? — O filho da mãe sorriu e parecia ter todos os dentes. Eu me perguntei como tinha conseguido mantê-los. Feitiçaria? — Mas você não será meu inimigo, senhor Uhtred.

— Não serei?

— É claro que não. Eu vim em busca de um acordo de paz.

Eu acreditei nisso. Assim como acreditava que as águias punham ovos de ouro, que as fadas dançavam nos nossos sapatos à meia-noite e que a lua era feita de um bom queijo de Sumorsæte.

— Talvez a paz pudesse ser mais bem discutida perto do fogo com algumas canecas de cerveja, não acha? — sugeri.

— Estão vendo? — Constantin se virou para seus padres carrancudos. — Eu garanti que o senhor Uhtred seria hospitaleiro!

Permiti que Constantin e seus cinco companheiros entrassem no forte, mas insisti para que o restante de seus homens esperasse a um quilômetro dali, sendo vigiados por meus guerreiros, alinhados na muralha norte de Weallbyrig. Fingindo inocência, Constantin havia perguntado se todos os seus homens poderiam entrar, e eu apenas sorri como resposta. Ele teve a elegância de retribuir o sorriso. O exército escocês podia esperar na chuva. Não haveria batalha, pelo menos enquanto Constantin fosse meu hóspede, mas mesmo assim eles eram escoceses, e só um idiota convidaria mais de trezentos guerreiros escoceses a entrar num forte. Seria o mesmo que abrir um aprisco para uma matilha de lobos.

— Paz? — perguntei a Constantin depois de a cerveja ser servida, um pão ser partido e um belo pedaço de toucinho ser fatiado.

— É meu dever cristão buscar a paz — respondeu Constantin com ar devoto.

Se o rei Alfredo tivesse dito a mesma coisa, eu teria acreditado, mas Constantin conseguia inserir um sutil ar zombeteiro em suas palavras. Ele sabia que eu acreditava tanto quanto ele.

Eu tinha ordenado que mesas e bancos fossem colocados no maior aposento, no entanto o rei escocês não se sentou. Em vez disso, caminhou pelo cômodo, que era iluminado por cinco janelas. O dia lá fora continuava sombrio. Constantin pareceu fascinado. Ele passou um dedo pelos restos de reboco, depois sentiu a fenda quase imperceptível entre o batente de pedra e o lintel da porta.

— Os romanos faziam boas construções — comentou, quase desejoso.

— Melhores que as nossas.

— Era um grande povo — declarou ele, e eu assenti. — As legiões romanas marcharam pelo mundo inteiro. Mas foram repelidas da Escócia.

— Da Escócia ou pela Escócia?

Ele sorriu.

— Eles tentaram! Fracassaram! Por isso construíram esses fortes e esta muralha para nos impedir de devastar sua província. — Constantin passou a mão por uma fileira de tijolos finos. — Eu gostaria de visitar Roma.

— Ouvi dizer que está em ruínas e é assombrada por lobos, mendigos e ladrões. O senhor iria se sentir em casa, senhor rei.

Os dois sacerdotes escoceses evidentemente falavam a língua inglesa, porque cada um deles murmurou uma censura contra mim, ao passo que Cellach parecia prestes a protestar, mas Constantin não se abalou com meu insulto.

— Mas que ruínas! — exclamou ele, fazendo um gesto para o filho permanecer em silêncio. — Que ruínas maravilhosas! As ruínas romanas são mais grandiosas que nossos maiores salões! — Ele se virou para mim com seu sorriso irritante. — Esta manhã meus homens expulsaram Einar, o Branco, de Bebbanburg.

Eu não falei nada. Na verdade, fiquei incapaz de falar. Meu primeiro pensamento foi que Einar não poderia mais fornecer comida à fortaleza e que o enorme problema que as embarcações dele representavam estava solucionado, mas então mergulhei num novo desespero ao entender que Constantin não o tinha atacado por minha causa. Um problema estava resolvido, mas só porque agora havia um obstáculo muito maior entre mim e Bebbanburg.

Constantin deve ter sentido meu mau humor, porque gargalhou.

— Eu o expulsei. Expulsei-o de Bebbanburg, mandei-o embora correndo com o rabo entre as pernas! Ou talvez o desgraçado esteja morto. Vou saber logo. Einar tinha menos de duzentos homens e eu mandei mais de quatrocentos.

— Além disso, ele tinha as muralhas de Bebbanburg — observei.

— Claro que não tinha — retrucou Constantin com desprezo. — Seu primo não deixaria um bando de noruegueses atravessar os portões! Ele sabe que eles jamais iriam embora. Deixar os homens de Einar entrar na fortaleza seria um convite a levar uma punhalada nas costas. Não, os homens de Einar estavam aquartelados na aldeia, e a paliçada que estavam construindo fora da fortaleza não estava pronta. A essa altura já devem ter ido embora.

— Obrigado — falei em tom sarcástico.

— Por fazer o seu serviço? — perguntou, sorrindo, então veio até a mesa e por fim se sentou e se serviu de um pouco de cerveja e comida. — De fato, eu fiz o seu trabalho — continuou. — Você não podia sitiar Bebbanburg até Einar ser derrotado, e ele foi! Einar tinha sido contratado para manter você longe da fortaleza e fornecer comida ao seu primo. Agora, espero, ele está morto, ou pelo menos correndo para salvar sua vida miserável.

— Por isso obrigado — repeti.

— Mas os homens dele foram substituídos pelos meus — prosseguiu Constantin num tom tranquilo. — Meus homens estão ocupando as propriedades, assim como a aldeia de Bebbanburg. Nesta manhã, senhor Uhtred, meus homens tomaram todas as terras de Bebbanburg.

Encarei seus olhos de um azul profundo.

— Eu achei que o senhor tinha vindo em busca de um acordo de paz.

— E vim!

— Com setecentos, oitocentos guerreiros?

— Ah, mais — corrigiu ele num tom despreocupado. — Muito mais! E você tem quantos? Duzentos homens aqui? E mais trinta e cinco em Dunholm?

— Trinta e sete — falei só para irritá-lo.

— E comandados por uma mulher!

— Eadith é mais feroz que a maioria dos homens.

Eadith era minha mulher e eu a havia deixado no comando da pequena guarnição que protegia Dunholm. Também tinha deixado Sihtric, para o caso de ela esquecer que lado da espada causava dano.

— Acho que você vai descobrir que ela não é mais feroz que meus homens — comentou Constantin, sorrindo. — A paz seria uma ideia excelente para você.

— Eu tenho um genro — observei.

— Ah, o formidável Sigtryggr, que pode colocar quinhentos, seiscentos homens no campo de batalha? Talvez mil, se os jarls do sul o apoiarem, algo que duvido que aconteça! E Sigtryggr deve deixar homens na fronteira sul para manter os jarls do seu lado. Se é que estão mesmo do lado dele. Quem sabe?

Fiquei em silêncio. Constantin estava certo, é claro. Sigtryggr podia ser rei em Eoferwic e se chamar de rei da Nortúmbria, mas muitos dos mais poderosos dinamarqueses na fronteira mércia ainda não tinham lhe jurado lealdade. Diziam que ele havia entregado terras demais para fazer um acordo de paz com Æthelflaed, e eu suspeitava de que estavam mais dispostos a se render do que a travar uma batalha inútil para preservar o reino de Sigtryggr.

— E não são apenas os jarls — prosseguiu Constantin, esfregando sal na ferida. — Ouvi dizer que os saxões ocidentais estão fazendo barulho por lá.

— Sigtryggr está em paz com os saxões — retruquei.

Constantin sorriu. Aquele sorriso estava começando a me enfurecer.

— Senhor Uhtred, ser cristão significa que nutro uma simpatia, até mesmo um apreço, por meus colegas reis cristãos. Somos os ungidos do Senhor, Seus humildes servos, cujo dever é disseminar o evangelho de Jesus Cristo por todas as terras. O rei Eduardo de Wessex adoraria ser lembrado como o homem que pôs o rei pagão da Nortúmbria sob o abrigo do Wessex cristão!

E o acordo de paz de seu genro é com a Mércia, não com Wessex! E muitos saxões acreditam que o tratado jamais devia ter sido feito! Dizem que é hora de a Nortúmbria ser trazida para a comunidade cristã. Você sabia disso?

— Alguns saxões ocidentais querem a guerra — admiti. — Mas não o rei Eduardo. Ainda não.

— O seu amigo, o ealdorman Æthelhelm, quer convencê-lo do contrário.

— Æthelhelm é uma bosta fedorenta — falei em tom vingativo.

— Mas é uma bosta fedorenta cristã, portanto, sem dúvida, é meu dever religioso encorajá-lo, não é?

— Então você também é uma bosta fedorenta — falei, e os dois guerreiros escoceses que acompanhavam Constantin ouviram meu tom e se agitaram. Nenhum deles parecia falar inglês, tinham sua própria língua bárbara, e um rosnou de forma incompreensível.

Constantin levantou a mão para acalmar os dois homens.

— Estou certo? — perguntou a mim.

Assenti com relutância. O ealdorman Æthelhelm, meu inimigo cordial, era o nobre mais poderoso de Wessex, além de sogro do rei Eduardo. E não era segredo que ele desejava uma rápida invasão da Nortúmbria. Queria ser lembrado como o homem que forjou a Inglaterra e cujo neto se tornou o primeiro rei de toda a Inglaterra.

— Mas Æthelhelm não comanda o exército saxão ocidental — falei —, e sim o rei Eduardo, e o rei Eduardo é mais jovem, o que significa que pode se dar ao luxo de esperar.

— Talvez, talvez. — Constantin parecia estar se divertindo, como se eu fosse ingênuo. Ele se inclinou por cima da mesa para derramar mais cerveja no meu copo. — Vamos falar de outra coisa. Vamos falar dos romanos.

— Dos romanos? — perguntei, surpreso.

— Dos romanos — confirmou calorosamente — e do grande povo que eles eram! Eles trouxeram as bênçãos do cristianismo para a Britânia e deveríamos amá-los por isso. E tinham filósofos, eruditos, historiadores e teólogos. Seria bom aprendermos com eles. A sabedoria dos antigos deveria ser uma luz para guiar nosso presente, senhor Uhtred! Não concorda? — Ele esperou que eu respondesse, mas não falei nada. — E aqueles sábios romanos — prosseguiu

Constantin — decidiram que a fronteira entre a Escócia e as terras saxãs seria esta muralha. — Ele estava olhando nos meus olhos enquanto falava, e pude ver que se divertia, apesar da expressão solene.

— Ouvi dizer que há uma muralha romana mais ao norte.

— Um fosso — retrucou, tratando-a como algo insignificante. — E fracassou. Esta muralha — ele acenou para as fortificações visíveis através de uma janela — teve sucesso. Eu pensei no assunto, rezei por isso, e faz sentido que esta muralha seja a linha divisória entre nossos povos. Tudo ao norte será Escócia, Alba, e tudo ao sul pode pertencer aos saxões, Inglaterra. Não haverá mais discussões com relação à localização da fronteira, cada homem poderá ver o limite marcado claramente na nossa ilha por esta grande muralha de pedra! E, ainda que ela não impeça que nosso povo faça incursões para tomar o gado, ela tornará esses ataques mais difíceis! Você percebe? Eu sou um pacificador! — Ele deu um sorriso radiante. — Eu propus tudo isso ao rei Eduardo.

— Eduardo não é o senhor da Nortúmbria.

— Ele será.

— E Bebbanburg é minha.

— Nunca foi sua — retrucou Constantin com aspereza. — Pertenceu ao seu pai e agora é do seu primo. — De repente ele estalou os dedos como se lembrasse alguma coisa. — Você envenenou o filho dele?

— É claro que não!

Ele sorriu.

— Foi bem-feito, se você envenenou.

— Eu não envenenei — reagi com raiva.

Tínhamos capturado o filho do meu primo, um mero menino, e eu havia deixado Osferth, um dos meus homens de confiança, cuidando dele e da mãe, que tinha sido levada com o garoto. Mãe e filho morreram de alguma praga no ano passado, mas era inevitável que os homens dissessem que eu o envenenara.

— Ele morreu com a febre do suor, assim como milhares de outras pessoas em Wessex.

— É claro que acredito em você — disse Constantin sem se preocupar —, mas agora seu primo precisa de uma esposa.

Dei de ombros.

— Alguma pobre coitada vai se casar com ele.

— Eu tenho uma filha — disse Constantin, pensativo. — Talvez devesse oferecer a garota, não é?

— Ela vai custar mais barato do que a tentativa de atravessar a muralha dele.

— Você acha que temo a muralha de Bebbanburg?

— Deveria temer.

— Você planejou atravessar aquela muralha. — Não havia mais diversão nos modos de Constantin. — E acredita que sou menos disposto e capaz que você?

— Então sua paz é obtida por meio de conquistas — falei com amargura.

— Sim — confirmou ele bruscamente —, mas estamos apenas devolvendo a fronteira ao local onde os romanos a colocaram de forma tão sábia. — Ele fez uma pausa, adorando meu incômodo. — Bebbanburg, senhor Uhtred, e todas as suas terras são minhas.

— Não enquanto eu viver.

— Tem uma mosca zumbindo aqui? — perguntou ele. — Eu ouvi alguma coisa. Ou era você falando?

Olhei Constantin nos olhos.

— Está vendo aquele padre ali? — Virei a cabeça para o padre Eadig. Constantin ficou intrigado, mas assentiu.

— Estou surpreso, satisfeito, por você ter a companhia de um padre.

— Um padre que estragou os seus planos, senhor rei.

— Meus planos?

— Seus homens mataram a escolta dele, mas o padre Eadig se safou. Se ele não tivesse me alcançado, eu ainda estaria em Ætgefrin.

— Onde quer que isso seja — acrescentou Constantin num tom despreocupado.

— A colina que seus batedores estavam vigiando na semana passada e antes disso até — falei, percebendo enfim quem eram os observadores misteriosos e competentes. Constantin assentiu muito ligeiramente, reconhecendo que seus homens tinham de fato nos seguido. — E você teria me atacado lá — continuei. — Por que outro motivo estaria aqui, e não em Bebbanburg? Você queria me destruir, mas agora me encontrou atrás de muralhas de pedra e me matar fica muito mais difícil. — Tudo isso era verdade. Se Constantin tivesse me apanhado em terreno aberto, suas forças teriam acabado com os meus homens, mas ele pagaria um preço alto se tentasse atacar as fortificações de Weallbyrig.

Constantin pareceu se divertir com o que eu dizia, que era a mais pura verdade.

— E por que, senhor Uhtred, eu iria querer matá-lo?

— Porque ele é o inimigo que o senhor teme — respondeu Finan por mim.

Vi a breve expressão de desagrado no rosto de Constantin. Ele se levantou e não houve mais sorrisos.

— Este forte agora é propriedade minha — disse ele com severidade. — Toda a terra ao norte é meu reino. Eu lhe dou até o pôr do sol de hoje para deixar meu forte e minha fronteira, o que significa que você, senhor Uhtred, irá para o sul.

Constantin tinha vindo às minhas terras com um exército. Meu primo havia recebido os reforços dos barcos de Einar, o Branco. Eu tinha menos de duzentos homens, então qual era a opção?

Toquei o martelo de Tor e fiz uma promessa em silêncio. Eu tomaria Bebbanburg apesar do meu primo, apesar de Einar e apesar de Constantin. Demoraria mais, seria difícil, mas eu conseguiria.

Então fui para o sul.

Segunda parte

A armadilha

Três

No domingo seguinte chegamos a Eoferwic — ou Jorvik, como os dinamarqueses e os noruegueses chamam — e fomos recebidos pelo toque dos sinos das igrejas. Brida, que tinha sido minha amante antes de se tornar minha inimiga, havia tentado erradicar o cristianismo de Eoferwic. Ela havia assassinado o velho arcebispo, trucidado muitos sacerdotes e queimado as igrejas, mas Sigtryggr, o novo senhor da cidade, não se importava com qual deus era adorado, desde que os impostos fossem pagos e a paz fosse mantida. Assim, os novos templos cristãos brotaram como cogumelos depois da chuva. Além disso, havia um novo arcebispo, Hrothweard, um saxão ocidental de boa reputação. Chegamos perto do meio-dia sob um sol forte, a primeira vez que o víamos desde que tínhamos partido de Ætgefrin. Fomos até o palácio, perto da catedral reconstruída, mas lá me disseram que Sigtryggr tinha ido para Lindcolne com suas forças.

— Mas a rainha está aqui? — perguntei, enquanto apeava, ao idoso responsável pelo portão.

— Ela acompanhou o marido, senhor.

Resmunguei desaprovando, mas o gosto da minha filha pelo perigo não me surpreendeu. De fato, eu ficaria perplexo se ela não tivesse partido para o sul com Sigtryggr.

— E as crianças?

— Também foram para Lindcolne, senhor.

Encolhi-me por causa das dores nos ossos.

— Então quem está no comando aqui?

— Boldar Gunnarson, senhor.

Eu sabia que Boldar era um guerreiro confiável e experiente. Também o achava velho, ainda que, na verdade, talvez ele fosse um ou dois anos mais novo que eu. E, assim como eu, tinha cicatrizes de guerra. Ficara manco graças a uma lança saxã que cortou seu tornozelo direito e perdera um olho para uma flecha mércia. E esses ferimentos lhe ensinaram cautela.

— Não há notícias da guerra — comentou ele —, mas, claro, pode se passar mais uma semana antes que saibamos de alguma coisa.

— Há mesmo uma guerra? — quis saber.

— Existem saxões no nosso território, senhor — respondeu ele cautelosamente. — E não creio que tenham vindo aqui para dançar conosco.

Boldar tinha sido deixado com uma pequena guarnição para defender Eoferwic, e, se havia mesmo um exército saxão assolando o sul da Nortúmbria, era melhor esperar que esses homens jamais chegassem às muralhas romanas da cidade, assim como era melhor rezar aos deuses para que Constantin não decidisse atravessar a muralha e marchar para o sul.

— O senhor vai ficar aqui? — perguntou, sem dúvida na esperança de que meus homens reforçassem sua reduzida guarnição.

— Vamos partir de manhã.

Eu teria ido antes, mas nossos cavalos precisavam de descanso e eu precisava de notícias. Boldar não tinha ideia do que estava acontecendo no sul, por isso Finan sugeriu que conversássemos com o novo arcebispo.

— Os monges vivem escrevendo uns para os outros — disse ele. — Os monges e os padres. Eles sabem mais sobre o que está acontecendo do que a maioria dos reis! E dizem que o arcebispo Hrothweard é um homem bom.

— Eu não confio nele.

— O senhor nunca se encontrou com ele!

— Ele é cristão, como os saxões ocidentais. Então quem ele preferiria ter no trono aqui? Um cristão ou Sigtryggr? Não, vá você falar com ele. Balance seu crucifixo para ele e tente não peidar.

Meu filho e eu caminhamos para o leste, deixando a cidade por um dos portões enormes e seguindo um caminho até a margem do rio, onde havia uma fileira de construções junto a um longo cais usado por embarcações mercantes que vinham de todos os portos do mar do Norte. Ali um homem podia comprar um barco ou madeira, cordoalha ou piche, pano de vela ou escravos. Havia três tavernas, a maior era a do Pato, que oferecia cerveja, comida e prostitutas, e foi lá que nos sentamos, a uma mesa do lado de fora.

— É ótimo ver o sol de novo — disse Olla, o dono da taverna.

— Seria ainda melhor ver um pouco de cerveja — falei.

Olla sorriu.

— E é bom vê-lo, senhor. Só cerveja? Tenho uma coisinha bem bonita que acabou de chegar da Frísia.

— Só cerveja.

— Ela não vai saber o que está perdendo — disse, depois foi pegar a cerveja enquanto nos encostávamos na parede da taverna.

O sol estava quente, seus reflexos reluziam no rio onde cisnes nadavam vagarosamente corrente acima. Um grande barco mercante estava atracado ali perto e três escravos nus o limpavam.

—Está à venda — comentou Olla quando trouxe a cerveja.

— Parece pesado.

— É um barco grande. Quer comprar, senhor?

— Ele, não. Talvez alguma coisa mais leve.

— Os preços subiram — explicou Olla. — É melhor esperar até haver neve no chão. — Ele se sentou num banquinho na outra ponta da mesa. — Quer comida? Minha mulher fez um belo cozido de peixe e o pão acabou de ser assado.

— Eu estou com fome — avisou meu filho.

— De peixe ou de frísias? — perguntei.

— Dos dois, mas primeiro peixe.

Olla bateu na mesa e esperou até que uma garota bonita veio da taverna.

— Três tigelas de cozido, querida — pediu ele —, e dois pães dos recém-assados. E uma jarra de cerveja, manteiga, e limpe o seu nariz. — Ele esperou até ela voltar correndo para dentro. — Tem algum jovem guerreiro animado que precise de uma esposa, senhor?

— Vários, inclusive esse estafermo aqui. — Indiquei meu filho.

63

A armadilha

— É minha filha — explicou ele, apontando com a cabeça a porta por onde a garota havia sumido. — E dá um trabalhão. Ontem eu a encontrei tentando vender o irmão mais novo para Haruld.

Haruld era o mercador de escravos cujo estabelecimento ficava três construções rio acima.

— Espero que tenha conseguido um bom preço — falei.

— Ah, ela teria feito uma bela barganha. Hanna! — gritou. — Hanna!

— Pai? — A garota espiou pela porta.

— Quantos anos você tem?

— Doze, pai.

— Está vendo? — Ele olhou para mim. — Pronta para casar. — Em seguida, Olla se abaixou e coçou a cabeça de um cachorro que estava dormindo. — E o senhor?

— Eu já sou casado.

Olla riu.

— Faz um tempo que o senhor não bebe minha cerveja. O que o traz aqui?

— Eu esperava que você me dissesse.

Ele assentiu.

— Hornecastre.

— Hornecastre — confirmei. — Não conheço o lugar.

— Não tem muita coisa por lá, só um forte antigo.

— Romano? — arrisquei.

— O que mais seria? Agora o domínio dos saxões vai até o Gewasc. — Ele parecia melancólico. — E por algum motivo mandaram homens mais para o norte ainda, até Hornecastre. Eles se enfiaram no velho forte e, até onde sei, ainda estão lá.

— Quantos?

— O suficiente. Trezentos? Quatrocentos?

Parecia um bando de guerreiros formidável, mas até mesmo quatrocentos homens teriam dificuldade para atacar as muralhas de pedra de Lindcolne.

— Me disseram que estávamos em guerra — falei com azedume. — Quatrocentos homens acomodados num forte pode ser um incômodo, mas não é o fim da Nortúmbria.

O portador do fogo

— Duvido que eles estejam lá para colher margaridas — comentou Olla.
— São saxões ocidentais e estão na nossa terra. O rei Sigtryggr não pode simplesmente deixá-los lá.
— Verdade. — Coloquei mais cerveja na minha caneca. — Você sabe quem os comanda?
— Brunulf.
— Nunca ouvi falar.
— Ele é saxão ocidental. — Olla conseguia notícias com as pessoas que bebiam na taverna, muitas delas marinheiros cujas embarcações faziam comércio subindo e descendo o litoral. Ele sabia de Brunulf por causa de uma família dinamarquesa que havia sido expulsa de sua propriedade não muito longe, ao norte do antigo forte, e tinha passado uma noite no Pato, a caminho do norte, para ficar com parentes. — Ele não matou ninguém, senhor.
— Brunulf?
— Disseram que ele foi cortês! Mas a aldeia inteira precisou ir embora. Claro, eles perderam os animais de criação.
— E as casas.
— E as casas, senhor, mas ninguém sofreu nem mesmo um arranhão! Nenhuma criança foi feita escrava, nenhuma mulher foi estuprada, nada.
— Invasores gentis — comentei.
— Por isso o seu genro levou mais de quatrocentos homens para o sul, mas ouvi dizer que ele também quer ser gentil. Prefere tirar os filhos da mãe de Hornecastre com uma conversa a começar uma guerra.
— Então ele se tornou sensato?
— Sua filha é que é, senhor. É ela quem insiste para não cutucarmos o formigueiro.
— E aqui está sua filha — falei, enquanto Hanna trazia uma bandeja com tigelas e jarras.
— Ponha aí, querida — pediu Olla, batendo no tampo da mesa.
— Quanto Haruld lhe ofereceu pelo seu irmão? — perguntei a ela.
— Três xelins, senhor. — Era uma garota de olhos brilhantes, cabelos castanhos e um riso contagiante e petulante.
— Por que você quis vendê-lo?

— Porque ele é um cagalhão, senhor.

Gargalhei.

— Você deveria ter aceitado o dinheiro, então. Três xelins é um bom preço por um cagalhão.

— Papai não deixou. — Ela fez beicinho, depois fingiu ter uma ideia brilhante. — Talvez meu irmão possa servir ao senhor. — Hanna fez uma careta medonha. — Aí ele morreria numa batalha?

— Vá embora, coisa horrível — ordenou o pai dela.

— Hanna! — chamei-a de volta. — Seu pai disse que você está pronta para casar.

— Dentro de mais um ano, talvez — interveio Olla rapidamente.

— Quer se casar com esse aqui? — perguntei, apontando para o meu filho.

— Não, senhor!

— Por que não?

— Ele se parece com o senhor — respondeu ela, em seguida riu e desapareceu.

Gargalhei, mas meu filho ficou ofendido.

— Eu não sou parecido com o senhor.

— É, sim — contrapôs Olla.

— Então que deus me ajude.

E que deus ajudasse a Nortúmbria, pensei. Brunulf? Eu não sabia nada sobre ele, mas presumi que fosse competente o bastante para receber o comando de centenas de homens. No entanto, por que tinha sido mandado a Hornecastre? Será que o rei Eduardo estava tentando provocar uma guerra? Sua irmã, Æthelflaed, podia ter feito um acordo de paz com Sigtryggr, mas Wessex não havia assinado tratado nenhum, e a vontade de alguns saxões ocidentais de invadir a Nortúmbria não era segredo. Porém, enviar algumas centenas de homens para o interior da Nortúmbria, expulsar os dinamarqueses das proximidades sem causar mortes e depois se acomodar num velho forte não parecia uma invasão violenta. Com certeza, Brunulf e seus homens estavam em Hornecastre como uma forma de provocação, designados para atrair um ataque nosso e que assim começássemos uma guerra que iríamos perder.

— Sigtryggr quer que eu me junte a ele — contei a Olla.

— Se ele não conseguir convencê-los a sair do forte, espera que o senhor os assuste — disse, lisonjeiro.

Provei o cozido de peixe e percebi que estava esfomeado.

— E por que o preço dos barcos está subindo?

— O senhor não vai acreditar. É o arcebispo.

— Hrothweard?

Olla confirmou.

— Ele diz que está na hora de os monges voltarem a Lindisfarena.

Eu o encarei.

— Ele diz o quê?

— Ele quer reconstruir o mosteiro!

Fazia uma vida que Lindisfarena não via monges, desde que saqueadores dinamarqueses mataram os últimos. No tempo do meu pai, esse era o templo cristão mais importante de toda a Britânia, superando até mesmo Contwaraburg, atraindo hordas de peregrinos que rezavam ao lado da sepultura de são Cuthbert. Meu pai lucrava com isso porque o mosteiro ficava perto da fortaleza, numa ilha ao norte dela, e os peregrinos gastavam sua prata em velas, comida, alojamento e prostitutas na aldeia de Bebbanburg. Eu não tinha dúvida de que os cristãos desejavam reconstruir o lugar, mas nesse momento ele estava nas mãos dos escoceses. Olla virou a cabeça bruscamente para o leste, acompanhando a margem do rio.

— Está vendo aquela pilha de madeira? É tudo bom carvalho envelhecido de Sumorsæte. É o que o arcebispo quer usar. Aquilo e um pouco de pedras, por isso ele precisa de muitas embarcações.

— Talvez o rei Constantin não aprove — falei severamente.

— O que ele tem a ver com isso?

— Não soube? Os malditos escoceses invadiram as terras de Bebbanburg.

— Meu Deus do céu! Isso é verdade, senhor?

— Sim. Aquele desgraçado do Constantin afirma que agora Lindisfarena faz parte da Escócia. Ele vai querer seus próprios monges lá, e não os saxões de Hrothweard.

Olla fez uma careta.

— O arcebispo não vai gostar disso! Os malditos escoceses em Lindisfarena!

De repente, tive uma ideia e franzi a testa enquanto pensava nela.

— Você sabe quem é dono da maior parte da ilha? — perguntei a Olla.

— Sua família, senhor — respondeu ele, o que era uma resposta bastante diplomática.

— A Igreja é dona das ruínas do mosteiro, mas o restante da ilha pertence a Bebbanburg. Você acha que o arcebispo pediu a permissão do meu primo para construir lá? Ele não precisa dela, mas a vida seria mais fácil se meu primo concordasse.

Olla hesitou. Ele sabia o que eu sentia pelo meu primo.

— Eu acho que a sugestão partiu do seu primo, senhor.

E era exatamente o que eu, de súbito, tinha passado a suspeitar.

— Aquele bosta de fuinha — falei.

Desde que Sigtryggr havia se tornado rei da Nortúmbria meu primo devia saber que eu iria atacá-lo, e com certeza tinha feito a sugestão a Hrothweard, de modo que a Igreja o apoiasse. Ele havia transformado a defesa de Bebbanburg numa cruzada cristã. Pelo menos Constantin havia acabado com essa pretensão, pensei.

— Mas antes disso o bispo louco tentou construir uma igreja lá — continuou Olla. — Ou quis construir.

Gargalhei. Qualquer menção ao bispo louco sempre me divertia.

— Foi?

— Por isso o arcebispo Hrothweard quer acabar com esse absurdo. Claro, a gente nunca sabe no que acreditar quando se trata daquele maluco desgraçado, mas não era segredo que o doido queria construir um novo mosteiro na ilha.

O bispo louco podia ser louco, mas não era bispo. Era um jarl dinamarquês chamado Dagfinnr que tinha se declarado bispo de Gyruum e assumido um novo nome: Ieremias. Ele e seus homens ocuparam o antigo forte em Gyruum, ao sul das terras de Bebbanburg, na margem sul do rio Tinan. Gyruum fazia parte das posses de Dunholm, o que tornava Ieremias meu arrendatário. Na única vez em que eu o havia encontrado, ele tinha ido obedientemente à fortaleza pagar o arrendamento. Chegara com doze homens, que chamava de discípulos, todos montados em garanhões, a não ser o próprio Ieremias, que montava um jumento. Ele usava um manto longo e sujo, seu cabelo branco e sebento ia até a cintura, e tinha uma expressão maliciosa no rosto magro e inteligente. Ieremias colocou quinze xelins de prata no capim, depois levantou o manto.

— Vejam! — anunciou de forma grandiosa, depois mijou nas moedas. — Em nome do Pai, do Filho e do outro — disse enquanto mijava, depois sorriu para mim. — Seu arrendamento, senhor, um pouco molhado, mas abençoado pelo próprio Deus. Está vendo como brilham agora? É um milagre, não é?

— Lave-as — mandei.

— E os seus pés também, senhor?

Então o louco Ieremias queria construir um mosteiro em Lindisfarena?

— Ele pediu permissão ao meu primo? — perguntei a Olla.

— Não sei, senhor. Não vejo Ieremias nem seu barco horrendo há meses.

O barco horrendo se chamava *Guds Moder*, uma embarcação de guerra escura e suja que Ieremias usava para patrulhar a costa logo depois de Gyruum. Dei de ombros.

— Ieremias não é uma ameaça — decidi. — Se ele peidar para o norte, Constantin vai esmagá-lo.

— Talvez. — Olla pareceu em dúvida.

Olhei para o rio que corria pelo cais movimentado, depois vi um gato caminhar pela amurada de um barco atracado antes de pular para caçar ratos no porão. Olla contava ao meu filho sobre as corridas de cavalo que tiveram de ser adiadas porque Sigtryggr havia levado a maior parte da guarnição de Eoferwic para o sul, mas eu não estava prestando atenção. Estava pensando. Obviamente, a permissão de construir o novo mosteiro devia ter sido dada semanas atrás, antes mesmo de Constantin ter comandado sua invasão. De que outro modo o arcebispo teria pilhas de madeira e pedras prontas para serem embarcadas?

— Quando Brunulf ocupou Hornecastre? — perguntei, interrompendo o entusiasmado relato de Olla sobre um capão que ele achava ser o cavalo mais rápido da Nortúmbria.

— Deixe-me pensar. — Ele franziu a testa, parando por alguns instantes. — Deve ter sido na última lua nova. É, foi.

— E a lua está quase cheia — falei.

— Então... — começou meu filho, e ficou em silêncio.

— Então os escoceses invadiram há alguns dias! — exclamei com raiva.

— Suponha que Sigtryggr não tivesse sido distraído pelos saxões, o que teria feito ao saber de Constantin?

— Ele teria marchado para o norte — respondeu meu filho.

— Mas ele não pôde fazer isso porque os saxões ocidentais estão mijando em todas as suas terras ao sul. Eles se aliaram!

— Os escoceses e os saxões? — Meu filho parecia incrédulo.

— Eles fizeram um acordo em segredo há algumas semanas! Os escoceses ficam com Bebbanburg e a Igreja saxã ocidental recebe Lindisfarena — concluí, e tive certeza de que estava certo. — Eles ganham um novo mosteiro, relíquias, peregrinos, prata. Os escoceses ganham terras e a Igreja fica rica.

Eu tinha certeza de que era assim, mas na verdade estava errado. Não que isso importasse no fim das contas.

Olla e meu filho ficaram quietos até que Uhtred deu de ombros.

— E o que vamos fazer?

— Começar a matar — falei, com sede de vingança.

E no dia seguinte partimos para o sul.

— Nada de mortes — disse minha filha com firmeza.

Resmunguei.

Sigtryggr não estava mais em Lindcolne. Tinha deixado a maior parte de seu exército defendendo as muralhas e cavalgado com cinquenta homens para Ledecestre, um burh que havia cedido à Mércia, para fazer um pedido a Æthelflaed. Queria que ela influenciasse o irmão, rei de Wessex, a retirar as tropas de Hornecastre.

— Os saxões ocidentais querem que comecemos uma guerra — disse minha filha.

Ela havia sido deixada no comando de Lindcolne, liderando uma guarnição de quase quatrocentos homens. Podia ter confrontado Brunulf com esse exército, mas insistia em não incomodar os saxões ocidentais.

— Provavelmente você tem mais homens do que os filhos da mãe em Hornecastre — observei.

— Provavelmente não — retrucou Stiorra pacientemente. — E há centenas de saxões ocidentais esperando do outro lado da fronteira, só procurando uma desculpa para nos invadir.

E era verdade. Os saxões no sul da Britânia queriam mais que uma desculpa, queriam tudo. Durante minha vida inteira eu tinha visto quase todo o território do que hoje é chamado de Inglaterra em mãos dinamarquesas. As longas embarcações subiram os rios, rasgando a terra, e os guerreiros conquistaram a Nortúmbria, a Mércia e a Ânglia Oriental. Seus exércitos dominaram Wessex e parecia inevitável que o reino passasse a ser chamado de Dinaterra. Mas o destino decretou que não fosse assim, e os saxões ocidentais e os mércios lutaram, abrindo caminho para o norte, lutaram com crueldade e sofreram tremendamente, de modo que agora havia apenas a Nortúmbria de Sigtryggr no caminho. Quando ela caísse, e eventualmente cairia, todo o povo que falava a língua inglesa viveria em um reino. Inglaterra.

A ironia, é claro, era que eu tinha lutado do lado saxão, subindo desde o litoral sul até a borda da Nortúmbria. Mas agora, graças ao casamento da minha filha, eu era inimigo deles. Assim é o destino! E agora o destino decretava que minha própria filha me dissesse o que fazer!

— Independentemente de qualquer coisa, pai, não os provoque! Nós não os confrontamos, não falamos com eles nem os ameaçamos! Não queremos provocá-los!

Olhei para o irmão dela, que brincava com o sobrinho e a sobrinha. Estávamos numa grande casa romana construída no alto da colina de Lindcolne, e da borda leste de seu amplo jardim era possível enxergar quilômetros de um território ensolarado. Brunulf e seus homens estavam por lá em algum lugar. Meu filho, pensei, adoraria lutar contra eles. Uhtred era direto, animado e obstinado, ao passo que minha filha, tão morena comparada com a pele clara do irmão, era ardilosa e reservada. Era inteligente também, como a mãe, mas isso não fazia com que estivesse certa.

— Você está com medo dos saxões ocidentais — acusei.

— Eu respeito a força deles.

— Eles estão blefando — insisti, esperando estar certo.

— Blefando?

— Isso não é uma invasão — falei com raiva —, é só uma distração! Eles queriam seus exércitos no sul enquanto Constantin ataca Bebbanburg. Brunulf não vai atacar você! Ele não tem homens suficientes. Só está aqui para manter a atenção de vocês no sul enquanto Constantin sitia Bebbanburg. Eles se mancomunaram, você não vê? — Dei um tapa na balaustrada de pedra do jardim. — Eu não devia estar aqui.

Stiorra sabia que eu queria dizer que deveria estar em Bebbanburg, e tocou meu braço como se quisesse me tranquilizar.

— O senhor acha que pode lutar contra seu primo e os escoceses?

— Eu preciso.

— O senhor não pode, pai, não sem a ajuda do nosso exército.

— Durante toda a minha vida eu sonhei com Bebbanburg — falei com amargura. — Sonhei em retomá-la. Sonhei em morrer lá. E o que fiz, em vez disso? Ajudei os saxões a conquistar a terra, ajudei os cristãos! E como eles me pagam? Aliando-se com meu inimigo. — Eu me virei para Stiorra, com a voz selvagem. — Você está errada!

— Errada?

— Os saxões ocidentais não vão invadir se atacarmos Brunulf. Eles não estão preparados. Um dia estarão, mas não por enquanto. — Eu não tinha ideia se isso era verdade, só estava tentando me convencer de que era. — Eles precisam ser machucados, castigados, mortos. Precisam ser amedrontados.

— Não, pai. — Agora ela estava implorando. — Espere para ver que tipo de acordo Sigtryggr consegue com os mércios. Por favor.

— Nós não estamos em guerra com os mércios.

Ela se virou e olhou por cima dos morros salpicados de nuvens.

— O senhor sabe que alguns saxões ocidentais dizem que não devíamos ter feito um acordo de paz — disse Stiorra numa voz calma. — Metade do Witan deles diz que Æthelflaed traiu os saxões porque ama o senhor; a outra metade diz que a paz deve ser mantida até estarem tão fortes que não possamos resistir.

— E daí?

— E daí que os homens que querem guerra só estão esperando um motivo. Eles querem que nós ataquemos. Querem forçar o rei Eduardo. Nem mesmo a sua Æthelflaed será capaz de resistir ao chamado para lutar. Precisamos de tempo, pai. Por favor. Deixe-os em paz. Eles irão embora. Vá para Ledecestre. Ajude Sigtryggr lá. Æthelflaed ouvirá o senhor.

Pensei no que Stiorra tinha dito e concluí que provavelmente estava certa. Os saxões ocidentais, recém-saídos do triunfo sobre a Ânglia Oriental, estavam atrás de outra guerra, e era uma guerra que eu não desejava. Eu queria expulsar os escoceses das terras de Bebbanburg, e para isso precisava do exército da Nortúmbria. E Sigtryggr só me ajudaria a atacar no norte se tivesse certeza de que tinha paz com os saxões do sul. Ele fora a Ledecestre fazer o pedido a Æthelflaed, esperando que a influência dela sobre o irmão garantisse a paz. Mas, apesar dos pedidos ansiosos da minha filha, meu instinto me dizia que a estrada para Bebbanburg passava por Hornecastre, e não por Ledecestre. E eu sempre confiei no instinto. Ele pode desafiar a razão e o bom senso, mas o instinto é aquela coceira na nuca avisando que o perigo está próximo. Por isso confio nele.

Assim, no dia seguinte, apesar de tudo o que minha filha tinha falado, fui para Hornecastre.

Hornecastre era um lugar ermo, embora os romanos o valorizassem a ponto de construir um forte com muros de pedra perto do rio Beina, ao sul de seu leito. Eles não construíram estradas, por isso presumi que o objetivo do forte era proteger a terra das embarcações que subissem o rio, as quais deviam ter pertencido aos nossos ancestrais, os primeiros saxões a atravessar o mar e tomar uma terra nova. E era uma boa terra, pelo menos ao norte, onde as colinas baixas forneciam um pasto abundante. Duas famílias dinamarquesas e seus escravos tinham se estabelecido nas propriedades próximas, porém ambas receberam ordens de partir assim que os saxões ocidentais ocuparam o antigo forte.

— Por que os dinamarqueses não estão morando no forte? — perguntei a Egil.

Egil era um homem sóbrio, de meia-idade, com bigode comprido e trançado, que havia crescido não muito longe de Hornecastre, mas agora servia na guarnição de Lindcolne como comandante dos guardas-noturnos. Quando os saxões ocidentais ocuparam o forte, ele havia sido mandado com uma pequena força para vigiá-los, e tinha feito isso de uma distância segura, até que a cautela de Sigtryggr fez com que Egil fosse chamado de volta a Lindcolne. Eu tinha insistido em que ele voltasse a Hornecastre comigo.

— Se atacarmos o forte — eu tinha dito a ele —, vai ser bom ter alguém que conheça o lugar. Eu não conheço. Você, sim.

— Um homem chamado Torstein morava lá — explicou Egil —, mas ele foi embora.

— Por quê?

— O lugar inunda, senhor. Os dois filhos de Torstein se afogaram numa enchente, e ele achou que os saxões tinham amaldiçoado o lugar. Por isso foi embora. Tem um riacho deste lado do forte, um riacho grande, e o rio mais além. E alguns pontos das muralhas do outro lado caíram. Deste lado, não, senhor — estávamos olhando do norte —, e sim dos lados que dão para o sul e para o leste.

— Parece formidável visto daqui — comentei.

Eu estava olhando para o forte, vendo os muros de pedra que se erguiam lúgubres acima de uma vastidão de juncos. Dois estandartes pendiam em mastros acima do muro norte, e um vento sombrio agitava um deles ocasionalmente, revelando o dragão de Wessex. O segundo estandarte devia ser feito de um pano mais pesado, porque ele nem se mexia.

— O que tem no estandarte da esquerda? — perguntei a Egil.

— Nunca conseguimos ver, senhor.

Resmunguei, suspeitando de que Egil nunca havia tentado chegar suficientemente perto para ver o segundo estandarte. A fumaça das fogueiras subia da fortificação e dos campos ao sul onde, evidentemente, parte da força de Brunulf estava acampada.

— Quantos homens estão lá? — perguntei.

— Duzentos? Trezentos? — Egil pareceu vago.

— Todos guerreiros?

— Tem alguns magos com eles, senhor. — Ele se referia a padres.

Estávamos muito longe do forte, mas sem dúvida os homens nas muralhas tinham nos visto vigiando-os da colina baixa. A maior parte dos meus homens estava escondida no vale atrás.

— Tem mais alguma coisa além do forte?

— Algumas casas — respondeu Egil sem dar importância.

— E os saxões não tentaram ir mais para o norte?

— Não desde a semana que chegaram, senhor. Agora eles só estão sentados lá. — Egil coçou a barba, tentando esmagar um piolho. — Veja bem, eles podem estar andando à solta por aí, mas não saberíamos. Recebemos ordem de ficar longe, de não os incomodar.

— Isso provavelmente foi sensato — falei, refletindo que eu estava prestes a fazer o oposto.

— Então o que eles querem? — perguntou Egil, incomodado.

— Que nós os ataquemos — respondi, mas, se Egil estivesse certo e os saxões ocidentais podiam colocar duzentos ou trezentos homens atrás dos muros de pedra, precisaríamos de pelo menos quatrocentos para atacar a fortificação, e para quê? Para tomar posse das ruínas de um velho forte que não guardava nada de valor? Brunulf, o comandante saxão ocidental, com certeza sabia disso também, então por que continuava ali? — Como ele chegou aqui? De barco?

— A cavalo, senhor.

— E são quilômetros desde as forças de Wessex mais próximas — eu disse, falando mais para mim mesmo do que para Egil.

— As mais próximas estão em Steanford, senhor.

— Que fica a que distância?

— Meio dia de cavalgada, senhor — respondeu ele vagamente. — Algo em torno disso.

Naquele dia eu estava montando Tintreg, e o esporeei ao descer a encosta longa, então passei por uma cerca viva, atravessei uma vala e subi a encosta baixa do outro lado. Levei Finan e doze homens, deixando o restante escondido. Se os saxões ocidentais quisessem nos perseguir, não teríamos opção a não

A armadilha

ser fugir para o norte, mas eles pareciam satisfeitos em observar da muralha nossa aproximação. Um dos padres deles se juntou aos guerreiros na muralha, e eu o vi erguer uma cruz e segurá-la voltada para nós.

— Ele está nos amaldiçoando — falei, achando divertido.

Eadric, um batedor saxão, tocou a cruz pendurada em seu pescoço, mas não disse nada. Eu estava olhando para um trecho de capim ao norte da fortificação.

— Olhe o pasto deste lado do riacho — comentei. — O que você vê ali?

Eadric tinha olhos tão bons quanto os de Finan. Depois do que eu disse, ele ficou de pé nos estribos, protegeu a vista com a mão e observou.

— Sepulturas? — Ele parecia intrigado.

— Estão cavando alguma coisa — disse Finan.

Parecia haver vários montes de terra recém-revirada.

— Quer que eu vá lá olhar, senhor? — perguntou Eadric.

— Vamos todos lá.

Cavalgamos lentamente até o forte, deixando os escudos para trás como sinal de que não queríamos batalha, e durante um tempo os saxões ocidentais pareceram estar satisfeitos em observar enquanto explorávamos o pasto do nosso lado do rio, de onde dava para ver os misteriosos montes de terra. Conforme nos aproximávamos, vi que os montes não foram escavados para fazer sepulturas, e sim valas.

— Eles estão construindo um novo forte? — perguntei, curioso.

— Estão construindo alguma coisa — disse Finan.

— Senhor — alertou Eadric, mas eu já tinha visto os cavaleiros saindo do forte e indo até um vau que atravessava o riacho.

Éramos quatorze. E Brunulf, se estivesse tentando evitar encrenca, traria o mesmo número de homens. Ele o fez, mas, quando os cavaleiros estavam no meio do riacho, onde a água plácida chegava quase à barriga dos cavalos, todos pararam. Eles ficaram agrupados, ignorando-nos, e pareciam discutir. Então, inesperadamente, dois homens se viraram e voltaram para o forte. Estávamos no limite do pasto, o capim luxuriante por causa da chuva recente. E, quando esporeei Tintreg, vi que não era um forte que estavam fazendo, nem sepulturas, e sim uma igreja. A vala tinha sido cavada na forma de uma cruz. Destinava-se ao alicerce da construção e eventualmente seria enchida até a metade com pedra para sustentar as colunas das paredes.

— É grande! — comentei, impressionado.

— Grande como a igreja de Wintanceaster! — acrescentou Finan, igualmente impressionado.

Os doze emissários remanescentes do forte estavam saindo do rio. Oito eram guerreiros como nós, os outros eram homens da igreja — dois padres com mantos pretos e um par de monges de marrom. Os guerreiros não usavam elmos, não carregavam escudos e, com exceção das espadas nas bainhas, não portavam armas. O líder deles, num impressionante garanhão cinzento que atravessava altivo o capim alto, usava um manto escuro com acabamento de pele sobre um peitoral de couro em que pendia uma cruz de prata. Era um rapaz de rosto sério, barba curta e testa alta sob um gorro de lã. Ele conteve o cavalo inquieto e me encarou em silêncio, como se esperasse que eu falasse primeiro. Eu não fiz isso.

— Eu sou Brunulf Torkelson de Wessex — disse ele, por fim. — E quem é o senhor?

— Você é filho de Torkel Brunulfson? — perguntei.

Ele pareceu surpreso com a pergunta, depois satisfeito. Assentiu.

— Sou, senhor.

— Seu pai lutou ao meu lado em Ethandun, e lutou bem! Naquele dia matou dinamarqueses. Ele ainda vive?

— Vive.

— Dê-lhe minhas calorosas lembranças.

Brunulf hesitou, e senti que ele queria agradecer, mas havia uma pergunta que precisava ser feita primeiro.

— E de quem são essas lembranças?

Dei um leve sorriso, olhando ao longo da linha dos seus homens.

— Você sabe quem eu sou, Brunulf. Você me chamou de "senhor", portanto não finja que não me conhece. — Apontei para seu guerreiro mais velho, um homem grisalho com uma cicatriz na testa. — Você lutou ao meu lado em Fearnhamme. Estou certo?

O homem sorriu.

— Lutei, senhor.

— Você servia a Steapa, não é?

— Sim, senhor.

— Então diga a Brunulf quem sou eu.

— Ele é...

— Eu sei quem ele é — interrompeu Brunulf, depois assentiu ligeiramente para mim. — É uma honra conhecê-lo, senhor. — Essas palavras, ditas com cortesia, fizeram o padre mais velho cuspir no chão. Brunulf ignorou o insulto. — E posso perguntar o que traz Uhtred de Bebbanburg a este lugar miserável?

— Eu estava prestes a perguntar o que os trouxe aqui — retorqui.

— Você não tem nada para fazer aqui. — Quem falou foi o padre que havia cuspido.

Era um homem forte, de peito largo, dez ou quinze anos mais velho que Brunulf, com rosto feroz, cabelo preto e curto e um inegável ar de autoridade. Seu manto preto era feito de lã muito bem trançada e a cruz no peito era de ouro. O segundo padre era um homem muito menor, mais jovem, e obviamente estava nervoso com nossa presença.

Olhei para o padre mais velho.

— E quem é você? — perguntei.

— Alguém que faz a obra de Deus.

— Você sabe meu nome — falei de modo afável. — Mas sabe como me chamam?

— A bosta de Satã — rosnou ele.

— Talvez chamem, no entanto também me chamam de matador de padres, mas faz muitos anos desde que cortei a barriga de um padre arrogante pela última vez. Preciso treinar. — E sorri para ele.

Brunulf ergueu a mão para impedir qualquer resposta mordaz que estivesse para ser dada.

— O padre Herefrith teme que o senhor esteja invadindo este local, senhor Uhtred.

Sem dúvida, Brunulf não queria luta. Seu tom era cortês.

O portador do fogo

— Como um homem pode invadir as terras de seu próprio rei? — questionei.

— Esta terra pertence a Eduardo de Wessex — declarou Brunulf.

Gargalhei. Era uma declaração ousada, tão ultrajante quanto a afirmação de Constantin, de que todas as terras ao norte da muralha pertenciam aos escoceses.

— Esta terra está meio dia ao norte da fronteira, a cavalo — falei.

— Existe prova de nossa afirmação — retrucou o padre Herefrith.

A voz do padre era um rosnado profundo, hostil, e seu olhar era ainda menos amigável. Supus que já tivesse sido um guerreiro: tinha cicatrizes numa bochecha e seus olhos escuros não revelavam medo, apenas desafio. Era grande, mas seu tamanho era devido a músculos, o tipo de força que um homem desenvolve com anos de treinamento com a espada. Notei que ele mantinha o cavalo afastado dos outros seguidores de Brunulf, até mesmo do outro padre, como se desprezasse a companhia deles.

— Prove — falei com escárnio.

— "Prove"! — cuspiu ele. — Apesar de não precisarmos provar nada a você. Você é a bosta da bunda do diabo e invadiu a terra do rei Eduardo.

— O padre Herefrith é capelão do rei Eduardo. — Brunulf parecia incomodado com a beligerância do padre mais velho.

— O padre Herefrith — falei, mantendo a voz afável — nasceu da bunda de uma porca.

Herefrith apenas me encarou. Uma vez me disseram que existe uma tribo do outro lado dos mares com homens capazes de matar com um olhar. Parecia que o padre grandalhão estava tentando imitá-los. Desviei os olhos antes que isso se transformasse numa disputa e vi que o segundo estandarte, o que não tinha se aberto ao vento fraco, havia sido retirado da muralha do forte. Eu me perguntei se não havia um grupo de guerreiros se reunindo para seguir aquele estandarte para nossa ruína.

— Seu capelão real nascido de uma porca diz que tem prova — falei com Brunulf apesar de continuar olhando para o forte. — Que prova?

— Padre Stepan? — Brunulf repassou minha pergunta ao padre mais jovem e nervoso.

— No ano de Nosso Senhor de 875 — respondeu o segundo padre numa voz aguda e sem firmeza —, o rei Ælla da Nortúmbria cedeu esta terra perpetuamente ao rei Oswaldo da Ânglia Oriental. Agora o rei Eduardo é o senhor da Ânglia Oriental e, portanto, é o herdeiro do presente, o herdeiro legítimo e por direito.

Olhei para Brunulf e tive a impressão de que ele era um homem honesto, certamente um homem que não parecia convencido pela declaração do padre.

— No ano de Tor de 875 — falei —, Ælla estava sitiado por um rival, e Oswaldo nem era rei da Ânglia Oriental, era uma marionete de Ubba.

— Mesmo assim... — insistiu o padre mais velho, mas eu o interrompi.

— Ubba, o Horrível — falei, encarando-o —, que eu matei junto ao mar.

— Mesmo assim — ele falava alto, como se me desafiasse a interrompê-lo de novo — a doação foi feita, a escritura foi escrita, os lacres impressos e com isso a terra foi dada. — Ele olhou para o padre Stepan. — Não é?

— É — guinchou o padre Stepan.

Herefrith me encarou com ódio, tentando me matar com o olhar.

— Você está invadindo as terras do rei Eduardo, cagalhão.

Brunulf se encolheu diante do insulto. Eu não me importei.

— Você pode mostrar essa suposta escritura? — pedi.

Por um momento, ninguém respondeu, então Brunulf olhou para o padre mais jovem.

— Padre Stepan?

— Por que provar qualquer coisa a esse pecador? — questionou Herefrith, com raiva. Em seguida, fez o cavalo avançar um passo. — Ele é um assassino de padres, odiado por Deus, casado com uma puta saxã, gerando a imundície do diabo.

Senti meus homens se agitarem atrás de mim e ergui a mão para acalmá-los. Ignorei o padre Herefrith e olhei para o sacerdote mais jovem.

— É fácil forjar escrituras, portanto me entretenha e diga por que a terra foi dada.

O padre Stepan olhou para o padre Herefrith como se pedisse permissão para falar, mas o sacerdote mais velho o ignorou.

— Diga! — insisti.

— No ano de Nosso Senhor de 632 — começou o padre Stepan, nervoso —, são Erpenwald dos Wuffingas chegou a este local. Havia uma cheia e era impossível atravessar o rio, mas ele rezou ao Senhor, golpeou o rio com o cajado e as águas se partiram.

— Foi um milagre — explicou Brunulf um tanto envergonhado.

— Estranho eu nunca ter ouvido essa história — comentei. — Eu cresci na Nortúmbria, e seria de se pensar que um garoto nortista como eu teria ouvido uma história maravilhosa como essa. Conheço a história dos papagaios-do--mar que entoavam salmos e do bebê santo que curou a coxeadura da mãe ao cuspir no seio esquerdo dela, mas um homem que não precisava de ponte para atravessar um rio? Eu nunca ouvi essa!

— Há seis meses — continuou o padre Stepan, como se eu não tivesse falado —, o cajado de são Erpenwald foi descoberto no leito do rio.

— Ainda estava ali depois de duzentos anos!

— Muito mais que isso! — interveio um dos monges, e recebeu um olhar furioso do padre Herefrith.

— E não tinha sido levado para longe? — indaguei, fingindo estar maravilhado.

— O rei Eduardo deseja tornar este um local de peregrinação — disse o padre Stepan, de novo ignorando minha zombaria.

— Por isso mandou guerreiros — falei em tom de ameaça.

— Quando a igreja estiver construída, as tropas vão se retirar — explicou Brunulf, sério. — Elas só estão aqui para proteger os santos padres e ajudar a construir o templo.

— Verdade — acrescentou, ansioso, o padre Stepan.

Eles estavam mentindo. Eu achava que eles não estavam ali para construir uma igreja, mas sim para distrair Sigtryggr enquanto Constantin tomava o norte da Nortúmbria e talvez para causar uma segunda guerra, instigando Sigtryggr a atacar o forte. Mas, se era isso que desejavam, por que não se mostraram mais ameaçadores? Certo, o padre Herefrith havia sido hostil, mas suspeitei que ele fosse um sacerdote amargo e irritado que não sabia ser cortês. Brunulf e o restante do grupo foram humildes, eles tentaram ser conciliatórios. Se quisessem provocar uma guerra, teriam me desafiado, e não foi o que fizeram. Por isso decidi pressioná-los.

— Vocês dizem que este campo pertence ao rei Eduardo, mas, para chegar até aqui, vocês tiveram de atravessar as terras do rei Sigtryggr.

— E atravessamos, é claro — concordou Brunulf, hesitante.

— Então vocês lhe devem a taxa da alfândega — declarei. — Presumo que tenham trazido ferramentas, não é? — Indiquei com a cabeça a vala em forma de cruz. — Pás? Picaretas? Talvez até madeira para construir seu templo mágico.

Por um instante não houve resposta. Vi que Brunulf olhou de relance para o padre Herefrith, que assentiu de forma quase imperceptível.

— É razoável — disse Brunulf, nervoso.

Para alguém que estivesse planejando uma guerra — ou tentando provocar uma guerra —, era uma concessão espantosa.

— Vamos pensar no assunto — disse rispidamente o padre Herefrith. — E lhe daremos a resposta em dois dias.

Meu impulso imediato foi discutir, exigir que nos encontrássemos no dia seguinte, mas havia algo estranho na súbita mudança de atitude de Herefrith. Até esse momento ele havia se mostrado hostil e obstrutivo, e agora, apesar de ainda hostil, cooperava com Brunulf. Foi Herefrith quem sinalizou a Brunulf que ele devia fingir concordar com o pagamento das taxas e foi o padre quem insistiu em esperar dois dias, por isso resisti à vontade de questionar.

— Vamos nos encontrar neste lugar daqui a dois dias — concordei em vez disso —, e certifiquem-se de trazer ouro para a reunião.

— Aqui, não — recusou o padre Herefrith incisivamente.

— Não? — indaguei, afável.

— O fedor da sua presença conspurca a terra santa de Deus — explicou ele rispidamente, depois apontou para o norte. — Está vendo a floresta no horizonte? Logo depois dela há uma pedra, uma pedra pagã. — Ele cuspiu as últimas três palavras. — Vamos nos encontrar junto à pedra no meio da manhã da quarta-feira. Pode trazer doze homens. Não mais.

De novo, precisei resistir à vontade de irritá-lo. Por isso fiz que sim com a cabeça.

— Doze de nós no meio da manhã, daqui a dois dias, junto à pedra. E certifique-se de trazer sua escritura falsa e bastante ouro.

— Eu vou levar uma resposta, pagão — disse Herefrith, depois se virou e esporeou o cavalo.

— Vamos nos encontrar em dois dias, senhor. — Brunulf estava obviamente sem graça com a raiva do sacerdote.

Só assenti e observei enquanto todos voltavam para o forte.

Finan também ficou olhando.

— Aquele padre azedo nunca vai pagar — comentou Finan. — Ele não pagaria por um pedaço de pão nem se sua própria mãe estivesse morrendo de fome.

— Ele vai pagar — falei.

Mas não em ouro. Eu sabia que o pagamento seria em sangue. Dali a dois dias.

Quatro

A PEDRA PERTO DE onde o padre Herefrith havia insistido que nos encontrássemos era uma coluna grosseira, com o dobro da altura de um homem, que se erguia soturna acima de um vale suave e fértil a uma hora de cavalgada fácil partindo do forte. Era uma das pedras estranhas que o povo antigo havia espalhado por toda a Britânia. Algumas delas eram posicionadas em círculos, outras formavam corredores, algumas pareciam mesas feitas para gigantes, e muitas, como a que estava ao sul do vale, eram marcos solitários. Tínhamos cavalgado para o norte, a partir da fortificação, seguindo um caminho de gado. E, quando cheguei à pedra, toquei o martelo pendurado no pescoço e me perguntei que deus teria desejado que a pedra fosse posta no caminho e por quê. Finan fez o sinal da cruz. Egil, que tinha crescido no vale do rio Beina, disse que seu pai sempre havia chamado a coluna de Pedra de Tor.

— Mas os saxões a chamam de Pedra de Satã, senhor.

— Eu prefiro Pedra de Tor.

— Havia saxões vivendo aqui? — perguntou meu filho.

— Quando meu pai chegou, sim, senhor.

— O que aconteceu com eles?

— Alguns morreram, alguns fugiram e alguns permaneceram como escravos.

Agora os saxões tinham sua vingança porque, logo ao norte da colina onde se erguia a pedra, ao lado de um vau do Beina, havia uma propriedade incendiada. O fogo era recente, e Egil confirmou que havia sido um dos poucos lugares que os homens de Brunulf destruíram.

— Eles obrigaram todo mundo a ir embora — explicou.

— Ninguém foi morto?

Egil balançou a cabeça.

— Eles mandaram as pessoas partirem antes do pôr do sol, só isso. Até disseram que o homem que comandava os saxões pediu desculpas.

— Um jeito estranho de começar uma guerra, pedindo desculpas — observou meu filho.

— Eles querem que nós derramemos sangue primeiro — falei.

Meu filho chutou uma trave meio queimada.

— Então por que queimar este lugar?

— Para nos persuadir a atacá-los? Para provocar vingança? — Eu não conseguia pensar numa explicação melhor, mas então por que Brunulf tinha sido tão humilde quando me encontrou?

Os homens de Brunulf queimaram o salão, o celeiro e os estábulos. A julgar pelo volume dos restos enegrecidos, havia sido uma fazenda próspera, e as pessoas que moravam nela deviam considerá-la segura, porque não construíram uma paliçada. As ruínas ficavam a poucos metros do rio, cujo vau tinha servido de passagem para incontáveis cabeças de gado, enquanto rio acima havia uma elaborada armadilha de peixes que atravessava o curso d'água. A armadilha tinha ficado cheia de entulho, tornando-se uma barragem grosseira que, por sua vez, fizera o rio transbordar, formando um lago raso no pasto. Algumas cabanas permaneceram incólumes, o suficiente para nos oferecer um abrigo que ficava apinhado de homens, e pedaços de madeira chamuscada renderam boas fogueiras onde assamos costelas de cordeiro. Postei sentinelas na floresta ao sul e mais algumas num bosque de salgueiros na outra margem do vau.

Meu filho estava apreensivo. Mais de uma vez ele se afastou da fogueira e foi até a extremidade sul da propriedade para olhar para a pedra desolada no horizonte. Estava imaginando homens lá, formas na escuridão, o brilho do fogo refletido em lâminas de espadas.

— Não se preocupe — falei depois que a lua surgiu. — Eles não virão.

— Eles querem que a gente pense assim, mas como saberemos o que estão pensando?

— Eles estão pensando que somos idiotas.

— E talvez estejam certos — murmurou ele, sentando-se relutantemente e se juntando a nós. Uhtred olhou de novo para a escuridão ao sul. Havia uma claridade nas nuvens que mostrava onde estavam as fogueiras dos homens de Brunulf, no forte e nos campos mais além. — São trezentos deles.

— Mais que isso.

— E se decidirem atacar?

— Nossas sentinelas nos avisarão. É por isso que temos sentinelas.

— Se eles vierem a cavalo, não teremos muito tempo.

— E o que você quer fazer?

— Sair daqui — respondeu ele. — Avançar alguns quilômetros para o norte.

As chamas mostravam a preocupação em seu rosto. Meu filho não era covarde, porém até mesmo o homem mais corajoso devia saber o perigo que corríamos ao acender fogueiras que evidenciavam nossa posição tão perto de um inimigo que estava em maior número, numa relação de no mínimo dois para um.

Olhei para Finan.

— Devemos sair daqui?

Ele meio que sorriu.

— O senhor está correndo risco, sem dúvida.

— Então por que estou fazendo isso?

Os homens se inclinaram para a frente para ouvir. Redbald, um frísio jurado ao meu filho, estava tocando uma música suave em sua flauta de Pã antes que começássemos a falar, mas parou com a ansiedade estampada no rosto, olhando para mim. Finan riu, com a luz da fogueira se refletindo em seus olhos.

— Por que o senhor está fazendo isso? — questionou ele. — Porque o senhor sabe o que os inimigos vão fazer. Por isso.

Fiz que sim com a cabeça.

— E o que eles vão fazer?

Finan franziu a testa, como se pensasse na pergunta.

— Os desgraçados estão preparando uma armadilha, não é?

Fiz que sim de novo.

— Os desgraçados acham que estão sendo espertos e que sua maldita armadilha vai nos pegar daqui a dois dias. Por que dois dias? Porque eles precisam de amanhã para prepará-la. Talvez eu esteja errado, talvez eles terminem a armadilha esta noite, mas creio que não. Esse é o risco. Mas precisamos convencê-los de que não suspeitamos de nada. Que somos cordeiros esperando a faca do açougueiro, e é por isso que estamos aqui. Para que pareçamos cordeirinhos inocentes.

— Bééeé — disse um dos meus homens.

Depois, é claro, todos tiveram de balir, o que fez a propriedade parecer Dunholm num dia de feira. Todos acharam graça.

Meu filho, que não participou das risadas, esperou que o barulho cessasse.

— Uma armadilha? — perguntou.

— Pense nisso — falei, depois fui para a cama pensar também.

Eu podia estar errado. Deitado na choupana infestada de pulgas, ouvindo alguns homens cantando e outros roncando, concluí que estava errado com relação à presença dos saxões ocidentais em Hornecastre. Eles não estavam ali para atrair soldados e, com isso, afastá-los da invasão de Constantin, porque Eduardo não era tão idiota a ponto de trocar uma fatia da Nortúmbria por um novo mosteiro em Lindisfarena. Ele esperava um dia ser rei de todas as terras saxãs, e jamais entregaria os montes e os pastos férteis de Bebbanburg aos escoceses. E por que ceder Bebbanburg, uma das maiores fortalezas da Britânia, a um inimigo? Por isso concluí que o mais provável era que fosse uma infeliz coincidência. Constantin havia marchado para o sul enquanto os saxões ocidentais marchavam para o norte, e provavelmente não havia uma conexão entre os dois fatos. Provavelmente. Não que isso importasse. O importante era a presença de Brunulf no antigo forte perto do rio.

Pensei em Brunulf e no padre Herefrith. Qual dos dois estava no comando?

Pensei em homens dando as costas em vez de cavalgar ao nosso encontro.

Pensei num estandarte desaparecendo da muralha do forte.

E, o mais estranho de tudo, fiquei maravilhado com o tom cordial do confronto. Geralmente, o encontro de inimigos antes da batalha oferece a oportunidade de haver uma troca de insultos. Isso é quase um ritual, mas

Brunulf tinha se mostrado humilde, cortês e respeitoso. Se o objetivo de ele estar em solo nortumbriano era provocar um ataque que desse motivo para Wessex romper a trégua, por que não havia sido hostil? É verdade que o padre Herefrith tinha sido beligerante, mas foi o único que tentou me instigar à fúria. Era quase como se os outros quisessem evitar uma batalha. Mas, nesse caso, por que invadir?

Eles tinham mentido, é claro. Não havia escritura antiga que dava a terra à Ânglia Oriental; o cajado de são Erpenwald, se é que o desgraçado teve um, devia ter desaparecido anos antes; e com certeza eles não tinham a intenção de pagar ouro como taxa alfandegária. Porém, nenhuma dessas mentiras era uma provocação. A provocação era a presença deles; a presença afável, não ameaçadora. E, ainda assim, Wessex queria uma batalha? Por que outro motivo estaria ali?

Então eu entendi.

De repente.

No meio daquela noite, olhando pela porta da choupana para a claridade do fogo que chegava às nuvens do sul, eu entendi. A ideia havia passado o dia inteiro comigo, meio formada, me cutucando, e subitamente assumiu forma. Eu sabia por que eles estavam ali.

E tinha quase certeza de quando a batalha começaria — dentro de dois dias.

Então eu sabia o porquê e sabia quando. Mas onde?

Essa pergunta me manteve acordado. Eu estava enrolado numa capa de pele de lontra, deitado junto à porta de uma choupana e ouvindo pessoas murmurando em volta das fogueiras agonizantes. As colunas, as traves e os caibros queimados do salão destruído foram bastante convenientes nos servindo como lenha, e isso me fez imaginar se Brunulf teria mesmo trazido troncos para construir uma igreja. Se é que, de fato, ele tinha a intenção de construir alguma coisa. Esse era o motivo aparente para sua presença, e ele tinha até se dado ao trabalho de escavar os alicerces da igreja, por isso ou trouxera troncos ou planejava cortar árvores. Eu não tinha visto muitas árvores boas para isso naquelas colinas suaves, mas havia o bosque de carvalho e nogueiras velhas que impediram nossa passagem enquanto íamos de Hornecastre para o norte. Eu havia ficado impressionado com as ótimas árvores, imaginando por que não foram derrubadas para abrir mais pasto ou ser vendidas.

Após deixar Brunulf, cavalgamos para o norte pela trilha que atravessava uma floresta que mais parecia uma barreira, no alto de uma pequena colina. Ela ficava mais ou menos na metade do caminho entre a propriedade em ruínas e o antigo forte. Assim, Brunulf precisaria passar pelo meio das árvores para nos encontrar perto da pedra, e essa ideia me manteve completamente acordado e alerta. É claro! Era tão simples! Desisti de tentar dormir. Eu não precisava me vestir nem calçar as botas porque todos estávamos dormindo — ou tentando dormir — completamente vestidos para o caso de os saxões ocidentais realizarem um ataque surpresa contra a propriedade. Eu duvidava que isso fosse acontecer pois achava que não fazia parte dos planos deles. De qualquer forma, eu tinha dado essa ordem aos meus homens porque não fazia mal mantê-los em alerta. Afivelei Bafo de Serpente na cintura e saí para a noite, pegando o caminho para o sul. Finan deve ter me visto, porque correu para me alcançar.

— Não consegue dormir, senhor?

— Eles vão atacar na manhã de quarta — avisei.

— O senhor sabe disso?

— Não com certeza. Mas aposto Tintreg contra aquele pangaré manco que você chama de cavalo. Brunulf virá falar conosco em algum momento da manhã, e é aí que eles vão atacar. No dia de Woden. — Sorri para a noite. — E esse é um bom presságio.

Deixamos a fazenda para trás e subimos uma encosta longa e bastante suave, coberta de pasto. Dava para ouvir o rio à direita. A lua estava encoberta, mas sua luz atravessava trechos de nuvens mais ralas, o suficiente para iluminar o caminho e revelar a floresta como uma grande barreira escura entre nós e o forte.

— A batalha que eles querem acontecerá lá — falei, indicando as árvores com a cabeça.

— Na floresta?

— Do outro lado, eu acho. Não dá para ter certeza, mas acredito que sim.

Finan deu alguns passos em silêncio.

— Mas, se eles querem uma batalha do outro lado, por que nos mandaram para cá?

— Porque eles nos querem aqui, é claro — declarei misteriosamente. — Uma questão maior é quantos homens eles vão trazer.

— Todos que eles têm!

— Não.

— O senhor parece ter muita certeza disso — comentou Finan, incerto.

— Alguma vez eu já estive errado?

— Santo Deus, quer a lista completa?

Gargalhei.

— Você conheceu o arcebispo Hrothweard. Como ele é?

— Ah, é um bom sujeito. — Finan falava de forma calorosa.

— Verdade?

— Não podia ser melhor. Ele me lembrou do padre Pyrlig, só que não é gordo.

Isso era bastante positivo. Pyrlig era um padre galês, um homem com quem era bom beber ou dividir uma parede de escudos. Eu confiaria minha vida a Pyrlig. Na verdade, ele a salvou mais de uma vez.

— Sobre o que vocês conversaram?

— O coitado estava incomodado com a situação com Constantin. O arcebispo perguntou sobre ele.

— Incomodado?

— Vai ser difícil reconstruir Lindisfarena sem a permissão de Constantin.

— Pode ser que Constantin permita. Ele é cristão. Mais ou menos.

— É, foi o que eu disse.

— Ele perguntou sobre Bebbanburg?

— Quis saber se eu achava que Constantin iria capturar a fortaleza.

— E o que você disse?

— Que eu não viveria para ver isso. A não ser que Constantin sitie a fortaleza e faça quem está dentro dela passar fome.

— E é o que ele vai fazer — afirmei. — Na primavera.

Caminhamos por um tempo, depois quebrei o silêncio.

— É estranho que Brunulf esteja construindo uma igreja e Hrothweard esteja reconstruindo um mosteiro. Coincidência?

— As pessoas constroem coisas o tempo todo.

A armadilha

— Verdade — admiti —, mas mesmo assim é estranho.

— O senhor acha que eles estão realmente construindo uma igreja aqui?

Meneei a cabeça.

— Mas eles precisam de um motivo para estar aqui, e esse é tão bom quanto qualquer outro. O que eles querem de verdade é uma guerra.

— E o senhor vai lhes dar uma?

— Vou?

— Se o senhor lutar — disse Finan com suspeita —, sim.

— Vou lhe dizer o que estou planejando. Na quarta vamos nos livrar daqueles desgraçados, depois vamos para o sul dar um tapa no rei Eduardo para impedir qualquer absurdo desse tipo. E depois capturamos Bebbanburg.

— Simples assim?

— É, simples assim.

Finan gargalhou, depois viu meu rosto ao luar.

— Meu Deus! — exclamou. — O senhor vai lutar contra Constantin e contra seu primo? Como diabos vamos fazer isso?

— Não sei, mas volto a Bebbanburg ainda este ano. E vou capturá-la.

Segurei meu martelo e vi Finan colocar um dedo na cruz que usava. Eu não fazia ideia de como iria capturar a fortaleza, só sabia que meus inimigos acreditavam que tinham me espantado das terras do meu pai. E eu permitiria que acreditassem nisso até que minhas espadas deixassem aquela terra vermelha.

Havíamos chegado à pedra desolada que se erguia alta junto ao caminho. Toquei-a, imaginando se ela ainda teria algum poder sombrio.

— Ele foi bem específico — comentei.

— O padre?

— Quanto a nos encontrar aqui. Por que não perto da floresta? — questionei. — Ou mais perto do forte?

— Diga o senhor.

— Ele quer que estejamos aqui para não vermos o que acontece do outro lado das árvores — falei, ainda com a mão na grande coluna de pedra.

Finan continuava intrigado, mas não lhe dei tempo de fazer perguntas. Em vez disso, continuei caminhando para o sul, na direção das árvores, e assobiei entre os dedos. Ouvi um breve assobio de resposta, então Eadric apareceu na borda da floresta. Provavelmente ele era meu melhor batedor, um homem mais velho com a incrível habilidade dos caçadores ilegais para se mover em silêncio por florestas densas. Carregava uma trombeta, que tocaria caso os saxões ocidentais viessem do forte, mas ele disse que tudo estava calmo desde o pôr do sol.

— Eles nem mandaram batedores, senhor — disse, evidentemente enojado com a falta de precauções do inimigo.

— Se eu estiver certo... — comecei.

— ... e ele sempre está — interveio Finan.

— Haverá homens saindo do forte amanhã. Quero que você os vigie.

Eadric coçou a barba e fez uma careta.

— E se eles saírem pelo outro lado?

— Eles farão isso — falei, confiante. — Você pode encontrar um lugar para vigiar o lado sul da muralha?

Eadric hesitou. A terra em volta do forte era quase toda plana, com poucos bosques ou locais para se esconder.

— Deve haver alguma vala — admitiu por fim.

— Preciso saber a quantidade de homens e a direção que eles tomam. Você tem de me trazer essa informação amanhã depois do anoitecer.

— Então preciso encontrar um lugar esta noite — comentou ele cautelosamente, querendo dizer que seria visto se tentasse encontrar um esconderijo durante o dia. — E se eles me encontrarem amanhã... — Eadric não terminou a frase.

— Diga que você é um desertor, mostre sua cruz e conte que está cansado de servir a um pagão desgraçado.

— Bom, isso é meio que verdade — disse ele, fazendo Finan rir.

Nós três seguimos a trilha pela floresta até que pude ver a muralha do forte delineada pelo brilho das fogueiras que ardiam no pátio. O caminho de gado descia o morro suavemente por mais de um quilômetro e meio, reto como uma estrada romana através do pasto. Dali a duas manhãs, Brunulf viria por este caminho, trazendo onze homens e, sem dúvida, um pedido de desculpas e a recusa de pagar qualquer ouro a Sigtryggr.

A armadilha

— Se Brunulf tiver algum bom senso — falei —, e suspeito que tenha, ele vai mandar batedores para garantir que não estamos preparando uma emboscada no caminho pela floresta.

A floresta era a chave. Era uma área grande com árvores antigas, troncos caídos, hera emaranhada e espinheiros baixos. Eu me perguntei por que ninguém tomava conta dela, por que nenhum mateiro havia cortado o mato baixo nem podado as árvores; e por que nenhum carvão estava sendo feito ali; ou por que os grandes carvalhos não estavam sendo transformados em madeira de construção. Provavelmente, pensei, porque havia uma disputa de propriedade e, até que um tribunal desse o veredicto, ninguém poderia reivindicar direitos sobre a floresta.

— E, se prepararmos mesmo uma emboscada aqui e Brunulf mandar batedores, ele ficará sabendo.

— Portanto, nada de emboscada — concluiu Finan.

— É o único lugar — falei. — Portanto, tem de ser aqui.

— Santo Deus — imprecou Finan, frustrado.

Eadric resmungou.

— Se o senhor me pedisse para fazer um reconhecimento, eu não reviraria a floresta inteira. Ela é muito grande. Só iria até a distância de um tiro de arco dos dois lados do caminho.

— E, se eu fosse Brunulf, não temeria sofrer uma emboscada aqui — acrescentou Finan.

— Não? — perguntei. — Por quê?

— Porque estaria no campo de visão do forte! Por que faríamos isso enquanto ele está cavalgando para o lugar onde sabe que vamos encontrá-lo? Se quiséssemos matá-lo, por que não esperar até ele chegar à pedra? Por que matá-lo no campo de visão de quem estiver no forte?

— Você deve estar certo — falei, e esse pensamento me deu um pouco de conforto, apesar de isso intrigar Finan ainda mais. Então me dirigi a Eadric: — Mas é provável que amanhã ele mande batedores para cá, só para investigar o terreno antes do dia de Woden. Por isso, diga aos seus homens que saiam daqui antes do amanhecer.

Eu parecia ter certeza, mas é claro que as dúvidas me assolavam. Será que Brunulf faria uma busca na floresta no dia de Woden antes de passar por ela? Eadric estava certo — era uma floresta grande —, mas um cavaleiro poderia galopar pelas bordas rapidamente, embora uma busca na densa vegetação rasteira tomasse tempo. Mas eu não via outro lugar que servisse tão bem para uma emboscada.

— E por que o senhor quer fazer uma emboscada aqui? — indagou Finan. — Isso só vai atrair trezentos saxões furiosos do forte! Se esperar até ele estar perto da pedra — Finan virou a cabeça bruscamente para a fazenda —, podemos matar todos e ninguém no forte ficará sabendo de nada. Eles não vão ver!

— É verdade — falei. — É verdade, mesmo.

— Então por quê?

Ri.

— Estou pensando como meu inimigo. Você sempre deve planejar suas batalhas a partir do ponto de vista do inimigo.

— Mas...

Silenciei-o.

— Não tão alto. Você pode acordar trezentos saxões furiosos. — Não havia chance de acordar homens tão longe, mas eu gostava de chatear Finan. — Vamos por aqui.

Levei meus companheiros para o oeste, caminhando pelo terreno aberto ao lado da linha de árvores. Durante o dia seríamos vistos da muralha do forte, mas duvidei que nossas roupas escuras se destacassem na silhueta escura da floresta densa. O chão descia até chegar ao rio, e era uma encosta enganadora, mais íngreme do que parecia. Se um batedor de Brunulf cavalgasse nessa direção, não demoraria muito para não conseguir mais ver a trilha, o que o levaria a concluir que não havia ninguém escondido na vegetação rasteira pronto para uma emboscada simplesmente porque não estaria em seu campo de visão. Isso me deu alguma esperança.

— Não precisaremos de mais de cinquenta homens, todos montados — avisei. — Vamos escondê-los nessas árvores mais baixas e mandar alguns batedores encosta acima para nos avisar quando Brunulf estiver quase na floresta.

A armadilha

— Mas... — começou Finan de novo.

— Cinquenta devem bastar — interrompi. — Mas, na verdade, isso depende de quantos homens saírem do forte amanhã.

— Cinquenta homens! — protestou Finan. — E os saxões ocidentais têm mais de trezentos! — Ele virou a cabeça para o sul. — Trezentos! E a menos de dois quilômetros.

— Pobres inocentes — falei. — E não fazem ideia do que vai acontecer com eles! — Virei-me de volta para a trilha. — Vamos tentar dormir.

Em vez disso, permaneci desperto, preocupado com a possibilidade de estar errado.

Porque, se estivesse, a Nortúmbria estava condenada.

Fiquei com raiva no dia seguinte.

A senhora Æthelflaed, senhora da Mércia, tinha feito um acordo de paz com Sigtryggr, que havia cedido terras valiosas e burhs formidáveis para garanti-lo. Essa entrega de terras ofendera alguns dos poderosos jarls dinamarqueses no sul da Nortúmbria, e agora esses homens se recusavam a servi-lo. Mas, se isso significava que iriam se recusar a lutar quando o reino fosse invadido, ainda não sabíamos. O que eu sabia era que enviados saxões ocidentais testemunharam o tratado, viajaram até a igreja de Ledecestre para ver os juramentos e levaram uma aprovação por escrito do rei Eduardo para a paz que sua irmã havia negociado.

Ninguém se enganava, é claro. Sigtryggr podia ter comprado a paz, mas só por um tempo. Os saxões ocidentais haviam conquistado a Ânglia Oriental, transformando esse outrora orgulhoso reino em parte de Wessex, e Æthelflaed tinha feito a fronteira da Mércia voltar a ocupar seu lugar original, antes da devastação dos dinamarqueses na Britânia. No entanto, os anos de guerra deixaram os exércitos de Wessex, da Mércia e da Nortúmbria cobertos de sangue. E, assim, o tratado de paz tinha sido bem recebido por muitos porque dava aos três reinos a chance de treinar novos guerreiros, consertar muralhas, forjar pontas de lanças e colocar travas de ferro nos escudos de salgueiro. E dava à Mércia e a Wessex tempo para montar novos e maiores exércitos que eventualmente iriam para o norte e com isso uniriam o povo saxão numa terra nova chamada Inglaterra.

Agora Wessex desejava romper o acordo de paz e isso me deixava com raiva. Ou melhor, uma facção da corte saxã ocidental queria que a paz fosse violada. Eu sabia porque meu pessoal em Wintanceaster me mantinha informado. Dois sacerdotes, um taverneiro, um guerreiro doméstico, o encarregado dos vinhos do rei Eduardo e várias outras pessoas enviavam mensagens para o norte por meio de mercadores. Algumas mensagens eram escritas, outras eram sussurradas discretamente e repassadas a mim semanas depois. Mas, no último ano, todas confirmavam que Æthelhelm, o principal conselheiro e sogro de Eduardo, fazia pressão para que houvesse uma invasão rápida à Nortúmbria. Frithestan, bispo de Wintanceaster e fervoroso apoiador de Æthelhelm, tinha feito um sermão ignominioso de Natal reclamando de que o norte ainda estava sob o poder dos pagãos e exigindo saber por que os guerreiros cristãos de Wessex não faziam a vontade do deus pregado, destruindo Sigtryggr e todos os outros dinamarqueses e noruegueses ao sul da fronteira escocesa. A mulher de Eduardo, Ælflæd, recompensou o sermão de Natal do bispo dando-lhe uma estola com ornamentos elaborados, um manípulo com granadas na bainha e duas penas do rabo do galo que cantou três vezes quando alguém disse alguma coisa que o deus pregado não gostou. Eduardo não deu nada ao bispo, o que confirmava os boatos de que ele e sua esposa discordavam não somente quanto ao desejo de invadir a Nortúmbria, mas com relação a praticamente tudo. Eduardo não era covarde, ele havia sido um bom comandante para os seus exércitos na Ânglia Oriental, mas queria tempo para impor a autoridade nas terras conquistadas; havia bispos a nomear, igrejas a construir, terras a serem dadas aos seus seguidores e muralhas a serem reforçadas em volta das cidades recém-capturadas.

— Em seu devido tempo — tinha prometido ao seu conselho. — Em seu devido tempo vamos tomar o norte. Mas, por enquanto, não.

Só que Æthelhelm não queria esperar.

Eu não podia culpá-lo por isso. Antes que meu genro se tornasse rei em Eoferwic, eu tinha insistido que Æthelflaed fizesse o mesmo, dizendo repetidas vezes que os dinamarqueses do norte estavam desorganizados, vulneráveis e prontos para serem dominados. Mas ela, como Eduardo, queria mais tempo e a segurança de exércitos maiores, por isso fomos pacientes. Agora eu é que estava vulnerável. Constantin vinha roubando boa parte do norte da Nortúmbria e Æthelhelm, o ealdorman mais poderoso de Wessex, queria uma desculpa para invadir o sul. Num sentido ele tinha razão: a Nortúmbria estava pronta para ser dominada; no entanto, Æthelhelm queria a vitória sobre Sigtryggr somente por um motivo: garantir que seu neto fosse rei de uma Inglaterra unida.

Eduardo, rei de Wessex e genro de Æthelhelm, havia se casado em segredo com uma jovem de Cent muito antes de se tornar rei. Os dois tiveram um filho, Æthelstan, mas ela morreu no parto. Então Eduardo se casou com a filha de Æthelhelm, Ælflæd, a doadora da pena, e teve mais filhos. Um deles, Ælfweard, era amplamente considerado o ætheling, o príncipe herdeiro, de Wessex. Só que, do meu ponto de vista, ele não era. Æthelstan era mais velho, era um filho legítimo apesar dos boatos contrários, e era um rapaz firme, corajoso e impressionante. Como eu, a irmã de Eduardo, Æthelflaed, apoiava a causa de Æthelstan, mas o ealdorman mais rico e influente de Wessex se opunha a nós. Por isso eu não tinha dúvida de que Brunulf e seus homens estavam na Nortúmbria para provocar a guerra que Æthelhelm desejava. Isso significava que o grupo a favor da paz em Wessex seria considerado errado e Æthelhelm, certo, e ele ganharia a fama de ser o homem que uniu os saxões numa única nação. E essa fama iria torná-lo incontestável. Seu neto seria o próximo rei, e Æthelstan, como a Nortúmbria, estaria condenado.

Por isso eu precisava impedir Brunulf e derrotar Æthelhelm.

Com cinquenta homens.

Escondidos numa floresta.

Ao amanhecer.

Estávamos entre as árvores baixas da floresta muito antes de a primeira luz surgir no leste. Pássaros bateram as asas em pânico no meio das folhas quando chegamos, e temi que os batedores saxões ocidentais percebessem que nós tínhamos causado aquela agitação. Porém, se Brunulf tinha batedores na floresta, eles não deram nenhum sinal de alarme. Ele havia mandado cavaleiros vasculharem as árvores antes do anoitecer, tarefa que realizaram de forma medíocre e, como eu tinha retirado meus batedores, eles não encontraram nada. Mas fiquei preocupado com a possibilidade de Brunulf ter deixado sentinelas para vigiar a floresta à noite. Não parecia ser o caso, e, pelo que dava para ver, só as aves em pânico e os animais da noite perceberam nossa chegada. Apeamos, abrimos caminho pela densa vegetação rasteira e, assim que chegamos perto da borda sul da floresta, esperamos enquanto a mata se acomodava.

Sabia que seria uma longa espera, porque Brunulf só sairia do forte em plena luz do dia, mas eu não queria chegar à floresta depois do amanhecer. Temia que a visão dos pássaros voando das árvores alertasse os homens de Wessex. Finan, ainda intrigado quanto ao que eu planejava, tinha desistido de me pressionar e agora estava sentado com as costas apoiadas no tronco de um carvalho caído coberto de musgo, passando uma pedra por uma espada já tão afiada quanto a tesoura das três Nornas. Meu filho jogava dados com dois de seus homens e eu chamei Berg de lado.

— Precisamos conversar.

— Eu fiz algo de errado? — perguntou ele, ansioso.

— Não! Tenho um serviço para você.

Levei-o a um lugar onde não seríamos ouvidos. Eu gostava de Berg Skallagrimmrson e confiava completamente nele. Era um norueguês jovem, forte, leal e habilidoso. Eu tinha salvado sua vida, o que lhe dava motivo para ser agradecido, mas sua lealdade ia muito além disso. Ele sentia orgulho de ser um dos meus homens, tanto orgulho que havia tentado gravar na bochecha a cabeça de lobo do meu brasão, e sempre ficava ofendido quando as pessoas perguntavam por que ele tinha cabeças de porco no rosto. Isso havia me feito hesitar antes de falar com ele, mas Berg era meticuloso, confiável e, apesar de lento, inteligente.

— Quando terminarmos hoje, terei de ir para o sul.

— Sul, senhor?

— Se tudo der certo, sim.

— Mas e se der errado?

Dei de ombros e toquei meu martelo. Desde que tínhamos saído da fazenda queimada eu havia ficado atento a presságios, mas, por enquanto, nada sugeria a vontade dos deuses. A única coisa era ser o dia de Woden, e isso com certeza era um bom sinal.

— Vamos lutar, não é? — Ele parecia ansioso, como se temesse não ter a chance de usar a espada.

— Vamos — respondi, esperando que fosse verdade —, mas espero apenas uns trinta inimigos.

— Só trinta? — Berg pareceu desapontado.

— Talvez um pouco mais.

Eadric tinha voltado na noite anterior com a notícia que eu esperava. Um grupo de cavaleiros — que ele achava que devia ter entre vinte e cinco e trinta homens — havia saído do forte e seguido para o sul. Como Eadric estava escondido numa vala não muito longe dos saxões ocidentais, ele não pôde seguir os cavaleiros para descobrir se viraram para leste ou para oeste assim que estavam fora do campo de visão da muralha. Eu supunha que tinha sido para o leste, mas só a luz do dia revelaria a verdade.

— Mas esses trinta vão lutar feito uns filhos da mãe.

— Isso é bom — comentou Berg, animado.

— E quero prisioneiros!

— Sim, senhor — concordou ele, obediente.

— Prisioneiros — repeti. — Não quero você todo feliz matando cada homem que encontrar.

— Não vou fazer isso, eu prometo. — Ele tocou o martelo pendurado no pescoço.

— E, quando tudo acabar, eu vou para o sul e você, para o norte, e eu vou lhe dar ouro. Muito ouro!

Berg não disse nada, só ficou me encarando com os olhos arregalados e solenes.

— Vou mandar oito homens com você, todos noruegueses ou dinamarqueses, e você vai retornar a Eoferwic.

— Eoferwic — repetiu ele, inseguro.

— Jorvik! — Usei o nome norueguês, e Berg se animou. — E em Jorvik você vai comprar três barcos.

— Barcos! — Berg pareceu surpreso.

— Você sabe, são coisas grandes, de madeira, que flutuam.

— Eu sei o que é um barco, senhor — garantiu ele, sério.

— Bom! Então compre três, cada um para uma tripulação de uns trinta ou quarenta homens.

— Barcos de guerra, senhor? Ou mercantes?

— De guerra, e preciso deles rápido. Talvez em duas semanas. Não sei. Talvez mais. E, quando estiver em Eoferwic, você não vai entrar na cidade. Compre comida na taverna do Pato. Você lembra onde fica?

Ele fez que sim com a cabeça.

— Lembro, senhor. Fica do lado de fora da cidade, não é? Mas não vamos entrar em Eoferwic?

— Alguém poderia reconhecer você. Espere no Pato. Você vai ter trabalho suficiente calafetando os barcos que comprar. Se entrar na cidade, alguém vai reconhecê-lo e saber que você serve a mim.

Muitas pessoas naquela cidade viram meus homens passando, e alguém poderia facilmente se lembrar do norueguês alto, bonito e de cabelo comprido com as cabeças de lobo borradas nas bochechas. Na verdade, eu esperava que se lembrassem dele.

Berg era um rapaz esplêndido, mas não tinha malícia. Nenhuma. Ele era incapaz de contar a menor das mentiras. E, se mentia, ficava vermelho, arrastava os pés e parecia sentir dor. Sua honestidade era óbvia, nítida como os porcos em seu rosto. Resumindo: Berg era confiável. Se eu o mandasse manter essa missão em segredo, ele o faria. Porém, mesmo assim, seria reconhecido, e era o que eu queria.

— Você consegue guardar um segredo? — perguntei.

— Sim, senhor! — Ele tocou o martelo no pescoço. — Por minha honra!

Baixei a voz, forçando-o a se inclinar para mais perto.

— Não podemos capturar Bebbanburg.

— Não, senhor? — Berg pareceu desapontado.

101

A armadilha

— Os escoceses estão lá, e, apesar de eu me sentir disposto a travar batalhas, não posso lutar contra um reino inteiro. E os escoceses são uns desgraçados cruéis.

— Ouvi dizer.

Baixei a voz mais ainda.

— Por isso vamos para a Frísia.

— Frísia! — Ele pareceu surpreso.

— Shhh! — Silenciei-o, ainda que ninguém pudesse nos ouvir. — Os saxões vão invadir a Nortúmbria e os escoceses vão segurar o norte, e não resta nenhum lugar para nós vivermos. Por isso precisamos atravessar o mar. Vamos encontrar novas terras. Vamos fazer da Frísia um novo lar, mas ninguém deve saber disso!

Berg tocou o martelo de novo.

— Não vou dizer nada, senhor! Eu prometo!

— As únicas pessoas a quem você pode contar são os homens que vão lhe vender os barcos, porque eles têm de saber que precisamos de embarcações com condições de atravessar o mar. E você pode contar a Olla, o dono do Pato, porém a mais ninguém!

— Ninguém, senhor, eu juro!

Contando a essas poucas pessoas eu tinha certeza de que o boato chegaria a toda Eoferwic e a metade da Nortúmbria antes que o sol se pusesse. Em cerca de uma semana meu primo ouviria a história de que eu estava abandonando a Britânia e navegando para a Frísia.

Meu primo podia estar sendo sitiado na fortaleza, mas, de alguma forma, devia mandar e receber mensageiros. Havia uma porta no muro voltado para o mar, um pequeno buraco na paliçada de madeira que levava ao topo do penhasco. Não era útil para atacar Bebbanburg porque era impossível se aproximar dela sem ser visto; para chegar até lá era preciso andar pela praia e subir uma encosta íngreme logo abaixo da alta muralha. Um homem poderia até se aproximar sem ser visto à noite, mas meu pai sempre insistia que à noite a porta fosse bloqueada firmemente por dentro. E eu tinha certeza de que meu primo fazia o mesmo. Eu suspeitava que ele conseguia enviar homens por aquela porta, que talvez eram levados da praia por um barco pesqueiro no meio da névoa, e não duvidava que a notícia de que eu tinha comprado barcos acabaria chegando lá. Ele poderia não acreditar na história sobre a Frísia, mas Berg acreditava, e Berg era de uma honestidade tão transparente que sua história seria muito convincente. Na pior das hipóteses, a história faria meu primo duvidar do que eu pretendia.

— Lembre-se, só conte aos homens que venderem os barcos, e pode contar a Olla. — Eu sabia que Olla não resistiria a espalhar o boato. — Você pode confiar em Olla.

— Olla. — Berg repetiu o nome.

— E a taverna dele tem tudo de que você precisa: cerveja decente, boa comida e prostitutas bonitas.

— Prostitutas, senhor?

— Garotas que...

— Sim, senhor, eu sei o que é uma prostituta — disse ele, parecendo desaprovar.

— E Olla tem uma filha à procura de um marido.

Diante disso Berg se animou.

— Ela é bonita, senhor?

— O nome dela é Hanna, e ela é gentil feito uma pomba, macia como manteiga, obediente como um cachorro e bonita feito o amanhecer. — Pelo menos a última coisa era verdade. Olhei para o leste e vi que a primeira luz fraca do dia tocava o céu. — Agora — continuei —, o mais importante. Olla sabe que você serve a mim, porém ninguém mais deve saber, ninguém! Se alguém perguntar, diga que você veio do sul da Nortúmbria, que está deixando sua terra antes que os saxões a invadam. Você vai para casa, do outro lado do mar. Está indo embora da Britânia, fugindo.

Ele franziu a testa.

— Eu entendo, senhor, mas... — Ele parou, obviamente infeliz com a ideia de fugir de inimigos. Berg era um rapaz corajoso.

— Você vai gostar da Frísia! — falei com seriedade.

Antes que eu pudesse dizer mais alguma coisa, Rorik, meu serviçal, veio correndo por entre as árvores, desviando-se dos espinhos.

A armadilha

— Senhor, senhor!

— Fale baixo! — ordenei. — Fale baixo!

— Senhor! — Ele se agachou ao meu lado. — Cenwulf me mandou. Há cavaleiros vindo do forte!

— Quantos?

— Três, senhor.

Batedores, pensei. Rorik tinha sido postado com Cenwulf e outras duas sentinelas mais acima, na encosta, num lugar de onde podiam ver o forte ao sul.

— Conversamos mais tarde — avisei a Berg, depois voltei para onde meus cinquenta homens esperavam e alertei para ficarem em silêncio.

Os três batedores seguiram a trilha que entrava na floresta, mas não fizeram nenhum esforço para explorar mais a fundo. Eles pareceram se demorar demais. Cenwulf, que os vigiava, me disse que eles foram até a borda norte da floresta, de onde podiam ver alguns dos meus homens reunidos perto da pedra distante com os cavalos, mas sem montar. Essa visão pareceu tranquilizá-los porque logo se viraram e voltaram para o sul. Iam devagar, evidentemente satisfeitos por não haver perigo entre as árvores. A essa altura o sol estava bem alto, ofuscante no leste e tocando alguns fiapos de nuvens com seus raios brilhantes de ouro reluzente. Prometia ser um belo dia, pelo menos para nós. Se eu estivesse certo. Se...

Mandei Rorik voltar e se juntar às sentinelas escondidas, e, então, nada aconteceu. Uma corça saiu para o pasto vindo da parte alta da floresta e farejou o ar, depois ouviu algo que a fez retornar para o meio das árvores. Fiquei tentado a me juntar às sentinelas para ver o forte, mas resisti. Olhar para a fortificação não faria nada acontecer mais rápido, e, quanto menos movimento fizéssemos, melhor. O ouro nas bordas das nuvens se esvaiu num branco nebuloso. Eu suava por baixo do equipamento de guerra. Usava um gibão de couro por baixo da cota de malha e calções xadrez enfiados em botas pesadas por causa das tiras de ferro costuradas no couro. Meus antebraços estavam cobertos por argolas de prata e ouro, marcas de um líder guerreiro. Eu usava uma corrente de ouro no pescoço com um martelo de osso comum suspenso num elo. Levava Bafo de Serpente afivelada à minha cintura, e o escudo, o elmo e a lança estavam encostados numa árvore.

O portador do fogo

— Talvez ele não venha — resmungou Finan no meio da manhã.
— Brunulf virá.
— Ele não vai nos pagar nada, então por que viria?
— Porque se ele não vier não poderá haver guerra.

Finan olhou para mim como se eu fosse um lunático. Ele estava prestes a falar quando Rorik apareceu de novo, ofegante.

— Senhor... — começou ele.
— Eles saíram do forte? — interrompi.
— Sim, senhor.
— Eu lhe disse — falei com Finan. Depois com Rorik: — Quantos?
— Doze, senhor.
— Estão carregando algum estandarte?
— Sim, senhor, com um verme nele.

Ele se referia ao estandarte do dragão de Wessex, que era o que eu esperava. Dei um tapinha na cabeça de Rorik, disse para me acompanhar e depois gritei para meus homens se prepararem. Como eles, coloquei meu elmo com forro de couro ensebado e fedorento. Era meu melhor elmo, que tinha um lobo de prata agachado na cimeira. Baixei-o até chegar às orelhas, fechei as placas faciais e deixei Rorik apertar os cordões por baixo do meu queixo. Ele me entregou uma capa escura que amarrou no meu pescoço, me passou as luvas e, em seguida, segurou meu cavalo enquanto eu usava um tronco caído como bloco de montaria. Acomodei-me na sela de Tintreg, depois peguei com Rorik o escudo pesado com aro de ferro. Enfiei o braço esquerdo na tira de couro e segurei a alça.

— Lança — falei. — E Rorik?
— Senhor?
— Fique atrás. Longe de encrenca.
— Sim, senhor — disse ele rápido demais.
— Estou falando sério, garoto terrível. Você é meu porta-estandarte, e não guerreiro. Ainda não.

Eu tinha vestido os atavios de guerra. Na maior parte dos dias eu não me dava ao trabalho de colocar uma capa, deixava os braceletes para trás e usava um elmo simples, porém, nos próximos minutos, eu decidiria o destino de três reinos, e certamente isso merecia algum espetáculo. Dei um tapinha amistoso no pescoço de Tintreg e assenti para Finan, que, como eu, reluzia em prata e ouro. Olhei de relance para trás e vi que todos os meus cinquenta homens estavam montados.

— Quietos, agora — avisei. — Andem devagar! Não precisam ter pressa.

Levamos os cavalos para fora da floresta, seguindo para o pasto. Duas lebres correram para o rio. Ainda estávamos no terreno baixo, fora do campo de visão de quem estivesse no forte e de Brunulf, que conduzia seus homens para o norte, sem suspeitar de nada, ao longo da trilha de gado que ia até a pedra do outro lado da floresta. Eu contava com Cenwulf, um homem experiente e mais velho, para me dar o sinal.

— Agora só temos de esperar — gritei. — Só esperar.

— Por que o senhor não espera até eles estarem fora do campo de visão do forte? — perguntou Finan azedamente.

— Porque não fui eu que escolhi este lugar para uma batalha — falei, deixando-o mais intrigado ainda, depois ergui a voz para que todos os meus homens ouvissem a explicação. — Quando nos movermos — avisei, confiando que minha voz não iria para além da depressão coberta de capim que nos escondia —, vocês verão doze cavaleiros sob o estandarte de Wessex. Nosso serviço é protegê-los! Esses doze devem viver. Eles serão atacados por algo entre vinte e cinco a trinta homens! Quero que esses homens sejam feitos prisioneiros! Matem alguns, se necessário, mas preciso de prisioneiros! Especialmente os líderes! Procurem as cotas de malha e os elmos mais opulentos e se certifiquem de capturar esses filhos da mãe!

— Ah, meu Deus! — exclamou Finan. — Agora eu entendo.

— Quero prisioneiros! — enfatizei.

Rorik montou em sua sela e levantou a bandeira da cabeça de lobo. E nesse momento Cenwulf apareceu à margem da floresta e acenou com os dois braços. Toquei o martelo pendurado na corrente de ouro.

— Vamos! Vamos!

Tintreg devia estar entediado com a espera, porque o toque das esporas o fez saltar para a frente. Agarrei-me a ele, então estávamos todos subindo a pequena encosta e as nossas lanças foram baixadas quando nos aproximamos do topo.

— Quando o senhor descobriu? — gritou Finan para mim.
— Há duas noites!
— Poderia ter me contado!
— Achei que fosse óbvio!
— Seu filho da mãe enganador! — disse ele, admirado.

Então tínhamos passado pelo alto da colina e vi que os deuses estavam comigo.

Perto de nós, a menos de meio quilômetro na trilha, estava Brunulf com seus cavaleiros. Eles pararam, atônitos, porque outros cavaleiros surgiram a leste. Os cavaleiros mais distantes portavam escudos e espadas desembainhadas. Vi Brunulf se virar de volta para o sul. Ele estava acompanhado por dois padres com mantos pretos, e um deles entrou em pânico, esporeando o cavalo para avançar até as árvores. Brunulf gritou para ele voltar. Eu o vi apontar para o forte, mas já era tarde demais.

Era tarde demais porque os cavaleiros mais distantes galopavam para impedir a retirada deles. Pude ver uns trinta. Quando saíram do forte no dia anterior, sem dúvida cavalgavam sob o estandarte do dragão de Wessex, mas agora vinham sob a bandeira do machado vermelho. A bandeira estava longe, mas era enorme, com o machado vermelho claramente visível, e eu não tinha dúvida de que aquele mesmo símbolo estava pintado no escudo dos cavaleiros.

Era o brasão de Sigtryggr, mas aqueles não eram homens de Sigtryggr. Eram saxões ocidentais que fingiam ser dinamarqueses, saxões ocidentais com ordem de trucidar seus companheiros saxões ocidentais e provocar uma guerra. Brunulf e sua delegação precisavam morrer, e suas mortes deviam ser vistas por seus colegas no forte, que mandariam a notícia para Æthelhelm e Eduardo, dizendo que os traiçoeiros nortumbrianos tinham concordado com uma trégua e depois atacado e matado os enviados. Era um ardil inteligente, com certeza tramado pelo próprio Æthelhelm. Ele queria provocar uma guerra, mas sabia que Sigtryggr era capaz de manter o controle; que, na verdade, Sigtryggr faria de tudo para evitar um confronto. Por isso, se o senhor da Nortúmbria não iria atacar os homens de Eduardo, os guerreiros de Æthelhelm usariam o brasão do machado vermelho e fariam o massacre.

A armadilha

Porém, nós estávamos ali, e eu estava com muita raiva.

Meu primo continuava em Bebbanburg.

Æthelhelm estava tentando destruir minha filha e seu marido.

Constantin havia me humilhado ao me expulsar da terra dos meus ancestrais.

Eu não via Eadith, minha esposa, havia um mês.

Então alguém precisava sofrer.

Cinco

A PRINCÍPIO, NEM BRUNULF nem nenhum dos seus homens nos viram. Eles não podiam desviar os olhos dos cavaleiros que vinham do leste, cavaleiros portando escudos nortumbrianos e espadas com lâminas reluzentes, cavaleiros decididos a matar. O instinto imediato de Brunulf foi de se virar para o forte, mas metade dos cavaleiros que se aproximavam virou para o sul com o objetivo de impedir sua retirada. Então um dos seus homens olhou para o oeste e nos viu chegando. Ele deu um grito para avisar aos outros, Brunulf se virou, e eu estava perto o suficiente para ver a expressão de pânico no rosto dele. Ele tinha pensado que cavalgava para uma negociação de paz, porém, em vez disso, a morte se aproximava de dois lados. Brunulf vestia cota de malha, mas não usava elmo. Nem carregava escudo. Os dois padres que o acompanhavam não tinham nenhuma proteção. Brunulf desembainhou sua espada até a metade, depois hesitou, talvez na esperança de que, se não oferecesse resistência, teria a chance de se render.

— Estamos do seu lado! — gritei para ele. Brunulf pareceu atordoado ou aterrorizado demais para entender. — Brunulf! — berrei. — Estamos do seu lado!

Berg e meu filho esporearam seus cavalos para se juntar a mim, um de cada lado, e eu soube que combinaram de me proteger. Instiguei Tintreg à direita, empurrando o cavalo de Berg.

— Não me atrapalhe! — vociferei.

— Tome cuidado, senhor! — gritou ele. — O senhor está... — Berg provavelmente ia dizer "velho", mas foi sensato e pensou melhor.

Os homens que carregavam o estandarte de Sigtryggr tinham nos visto e diminuíram a velocidade, inseguros. Seis deles se viraram para o grupo de Brunulf. Ouvi um deles gritar que deveriam atacar, e outro homem gritou que deveriam recuar. Essa confusão foi sua ruína.

Atravessamos a trilha ao sul de Brunulf e seus homens.

— Estamos do seu lado! — gritei de novo, e o vi assentir.

Então passamos por ele. Carregávamos lanças e íamos a galope, enquanto o inimigo, em menor número, estava armado com espadas e não sabia o que fazer. Alguns pareciam imobilizados na indecisão e outros conseguiram virar os cavalos e esporeá-los para seguir para o leste, porém um guerreiro, obviamente perdido no terror e na confusão, instigou o cavalo a vir na nossa direção. Tudo que precisei fazer foi apontar a lança e me inclinar para o golpe. Havia raiva em mim. Instiguei Tintreg um pouco para a direita e impeli o cabo de freixo, aproveitando meu peso aliado ao peso do cavalo. A ponta resvalou na borda do escudo dele, perfurou a cota de malha, rompeu couro, pele e músculo e se cravou na barriga. Soltei o cabo, agarrei o elmo dele e o arranquei da sela, com sangue jorrando em torno da ponta da lança. Seu pé direito ficou preso no estribo e ele foi arrastado, gritando e deixando uma mancha de sangue na relva da manhã.

— Não estou tão velho assim! — gritei para Berg, depois desembainhei Bafo de Serpente.

— Prisioneiros! — berrou Finan, e suspeitei que estivesse gritando para mim, porque eu havia ignorado completamente minha própria insistência de capturarmos homens vivos.

Tentei golpear um homem que conseguiu erguer o escudo a tempo de bloquear minha investida. Vi que o machado vermelho no escudo dele ainda brilhava, uma pintura recente feita por cima de algum brasão que havia sido meio raspado das tábuas de salgueiro. O homem tentou me perfurar com a espada e errou, o golpe desperdiçado na patilha da sela. Seu rosto com uma barba espessa, emoldurado por um elmo justo, era uma careta de selvageria e desespero que subitamente se transformou em horror, os olhos se arregalando quando Berg cravou a lança nas costas dele. O ataque foi tão violento que vi a ponta da arma aparecer na cota de malha do peito do sujeito. Ele abriu a boca, tive um vislumbre de dentes faltando, então o sangue brilhante a preencheu e se derramou.

— Desculpe, senhor, esse não vai ser prisioneiro — comentou Berg, desembainhando a espada. — Vou melhorar.

— Senhor! — gritou Finan, e o vi apontando a espada para o leste. Seis homens galopavam para longe.

— São aqueles que eu quero — gritei para Berg.

Os seis estavam em excelentes montarias e se vestiam de forma majestosa. Um tinha um belo elmo com uma cimeira de crina de cavalo preta, outro montava um animal com ornamentos de ouro, mas o que realmente os revelava como líderes era a presença do porta-estandarte, que olhou para trás, viu que os perseguíamos e, no desespero, jogou longe a bandeira enorme com seu mastro desajeitado e o símbolo falso.

Atrás de mim, homens jogavam os escudos no chão e levantavam os braços para mostrar que não queriam mais lutar. Os seguidores de Brunulf pareciam em segurança, amontoados em volta do estandarte deles, enquanto meu filho arrebanhava prisioneiros, gritando para apearem e entregarem as espadas. Assim, tínhamos prisioneiros, mas não os que eu queria, por isso esporeei Tintreg. Agora era uma corrida de cavalos. Os seis sujeitos tinham uma boa dianteira sobre nós, mas três dos meus homens montavam os garanhões menores e mais leves que usávamos para fazer reconhecimentos, garanhões muito mais rápidos que animais grandes como Tintreg. E dois desses cavaleiros ainda portavam lanças. Eles correram ao lado dos fugitivos. Então um deles, Swithun, virou para dentro rapidamente e investiu com a lança, não contra um cavaleiro, e sim contra as pernas do cavalo da frente. Houve um breve grito de dor, depois uma confusão de patas se sacudindo, o cavalo rolando, caindo, relinchando de forma patética. O cavaleiro jogado da sela estava preso embaixo do corpo do garanhão que deslizava pelo capim. Logo, um segundo cavalo se chocou contra o que se agitava e também caiu. Os outros cavaleiros puxavam as rédeas desesperadamente para evitar o caos, e meus homens se aproximaram. O cavaleiro com a crina de cavalo preta fez sua montaria saltar por cima de um dos animais caídos e parecia prestes a escapar, mas Berg estendeu a mão e agarrou a cimeira do elmo. O cavaleiro foi puxado para trás na sela e quase caiu. Berg agarrou o braço do sujeito, puxou de novo, e dessa vez ele tombou. O elmo, afrouxado pelo primeiro puxão de Berg, se soltou e rolou para longe enquanto o homem caía esparramado no capim. Ele ainda estava com a espada e se levantou, rosnando. Brandiu a lâmina comprida contra o cavalo de Berg, mas o jovem norueguês estava fora de alcance, e assim o sujeito se virou para o cavaleiro seguinte.

Eu.

E entendi por que, dois dias antes, os dois homens se afastaram dos enviados de Brunulf e voltaram para o forte em vez de ir ao nosso encontro. Eles deviam ter me reconhecido e sabido que eu não apenas os reconheceria como também sentiria o fedor rançoso da traição. Porque diante de mim, pronto para estripar Tintreg com sua espada pesada, estava Brice.

Um dia tive entre meus homens um guerreiro chamado Brice, um desgraçadinho mau, que foi morto por uma espada dinamarquesa quando capturamos Ceaster. Talvez o nome tornasse os homens maus, porque o Brice que estava diante de mim era outra criatura maligna. Ele era ruivo e de barba grisalha, um guerreiro que havia travado inúmeras batalhas para seu senhor, Æthelhelm, e que sempre era escolhido para realizar os trabalhos sujos. Brice tinha sido enviado para capturar Æthelstan em Cirrenceastre, e sem dúvida o garoto teria morrido se não tivéssemos frustrado a tentativa. Agora, Brice havia recebido a ordem de começar uma guerra e seu plano tinha sido frustrado outra vez. Ele gritou de raiva enquanto tentava perfurar a barriga de Tintreg com a espada. Eu tinha virado o garanhão, deliberadamente afastando de Brice meu braço da espada. Ele percebeu a abertura e investiu, esperando estripar minha montaria, mas eu aparei o poderoso golpe com meu estribo esquerdo. A lâmina perfurou o couro e atingiu uma das tiras de ferro da minha bota. Mesmo assim doeu, mas não tanto quanto a dor que Brice deve ter sentido quando baixei a borda de ferro do meu escudo na cabeça dele. O golpe o derrubou imediatamente. Torci para não ter matado o filho da mãe porque esse era um prazer que deveria ficar para depois.

— Quer que eu o mate? — Kettil, um dos meus dinamarqueses, deve ter visto Brice se mexer.

— Não! Ele é um prisioneiro. Mate aquilo.

Apontei para o cavalo que tinha sido derrubado pela lança de Swithun e que agora se esforçava para se levantar com uma pata quebrada. Kettil apeou, trocou a espada pelo machado de Folcbald e fez o necessário. Todos os seis fugitivos foram dominados, e agora todos eram prisioneiros.

Folcbald, um dos meus enormes guerreiros frísios, segurava um prisioneiro alto pelo cangote, ou melhor, pela cota de malha do sujeito, meio erguendo-o do chão que subitamente foi coberto pelo sangue do cavalo morto por Kettil.

— Este aqui disse que é padre — contou Folcbald, animado.

Em seguida, ele largou o sujeito e vi que era o padre Herefrith, que usava uma cota de malha por cima do manto sacerdotal. Ele me lançou um olhar furioso, mas não disse nada.

Sorri e apeei. Entreguei as rédeas de Tintreg a Rorik, que havia recuperado a enorme bandeira com o machado vermelho. Embainhei Bafo de Serpente e larguei o escudo no chão.

— Então você é um dos capelães do rei Eduardo? — perguntei ao padre Herefrith.

Ele continuou sem dizer nada.

— Ou é o feiticeiro de estimação do ealdorman Æthelhelm? Aquele idiota ali — apontei para Brice, que ainda estava caído na grama, de barriga para cima — é um homem de Æthelhelm. Além disso, é um imbecil, um sujeito grosseiro. É bom para matar e ferir, muito talentoso para bater nas pessoas ou espetá-las, mas tem cérebro de lesma. O senhor Æthelhelm sempre manda alguém com ele para dizer a Brice em quem bater ou não. Foi por isso que mandou você.

O padre Herefrith me respondeu com seu olhar frio, aquele que tentava matar por pura intensidade.

Sorri de novo.

— E o senhor Æthelhelm mandou você provocar uma guerra. Ele precisa ouvir que os homens de Sigtryggr atacaram vocês. Foi por isso que você me insultou há dois dias. Queria que eu batesse em você. Um golpe meu bastaria! Então você poderia voltar para casa e balir para o senhor Æthelhelm dizendo que eu tinha violado a trégua ao atacar você. Que eu o ataquei! Não era isso que você queria?

O rosto dele não revelava nada. O padre Herefrith ficou em silêncio. Moscas pousaram na cabeça do cavalo morto.

— Como isso não funcionou — continuei —, vocês foram obrigados a fingir que eram homens do rei Sigtryggr. Vocês já tinham pensado nisso antes, é claro, motivo pelo qual trouxeram os escudos com o machado vermelho pintado, mas talvez esperassem que esse ardil não fosse necessário, não é? Mas foi, e agora isso também não deu certo. — Levantei a mão direita e encostei um dedo enluvado na cicatriz do rosto do padre Herefrith. Ele se retraiu. — Você não ganhou essa cicatriz fazendo sermão. Um dos seus meninos do coro resistiu?

Ele recuou para evitar minha mão enluvada e continuou sem falar. Estava com uma bainha de espada vazia pendendo da cintura, o que me dizia que tinha violado as regras da Igreja ao carregar uma arma.

— Você é padre ou só está fingindo?

— Eu sou padre — rosnou ele.

— Mas nem sempre foi. Você já foi um guerreiro.

— E ainda sou! — cuspiu ele.

— Um dos homens de Æthelhelm? — perguntei, genuinamente interessado na resposta.

— Servi ao senhor Æthelhelm até Deus me convencer de que eu realizaria mais como servo da Igreja.

— Seu deus lhe contou um monte de mentiras, não foi? — Apontei para uma espada, uma boa arma caída no capim. — Você já foi um guerreiro, por isso vou lhe dar aquela espada e você pode lutar comigo. — Ele não reagiu, nem piscou. — Não é o que o seu deus quer? Minha morte? Eu sou a bosta da bunda do diabo, o cagalhão do diabo. Não foi disso que você me chamou? Ah, e matador de padres! Sinto orgulho desse título! — Ele apenas me encarou com ódio enquanto eu dava um passo mais para perto. — E você disse que eu era casado com uma puta saxã, e por isso, padre, eu vou lhe dar o que você quer, a provocação que você veio buscar. Isso é pela minha esposa saxã. — Então dei um soco nele, na bochecha que eu havia tocado, e o padre caiu de lado, com sangue surgindo no rosto. — Só que a provocação chegou tarde demais para você. Não vai lutar? Esta é a única guerra que você vai conseguir.

O portador do fogo

O padre Herefrith se levantou e veio na minha direção, mas dei outro soco nele, desta vez na boca, com força suficiente para os nós dos meus dedos doerem, e senti o estalo de dentes quebrando. Ele caiu pela segunda vez, e dei um chute no seu queixo.

— Isso é por Eadith.

Finan estava observando a cavalo e emitiu um som como se o chute tivesse doído nele e não no padre.

— Isso não foi gentil da sua parte — comentou ele, e fez uma careta pela segunda vez quando o padre cuspiu um dente e um bocado de sangue. — Talvez ele precise fazer o sermão desse domingo.

— Nem pensei nisso.

— E temos companhia — avisou Finan, indicando o sul com a cabeça.

Uma fileira de cavaleiros vinha do forte. Vi que Brunulf estava indo interceptá-los, por isso deixei o padre Herefrith aos cuidados de Folcbald, montei em Tintreg e fui encontrá-los.

Houve um momento de confusão quando rapazes ansiosos vindos do forte procuraram inimigos para atacar, mas Brunulf os mandou embainharem as armas, depois virou o cavalo para mim. Ele parecia ansioso, confuso e chocado. Contive Tintreg, esperei que Brunulf se juntasse a mim e olhei para o céu.

— Fico feliz por não ter chovido — falei quando ele chegou.

— Senhor Uhtred — começou ele, e pareceu não saber o que dizer.

— Eu não me incomodava com a chuva quando era novo — continuei. — Mas conforme fico mais velho...? Você é jovem demais. — Dirigi as últimas palavras ao padre Stepan, o jovem sacerdote que acompanhava Brunulf quando subitamente um trecho pacífico de pasto se transformou num matadouro. — Acho — ainda falava com Stepan — que vocês estavam indo me dizer que se recusam a pagar as taxas da alfândega devidas ao rei Sigtryggr, não é?

O padre Stepan olhou para Brice, que tinha se levantado com dificuldade. O sangue havia escorrido do couro cabeludo, pintando de vermelho as bochechas magras e a barba grisalha. Ferimentos na cabeça sempre sangram profusamente. Stepan fez o sinal da cruz e conseguiu assentir para mim.

— Íamos, senhor.

— Eu não esperava que vocês pagassem. — Olhei novamente para Brunulf. — Você me deve um agradecimento.

— Eu sei disso, senhor. Eu sei.

Brunulf estava pálido. Ele estava só começando a entender como havia chegado perto da morte naquele dia. Olhou para além de mim e eu me virei na sela, vendo que o padre Herefrith era empurrado na nossa direção. Sua boca estava cheia de sangue.

— Vocês são homens de quem? — perguntei a Brunulf.

— Do rei Eduardo — respondeu ele, ainda olhando para o padre Herefrith.

— E Eduardo mandou vocês?

— Ele... — começou Brunulf, e parecia não saber o que dizer.

— Olhe para mim! — vociferei, assustando-o. — O rei Eduardo mandou vocês?

— Sim, senhor.

— Ele mandou vocês para começar uma guerra?

— O rei Eduardo disse que deveríamos fazer o que o ealdorman Æthelhelm ordenasse.

— Ele disse isso pessoalmente?

Brunulf balançou a cabeça.

— A ordem foi trazida de Wintanceaster.

— Pelo padre Herefrith? — supus.

— Sim, senhor.

— A ordem estava escrita?

Ele assentiu.

— Você ainda a tem?

— O padre Herefrith... — começou ele.

— A destruiu? — sugeri.

Brunulf olhou para o padre Stepan em busca de ajuda, mas não encontrou nenhuma.

— Não sei, senhor. Ele me mostrou e depois... — Brunulf deu de ombros.

— E depois a destruiu — falei. — E ontem Herefrith, Brice e os homens deles partiram para o sul. O que disseram a você?

— Que iam trazer reforços, senhor.

— Mas disseram que podiam confiar em mim sobre manter a trégua, que deviam ir ao meu encontro na pedra?

— Sim, senhor, mas nos disseram que, quando o senhor soubesse que não iríamos nos retirar, sitiaria o forte, por isso foram para o sul em busca de reforços.

Agora havia pelo menos duzentos homens de Brunulf no pasto, a maioria montada e todos intrigados. Tinham se reunido atrás de Brunulf e alguns olhavam para os escudos caídos, pintados com o machado vermelho, enquanto outros reconheciam meu símbolo da cabeça do lobo. Nós éramos os inimigos, e eu podia ouvir os saxões ocidentais murmurando. Silenciei-os.

— Vocês foram mandados para cá para serem mortos! Alguém queria uma desculpa para começar uma guerra e vocês eram essa desculpa! Estes homens iam trair vocês. — Apontei para Brice e o padre Herefrith. — Ele é padre? — perguntei ao padre Stepan.

— Sim, senhor!

— Eles foram mandados para matar seu comandante! Não só ele, mas o maior número de saxões ocidentais que conseguissem! Então a culpa seria colocada em mim! Mas... — Parei e encarei os rostos ansiosos. Percebi que muitos deviam ter lutado sob meu comando em algum momento. — Mas existe um acordo de paz entre a Nortúmbria e a Mércia, e seu rei Eduardo não quer violá-lo. Vocês não fizeram nada de errado! Foram trazidos para cá e ouviram mentiras. Alguns lutaram por mim no passado e sabem que não minto! — Isso não era verdade, nós sempre mentimos para os homens antes da batalha, dizendo que a vitória é certa mesmo quando tememos a derrota. Entretanto, ao falar que era confiável, eu dizia aos guerreiros de Brunulf o que eles queriam ouvir, e houve murmúrios de concordância. Alguém chegou a gritar que estaria disposto a lutar por mim outra vez. — Agora vocês vão voltar para o sul — continuei. — Não serão atacados. Vão levar suas armas e irão em paz! E irão hoje! — Olhei para Brunulf, que assentiu.

Então o puxei de lado.

— Diga aos seus homens para ir até o Gewasc, no sul, e ficar lá durante três dias. Você sabe onde é?

— Sei, senhor.

Eu tinha pensado em pegar seus cavalos para tornar a viagem mais lenta, porém eles estavam em maior número, numa proporção acima de três para um, por isso, se alguém decidisse resistir, eu perderia o argumento seguinte.

— Você vem comigo — avisei a Brunulf. Vi que ele ia protestar. — Você me deve sua vida — continuei rispidamente —, portanto pode me dar três ou quatro dias dessa vida como agradecimento. Você e o padre Stepan.

Ele deu um sorriso de lado, concordando com pesar.

— Como quiser, senhor.

— Você tem um segundo em comando?

— Headda. — Brunulf indicou com a cabeça o homem mais velho.

— Ele deve manter esses homens como prisioneiros. — Apontei para os sobreviventes das tropas de Brice — e ir para o Gewasc. Diga que vai se juntar a ele dentro de uma semana.

— Por que ao Gewasc?

— Porque fica longe de Ledecestre, e não quero que o senhor Æthelhelm saiba o que aconteceu aqui. Pelo menos não até eu lhe dizer.

— O senhor acha que o senhor Æthelhelm está em Ledecestre? — Ele pareceu nervoso.

— A última coisa que eu soube foi que o rei Sigtryggr ia se encontrar com a senhora Æthelflaed em Ledecestre. Æthelhelm não estará longe. Ele quer ter certeza de que as negociações não serão bem-sucedidas.

Por isso iríamos para Ledecestre.

E depois eu iria para casa.

Para Bebbanburg.

Headda levou os homens de Brunulf para o sul e nós fomos para o leste, para Lindcolne, onde tive alguns instantes com minha filha.

— Você pode voltar a Eoferwic porque não haverá guerra — avisei. — Pelo menos não este ano.

— Não? O que o senhor fez?

— Matei alguns saxões ocidentais — respondi, e então, antes que ela pudesse me esquartejar, expliquei o que havia acontecido. — Por isso eles não vão invadir neste ano — concluí.

— E no ano que vem?

— É provável — falei, desanimado. Estávamos no terraço de uma construção romana bem alta e observávamos as nuvens de tempestade se moverem para o norte, sobre os campos. Grandes áreas de chuva apareciam a distância.

— Preciso ir. Tenho de alcançar Æthelhelm antes que ele cause mais danos.

— O que o senhor vai fazer se houver guerra? — perguntou ela, querendo saber como eu conciliaria meu amor por ela com meu juramento a Æthelflaed.

— Lutar — respondi peremptoriamente — e ter esperança de viver por tempo suficiente para me estabelecer na Frísia.

— Frísia!

— Bebbanburg está perdida — respondi. Não sei se Stiorra acreditou, mas não faria mal ela também espalhar o boato.

Seguimos para o sul pela grande estrada romana que levava a Ledecestre, mas depois de alguns quilômetros um mercador que viajava para o norte me disse que todos os grandes senhores de terras saxãs iriam se encontrar em Godmundcestre. O mercador era dinamarquês, um homem soturno chamado Arvid, que comerciava minério de ferro.

— Haverá guerra, senhor — comentou ele.

— E quando não há?

— Os saxões estão com um exército em Huntandun. O rei deles está lá!

— Eduardo!

— Esse é o nome dele? A irmã dele também.

— E o rei Sigtryggr?

Arvid deu uma risadinha de desprezo.

— O que ele pode fazer? Ele não tem homens suficientes. Tudo que pode fazer é se ajoelhar e pedir misericórdia.

— Ele é um guerreiro — retruquei.

— Um guerreiro! — zombou Arvid. — Ele fez um acordo de paz com a mulher. Agora precisa fazer com o irmão dela. E o jarl Thurferth já fez um acordo de paz! Ele entregou Huntandun e aceitou a cruz.

A armadilha

O jarl Thurferth era um dos senhores dinamarqueses que se recusaram a jurar lealdade a Sigtryggr. Possuía grandes extensões de terras agrícolas no que agora era a fronteira entre os territórios dinamarquês e saxão. Caso os exércitos de Wessex marchassem para o norte, as propriedades de Thurferth estariam entre as primeiras a cair. Se Arvid estivesse certo, Thurferth tinha preservado essas propriedades concedendo o burh de Huntandun, sendo batizado e jurando aliança a Eduardo. Thurferth nunca havia sido um grande guerreiro, mas, mesmo assim, se render a Eduardo certamente significava que outros jarls dinamarqueses do sul da Nortúmbria seguiriam seus passos, expondo Sigtryggr ao ataque. Tudo que preservava Sigtryggr era seu frágil tratado de paz com Æthelflaed, um tratado que o ealdorman Æthelhelm estava decidido a despedaçar.

Por isso nos apressamos indo para o sul, não mais a caminho de Ledecestre, e sim pela estrada romana mais larga que conduzia a Lundene. O burh de Huntandun guardava a travessia do Use e sempre foi um bastião protegendo a fronteira sul da Nortúmbria. Agora pertencia às forças de Eduardo. Toquei o martelo no pescoço e me perguntei por que os deuses antigos se rendiam de forma tão covarde ao deus pregado? Será que não se importavam? Os saxões e sua religião intolerante se esgueiravam cada vez mais para perto de Eoferwic e da captura da Nortúmbria. Um dia, pensei, a antiga religião desapareceria e os sacerdotes do deus pregado derrubariam os templos pagãos. No meu tempo de vida, vi os saxões serem quase completamente derrotados, agarrando-se à existência num pântano fedorento, depois revidando, até que agora o grande sonho de um reino único chamado Inglaterra estava bem próximo. Dessa forma, a trégua proposta por Sigtryggr eventualmente chegaria ao fim e Wessex atacaria. E então? Eoferwic não poderia se sustentar. A muralha era forte e bem-cuidada, mas, se um exército sitiante estivesse disposto a aceitar as baixas, atacaria vários pontos ao mesmo tempo, em algum momento atravessaria os muros e brandiria as espadas numa cidade aterrorizada. Os cristãos iriam se regozijar, e o restante de nós, que adorava os deuses mais antigos, seria expulso.

Se quiséssemos sobreviver ao massacre cristão, o preço da vitória deles precisava ser bastante alto. Por isso eu queria Bebbanburg, porque o custo da captura daquela fortaleza era exorbitante. Constantin ainda não devia ter tido sucesso. Sua melhor opção era fazer meu primo passar fome, mas isso poderia levar meses. Se tentasse atacar, seus guerreiros escoceses teriam apenas um caminho estreito para se aproximar e morreriam nele. Seus corpos iriam se empilhar embaixo dos muros, o fosso iria feder com seu sangue, corvos se refestelariam nas suas tripas, viúvas chorariam nas colinas de Constantin e os ossos brancos dos guerreiros de Alba seriam deixados como alerta para o próximo atacante.

E a Frísia?, pensei enquanto seguíamos rapidamente para o sul. Até que ponto o deus pregado havia capturado aquela terra? Eu tinha ouvido falar que algumas pessoas ainda cultuavam Tor e Odin do outro lado do mar, e havia ocasiões em que me sentia genuinamente tentado a ir para lá e estabelecer um reino, ser um senhor do mar junto ao oceano cinzento. Mas perder Bebbanburg? Abandonar um sonho? Jamais.

Antes de sairmos de Lindcolne, eu tinha mandado Berg e seus companheiros para o norte, para Eoferwic. Dei ao jovem norueguês uma bolsa de ouro e falei de novo tudo que desejava. Fiz os homens rasparem as cabeças de lobo dos escudos para que ninguém pensasse que eram meus seguidores.

— Mas as minhas bochechas! — perguntou Berg, preocupado. — Eu uso o seu símbolo no rosto, senhor!

— Acho que não importa — falei, sem querer provocá-lo dizendo que as marcas de tinta mais pareciam porcos bêbados que lobos selvagens. — Vamos correr esse risco.

— Se o senhor acha... — disse ele, ainda preocupado.

— Deixe o cabelo cair sobre o rosto — sugeri.

— Boa ideia! Mas... — Ele ficou subitamente consternado.

— Mas...?

— A garota? A filha de Olla? Ela pode achar isso estranho, não é? O meu cabelo?

Nem de longe tão estranho quanto porcos nas bochechas, pensei, mas o poupei de novo.

— As garotas não se importam com coisas assim — garanti. — Desde que você não cheire muito mal. Elas são estranhas com relação a isso. Agora vá. Vá! Compre três barcos e espere em Eoferwic até receber notícias minhas.

Ele partiu para o norte e nós íamos para o sul levando Brunulf, o padre Herefrith e Brice. Brice e o padre estavam com as mãos amarradas e tinham cordas no pescoço, que meus homens seguravam. Brice passou a maior parte da viagem carrancudo, mas o padre Herefrith, percebendo quantos dos meus homens eram cristãos, prometia que a fúria do deus pregado seria lançada sobre eles se não o soltassem.

— Seus filhos vão nascer mortos! — gritou no primeiro dia da viagem. — E suas esposas vão apodrecer como carne estragada! O Deus Todo-Poderoso vai amaldiçoar vocês. Sua pele vai ficar purulenta, com furúnculos, suas tripas vão vazar imundície aguada, seus paus vão murchar!

Ele continuou gritando essas ameaças até que eu fiquei para trás, cavalgando ao seu lado. O padre Herefrith me ignorou, apenas encarando a estrada adiante com fúria. Gerbruht, um bom cristão, estava segurando a corda presa ao pescoço do padre.

— Ele tem uma boca suja, senhor — comentou Gerbruht.

— Eu o invejo — falei.

— Inveja, senhor?

— A maioria de nós precisa baixar os calções para cagar.

Gerbruht riu. Herefrith apenas pareceu sentir ainda mais raiva.

— Quantos dentes você ainda tem? — perguntei, e, como esperava, ele não respondeu. — Gerbruht, você tem uma torquês?

— Claro, senhor. — Ele deu um tapinha num alforje. Muitos dos meus homens carregavam torqueses para o caso de um cavalo ficar com uma ferradura solta.

— Agulha? Linha?

— Eu, não, senhor, mas Godric sempre tem agulha e linha. Kettil também.

— Bom! — Olhei para Herefrith. — Se você não calar essa boca imunda, vou pegar emprestada a torquês de Gerbruht e arrancar todos os dentes que você ainda tiver. Depois vou costurar sua boca. — Sorri para ele. O padre Herefrith não gritou mais ameaças.

O padre Stepan parecia angustiado, e presumi que era por causa da minha aspereza, mas então, quando estava num lugar onde o padre Herefrith não podia ouvi-lo, ele me surpreendeu.

— Santa Apolônia teve a boca costurada, senhor.

— Você está dizendo que eu estou tornando o desgraçado um santo?

— Não sei se a história é verdadeira. Alguns dizem que ela só perdeu todos os dentes. Mas, se o senhor tiver dor de dente, deve rezar para ela.

— Vou me lembrar disso.

— Mas ela não pregava como o padre Herefrith. E não, não creio que ele seja um santo. — Stepan fez o sinal da cruz. — Nosso Deus não é cruel, senhor.

— Para mim, parece — comentei em tom soturno.

— Alguns pregadores dele são cruéis. Não é a mesma coisa.

Eu não estava com vontade de ter uma discussão teológica.

— Diga, padre: Herefrith é mesmo capelão do rei Eduardo?

— Não, senhor, ele é capelão da rainha Ælflæd. Mas talvez seja a mesma coisa, não? — O jovem sacerdote deu de ombros.

Bufei. Os saxões ocidentais jamais honravam a esposa do rei chamando-a de rainha, não sei o motivo, mas era evidente que a filha de Æthelhelm havia assumido o título, sem dúvida porque seu pai havia instigado o uso.

— Não é a mesma coisa — falei —, se os boatos sobre Eduardo e Ælflæd forem verdadeiros.

— Boatos, senhor?

— Que os dois não se dão. Que não se falam.

— Eu não teria como saber, senhor — disse ele, enrubescendo. Ele queria dizer que não queria fofocar. — Mas todos os casamentos têm atribulações, não é, senhor?

— Também têm seus prazeres.

— Que Deus seja louvado.

Sorri diante de seu tom caloroso.

— Então você é casado?

— Fui, senhor, mas só por algumas semanas. Ela morreu do suor. Mas era uma mulher adorável.

Paramos a um dia de marcha de Huntandun, onde chamei dois dos meus saxões, Eadric e Cenwulf, e os mandei à frente, equipados com escudos tirados dos homens de Brice. Não os escudos usados na emboscada contra Brunulf, e sim dois que foram deixados no forte, e ambos tinham um cervo saltando.

O estandarte que havia sido removido da muralha no dia em que cheguei a Hornecastre exibia o mesmo símbolo, o de Æthelhelm. Brice tinha me reconhecido naquele dia, motivo pelo qual ele e um companheiro voltaram do encontro e tiraram o estandarte. Ele podia ser burro feito uma porta, mas teve o bom senso de perceber que eu farejaria encrenca se visse o emblema de Æthelhelm.

— Encontre a maior taverna de Huntandun — pedi a Eadric —, e beba lá. — Dei-lhe moedas.

Ele riu.

— Só beber, senhor?

— Se você tiver problemas para entrar na cidade, diga que é um homem de Æthelhelm.

— E se eles nos interrogarem?

Entreguei-lhe minha corrente de ouro, mas primeiro tirei dela o martelo.

— Diga para cuidarem da própria vida.

A corrente iria identificá-lo como um homem de autoridade, muito acima de qualquer guarda nos portões de Huntandun.

— E, assim que estivermos lá, vamos só beber, senhor? — perguntou Eadric de novo.

— Não exatamente.

Então contei a ele o que desejava, e Eadric, que não era idiota, riu.

E no dia seguinte fomos atrás dele, para o sul.

Não chegamos a Huntandun, porque não foi necessário. Alguns quilômetros ao norte da cidade vimos uma grande quantidade de cavalos pastando a leste da estrada e, mais além, as coberturas brancas e sujas de tendas sobre as quais estandartes espalhafatosos balançavam ao vento inconstante. O dragão de Wessex tremulava, assim como a estranha bandeira do ganso de Æthelflaed e o estandarte do cervo saltando de Æthelhelm. Havia bandeiras que exibiam santos e bandeiras com cruzes, e bandeiras que exibiam santos e cruzes, e, escondido entre elas, estava o estandarte de Sigtryggr, do machado vermelho. Era ali que os senhores se reuniam, e não na recém-entregue

Huntandun, nas tendas erguidas em volta da casa de uma fazenda que parecia firme. Um intendente agitado nos viu aproximando-nos e acenou indicando um pasto.

— Quem são vocês? — gritou.

— Homens de Sigtryggr — respondi.

Não estávamos com meu estandarte, e sim com a bandeira do machado vermelho que Brice e Herefrith usaram na tentativa de enganar Brunulf.

O intendente cuspiu.

— Não esperávamos mais dinamarqueses — comentou com nojo.

— Vocês nunca nos esperam — falei —, e é por isso que geralmente levam uma surra.

Ele ficou parado, piscando para mim, e eu sorri. Então recuou um passo e apontou para um pasto próximo.

— Deixem os cavalos lá. — Ele parecia nervoso. — E ninguém deve portar armas. Ninguém.

— Nem os saxões? — perguntei.

— Só os guardas da casa real. Ninguém mais.

Deixei a maior parte dos meus homens guardando nossos cavalos, junto com espadas, lanças, machados e seaxes. Depois, levei Finan, Brunulf, meu filho e nossos dois cativos para a casa da fazenda. Uma fumaça densa subia das fogueiras acesas entre as tendas. Um boi inteiro estava sendo assado num espeto que era girado pelo cabo por dois escravos seminus enquanto meninos jogavam na fogueira lenha recém-rachada. Um homem enorme, do tamanho de Gerbruht, rolava um barril para uma tenda próxima.

— Cerveja — gritou ele. — Abram caminho para a cerveja! — Ele viu que o barril rolava na minha direção e tentou pará-lo. — Epa! Desculpe, senhor, desculpe!

Eu me desviei, depois vi Eadric e Cenwulf esperando perto do enorme celeiro. Eadric riu, evidentemente aliviado por me ver, e estendeu minha corrente de ouro quando me aproximei.

— Eles amarraram o rei Sigtryggr num cavalete, senhor, e agora estão cortando as partes dele, pedaço por pedaço.

— A coisa está tão feia assim, é? — Pendurei de novo a corrente no pescoço. — Então deu certo?

125

A armadilha

Ele abriu um sorriso largo.

— Deu, senhor. Talvez certo demais.

— Certo demais?

— Eles querem marchar para o norte amanhã. Só não conseguem decidir quem vai ter o prazer de matar o senhor, e como.

Gargalhei.

— Então vão ficar desapontados.

Eu havia mandado Eadric e Cenwulf espalharem um boato em Huntandun de que a traição de Æthelhelm tinha dado certo. Eles falaram da minha traição, que eu tinha atacado Brunulf e seus seguidores, que havia ignorado a bandeira de trégua e trucidado padres e guerreiros. Evidentemente, o boato funcionara, mas sem dúvida Æthelhelm estava se perguntando de onde ele vinha e por que não tinha recebido notícias de nenhum dos homens mandados para o norte com o objetivo de começar uma guerra. Mesmo assim, devia estar satisfeito. Ele estava conseguindo o que desejava.

Por enquanto.

A reunião acontecia no enorme celeiro, uma construção impressionante, maior que a maioria dos salões de banquetes.

— Quem é o dono do celeiro? — perguntei a um guarda parado diante da enorme porta dupla. Ele usava o símbolo de Wessex, portava uma lança e fazia parte da tropa doméstica de Eduardo.

— O jarl Thurferth — respondeu, depois de nos olhar e se certificar de que nenhum de nós carregava armas. — E agora nós somos os donos.

O guarda não demonstrou nenhuma intenção de nos impedir. Eu tinha falado com ele em sua língua e, apesar da minha capa pobre e surrada, dava para ver que por baixo eu usava uma corrente de ouro da nobreza. Além disso, eu era mais velho e grisalho, por isso ele simplesmente presumiu meu posto e meu direito de estar ali. No entanto, franziu um pouco a testa ao ver Brice e Herefrith com as mãos atadas.

— Ladrões que merecem a justiça real — expliquei e olhei para Gerbruht. — Se algum dos dois filhos da mãe falar, pode arrancar os bagos deles a dentadas.

Ele exibiu os dentes sujos.

— Será um prazer, senhor.

Entramos pelos fundos do celeiro. Coloquei o capuz da capa velha para esconder o rosto. Havia pelo menos cento e cinquenta homens no interior da construção que, longe da luz do sol, parecia mergulhado na penumbra, com sua única fonte de luz vindo das duas grandes portas. Ficamos atrás da multidão, voltada para uma plataforma tosca construída do outro lado do celeiro. Quatro estandartes estavam pendurados na parede alta atrás da plataforma: o dragão de Wessex, o ganso de Æthelflaed, um estandarte branco com uma cruz vermelha e, muito menor que os outros, a bandeira de Sigtryggr, com seu machado vermelho. Abaixo deles havia seis cadeiras, cada uma coberta por um pano, dando-lhe uma aparência mais digna. Sigtryggr estava sentado na extremidade esquerda, com o único olho baixo e o rosto tomado por tristeza. Outro nórdico — presumi que fosse nórdico porque tinha o cabelo comprido e desenhos feitos com tinta nas bochechas — se sentava na extremidade direita. Devia ser o jarl Thurferth, que, de forma covarde, havia entregado as terras aos saxões ocidentais. Ele se remexia no assento. O rei Eduardo de Wessex estava numa das três cadeiras posicionadas acima das demais por uma pequena pilha de tábuas. Tinha o rosto fino e, para minha surpresa, vi que seu cabelo estava ficando grisalho nas têmporas. À esquerda dele, numa cadeira ligeiramente mais baixa, estava sua irmã, Æthelflaed, e a aparência dela me deixou chocado. Seu rosto antes belo estava macilento, a pele pálida como um pergaminho e os lábios apertados como se ela tentasse conter alguma dor. Como Sigtryggr, estava com os olhos baixos. A terceira cadeira elevada, à direita de Eduardo, era ocupada por um garoto emburrado de rosto redondo e olhos indignados. Ele usava um diadema de ouro por cima do cabelo castanho desgrenhado. Não devia ter mais de 13 ou 14 anos e estava esparramado no assento, olhando com desdém para a multidão abaixo. Eu nunca o tinha visto, mas presumi que fosse Ælfweard, filho de Eduardo e neto do ealdorman Æthelhelm.

Æthelhelm estava sentado ao lado do garoto. O grande, expansivo e afável Æthelhelm, embora agora estivesse com uma expressão séria. Segurava um braço da cadeira e estava ligeiramente inclinado para a frente, ouvindo um discurso feito pelo bispo Wulfheard. Não, era um sermão, não um discurso, e as palavras do bispo eram aplaudidas por uma fileira de padres e um punhado de guerreiros com cotas de malha de pé nas sombras profundas atrás dos seis tronos. Dos ocupantes dos tronos, apenas Æthelhelm aplaudia. Ele batia no braço da cadeira e assentia ocasionalmente, mas sempre com uma expressão de pesar, como se estivesse triste pelo que escutava.

Na verdade, não podia estar mais feliz.

— Todo reino dividido deverá ser levado às ruínas! — gritou o bispo. — Estas são as palavras de Cristo! E quem aqui duvida que as terras ao norte são saxãs? Compradas com sangue saxão!

— Ele está falando há quase uma hora, eu acho, talvez mais — resmungou Eadric.

— Então está só começando — falei. Um homem à nossa frente tentou me fazer ficar em silêncio, mas rosnei para ele, que se virou rapidamente.

Voltei a olhar para Wulfheard, que era um velho inimigo meu. Ele era bispo de Hereford, mas ficava onde quer que o rei de Wessex residisse porque, apesar de ser capaz de pregar sobre poderes celestiais, o único poder que Wulfheard almejava era terreno. Queria dinheiro, terras e influência, e em grande parte tinha sucesso porque sua ambição se beneficiava de seu comportamento sutil, inteligente e implacável. Era uma figura impressionante: alto, sério, de nariz adunco e olhos fundos por trás de sobrancelhas grossas que ficaram grisalhas com a idade. Era formidável, mas sua fraqueza era a queda pelas prostitutas. Eu não podia culpá-lo, já que também gosto de prostitutas. Mas, diferentemente de mim, Wulfheard fingia ser um homem de retidão impecável.

O bispo tinha feito uma pausa para beber cerveja ou vinho, e os seis ocupantes das cadeiras se remexeram como se espreguiçassem os membros cansados. Eduardo se inclinou para sussurrar algo à irmã, que assentiu parecendo cansada, enquanto seu sobrinho Ælfweard, o menino emburrado, bocejava.

— Não duvido — o bispo assustou o garoto ao recomeçar — que a senhora Æthelflaed fez um acordo de paz com o rei Sigtryggr tendo apenas motivações cristãs, motivações caridosas, na esperança fervorosa de que a luz de Cristo iluminasse a alma pagã e escura de Sigtryggr e o conduzisse ao conhecimento da graça de nosso Salvador!

— Verdade — disse Æthelhelm. — É mesmo verdade.

— Desgraçado adulador — rosnei.

— Mas como ela poderia saber? — perguntou o bispo. — Como qualquer um de nós poderia saber da perfídia que espreita na alma do senhor Uhtred? Ou do ódio que ele alimenta contra nós, os filhos de Deus! — O bispo fez uma pausa e pareceu emitir um soluço, como se chorasse. — Brunulf — gritou ele —, aquele grande guerreiro de Cristo, morto! — Os padres atrás dele gemeram, e Æthelhelm balançou a cabeça. — O padre Herefrith — gritou o bispo ainda mais alto —, aquele martirizado homem de Deus, morto!

Os guardas podiam achar que estávamos desarmados, mas eu ainda portava uma faca, que enfiei no meio das roupas de Herefrith para cutucar sua bunda.

— Uma palavra — sussurrei. — Uma palavra e você está morto.

Ele estremeceu.

— Nossos bons homens — o bispo ainda falava soluçando — foram mortos por um pagão! Trucidados por um selvagem! E é chegada a hora! — Wulfheard levantou a voz. — Já passou da hora de expulsarmos esse selvagem pagão da nossa terra!

— Amém — disse Æthelhelm, assentindo. — Amém.

— Que Deus seja louvado — clamou um padre.

— Ouçam! — gritou o bispo. — Ouçam as palavras do profeta Ezequiel!

— Precisamos? — murmurou Finan.

— "E deles farei uma nação na Terra!" — bradou o bispo. — "E um rei será rei de todos eles, e nunca mais serão duas nações!" Ouviram isso? Deus prometeu nos tornar uma só nação, com um rei, e não dois! — Ele virou o olhar feroz para Sigtryggr. — O senhor, senhor rei — vociferou ele, e imbuiu de escárnio as duas últimas palavras —, irá nos deixar hoje. Amanhã esta trégua expira, e amanhã as forças do rei Eduardo marcharão para o norte! Um exército de Deus marchará! Um exército da fé! Um exército da verdade! Um exército dedicado a vingar a morte de Brunulf e do padre Herefrith! Um exército comandado por Cristo ressuscitado, por nosso rei e pelo senhor Æthelhelm! — O rei Eduardo franziu a testa ligeiramente, suponho que ofendido pela sugestão de que Æthelhelm era seu igual na liderança do exército saxão, mas não contradisse o bispo. — E com essa força portentosa — continuou Wulfheard — marcharão os homens da Mércia! Guerreiros comandados pelo príncipe Æthelstan!

Foi a minha vez de franzir a testa. Æthelstan tinha recebido o comando do exército da Mércia? Eu aprovava isso, mas sabia que Æthelhelm queria matar o garoto e assim facilitar o caminho do seu neto para o trono. E agora Æthelstan era mandado para a Nortúmbria ao lado de um homem que o queria morto? Eu me perguntei por que Æthelstan não estava sentado num trono como seu meio-irmão, Ælfweard, então o vi no meio dos guerreiros que estavam de pé junto com os padres atrás das seis cadeiras. E isso era significativo, pensei. Æthelstan era o filho mais velho, porém não tinha recebido as mesmas honras do emburrado e gorducho Ælfweard.

— Será um exército saxão unido — exultou Wulfheard. — O exército da Inglaterra, um exército de Cristo! — A voz do bispo ficou mais alta. — Um exército para vingar nossos mortos martirizados e trazer a glória eterna para nossa Igreja! Um exército para fazer uma nação saxã sob um rei saxão!

— Pronto? — perguntei a Finan.

Ele apenas deu um sorriso.

— O pagão Uhtred atraiu a ira de Deus. — O bispo quase gritava, lançando perdigotos enquanto as mãos se estendiam para as traves do celeiro. — A paz terminou, rompida pelo ardil cruel de Uhtred, por sua insaciável sede de sangue, por sua traição a tudo que consideramos sagrado, por seu ataque odioso contra nossa honra, contra nossa religiosidade, contra nossa dedicação a Deus e contra nosso desejo de paz! Não fomos nós que fizemos isso! Foi ele, e devemos lhe dar a guerra que deseja com tanto fervor!

Homens aplaudiram. Sigtryggr e Æthelflaed pareciam distraídos, Eduardo franzia a testa e Æthelhelm balançava a cabeça como se fosse dominado pelo sofrimento por receber exatamente o que desejava.

O bispo esperou até que a multidão ficasse em silêncio.

— E o que Deus deseja de nós? — berrou. — O que Ele deseja de vocês?

— Ele deseja que você pare de cuspir imundícies, seu amante de prostitutas — gritei, rompendo o silêncio que se seguiu às suas duas perguntas.

Depois abri caminho pela multidão.

Seis

Eu havia tirado o capuz e a capa velha antes de forçar passagem pela multidão, com Finan vindo logo atrás. Pessoas ofegaram quando fui reconhecido, depois houve murmúrios, e por fim protestos furiosos. Nem todos na multidão estavam irritados. Alguns homens sorriam, antecipando a diversão, e um punhado me cumprimentou. O bispo Wulfheard ficou olhando em choque, abriu a boca para falar, descobriu que não tinha o que dizer, então olhou em desespero para o rei Eduardo, na esperança de que este exercesse sua autoridade. Mas Eduardo parecia igualmente atônito ao me ver e não disse nada. Æthelflaed estava de olhos arregalados e quase sorria. Os protestos cresceram conforme os homens gritavam que eu devia ser expulso do celeiro, e um rapaz decidiu bancar o herói e ficou no meu caminho. Ele usava uma capa vermelho-escura presa no pescoço por um broche de prata do cervo saltando. Todos os guerreiros domésticos de Æthelhelm usavam capas vermelho-escuras, e um grupo deles abriu caminho pela multidão para ajudar o rapaz que ergueu a mão para me impedir.

— O senhor... — começou.

Ele não terminou o que queria dizer porque simplesmente lhe dei um soco. Eu não pretendia bater com tanta força, mas estava dominado pela raiva. Ele se curvou, ficando subitamente sem ar, e o empurrei para o lado, o que o fez cambalear e cair na palha suja. Então, pouco antes de chegarmos à plataforma improvisada, um dos guardas de Eduardo nos confrontou com a lança apontada, mas Finan passou por mim e se colocou na frente da arma.

— Tente, rapaz — disse ele baixinho. — Por favor, por favor, só tente.

— Para trás! — Eduardo encontrou sua voz e o guarda recuou.

— Tirem-no daqui! — gritou Æthelhelm.

Ele estava falando com seus guerreiros domésticos e queria que me arrastassem para fora, mas dois guardas de Eduardo, os únicos com permissão de usar armas na presença do rei, o entenderam mal e, em vez disso, retiraram o rapaz de capa vermelha. As vozes de Eduardo e Æthelhelm silenciaram todos no celeiro, mas os murmúrios recomeçaram quando subi desajeitadamente no tablado. Finan ficou embaixo, virado para a multidão e desafiando qualquer um a interferir no que eu estava fazendo. Sigtryggr, como todas as outras pessoas no celeiro, me olhava com surpresa. Pisquei para ele, depois me abaixei sobre um dos joelhos diante de Æthelflaed. Ela parecia muito doente, pálida, tão magra.

— Senhora — falei. Ela havia estendido a mão, uma mão delicada, e eu a beijei. E, quando ergui o olhar depois do beijo, vi lágrimas em seus olhos, mas ela sorria.

— Uhtred. — Æthelflaed disse meu nome em voz baixa e nada mais.

— Ainda sou seu homem jurado, senhora — avisei, em seguida me virei para seu irmão, para quem baixei a cabeça respeitosamente. — Senhor rei.

Eduardo, que usava a coroa de esmeraldas do pai, levantou a mão para silenciar a multidão.

— Estou surpreso em vê-lo, senhor Uhtred — disse rigidamente.

— Trago notícias, senhor rei.

— Notícias são sempre bem-vindas. Especialmente as boas.

— Acho que o senhor descobrirá que são muito boas, senhor rei — falei enquanto me levantava.

— Vamos ouvir — ordenou o rei.

A multidão estava absolutamente silenciosa. Alguns homens que tinham fugido do sermão tedioso de Wulfheard voltaram para as portas abertas do celeiro e se acotovelavam para entrar.

— Não sou um homem de palavras, senhor rei — falei andando lentamente na direção de Wulfheard. — Não sou como o bispo Wulfheard. As prostitutas do Feixe de Trigo, em Wintanceaster, me dizem que ele não para de falar, nem quando está fornicando com elas.

— Seu desgraçado... — começou Wulfheard.

— Mas elas dizem — interrompi com raiva — que ele é tão rápido com elas que o sermão nunca é muito longo. É mais como uma bênção apressada. Em nome do Pai, do Filho e do ah, ah, ah, ah!

Alguns homens riram, mas pararam ao perceber a raiva no rosto de Eduardo. Ele não havia sido particularmente religioso na juventude, mas, agora que estava na idade em que os homens começavam a contemplar a morte, vivia com medo do deus pregado. No entanto, Æthelflaed, que era mais velha e profundamente devota, riu, mas seu riso se transformou numa tosse. Eduardo estava prestes a protestar contra as minhas palavras, mas o impedi.

— Então Brunulf está morto? — perguntei a todos os homens reunidos, de costas para o ultrajado Wulfheard.

— Você o matou, seu desgraçado — gritou um homem mais corajoso que os outros.

Olhei para ele.

— Se você acha que sou um desgraçado, suba aqui agora. O rei vai nos dar espadas e você pode provar. — Esperei, mas ele não se mexeu, por isso apenas assenti para meu filho.

E Uhtred ficou de lado, abrindo espaço para Brunulf passar pelo meio da multidão. Ele precisou abrir caminho com o cotovelo, mas não demorou muito, conforme era reconhecido por alguns, para os homens o deixarem passar.

— Então Brunulf está morto? — repeti. — Alguém aqui o viu morrer? Alguém viu o cadáver dele? — Ninguém respondeu, mas homens ofegaram e sussurraram à medida que percebiam quem se aproximava da plataforma. Quando ele chegou, estendi a mão para ajudá-lo a subir. — Senhor rei — virei-me para Eduardo —, gostaria de lhe apresentar seu homem, Brunulf.

Houve silêncio. Eduardo olhou para Æthelhelm, que de repente achou os caibros do teto do celeiro extremamente interessantes, depois voltou a olhar para Brunulf, que tinha se ajoelhado diante dele.

— Ele está fedendo a morto para o senhor, senhor rei? — perguntei.

O rosto de Eduardo se retorceu no que poderia ter sido um sorriso.

— Não.

Eu me virei para a multidão.

— Ele não é um cadáver! Parece que eu não o matei! Brunulf, você está morto?

— Não, senhor.

O celeiro ficou tão silencioso que daria para ouvir uma pulga tossindo.

— Você foi atacado na Nortúmbria? — perguntei a Brunulf.

— Fui, senhor.

Eduardo fez um sinal para Brunulf se levantar, e eu o chamei para perto de mim.

— Quem atacou você? — perguntei.

Ele parou um instante. E depois falou:

— Homens carregando o símbolo do rei Sigtryggr.

— Aquele símbolo? — indaguei, apontando para o estandarte de Sigtryggr com o machado vermelho que pendia acima da plataforma.

— Sim, senhor.

Houve rosnados no celeiro, mas foram silenciados pelos homens que desejavam escutar as palavras de Brunulf. Sigtryggr franziu a testa ao escutar que os homens que o atacaram carregavam seu símbolo, mas não protestou. Æthelhelm pigarreou, remexeu-se na cadeira, parecendo se sentir desconfortável, e voltou a olhar para os caibros.

— E você conseguiu derrotar aqueles homens? — perguntei.

— Foi o senhor quem o fez.

— E quantos dos seus homens morreram?

— Nenhum, senhor.

— Nenhum? — perguntei mais alto.

— Nenhum, senhor.

— Nenhum dos seus saxões ocidentais morreu?

— Nenhum, senhor.

— Algum foi ferido?

Ele balançou a cabeça.

— Nenhum, senhor.

— E quanto aos homens que usavam o símbolo do machado vermelho, quantos morreram?

— Quatorze, senhor.

— E o restante vocês capturaram?

— O senhor os capturou.

Agora Æthelhelm me encarava, aparentemente incapaz de falar ou mesmo de se mexer.

— E eram homens do rei Sigtryggr? — prossegui.

— Não, senhor.

— Então, de quem eram?

Brunulf fez outra pausa, desta vez olhando diretamente para Æthelhelm.

— Eram homens do senhor Æthelhelm.

— Mais alto! — insisti.

— Eram homens do senhor Æthelhelm.

E então houve um alvoroço geral. Alguns homens, muitos usando a capa vermelho-escura e o brasão do cervo prateado da casa de Æthelhelm, diziam que Brunulf mentia, mas outros pediam silêncio e exigiam que Brunulf contasse mais. Deixei a agitação continuar enquanto ia até a cadeira de Æthelhelm e me inclinava perto dele. Seu neto, o príncipe Ælfweard, se esforçou para ouvir o que eu dizia, mas falei baixo demais.

— Estou com Brice aqui e temos o padre Herefrith. Os dois estão se cagando de medo de mim, por isso não vão mentir para salvar seu couro miserável. Entendeu, senhor?

Ele assentiu com a cabeça quase imperceptivelmente, mas não disse nada. Os homens no celeiro clamavam para saber mais, porém eu os ignorei.

— Portanto — continuei, ainda sussurrando —, o senhor vai dizer que eles desobedeceram ao senhor e vai concordar com tudo que eu propuser. Tudo. Estamos de acordo, senhor?

— Seu desgraçado — murmurou ele.

— Estamos de acordo? — insisti, e, depois de uma ligeira pausa, Æthelhelm consentiu levemente. Dei-lhe um tapinha na bochecha.

E então fizemos um acordo. Concordamos que Brice havia excedido suas ordens, que tinha tentado provocar uma guerra por iniciativa própria e que a decisão de atacar Brunulf havia sido tomada somente por ele e pelo padre Herefrith, contradizendo as ordens específicas do ealdorman Æthelhelm. Este declarou que tudo o que desejava era construir uma igreja em louvor a são Erpenwald de Wuffingas. E que nunca, nem por um momento, achou que esse ato devoto poderia causar violência. E foi acordado que Brice seria entregue aos homens de Eduardo para receber a justiça do rei, ao passo que o padre Herefrith seria disciplinado pela Igreja.

Concordamos que a trégua existente entre Æthelflaed e Sigtryggr seria estendida até o Dia de Todos os Santos do ano seguinte. Eu queria três anos, mas Eduardo insistiu no período mais curto e eu não tinha poder sobre ele como tinha sobre Æthelhelm, por isso aceitei a condição. O Dia de Todos os Santos era no fim da temporada de campanha, perto demais do inverno, e considerei que isso dava a Sigtryggr quase dois anos de paz.

E, por fim, insisti em tomar reféns para garantir o bom comportamento dos inimigos da Nortúmbria. Isso não era popular. Alguns homens gritaram que, se Wessex ou a Mércia cedessem reféns, a Nortúmbria deveria fazer o mesmo, mas Æthelhelm, instigado por um olhar meu, apoiou a proposta.

— A Nortúmbria não violou a trégua — declarou ele com relutância. — Foram nossos homens que o fizeram. — Quase dava para ver a dor no rosto de Æthelhelm enquanto falava. — O transgressor — continuou, encolhendo-se — deve pagar o preço.

— E quem serão seus reféns? — quis saber o rei Eduardo.

— Eu só quero um, senhor rei — respondi. — Só um. Quero o herdeiro do seu trono. — Fiz uma pausa e vi o medo no rosto de Æthelhelm. Ele achava que eu me referia ao seu neto, Ælfweard, que também pareceu horrorizado, mas então tirei o anzol de suas tripas apavoradas. — Eu quero o príncipe Æthelstan.

Um garoto que eu amava como um filho.

E por mais de um ano ele seria meu.

Assim como o exército de Sigtryggr.

Brice morreu naquele mesmo dia.

Eu nunca havia gostado dele. Era um homem obtuso, brutal, sem capacidade de pensar, ou pelo menos era assim, até a tarde de sua morte, quando foi trazido de mãos amarradas para o espaço diante da tenda de Eduardo. E nesse momento Brice me impressionou.

Ele não fez nenhuma tentativa de culpar Æthelhelm, mesmo que estivesse sendo executado por ter obedecido às ordens dele. Poderia ter gritado a verdade, mas tinha feito um juramento ao ealdorman e o manteve até o fim.

Brice se ajoelhou na frente de um padre e fez sua confissão, recebeu a absolvição e a extrema-unção. Ele não protestou nem chorou. Ficou de pé quando o padre terminou e se virou para a tenda do rei, e só então se encolheu.

Tinha esperado que um guarda das tropas domésticas do rei o matasse, um homem experiente de guerra que pudesse fazer o serviço rapidamente. E de fato um brutamontes o havia esperado no local da execução. O nome do brutamontes era Waormund, e Waormund era um gigante capaz de matar um boi com um golpe de espada. Era um homem para ser colocado no centro de uma parede de escudos e aterrorizar o inimigo. Porém, enquanto Brice confessava, o lugar de Waormund tinha sido tomado por Ælfweard, o filho do rei. E, ao ver o garoto, Brice estremeceu.

Ele se ajoelhou de novo.

— Senhor príncipe, espero que me deixe morrer com as mãos livres.

— Você vai morrer como eu escolher — declarou Ælfweard. A voz dele era aguda, ainda passando pelas mudanças da juventude. — E escolho deixar suas mãos amarradas.

— Solte as mãos dele — gritei. Eu era um dos duzentos homens ou mais que assistiam à execução, e a maioria murmurou, concordando comigo.

— Você vai ficar em silêncio — ordenou Ælfweard.

Fui até ele. Ælfweard era gorducho como a mãe, de rosto petulante. Tinha cabelo castanho encaracolado, bochechas vermelhas, olhos azuis e uma expressão de desdém. Segurava uma espada que parecia grande demais para ele e de repente mexeu na arma quando cheguei perto, mas bastou me encarar para se convencer a deixá-la baixada. Ele queria parecer desafiador, mas dava para ver o medo em seus olhos ligeiramente protuberantes.

— Waormund, diga ao senhor Uhtred que cuide da vida dele — ordenou.

Waormund caminhou com dificuldade até mim. Era mesmo um gigante, uma cabeça mais alto que eu, de rosto inexpressivo, com uma cicatriz que ia da sobrancelha direita ao lado esquerdo do maxilar inferior. Tinha barba castanha eriçada, olhos mortos como pedra e lábios finos que pareciam manter a boca numa careta permanente.

— Deixe o príncipe Ælfweard cumprir com seu dever — rosnou para mim.

— Quando as mãos do prisioneiro estiverem livres — falei.

— Faça-o ir embora! — ganiu Ælfweard.

— O senhor ouviu... — começou Waormund.

— Você não serve a mim — interrompi-o —, mas sou um senhor e você não é, e você me deve respeito e obediência, e, se não me der uma coisa nem outra, vou picá-lo em pedacinhos. Já matei idiotas maiores que você. — Duvidei que isso fosse verdade, mas não fazia mal que Waormund ouvisse. — Porém nenhum era mais idiota. Agora vocês dois vão esperar enquanto solto as mãos de Brice.

— O senhor não pode... — começou Waormund, e eu lhe dei um tapa. Um tapa forte no rosto, e ele ficou tão estupefato que simplesmente permaneceu parado feito uma novilha atônita.

— Não me diga o que posso ou não fazer — declarei rispidamente. — Eu mandei esperar, portanto você vai esperar.

Afastei-me dele, indo até Brice, e dei um leve aceno para Finan. Então fui para trás de Brice, saquei a faca que não deveria estar carregando e cortei a corda de couro que o amarrava. Olhei para além dele e vi a cortina escarlate da entrada da tenda do rei se mover ligeiramente.

— Obrigado, senhor — disse Brice. Em seguida, massageou os pulsos livres. — Um homem deve morrer com as mãos livres.

— Para que possa rezar?

— Porque eu não mereço morrer como um ladrão comum, senhor. Sou um guerreiro.

— É — falei —, é sim. — Eu estava virado para ele, de costas para Waormund e para o príncipe Ælfweard, e Finan tinha ido para trás de Brice. — E você é um guerreiro que cumpre com o juramento — acrescentei.

Brice olhou para o círculo de homens que nos assistiam.

— Ele não veio ver isso. — Estava falando de Æthelhelm.

— Ele está com vergonha de si mesmo — expliquei.

— Mas ele garantiu que eu morresse desse jeito, senhor, e não sendo enforcado. E vai cuidar da minha esposa e dos meus filhos.

— Vou garantir que sim.

— Mas ele deixou o garoto me matar — disse Brice, enojado. — E aquele garoto vai me executar com requintes de crueldade. Ele gosta de machucar as pessoas.

— Você também gostava.

Brice assentiu.

— Eu me arrependi dos meus pecados, senhor. — E olhou para além de mim, para o céu sem nuvens, e por um instante havia uma sugestão de lágrimas em seus olhos. — O senhor acha que existe um céu?

— Eu acho que há um salão de banquetes chamado Valhala, para onde os guerreiros corajosos vão depois da morte. Um salão cheio de hidromel, amigos e festa.

Brice fez que sim com a cabeça.

— Mas para chegar lá, senhor, um homem deve morrer com uma arma na mão.

— Era por isso que você queria ter as mãos desatadas?

Ele não respondeu, apenas olhou para mim, e vi a confusão em seus olhos. Brice tinha sido criado como cristão, pelo menos era o que eu presumia, mas as histórias dos deuses antigos ainda eram sussurradas em volta das fogueiras noturnas. E o medo do estripador de cadáveres que se alimenta dos mortos em Niflheim não estava esquecido, apesar de tudo que os padres pregavam. Eu ainda estava com a faca, então a inverti, estendendo a empunhadura para Brice.

— Não é uma espada — falei. — Mas é uma arma. Segure-a com força. — Mantive os dedos fechados com firmeza em volta dos de Brice, de modo que ele não pudesse soltar a faca nem a cravar na minha barriga.

Ele não tentou fazer isso.

— Obrigado, senhor.

E Finan desferiu o golpe. Tinha escondido um seax sob a túnica e, enquanto eu falava com Brice, ele pegou a arma. Quando Brice estava segurando bem a faca, Finan passou a lâmina curta pela nuca dele. Brice morreu imediatamente, sem tempo para perceber que morria, e ainda segurava a faca ao cair. Continuei segurando sua mão à medida que seu corpo desmoronava, e só quando tive certeza de que ele estava morto soltei seus dedos da empunhadura.

A armadilha

— Você... — Ælfweard começou a protestar com sua voz esganiçada, mas ficou quieto quando Finan brandiu a lâmina do seax coberta de sangue numa série de movimentos que assobiavam no ar, rápidos demais para serem acompanhados pelos olhos.

Assim, Brice morreu e, mesmo tendo sido um idiota, terá seu lugar nos bancos do salão do Valhala. Vamos nos encontrar de novo.

Afastei-me mas um toque no cotovelo fez com que eu me virasse depressa. Por um momento pensei que Waormund ou Ælfweard estivesse me atacando, mas era um serviçal que fez uma reverência profunda e disse que eu era chamado à tenda do rei.

— Agora, por favor, senhor.

Não importava que eu estivesse satisfeito ou não, o chamado de um rei não podia ser ignorado. Por isso acompanhei o serviçal, passando pelos guardas, e atravessei a cortina escarlate. Estava fresco dentro da tenda, com cheiro de capim esmagado. Havia mesas, cadeiras, baús e uma cama grande, onde uma garota de cabelos escuros e olhos enormes estava sentada nos olhando. O rei dispensou o serviçal, mas ignorou a garota, e foi até uma mesa cheia de pães partidos, um bloco de queijo, documentos, um livro, penas, copos feitos de chifre e duas jarras de prata. A coroa de Wessex, com suas esmeraldas, estava caída no meio da bagunça. Eduardo se serviu de um grande copo de vinho e olhou para mim interrogativamente.

— Por favor, senhor — falei.

Ele serviu outro copo e o trouxe pessoalmente, depois se sentou, indicando com a cabeça uma segunda cadeira, menor.

— Então Brice era pagão?

— Suspeito que era pagão e cristão.

— E não merecia morrer. — Não era uma pergunta, e sim uma declaração.

— Sim, senhor.

— Mas foi uma morte necessária — completou ele. Não falei nada. Eduardo tomou um gole de vinho e espanou a sujeira da túnica azul. — Eu não sabia que meu filho tinha recebido o serviço de matá-lo. Fico feliz por você ter interferido.

— Brice merecia uma morte rápida.

— Merecia — concordou ele. — Sim, merecia.

Fazia alguns anos que eu não via Eduardo, e achei que ele parecia velho, apesar de ser muito mais jovem que eu. Acredito que estivesse com uns 40 e poucos anos, mas o cabelo das têmporas estava grisalho, assim como a barba curta, e seu rosto estava cheio de rugas. Eu via seu pai naquele rosto. Eu me lembrava de Eduardo como um príncipe jovem e inseguro, desde que eu tinha ouvido boatos de vinho e mulheres em excesso, porém os deuses sabem que esses mesmos boatos poderiam ser espalhados sobre qualquer senhor. Mas também ouvira falar que ele se importava profundamente com seu reino e era devoto, e eu sabia que se demonstrara um guerreiro notável na conquista da Ânglia Oriental. Para ele havia sido difícil — senão impossível — viver à altura da reputação do pai, mas, conforme a morte de Alfredo ficava para trás, Eduardo crescia em autoridade e feitos.

— Você sabe que vamos atacar a Nortúmbria? — perguntou de repente.

— Claro, senhor.

— A trégua será mantida. Na verdade, ela é conveniente para mim. Precisamos de tempo para impor a lei nas terras que tomamos. — Eduardo queria dizer que o ano seguinte seria passado recompensando seus seguidores com propriedades e certificando-se de que eles tivessem guerreiros treinados, capazes de marchar para o norte sob o dragão de Wessex. Ele franziu a testa quando um padre entrou na tenda segurando uma braçada de documentos. — Agora não, agora não — disse irritado, dispensando o sujeito. — Mais tarde. Quem tem seu juramento, senhor Uhtred?

— Sua irmã.

Ele pareceu surpreso.

— Ainda?

— Sim, senhor.

Eduardo franziu a testa.

— No entanto, você lutaria por Sigtryggr?

— Sua irmã não exigiu outra coisa, senhor.

— E se ela exigisse?

Tentei evitar a questão.

— O senhor não tem o que temer de minha parte, senhor rei. Sou um velho com as juntas doloridas.

A armadilha

Eduardo me ofereceu um sorriso sério.

— Meu pai tentou controlar você e dizia que isso não podia ser feito. Também me aconselhou a jamais subestimá-lo. Ele disse que você parece idiota, mas age com inteligência.

— Achei que fosse o contrário, senhor.

Ele sorriu respeitosamente, depois voltou à questão que eu tinha tentado evitar.

— E o que acontece se minha irmã exigir o seu serviço?

— Senhor, tudo que desejo é retomar Bebbanburg. — Eu sabia que isso não iria satisfazê-lo, por isso acrescentei: — Mas provavelmente isso é impossível, agora que Constantin está lá, por isso planejo me retirar para a Frísia.

Eduardo franziu a testa.

— Eu perguntei — disse com exatidão, e numa voz que era igual à do pai — o que você faria se minha irmã exigisse seu serviço juramentado.

— Eu jamais levantaria a espada contra sua irmã, senhor, jamais.

Não era a resposta completa que Eduardo queria, mas ele não me pressionou mais.

— Você sabe o que está acontecendo em Bebbanburg?

— Eu sei que Constantin está sitiando a fortaleza — falei —, porém nada mais.

— Ele está fazendo seu primo passar fome. Deixou mais de quatrocentos homens lá, sob o comando de um líder chamado Domnall, e Domnall é um comandante bastante hábil.

Não perguntei como ele sabia. Eduardo devia ter herdado o vasto número de espiões e informantes do pai, e nenhum rei na Britânia era mais bem suprido de notícias, boa parte enviada por homens da Igreja que escreviam cartas incessantemente. E eu não duvidava de que Eduardo tinha muitos informantes tanto na Escócia quanto na Nortúmbria.

— Há um portão que dá para o mar — falei. — E a fortaleza pode receber provisões por embarcações.

— Não mais — retrucou Eduardo, cheio de confiança. — O litoral está guardado por um norueguês e seus barcos. Um homem que originalmente foi contratado pelo seu primo.

— Einar, o Branco?

Ele assentiu.

— Constantin comprou a lealdade dele.

Isso me surpreendeu.

— Constantin disse que atacaria Einar.

— Por que lutar quando se pode comprar? Agora os barcos de Einar patrulham o litoral. — Eduardo suspirou. — Constantin não é idiota, mas não tenho certeza do quanto Einar será útil. Ele chama a si mesmo de Einar, o Branco, mas também é conhecido como Einar, o Azarado. — Eduardo deu um riso sem alegria. — O que você gostava de me dizer anos atrás? O destino é inexorável.

— Wyrd bið ful aræd.

— Talvez o destino de Einar seja ser azarado, não é? Você deve esperar isso.

— Por que azarado, senhor?

— Disseram-me que três dos barcos dele naufragaram.

— Então talvez seja sorte estar vivo, não?

— Talvez — ele deu um leve sorriso —, mas me disseram que o apelido é merecido.

Eu esperava que Eduardo estivesse certo. Toquei o martelo pendurado no meu pescoço e fiz uma oração silenciosa para que Einar fosse mesmo um azarado. Eduardo viu o gesto e franziu a testa.

— Mas com ou sem os barcos de Einar — falei —, Bebbanburg é quase impossível de ser capturada. Por isso estou pensando na Frísia.

— Frísia! — exclamou Eduardo em tom de desprezo, com a incredulidade evidente, e temi que a reação do meu primo fosse igual. — Bebbanburg certamente é difícil de ser atacada, mas pode passar fome, e seu primo tem mais de duzentos homens lá dentro, bem mais de duzentos. Eles precisam de muita comida! Ele poderia sustentar a fortaleza com metade desse número, mas é um homem cauteloso e não vai demorar a passar fome. E um dos celeiros dele pegou fogo, sabia?

— Não, senhor. — Senti uma onda de prazer diante do infortúnio do meu primo, depois uma pontada de medo ao pensar que esse incêndio ajudaria Constantin.

— Seu primo expulsou as bocas inúteis da fortaleza — continuou Eduardo —, mas manteve um número grande demais de guerreiros dentro dela. Eles vão passar fome, e uma guarnição faminta será fácil de ser conquistada. — Toquei o martelo de novo, arriscando-me a desagradá-lo. — Mas Constantin como senhor das terras de Bebbanburg não me serve. — De repente Eduardo parecia amargo. — Ele teve o descaramento de exigir todas as terras ao norte da muralha! Mandou um enviado, um bispo, propor uma nova fronteira! Mas Bebbanburg é uma terra saxã. Sempre foi! E deveria ser e será parte da Inglaterra. Você pode estar velho, frágil e ter juntas doloridas, senhor Uhtred, mas irá expulsar Constantin de sua terra ancestral!

Dei de ombros.

— Eu quero Bebbanburg mais que o senhor mas também conheço a fortaleza. Se eu tivesse mil homens? — Dei de ombros outra vez. — Eu controlo Dunholm, que é quase tão formidável quanto Bebbanburg. Eu tinha pensado em sonhar com Bebbanburg e morrer em Dunholm, mas, quando seu exército invadir à Nortúmbria, senhor, a Frísia será um lugar mais seguro para mim. — Falei isso alto, não para Eduardo, mas para a garota de olhos arregalados que ouvia na cama. O rei podia não acreditar na minha história da Frísia, mas a garota poderia espalhar o boato de que eu não ia para Bebbanburg.

— Se você não tomar Bebbanburg — disse Eduardo com agressividade —, eu tomarei, e um vassalo meu será o senhor daquela terra em vez de você. É isso que quer?

— É melhor que os escoceses, senhor.

Eduardo grunhiu, então se levantou para mostrar que tínhamos terminado, por isso me levantei também.

— Você me pediu para levar Æthelstan como refém — disse enquanto caminhávamos para a saída da tenda. — Por quê?

— Porque ele é como um filho para mim e eu preservaria sua vida.

Eduardo sabia muito bem o que eu sugeria, sabia quem ameaçava Æthelstan. Ele assentiu.

— Bom — disse em voz baixa. — Minha irmã o protegeu durante todos esses muitos anos. Agora você fará isso durante um ano.

— O senhor mesmo poderia preservar a vida dele.

Eduardo parou e baixou a voz.

— O ealdorman Æthelhelm é meu senhor mais poderoso. Ele comanda homens demais e tem seguidores demais que devem a ele suas terras e suas fortunas. Opor-me abertamente ao ealdorman é me arriscar a começar uma guerra civil.

— Mas ele vai iniciar essa guerra para impedir que Æthelstan o suceda.

— Então isso será problema de Æthelstan — declarou o rei em tom soturno. — Portanto, ensine-o bem, senhor Uhtred, ensine-o bem, porque minha irmã não pode mais protegê-lo.

— Não?

— Minha irmã está morrendo.

E meu coração pareceu parar.

E, nesse momento, o indignado Ælfweard abriu a cortina escarlate.

— Aquele homem, Uhtred, pai... — começou, e parou abruptamente. Sem dúvida ele não sabia que eu estava na tenda.

— Aquele homem Uhtred o quê? — quis saber Eduardo.

Ælfweard fez uma reverência indiferente para o pai.

— Pediram a mim que executasse o prisioneiro. Ele interferiu.

— E? — perguntou Eduardo.

— Ele deveria ser castigado — protestou Ælfweard.

— Então o castigue — disse Eduardo, e se virou.

Ælfweard franziu a testa, olhou para mim e para o pai, depois de novo para mim. Se tivesse algum tino, teria saído da frente, mas seu orgulho estava ferido.

— Você não se curva diante de alguém da realeza, senhor Uhtred? — questionou com sua voz aguda.

— Eu me curvo diante daqueles que respeito.

— Me chame de "senhor" — insistiu ele.

— Não, garoto, não chamo.

Ælfweard ficou escandalizado. Ele murmurou a palavra "garoto", mas não disse nada, só me encarou indignado. Dei um passo, obrigando-o a recuar.

— Eu chamei seu pai de "garoto" até o dia em que ele me acompanhou para atravessar a muralha de Beamfleot. Naquele dia, matamos dinamarqueses, dinamarqueses com lanças, dinamarqueses com espadas, guerreiros ferozes.

A armadilha

Nós lutamos, garoto, e foi um grande massacre, e naquele dia seu pai mereceu ser chamado de senhor e mereceu todo o respeito que continuo dedicando a ele. Mas você ainda fede a leite, garoto, e, até me provar que é um homem, vai continuar sendo um garoto. Agora, saia do meu caminho, garoto.

Ele o fez. E o pai dele não disse nada. E eu saí.

— Ele não é um mau garoto — disse Æthelflaed.

— Ele é mimado, grosseiro, insuportável.

— As pessoas dizem o mesmo de você.

Rosnei diante disso, fazendo-a sorrir.

— E você? — perguntei. — Seu irmão disse que você está doente.

Ela hesitou. Dava para ver que queria negar o fato, mas depois cedeu e suspirou.

— Eu estou morrendo.

— Não! — protestei, mas pude enxergar a verdade em seus olhos.

A beleza de Æthelflaed estava encoberta pela idade e pela dor, a pele parecia frágil, como se tivesse se tornado mais fina, os olhos estavam mais escuros, mas ela ainda podia sorrir e ainda tinha graça. Eu a havia encontrado em sua tenda, atrás de seu estandarte que exibia um ganso branco segurando uma cruz no bico e uma espada num pé membranoso. Eu tinha zombado com frequência daquele símbolo. O ganso era o símbolo de santa Werburga, uma freira mércia que milagrosamente havia expulsado um bando de gansos de um campo de trigo, mas o fato de isso ser considerado um milagre estava além da minha compreensão. Qualquer criança de 10 anos podia fazer o mesmo, mas eu sabia que Werburga era preciosa para Æthelflaed, que era preciosa para mim. Puxei uma cadeira para perto dela e me sentei, segurando sua mão.

— Eu conheço um curandeiro... — comecei.

— Já tive curandeiros — disse ela, cansada —, tantos curandeiros. Mas Ælfthryth me mandou um homem inteligente e ele ajudou. — Ælfthryth era sua irmã mais nova, que tinha se casado com o senhor de Flandres. — O padre Casper faz uma poção que acaba com boa parte da dor, mas ele precisou voltar para Flandres porque Ælfthryth também está doente. — Ela suspirou e fez o sinal da cruz. — Em alguns dias me sinto melhor.

— Do que você sofre?

— Dor aqui. — Ela tocou num seio. — Bem no fundo. O padre Casper ensinou as freiras a fazer a poção, e isso ajuda. Orações também.

— Então reze mais — falei.

Duas freiras, presumivelmente as que cuidavam de Æthelflaed, estavam sentadas nas sombras do fundo da tenda. Ambas olhavam para mim com suspeita, mas nenhuma podia ouvir nada do que falávamos.

— Eu rezo dia e noite — disse Æthelflaed com um sorriso fraco. — E rezo por você também!

— Obrigado.

— Você vai precisar de orações, tendo Æthelhelm como inimigo.

— Eu acabei de arrancar os dentes dele. Você estava lá.

— Ele vai querer vingança.

Dei de ombros.

— E o que ele vai fazer? Me atacar em Dunholm? Desejo sorte a ele.

Ela deu um tapinha na minha mão.

— Não seja arrogante.

— Sim, senhora — falei, sorrindo. — E por que o seu irmão simplesmente não esmaga Æthelhelm?

— Porque isso implicaria guerra — respondeu ela, desanimada. — Æthelhelm é popular! Ele é generoso! Não existe um bispo ou abade em Wessex que não receba dinheiro dele. É amigo de metade dos nobres. Oferece banquetes! E não quer o trono para si mesmo.

— Só para o neto, aquela poça de vômito.

— É só com isso que ele se importa, que Ælfweard se torne rei, e meu irmão sabe que o Witan de Wessex votará a favor disso. Todos foram comprados.

— E Æthelstan? — perguntei, mesmo sabendo a resposta.

Você fez bem em exigi-lo como refém. Ele vai ficar mais seguro com você do que aqui.

— Foi justamente por isso que o pedi — falei, e franzi a testa. — Æthelhelm ousaria mesmo matá-lo?

— Ousaria arranjar a morte dele, mas ninguém saberia. Você já leu as escrituras?

147

A armadilha

— Todo dia — falei, com entusiasmo. — Não se passa um momento sem que eu dê uma olhada rápida em Jeremias ou mergulhe brevemente em Ezequiel.

Æthelflaed sorriu, divertindo-se.

— Você é um bárbaro! Algum padre já lhe contou a história de Urias?

— Urias?

— Só se lembre do nome: Urias, o heteu.

— Por falar em padres, quem é Hrothweard?

— O arcebispo de York, como você sabe muito bem.

— Um saxão ocidental — falei.

— É, e ele é um bom homem!

— O bom homem recebeu ouro de Æthelhelm?

— Ah, não, ele é um homem bom, devoto — respondeu ela rapidamente, depois hesitou e franziu a testa. — Ele era abade — continuou, mais hesitante —, e me lembro de que sua casa recebeu uma generosa doação de terras. Vinte *hides* em Wiltunscir. Muito longe de sua abadia.

— Ele recebeu terras em vez de ouro?

Æthelflaed continuou de testa franzida.

— Homens dão terras à Igreja o tempo todo.

— E Æthelhelm é ealdorman de...

— Wiltunscir. — Ela terminou a frase para mim e suspirou. — Æthelhelm está comprando senhores na Mércia, cobrindo-os de ouro. Ele quer que o Witan mércio nomeie Ælfweard como meu sucessor.

— Não! — Fiquei estarrecido com a sugestão. Aquele garoto emburrado e imprestável não poderia ser rei da Mércia!

— Ele propôs um casamento entre Ælfweard e Ælfwynn. — Ælfwynn era sua filha. Era uma jovem frívola, bonita e irresponsável. Eu gostava dela, provavelmente mais que a mãe, motivo pelo qual as palavras seguintes de Æthelflaed me surpreenderam. — Eu recusei porque acho que Ælfwynn deveria me suceder.

— Você acha o quê? — indaguei sem pensar.

— Ela é princesa da Mércia — disse Æthelflaed com firmeza —, e, se eu posso ser a senhora da Mércia, por que ela não pode? Por que um homem deve ser sempre o próximo senhor?

— Eu adoro Ælfwynn, mas ela não tem o seu bom senso.

— Então ela pode se casar com Cynlæf Haraldson, e ele vai aconselhá-la. É um rapaz forte.

Não falei nada. Cynlæf Haraldson era um guerreiro saxão jovem e bonito, mas não muito bem-nascido, o que significava que não trazia o poder de uma grande casa nobre para Ælfwynn, e além disso não havia realizado grandes feitos, o que significava que não tinha uma reputação capaz de atrair homens para segui-lo. Eu o considerava inconsequente, mas não adiantava dizer isso a Æthelflaed, que sempre havia sido fascinada pela boa aparência, pelos modos e pela cortesia do rapaz.

— Cynlæf irá protegê-la — disse Æthelflaed —, assim como você.

— Você sabe que eu gosto dela — falei, sendo evasivo. O que ela queria ouvir era que eu apoiaria Ælfwynn como a havia apoiado, que Ælfwynn teria o meu juramento. Fui poupado de ter de dizer mais por causa de Rorik, meu serviçal, que bateu a mão na aba da tenda e saiu, nervoso, da luz do sol.

— Senhor? — disse ele, depois se lembrou de fazer uma reverência a Æthelflaed.

— O que foi?

— O rei Sigtryggr está indo embora. O senhor pediu que eu avisasse.

— Eu vou para o norte com ele — expliquei a Æthelflaed.

— Então vá.

Levantei-me e fiz uma reverência.

— Eu vou proteger Ælfwynn — declarei, e isso teria de satisfazê-la. Ao dizer isso, não me comprometia num juramento a Ælfwynn, e Æthelflaed sabia disso, mas mesmo assim sorriu e estendeu a mão.

— Obrigada.

Curvei-me e beijei sua mão, depois a segurei.

— O melhor destino é você se recuperar. Fique saudável! Você é a melhor soberana que a Mércia já teve, portanto melhore e continue governando.

— Farei o melhor possível.

Então choquei as duas freiras ao me curvar ainda mais e beijar Æthelflaed na boca. Ela não resistiu. Tínhamos sido amantes, eu ainda a amava e amo até hoje. Senti um ligeiro soluço quando nos beijamos.

— Voltarei depois de tomar Bebbanburg — prometi.

— Não a Frísia? — questionou ela maliciosamente. Então o boato estava se espalhando.

Baixei a voz.

— Vou em seguida para Bebbanburg. Não conte a ninguém.

— Querido senhor Uhtred — disse ela baixinho —, todo mundo sabe que você vai para Bebbanburg. Será que posso visitá-lo lá?

— Deve, senhora, deve. A senhora será tratada como a rainha que é. — Beijei sua mão de novo. — Até nosso encontro no norte, senhora — falei, em seguida soltei seus dedos com relutância e saí da tenda atrás de Rorik.

Nunca mais a vi.

Meus homens e os de Sigtryggr marcharam juntos para o norte. O sol brilhava, fazia calor e o ar do verão era dominado pelo som de cascos e pelo tilintar dos arreios.

— Odeio os saxões — comentou Sigtryggr.

Não falei nada. À minha direita havia um campo denso de trigo crescendo, lembrança de como essa terra era fértil. A poeira subia à nossa passagem.

— Você me comprou pelo menos um ano — disse Sigtryggr. — Obrigado.

Vi um falcão voando alto no ar quente, pairando, as asas imóveis a não ser por um ligeiro tremor enquanto observava atento o chão onde alguma criatura estava condenada. Observei-o, na esperança de vê-lo mergulhar, mas ele ficou lá, cavalgando sem esforço o vento alto. Seria um presságio? Talvez um presságio de paz, só que eu não queria a paz. Eu estava levando minha espada para Bebbanburg.

— Eles têm um cheiro diferente — falou Sigtryggr em tom vingativo. — Eles fedem à sujeira saxã! Nabos podres! É como eles cheiram, a nabos podres! Nabos presunçosos, metidos a besta!

Eu me virei na sela e olhei para Æthelstan, que cavalgava perto do meu filho, alguns passos atrás de nós, e, felizmente, não conseguia escutar o mau humor de Sigtryggr.

— Príncipe Æthelstan — gritei —, os dinamarqueses e os noruegueses fedem?

— Os dinamarqueses fedem a queijo coalhado, senhor — gritou ele em resposta. — E os noruegueses, a peixe podre.

Sigtryggr fungou.

— Espero que os saxões violem a trégua, príncipe Æthelstan — disse em voz alta. — Então terei o prazer de matar você. — Ele sabia que eu jamais permitiria isso, mas gostou de fazer a ameaça.

Sigtryggr parecia mais velho. Eu me lembrava do jovem guerreiro alegre que tinha saltado a muralha de Ceaster enquanto tentava me matar. Um senhor da guerra. Eu tirei um dos seus olhos e ele tirou minha filha, e agora éramos amigos, mas alguns meses de reinado tinham colocado rugas em seu rosto e arrancado a alegria da sua alma.

— E aquele desgraçado do Thurferth! — cuspiu ele. — Não é melhor! Ele se diz dinamarquês e levanta a bunda para os cristãos? Eu pregaria o desgraçado numa cruz.

Sua raiva era justificada. Os senhores dinamarqueses que comandavam os burhs do sul da Nortúmbria tinham o poder de dar um exército formidável a Sigtryggr, mas o medo deles se demonstrava mais forte que a lealdade. Suspeitei que a maior parte seguiria Thurferth oferecendo a aliança aos saxões ocidentais e ao deus pregado.

— Eles até vão marchar com os saxões — disse Sigtryggr com amargura.

— Provavelmente.

— E o que eu faço, então? — Não era uma pergunta de verdade, era mais um grito de desespero.

— Venha morar em Bebbanburg — falei em tom afável.

Cavalgamos em silêncio por quase um quilômetro enquanto a estrada descia até chegar a um vau raso onde os cavalos pararam para beber água. Avancei alguns passos e contive Tintreg no meio da estrada coberta de poeira, apenas ouvindo o silêncio do dia.

Sigtryggr me acompanhou.

— Não posso lutar contra os escoceses e os saxões — declarou. Ele parecia relutante, sem querer que eu o considerasse covarde. — Pelo menos não ao mesmo tempo.

— Os saxões vão manter o acordo — garanti, e tinha certeza de que estava certo.

— Ano que vem, ou talvez no seguinte, os exércitos da Mércia e de Wessex virão para o norte. Eu posso segurá-los. Tenho homens suficientes. No mínimo posso fazer com que eles desejem nunca ter ouvido falar da Nortúmbria. E com os seus homens? Poderíamos cobrir a terra com o sangue imundo deles.

— Não vou lutar contra Æthelflaed. Ela tem o meu juramento.

— Então pode matar os saxões desgraçados — disse ele em tom vingativo —, e eu mato os mércios, mas não posso lutar se não tiver homens suficientes.

— Verdade.

— E expulsar Constantin de volta para as choupanas dele? Eu posso fazer isso, mas a que custo?

— Um custo alto. Os escoceses lutam feito furões raivosos.

— Então... — começou ele.

— Eu sei — interrompi. — Você não pode jogar fora a melhor parte do seu exército lutando contra os escoceses, pelo menos até ter derrotado os saxões.

— Você entende?

— É claro que entendo — falei.

E ele estava certo. Sigtryggr comandava um exército pequeno. Se o levasse para o norte com o objetivo de expulsar os escoceses das terras de Bebbanburg, estaria fazendo um convite para uma guerra com Constantin, que adoraria a chance de enfraquecer o exército da Nortúmbria. Sigtryggr poderia muito bem vencer as primeiras batalhas, expulsando os quatrocentos homens de Domnall para o norte, mas depois disso os demônios uivantes de Niflheim emergiriam das colinas escocesas e as batalhas se tornariam mais ferozes. Mesmo se vencesse, Sigtryggr perderia os homens necessários para conter o ataque saxão.

Ele olhou para o norte, onde o calor do dia parecia tremular sobre as colinas baixas e a floresta densa.

— Então você vai esperar para atacar Bebbanburg? — perguntou ele. — Vai esperar até expulsarmos os saxões?

— Eu não posso esperar.

Sigtryggr pareceu aflito.

— Sem as tropas daquele desgraçado do Thurferth e o restante daqueles sapos gosmentos do sul, não consigo reunir mais de oitocentos homens. Não posso perder cem para Constantin.

O portador do fogo

— Vou querer cento e cinquenta dos seus — falei. — Talvez duzentos, e, se estiver certo, nenhum deles sofrerá um arranhão. Não posso esperar porque na primavera que vem Constantin terá expulsado o filho da mãe por causa da fome e vai estar dentro de Bebbanburg, por isso vou para lá agora e vou capturá-la. — Toquei o martelo. — E preciso da sua ajuda.

— Mas...

E o interrompi de novo, contando como conquistaríamos o inconquistável e como seus homens não sofreriam baixas na conquista.

Ou pelo menos era o que eu esperava. Segurei o martelo. Wyrd bið ful aræd.

Terceira parte

O bispo louco

SETE

— Vamos para a Frísia — avisei a Eadith.

Ela só me encarou, atônita.

Eu tinha cavalgado para o norte até Eoferwic, onde passei uma noite num banquete com Sigtryggr, minha filha e, imagine só, com o novo arcebispo Hrothweard. Era mesmo um homem decente, ou pelo menos me pareceu. Ele se encolheu quando contei o que havia acontecido em Hornecastre.

— Parece que Deus estava do seu lado, senhor Uhtred — disse ele gentilmente. — O senhor arrancou a paz das mandíbulas da guerra.

— Que deus?

Ele gargalhou, depois perguntou o que eu achava que iria acontecer em Bebbanburg, e lhe dei a mesma resposta que Finan tinha lhe dado, que Constantin consideraria um ataque custoso demais, porém ele não precisava despender tropas contra as muralhas da fortaleza quando a fome faria o serviço para ele. Hrothweard balançou a cabeça, triste.

— Então o mosteiro de são Cuthbert, se for reconstruído, abrigará monges escoceses.

— E isso preocupa o senhor?

Ele pensou na resposta.

— Não deveria — disse por fim. — Eles serão homens pios, tenho certeza.

— Mas o senhor perderia o dinheiro dos peregrinos.

O bispo gostou da réplica e seu rosto comprido se iluminou com deleite enquanto ele apontava uma perna de ganso para mim.

— O senhor gosta de pensar o pior de nós, senhor Uhtred.

— Mas é verdade, não é?

Hrothweard balançou a cabeça.

— Lindisfarena é um lugar santo. Uma ilha de orações. Eu gostaria de nomear seu novo abade se Deus permitir, só para ter certeza de que ele é digno da ilha e não traga má reputação à Igreja de Deus. E um homem digno, senhor Uhtred, não seria um homem ganancioso, independentemente do que o senhor possa pensar.

— Eu acho que o bispo Ieremias sonha em se tornar o próximo abade — falei maliciosamente.

Hrothweard gargalhou.

— Pobre homem! De que os homens o chamam, mesmo? O bispo louco? — Ele deu uma risadinha. — Há quem insista para que eu o excomungue, mas de que isso adiantaria? Ele está extremamente equivocado, tenho certeza, mas, diferentemente de algumas pessoas em que posso pensar — Hrothweard me encarou com humor nos olhos —, ele adora o deus único. Acho que ele é inofensivo. Está tremendamente errado, claro, mas é inofensivo.

Gostei do sujeito. Como o padre Pyrlig, ele usava a fé com leveza, e sua devoção, sua gentileza e sua honestidade eram óbvias.

— Vou rezar pelo senhor — disse ao nos separarmos —, quer o senhor goste ou não.

Não fiz nenhuma tentativa de ver Berg nessa breve visita, mas minha filha me disse que ele havia comprado três barcos e os estava consertando no cais, perto da taverna do Pato. Agora, de volta a Dunholm, falei a Eadith dessas embarcações e dos meus planos de atravessar o mar até a Frísia. Era de noite e conversávamos na casa que eu tinha construído acima do portão principal. À luz do dia ela nos oferecia uma bela vista para o sul, mas agora tudo o que se via era o brilho das fontes de fogo na cidadezinha abaixo da fortaleza e as fagulhas de incontáveis estrelas no céu. A casa tinha sido uma extravagância. Havia implicado construir um túnel de guarita para sustentá-la e duas câmaras, uma de cada lado do túnel — uma para abrigar nossos serviçais e outra para os guardas do portão. Uma escada levava dos alojamentos dos nossos serviçais aos nossos aposentos privados, e eu sentia um orgulho imenso dessa escada. Elas eram raras! Claro que toda cidade romana com uma muralha tinha escadas que levavam ao topo da fortificação, mas eu raramente vira escadas nas nossas construções. Muitos salões nobres tinham um andar superior, mas essas plataformas, que geralmente usávamos para dormir, eram alcançadas por escadas de mão e às vezes por uma rampa. Eu sempre havia admirado como os romanos faziam escadas com degraus dentro de casa, por isso ordenei que construíssem uma, embora, é claro, a escada de Dunholm fosse feita de madeira e não de pedra bem-cortada. Construir nossa casa sobre o túnel de entrada significou colocar um novo muro na estrada e, como havia sentinelas na plataforma alta daquele muro, eu mantinha a voz baixa, ainda que não o suficiente para impedir que a conversa fosse ouvida.

— Frísia! — exclamou Eadith.

— Existem ilhas no litoral frísio. Vamos tomar uma, construir uma fortaleza e fazer um lar. — Dava para ver uma mistura de incredulidade e desapontamento no rosto dela. — A Frísia é cristã — eu disse, tranquilizando-a, porque ela era cristã e, apesar de toda a minha persuasão, eu nunca conseguira reverter sua fé ao culto dos meus deuses antigos. — Bom, é na maior parte cristã — continuei —, e você não vai achar um lugar estranho. A língua deles é tão próxima da nossa que dá para entender tudo!

— Mas — começou ela, e fez um gesto indicando nosso aposento iluminado por velas de junco que destacavam a tapeçaria na parede, o grande tapete de lã e o monte de peles que era a nossa cama.

— Eu fiz inimigos demais — falei, desanimado. — Æthelflaed está morrendo, de modo que não pode me proteger. Os saxões ocidentais nunca gostaram de mim e Æthelhelm me odeia, meu primo está aboletado em Bebbanburg como um grande sapo e Constantin adoraria me esmagar feito um piolho.

— Sigtryggr... — começou ela.

— Está condenado — falei com firmeza. — Os saxões vão atacar no ano que vem ou no outro, e ele pode contê-los durante alguns meses, mas depois disso? Eles continuarão vindo, e Constantin verá a oportunidade e vai começar a tomar mais terras no norte da Nortúmbria.

— Mas Sigtryggr quer sua ajuda! — protestou ela.

— E é isso que estou dando a ele. Vamos estabelecer uma terra nova na Frísia. Ele será bem-vindo!

— Sigtryggr sabe disso?

— É claro que sabe.

Ouvi o som de algo raspando embaixo da janela que dava para a estrada. Provavelmente era um cabo de lança se arrastando na plataforma de combate do portão e sugeria que alguém escutava nossa conversa.

Eadith olhou de novo para o quarto com seus confortos.

— Eu aprendi a gostar de Dunholm — falou, lamentando.

— Vou dá-la a Sihtric. Ele conhece Dunholm. Nasceu aqui, cresceu aqui e o pai dele era o senhor daqui.

Sihtric era o bastardo do jarl Kjartan, o Cruel, um homem que tinha sido meu inimigo mortal na infância. Sihtric não tinha nada da perversidade do pai, mas era um guerreiro igualmente capaz e, começando como meu serviçal, havia se tornado um dos meus líderes de maior confiança.

— Alguns homens podem ficar com ele, na maior parte os mais velhos, e ele pode recrutar e treinar outros mais novos. Todos serão cristãos, é claro. Assim que os saxões forem os senhores desta terra, não haverá espaço para pagãos.

— E Bebbanburg? — questionou Eadith.

— Há um ano — falei, desanimado — eu achava que tinha chance de tomá-la. Agora? Meu primo a controla e Constantin a deseja. Eu poderia derrotar meu primo, mas não posso derrotar os escoceses também. Estou velho, meu amor, não posso lutar para sempre. — Parei e meio que me virei para a muralha. — Mas não conte a ninguém, pelo menos por enquanto.

E no dia seguinte, é claro, todo mundo em Dunholm conhecia os meus planos. Íamos para a Frísia.

Eu confiava em Eadith. Alguns homens achavam isso idiotice porque ela havia sido minha inimiga, mas agora era minha amiga, além de minha esposa. Como pode haver amor sem confiança? Assim, mais tarde naquela noite, quando eu tinha certeza de que não podia ser ouvido, contei a verdade. A conversa anterior tinha sido somente para quem estivesse ouvindo no topo da muralha do lado de fora do nosso aposento, e eu sabia que ela acabaria chegando ao meu primo.

Tenho certeza de que a primeira reação dele seria de incredulidade, mas a história seria persistente e as provas de sua verdade seriam avassaladoras. Isso não faria com que ele baixasse a guarda, mas semearia a dúvida, e isso bastava. E, se eu estivesse errado e Eadith não fosse de confiança, eu tinha acabado de remover essa dúvida. Ele saberia que eu estava a caminho.

Eadith não iria me trair, mas eu jamais descobri todos os que traíram.

Encontrei alguns e os enforquei na árvore mais próxima, mas apenas depois de ter lhes dado informações equivocadas que eles puderam passar aos meus inimigos. Mesmo assim, tenho certeza de que houve muitos outros que jamais descobri. Eu procurei, é claro. Procurei homens que subitamente tinham mais ouro ou prata do que deveriam, ou cujas esposas usavam vestidos de linho fino com bordados elegantes, que não me olhassem nos olhos ou que ficassem perto demais enquanto eu falava com Finan ou com meu filho. Eu vigiava homens que prestavam atenção demais em Eadith, ou cujos serviçais se esforçavam para ser amistosos com Rorik, meu único serviçal.

Porém jamais descobri todos que me traíram, e meus inimigos jamais descobriram todos que os traíram.

Eu gastava um bom dinheiro com meus espiões, assim como meus inimigos gastavam ouro para me espionar. Eu tinha todos aqueles homens que serviam a Eduardo em Wintanceaster e um encarregado de vinhos, um escrivão e um ferreiro que trabalhavam para Æthelhelm. Não tinha nenhum a serviço do meu primo. Havia tentado encontrar um homem ou uma mulher que pudesse me contar o que acontecia dentro de Bebbanburg, mas meus esforços foram em vão, apesar de ouvir muito do que meu primo fazia das pessoas espalhadas pelo litoral leste e mesmo do outro lado do mar, na Frísia. As mesmas tavernas de portos me traziam notícias da Escócia porque, de novo, eu não tinha espiões na corte de Constantin.

Eu estava certo de que meu primo tinha alguém me vigiando. Talvez fosse um dos meus próprios homens. Ou um padre em Eoferwic. Ou um mercador em Dunholm. Eu não sabia quem, mas sabia que esses homens existiam. E ele tinha pessoas ouvindo boatos tanto quanto eu. Os cristãos mantinham o estranho hábito de confessar seus piores comportamentos aos feiticeiros deles, e muitos desses padres vendiam o que sabiam. E meu primo fazia questão de doar dinheiro a igrejas e homens da Igreja. Eu duvidava de que Cuthbert, meu padre cego, recebesse dinheiro do meu primo. Cuthbert era leal e adorava me repassar coisas que ouvia nesse tipo de confissão.

— Dá para acreditar, senhor? Swithun e a esposa de Vidarr! Me disseram que ela é feia.

— Não é realmente feia, mas maliciosa.

— Pobre garoto, deve estar desesperado.

Nem todo homem ou mulher que me mandava notícias era um espião. Padres, monges e freiras trocavam cartas constantemente, e muitos ficavam felizes em contar o que souberam em alguma abadia remota. E os mercadores estavam sempre dispostos a repassar fofocas, embora inevitavelmente boa parte dessas informações estivesse equivocada e quase sempre fosse muito velha quando chegava à Nortúmbria.

Mas agora, nos dias posteriores aos encontros em Hornecastre, eu também tinha os espiões de Æthelstan do meu lado. Eles não sabiam disso. Provavelmente acreditavam que mantinham o jovem príncipe informado enquanto ele sofria a pena de ser meu refém, mas Æthelstan prometeu repassar a maior parte do que lhe contavam. Ele era cristão, é claro, e estava acompanhado por três padres, além de seis serviçais, quatro dos quais eram obviamente guerreiros que só fingiam ser serviçais.

— Você confia neles? — perguntei enquanto caçávamos cervos nas colinas ao norte de Dunholm.

Fazia uma semana que eu havia chegado de Eoferwic e, para reforçar os boatos de que partiria para a Frísia, tinha ordenado aos meus serviçais que começassem a arrumar nossos bens.

— Eu confio minha vida a eles — respondeu Æthelstan. — São todos guerreiros mércios, que a senhora Æthelflaed me deu.

— E os padres?

— Não confio em Swithred, mas nos outros dois? — Ele deu de ombros. — São jovens e cheios de ideais nobres. Pedi que fossem meus sacerdotes, eles não me foram impostos.

Sorri. Æthelstan devia estar com 22 ou 23 anos, não era mais velho que os dois jovens padres.

— E o padre Swithred foi imposto a você?

— Pelo meu pai. Talvez Swithred mande notícias apenas para ele, não é?

— E qualquer carta que ele mandar será lida pelos escrivães do rei, que podem ser pagos por Æthelhelm.

— É o que presumo.

Swithred era um homem mais velho, na casa dos 40 ou mesmo dos 50 anos, com a careca lisa feito um ovo, olhos escuros e severos e um olhar de reprovação perpétuo. Ressentia-se de estar entre pagãos e deixava esse sentimento bem claro.

— Você já notou que pelo menos metade dos meus homens é cristã? — eu tinha lhe perguntado enquanto viajávamos para o norte.

— Nenhum cristão pode servir a um senhor pagão — havia respondido, de cara fechada, e acrescentou, relutante: —, senhor.

— Quer dizer que ao me servir eles deixam de ser cristãos?

— Quero dizer que eles se colocam numa tremenda necessidade de redenção.

— Eles têm sua própria igreja em Dunholm e um padre. Você forneceria o mesmo para os pagãos em Wessex ou na Mércia?

— É claro que não! — Ele cavalgava um animal alto e cinzento e montava bem. — Posso perguntar... — ele havia começado, depois tinha parecido pensar melhor.

— Pergunte.

— Que arranjos serão feitos para o conforto do príncipe Æthelstan?

Swithred queria dizer que arranjos seriam feitos para o seu próprio conforto, mas fingi acreditar que sua preocupação era somente com o príncipe.

— Ele é um refém, portanto provavelmente vamos mantê-lo num curral ou talvez numa pocilga, prendê-lo pelos tornozelos com correntes e alimentá-lo com lavagem e água.

Æthelstan, que estivera escutando, havia gargalhado.

— Não acredite nele, padre.

— E se um saxão sequer atravessar a fronteira — eu tinha continuado —, eu corto a garganta dele. E a sua também!

— Isso não é engraçado, senhor — tinha dito o padre Swithred com seriedade.

— Ele será tratado como o príncipe que é — eu garantira. — Com honra, conforto e respeito.

E era mesmo. Æthelstan banqueteava conosco, caçava conosco e cultuava seu deus pregado na pequena igreja dentro dos muros de Dunholm. Ele havia ficado mais devoto conforme crescia. Æthelstan ainda tinha sua ardente alegria de viver, uma fome de atividades e um apetite para o riso. Mas agora, como seu avô Alfredo, rezava todo dia. Lia textos cristãos, guiado pelos dois jovens sacerdotes que havia trazido para Dunholm.

— O que fez você mudar? — perguntei enquanto esperávamos na borda de uma floresta. Estávamos armados com arcos de caça. Eu nunca fui um bom arqueiro, mas Æthelstan já havia matado dois belos animais, cada um com uma única flecha.

— O senhor me mudou — respondeu ele.

— Eu!

— O senhor me convenceu de que eu poderia ser rei, e, se vou ser rei, senhor, preciso da bênção de Deus.

Ergui o arco e posicionei uma flecha na corda quando as folhas farfalharam na floresta, mas nenhum animal apareceu e o ruído cessou.

— O que há de errado em ter Tor e Odin do seu lado?

Ele sorriu.

— Eu sou cristão, senhor. E tento ser um bom cristão. — Resmunguei, mas não disse nada. Ele continuou: — Deus não vai me recompensar se eu fizer o mal.

— Os deuses cuidaram de mim — falei de forma inclemente.

— Mandando-o para a Frísia?

— Não há nada de errado com a Frísia.

— Não é Bebbanburg.

— Quando você se tornar rei — falei, olhando para as árvores —, vai descobrir que algumas ambições podem ser realizadas e outras não. O importante é reconhecer qual é qual.

— Então o senhor não vai para o norte, para Bebbanburg?

— Já falei: eu vou para a Frísia.

— E, quando o senhor chegar à... — Æthelstan parou e enfatizou a palavra seguinte — ... Frísia, haverá batalha?

— Sempre há uma batalha, senhor príncipe.

— E essa batalha na... — de novo houve a ligeira pausa — ... Frísia vai ser violenta?

— Batalhas sempre são violentas.

— O senhor vai permitir que eu lute ao seu lado?

— Não! — falei com mais veemência do que pretendia. — A luta não será da sua conta. Os inimigos com quem vou lutar não serão seus inimigos. E você é meu refém, por isso tenho o dever de mantê-lo vivo.

Ele estava olhando para a linha das árvores, à espera de alguma presa, com o arco meio retesado, mas a flecha continuava apontada para o chão.

— Eu lhe devo muito, senhor. O senhor me protegeu, eu sei, e um modo de pagar por isso é ajudá-lo nas suas batalhas.

— E, se você morrer em batalha — falei brutalmente —, eu só fiz um favor a Æthelhelm.

Æthelstan assentiu, aceitando a verdade.

— O senhor Æthelhelm queria que eu comandasse as tropas que ele enviou para Hornecastre. Ele pediu que o meu pai me designasse, mas, em vez disso, meu pai mandou Brunulf.

— Urias, o heteu — falei.

Æthelstan riu.

— O senhor foi educado!

— Pela senhora Æthelflaed.

— Minha tia inteligente — disse ele, aprovando, depois tirou a mão da corda do arco para fazer o sinal da cruz, sem dúvida ao mesmo tempo fazendo uma oração silenciosa pela recuperação dela. — É, Æthelhelm achou que podia arranjar minha morte numa batalha.

Urias, o heteu, foi um soldado que servia ao rei Davi, que, por sua vez, foi um herói dos cristãos. Eu tinha perguntado ao padre Cuthbert, meu padre cego e bom amigo, quem era Urias, e ele havia rido.

— Urias, o heteu. Foi um homem sem sorte!

— Sem sorte?

— Ele era casado com uma mulher linda — havia contado Cuthbert, desejoso. — Uma daquelas jovens para quem a gente olha e não consegue desviar o olhar!

— Conheço algumas.

— E se casou com elas, senhor — tinha dito Cuthbert, rindo. — Bom, Davi queria pular na cama com a mulher de Urias, por isso mandou uma mensagem ao comandante de Urias ordenando que ele colocasse o pobre coitado na linha de frente da parede de escudos.

— E ele morreu?

— Ah, morreu, senhor! Fizeram picadinho do coitado.

— E Davi... — eu havia começado.

— Fornicou com a linda esposa, senhor, provavelmente do crepúsculo ao alvorecer e de novo até o crepúsculo. Homem de sorte!

E Æthelhelm tinha desejado esse destino para Æthelstan. Queria que ele ficasse isolado nas profundezas da Nortúmbria, na esperança de que o matássemos.

— Então, se acha que vou arriscar sua vida em batalha, você está sonhando — avisei a Æthelstan. — Você vai ficar bem longe de qualquer luta.

— Na Frísia — disse ele objetivamente.

— Na Frísia — repeti.

— E quando o senhor parte?

Mas isso eu não podia responder. Estava esperando notícias. Queria que meus espiões ou os informantes de Æthelstan dissessem o que meus inimigos planejavam. Algumas pessoas se perguntavam por que eu não marchava direto para Bebbanburg ou, se acreditavam nos boatos, por que não partia logo para a Frísia. Em vez disso, demorei-me em Dunholm; caçando, treinando com a espada e fazendo banquetes.

— O que você está esperando? — perguntou Eadith um dia.

Estávamos cavalgando nas colinas a oeste de Dunholm, com falcões nos pulsos, seguidos por guerreiros que me acompanhavam sempre que eu saía da fortaleza. Nenhum deles estava perto o bastante para ouvir.

— Posso levar menos de duzentos guerreiros para Bebbanburg — falei. — E meu primo tem pelo menos esse número atrás dos muros.

— Mas você é Uhtred — declarou, com lealdade.

Isso me fez sorrir.

— E Uhtred conhece as fortificações de Bebbanburg. Não quero morrer sob aqueles muros.

— Então o que vai mudar?

— Meu primo está ficando com fome. Um dos seus celeiros pegou fogo. Por isso ele vai negociar com alguém para ajudá-lo, alguém para levar comida. Mas o litoral é vigiado pelos barcos de Einar, de modo que quem levar a comida para o norte precisará de uma frota, porque terá de abrir caminho lutando até o Portão do Mar.

Por um tempo eu tinha suspeitado de Hrothweard, mas minha filha me garantiu que o arcebispo não estava juntando comida nem recrutando comandantes de barcos, e meu encontro com o sujeito tinha me convencido de que ela falava a verdade.

— E, quando essa frota partir... — começou Eadith, depois fez uma pausa ao perceber o que eu pretendia. — Ah! Agora eu entendo! Seu primo estará esperando embarcações!

— Sim.

— E todos os barcos são muito parecidos! — Ela era uma mulher inteligente, tão inteligente quanto linda.

— Mas não posso zarpar antes de saber onde está essa frota, quem a comanda e quando ela vai partir.

Era tempo de esperar notícias. Eu sabia boa parte do que acontecia nas terras de Bebbanburg porque mandei batedores vigiarem os homens de Constantin. Eles informavam que Domnall, o comandante de Constantin, continuava satisfeito em fazer a fortaleza passar fome até se entregar. Tropas escocesas guarneceram dois fortes na muralha romana. Ambas eram pequenas porque Constantin tinha outras preocupações — havia nórdicos agressivos no extremo norte do seu reino e o sempre problemático reino de Strath Clota no oeste. Ambos precisavam ser contidos por tropas, por isso seus homens na muralha estavam ali simplesmente para reforçar a reivindicação às terras de Bebbanburg e, claro, para alertá-lo caso levássemos um exército para o norte. Constantin ficaria estarrecido se soubesse que a trégua entre os saxões e Sigtryggr tinha sido renovada por mais de um ano, e eu temia que ele ordenasse um ataque aos muros de Bebbanburg para evitar que Sigtryggr e eu fizéssemos qualquer tentativa de expulsá-lo. Mas seus espiões deviam estar tranquilizando-o, dizendo que Sigtryggr reforçava as muralhas de Lindcolne e Eoferwic, preparando-se para o inevitável ataque que viria no fim da trégua. Não se ouviria nenhum mínimo boato de que havia qualquer preparativo para atacar os homens de Constantin. E o bom senso iria convencê-lo de que Sigtryggr não desejava perder homens numa guerra contra a Escócia quando estava prestes a enfrentar uma guerra maior contra os saxões do sul. Constantin estava disposto a esperar, sabendo que a fortaleza acabaria passando fome. E talvez até acreditasse na minha história de ir para a Frísia. Ele devia estar pensando em atacar as muralhas de Bebbanburg, mas sabia que esse ataque seria uma carnificina, e as notícias recebidas do sul sugeriam que não era necessário sacrificar centenas de homens para obter um prêmio que eventualmente a fome lhe daria.

Assim, todos na Britânia aguardávamos notícias. Era um tempo de boatos, de histórias sussurradas com o objetivo de enganar e que às vezes eram verdadeiras. Um mercador vendendo couro de excelente qualidade me garantiu que o reeve de Mældunesburh, a cidade natal de Æthelhelm, em Wiltunscir, tinha lhe dito que o ealdorman planejava invadir a Nortúmbria com ou sem a ajuda do rei Eduardo. Um sacerdote na distante Contwaraburg escreveu que Eduardo se aliava a Constantin, e assim os dois invadiriam a Nortúmbria e dividiriam a terra entre eles. "Eu juro pelo santo sangue de Jesus Cristo e garanto que as batalhas começarão no dia da festa de são Gunthiern", escreveu o padre. A festa de são Gunthiern já havia passado quando a carta chegou ao arcebispo Hrothweard em Eoferwic, mas, mesmo assim, um dos seus escrivães copiou as palavras e as entregou à minha filha, que, por sua vez, as mandou para mim.

Finalmente, a notícia que eu desejava veio de Merewalh, comandante dos guerreiros domésticos de Æthelflaed. Ele era um antigo amigo meu e leal defensor da senhora da Mércia, que, como ele escreveu, havia ordenado que me dissesse que eram enviados suprimentos para o porto de Dumnoc, na Ânglia Oriental, onde uma frota se reunia. "Ela soube disso por meio do padre Cuthwulf, que é o sacerdote que reza as missas para o senhor Æthelhelm, e pede que o senhor não revele o nome dele. Além disso, o padre Cuthwulf disse a ela que, se Deus quiser, a frota do senhor Æthelhelm zarpará depois da festa de santa Eanswida."

E fazia sentido. A festa de santa Eanswida era no fim da colheita, época em que haveria bastante comida. Se alguém quisesse suprir uma fortaleza sitiada com comida que lhe permitisse se sustentar por mais um ano, a hora de agir era o fim do verão. E, de todos os homens da Britânia que me odiavam, que queriam se vingar de mim, o mais perigoso era Æthelhelm. Eu sempre havia imaginado que ele era a pessoa mais provável a ajudar meu primo, mas não pude ter certeza até que a carta de Merewalh chegou.

E assim, deixando Sihtric e dezoito homens para guardar Dunholm, levei o restante dos meus seguidores com todas as suas mulheres, crianças, serviçais e escravos para Eoferwic. Íamos para a Frísia, avisei a eles, depois peguei três homens e, em vez disso, fui para Dumnoc.

Escolhi três saxões cristãos para me acompanhar porque suspeitava que Dumnoc, uma cidade da Ânglia Oriental recém-conquistada pelos saxões ocidentais, poderia estar num clima vingativo contra os nórdicos e os pagãos. Levei Cerdic, um dos meus homens mais velhos, de raciocínio lento mas absolutamente leal. Oswi era muito mais jovem e tinha me servido desde que era menino. Agora era um guerreiro ágil e ansioso. O terceiro era Swithun, um saxão ocidental de aparência angelical, de sorriso fácil mas também astuto e com os dedos ágeis de um ladrão.

Nós quatro compramos passagem num barco saxão ocidental que tinha atracado em Eoferwic com uma carga de vidros da Francia e agora voltava a Lundene com o bojo cheio de peles e barras de prata da Nortúmbria. O comandante, Renwald, ficou satisfeito com o ouro que pagamos e por nossas facas longas, mas duvidou que eu tivesse muita utilidade numa luta.

— Mas os outros três parecem úteis — disse.

Swithun abriu um sorriso largo.

— O vovô sabe lutar — comentou. — Eu sei que ele não parece grande coisa, mas num aperto vira bicho, não é, vovô? — gritou para mim. — Você é mesmo um velho filho da mãe!

Desde que havia recebido a notícia sobre Dumnoc, eu tinha parado de fazer a barba. Não me incomodava mais em pentear o cabelo. Usava as roupas mais velhas e sujas que pude encontrar e, ao chegar a Eoferwic, havia treinado um andar claudicante. Finan e meu filho disseram que eu era um idiota, que não precisava ir a Dumnoc e que qualquer um deles iria com prazer no meu lugar. Mas a ambição da minha vida dependia do que encontraria no porto da Ânglia Oriental, e eu não confiava em ninguém além de mim para ir até lá e descobrir o ardil que estava sendo tramado.

— Vejam bem — ponderou Renwald. — Se formos atacados por qualquer coisa maior que um barco de pesca, suas facas não farão muita diferença. — Nenhum de nós carregava espadas ou seaxes, apenas facas, porque eu não queria anunciar aos homens em Dumnoc que éramos guerreiros.

— Existem piratas? — murmurei.

— O que ele perguntou?

— Fale alto, vovô! — gritou Swithun.

— Existem piratas? — falei bem alto, certificando-me de babar na minha barba branca.

— Ele quer saber se existem piratas — disse Swithun a Renwald.

— Sempre existem piratas — respondeu Renwald —, mas hoje em dia eles vêm principalmente em embarcações pequenas. Não vejo nenhum barco longo dinamarquês desde que o rei Eduardo capturou o restante da Ânglia Oriental. Que Deus seja louvado.

— Que Deus seja louvado — ecoei com devoção e fiz o sinal da cruz.

Para essa jornada e por essa causa, eu fingia ser cristão. Até usava um crucifixo em vez de um martelo. Eu também fingia que Swithun era meu neto, um fingimento que ele havia assumido com um entusiasmo quase indecente.

Renwald, naturalmente, queria saber de onde vínhamos e por que estávamos viajando, e Swithun teceu uma história de que fomos expulsos da nossa terra ao norte da muralha.

— Foram os escoceses — disse ele, cuspindo por cima da amurada.

— Ouvi dizer que aquelas aves de rapina desgraçadas tinham vindo para o sul — observou Renwald. — Então vocês eram arrendatários de Bebbanburg?

— Vovô arrendava terras do velho senhor Uhtred — explicou Swithun, referindo-se ao meu pai. — Ele passou a vida naquele lugar, mas o pai da esposa dele tinha terras na Ânglia Oriental, e esperamos que elas ainda existam.

Renwald duvidava que qualquer saxão tivesse mantido terras na Ânglia Oriental nos últimos anos de domínio dinamarquês.

— Mas nunca se sabe! — exclamou. — Alguns mantiveram.

— Eu quero ser enterrado lá — murmurei.

— O que ele disse?

— Que quer ser enterrado junto da família — respondeu Swithun. Depois acrescentou: — Velho idiota.

— Eu entendo! — reforçou Renwald. — É melhor ressuscitar com a família do que com estranhos no Dia do Juízo Final.

— Amém — resmunguei.

A história satisfez Renwald. Não que ele tivesse suspeitas, estava apenas curioso. Viajávamos descendo o Use, deixando a correnteza nos levar com apenas um toque ocasional num remo para manter o barco no rumo. O nome da embarcação era *Rensnægl*.

— Porque ele é lento feito uma lesma — explicou Renwald, animado. — Ele não é rápido, mas é forte.

Renwald tinha uma tripulação de seis homens, grande para um barco mercante, mas ele costumava transportar cargas valiosas e achava que os braços extras eram uma precaução valiosa contra os pequenos barcos que pilhavam as embarcações que passavam. Ele se inclinou na esparrela para conduzir o *Rensnægl* para o centro do rio, onde a correnteza era mais forte.

— E logo haverá riquezas para tomar — anunciou em tom funesto.

— Riquezas? — indagou Cerdic.

— As pessoas estão indo embora. — Ele olhou de relance para o céu, avaliando o vento. — Os dias da Britânia pagã estão contados.

— Que Deus seja louvado — murmurei.

— Até Uhtred de Bebbanburg! — Renwald parecia surpreso. — Ninguém imaginava que ele iria embora, mas ele tem barcos em Eoferwic e levou as famílias para lá.

— Ouvi dizer que ele comprou os barcos para ir para Bebbanburg — sugeriu Swithun.

— Nenhum homem leva suas famílias para a guerra — retrucou Renwald com desprezo. — Não, ele vai embora! Para a Frísia, ouvi dizer. — Ele apontou para a frente. — É ali que nos juntamos ao Humbre. Agora vai ser uma viagem rápida até o mar.

Abandonar Dunholm e a decisão de levar mulheres, crianças, boa parte dos animais e todos os nossos bens tinha reforçado o boato de que íamos para a Frísia. Meus homens haviam chegado a Eoferwic com quinze carros de boi carregados de camas e espetos, caldeirões e ancinhos, foices e pedras de amolar; na verdade, com qualquer coisa que pudéssemos transportar. Renwald estava certo, é claro, ao dizer que nenhum homem ia para a guerra com embarcações cheias de mulheres e crianças, quanto mais com todos os bens de casa, e eu tinha certeza de que meu primo logo ficaria sabendo que eu tinha deixado a segurança de Dunholm com tudo o que possuía. Mas ele precisava ouvir mais, precisava ouvir que tínhamos barcos suficientes para carregar todas as pessoas, os animais e os pertences que levaríamos para a Frísia.

Assim, antes de sair de Eoferwic, eu tinha dado ao meu filho mais uma boa quantidade do meu estoque de moedas de ouro que se reduzia e disse a ele que comprasse ou alugasse tantos barcos mercantes grandes quanto precisasse.

— Ponha baias de madeira nas embarcações — eu tinha recomendado. — O suficiente para duzentos cavalos, e faça o serviço em Grimesbi.

— Grimesbi! — Meu filho havia ficado surpreso.

Grimesbi era um porto pesqueiro na foz do Humbre, depois de Eoferwic rio abaixo. Era um lugar desolado, com ventos fortes, muito menos confortável que Eoferwic, porém muito mais perto do mar. Eu ainda não sabia como iria recapturar Bebbanburg, mas a única coisa de que tinha certeza era que meu primo estava negociando uma frota para levar suprimentos e, se a mensagem de Merewalh fosse verdadeira, essa frota estava se reunindo em Dumnoc. Agora eu precisava saber quando ela partiria e quantos barcos fariam a passagem. O sacerdote que havia traído Æthelhelm tinha dito que a frota não se lançaria ao mar antes do dia de santa Eanswida, o que ainda levaria algumas semanas. Desse modo, eu tinha tempo para explorar o porto da Ânglia Oriental e planejar como substituiria as embarcações de Æthelhelm pelas minhas. E esses barcos, os meus barcos, estariam em Grimesbi, perto do mar, prontos para navegar e tornar realidade os pesadelos do meu primo.

Eu não duvidava que meu primo ficasse sabendo dos nossos novos barcos e da presença das nossas famílias, e a essa altura eu suspeitava que ele estaria começando a acreditar na história da Frísia. Ele devia ter deduzido que nem mesmo eu travaria uma batalha contra Bebbanburg e Constantin, que havia abandonado meu sonho. Ele ainda iria querer saber onde eu estava e poderia ficar intrigado quando eu não viajasse para Grimesbi com o restante dos meus homens, mas Sigtryggr e minha filha tinham anunciado que eu estava doente, acamado no palácio deles.

Quando os boatos se espalham, quando histórias falsas são contadas, que você os tenha criado.

Eu estava indo para Dumnoc.

Eu já havia estado em Dumnoc, muito tempo atrás. Tinha ficado preso na maior taverna da cidade, a do Ganso, e o único jeito de escapar fora provocando um incêndio que havia causado pânico na cidade e espantado os inimigos que cercavam a construção. O fogo tinha se espalhado, eventualmente consumindo boa parte da cidade. Tudo que havia restado foram algumas casas nos arredores e a plataforma alta e precária de onde o povo local vigiava as embarcações inimigas que se esgueiravam pelos traiçoeiros bancos de areia na foz do rio. Eu havia imaginado que Renwald seria cauteloso ao se aproximar daqueles famosos baixios, mas ele não hesitou, apontando o *Rensnægl* entre os juncos mais externos, que marcam o canal.

— Eles tiraram os marcos falsos — comentou.

— Marcos falsos? — perguntou Cerdic.

— Durante anos havia juncos feitos para enganar as embarcações. Agora eles marcam o canal verdadeiro. Remem, rapazes!

Seus homens faziam força para levar o *Rensnægl* em segurança pelos baixios externos e escapar do clima que vinha esfriando. O vento soprava forte, mandando ondas de cristas brancas através dos baixios. Nuvens escureciam o céu no oeste, ocultando o sol e prometendo tempo ruim.

— Meu pai continuou Renwald — viu um barco dragão de cinquenta remos encalhar naquela margem. — Ele apontou a cabeça para o sul, onde as ondas brancas passavam por cima de um banco de areia escondido. — Os pobres coitados encalharam na maré alta. E ainda por cima era maré de primavera. Eles seguiram os marcos falsos e remaram como se o diabo estivesse entrando na bunda deles. Os filhos da mãe passaram duas semanas tentando fazer o barco voltar a flutuar, mas não conseguiram. Eles se afogaram ou morreram de fome, e o povo da cidade ficou só olhando. Nove ou dez conseguiram nadar para a terra, e o reeve permitiu que as mulheres os matassem. — Ele se apoiou na esparrela e o *Rensnægl* seguiu pelo canal principal. — É claro que isso foi nos velhos tempos, antes de os dinamarqueses tomarem a cidade.

— Agora ela é saxã de novo — falei.

— O que ele disse? — perguntou Renwald.

— Fale alto, vovô! — berrou Swithun. — Você está murmurando!

— Agora ela é saxã de novo! — gritei.

— E que Deus permita que continue assim — comentou Renwald.

Os remadores faziam força. A maré era vazante e o forte vento sudoeste golpeava a proa do *Rensnægl*. As pequenas ondas eram maliciosas, e eu sentia pena dos homens que estivessem mar adentro naquele vento que ficava cada vez mais forte. Seria uma noite fria e difícil. Renwald devia ter pensado no mesmo porque voltou o olhar para as nuvens altas e rápidas que vinham das outras mais escuras, no oeste.

— Acho que devo ficar por aqui um ou dois dias e deixar esse tempo passar — comentou ele. — Mas não é um lugar ruim de se ficar.

A cidade parecia a mesma de antes de eu incendiá-la. Ainda era dominada por uma igreja com uma torre coroada por uma cruz. Na época, Guthrum era rei da Ânglia Oriental e, apesar de ser dinamarquês, tinha se convertido ao cristianismo. A fumaça subia de várias fogueiras na praia enlameada, defumando arenques nos suportes altos ou fervendo água para fazer sal em panelas largas e rasas. As casas mais próximas eram construídas em cima de pilares de madeira bem fortes, e o lodo verde nos troncos grossos mostrava que as marés mais altas chegavam quase aos pisos mais baixos. A margem do rio estava escondida por um longo cais e dois píeres apinhados de embarcações.

— Parece Lundene! — disse Renwald, atônito.

— Todos se abrigando do clima? — sugeri.

— A maioria estava aqui dois meses atrás. Eles trouxeram suprimentos para o exército do rei Eduardo, mas eu imaginava que já teriam voltado há muito tempo para Wessex. Ah! — Essa última exclamação foi porque ele tinha visto um espaço vazio no longo cais que se estendia pela margem sul do rio. Empurrou a esparrela e o *Rensnægl* se virou lentamente para aquele espaço, mas nesse momento um homem gritou de um dos dois píeres:

— Aí não! Aí não! Fora daí, desgraçado! Fora daí!

No fim das contas paramos ao lado de um cargueiro frísio atracado no píer oeste, e o homem que tinha nos expulsado do espaço convidativo do cais subiu a bordo para cobrar a taxa de atracação. Gaivotas grasnavam acima, pairando e mergulhando no vento forte.

— Aquele espaço é para a embarcação do rei — explicou o homem, contando a prata dada por Renwald.

— O rei vem? — perguntou Renwald.

— Recebemos ordem de deixar aquele espaço no cais livre para o caso de ele vir. Ainda não veio, mas pode vir. Um anjo pode vir e limpar a bunda da minha esposa, mas isso também ainda não aconteceu. Agora que você pagou a taxa de atracação, vamos ver os impostos alfandegários, está bem? Qual é a sua carga?

Deixei Renwald regateando e levei meus três homens para terra firme. A taverna do Ganso ainda era a maior construção do porto e parecia idêntica à que eu havia queimado. A nova tinha sido construída com o mesmo projeto e suas madeiras também foram descoradas pelo sol e pelo sal até adquirirem um tom prateado. A placa da taverna, que exibia um ganso indignado, balançava e rangia ao vento. Atravessamos a porta e entramos num salão apinhado, mas encontramos dois bancos com um barril servindo de mesa perto de uma janela com os postigos abertos para o cais. Ainda faltavam duas horas para o pôr do sol, mas a taverna estava barulhenta com homens meio bêbados.

— Quem são eles? — perguntou Cerdic.

— Homens do senhor Æthelhelm — respondi.

Eu tinha reconhecido dois deles, e os outros no salão usavam a característica capa vermelha dos guerreiros domésticos de Æthelhelm. Eles também teriam me reconhecido, mas eu havia tomado o cuidado de tapar a cabeça com o capuz velho, deixar o cabelo cair no rosto e andar encurvado e mancando. Além disso, sentei-me à sombra de um postigo da janela. Eu tinha fechado e trancado os postigos quando nos sentamos, mas alguns homens berraram para os abrirmos de novo. O lugar estava enfumaçado por causa de uma lareira, e a brisa que entrava pela janela ajudava a expulsar a fumaça.

— Por que estão todos aqui? — perguntou Cerdic.

— Eles terminaram a conquista da Ânglia Oriental — respondi — e estão esperando as embarcações que os levarão para casa. — Suspeitei que isso não fosse verdade, mas sem dúvida era a história que estaria sendo espalhada pela cidadezinha e satisfez Cerdic.

— Vocês têm dinheiro? — perguntou uma voz truculenta.

Swithun jogou algumas moedas de prata no barril que servia de mesa.

— Você tem cerveja? — perguntou ao homem que tinha nos confrontado. Mantive a cabeça baixa.

— Cerveja, comida e putas, rapazes. O que vocês desejam?

As prostitutas trabalhavam no sótão, ao qual se chegava por uma escada de mão no centro do salão. Uma mesa de homens desordeiros estava logo embaixo da escada, e cada vez que uma garota subia ou descia eles batiam na mesa e gritavam em apreciação.

— Escutem — sussurrei para os meus três homens —, esses filhos da mãe vão procurar briga. Não deixem que eles os provoquem.

— E se eles perguntarem quem somos nós? — Oswi estava nervoso.

— Somos serviçais do bispo de Eoferwic — respondi. — E estamos indo a Lundene comprar seda.

Eu tinha decidido que a história que tínhamos contado a Renwald não funcionaria em terra. Os homens perguntariam qual era a família da minha esposa e eu não tinha uma resposta convincente. Era melhor fingirmos ser estrangeiros, e Oswi tinha razão em ficar nervoso. Os homens na taverna do Ganso tinham a confiança de guerreiros que se conheciam, que adoravam se mostrar uns aos outros e que desprezavam estranhos. Além disso, estavam bêbados ou prestes a ficar. As brigas começariam logo, mas achei que os homens poderiam ser cautelosos em desafiar servos da Igreja.

Uma gritaria enorme recebeu um homem que descia a escada. Era um sujeito grande, de ombros largos, cabelo claro e curto. Ele pulou da escada sobre a mesa mais próxima e fez uma reverência ao grupo, primeiro numa direção, depois na outra.

— O nome dele é Hrothard — falei.

— O senhor o conhece? — Cerdic parecia impressionado.

— Não me chame de senhor — vociferei. — Sim, eu o conheço. É um dos cães de Æthelhelm.

Eu tinha ficado surpreso por Hrothard não estar com Brice em Hornecastre. Eu o conhecia porque ele era o segundo em comando de Brice quando eles tentaram matar o jovem Æthelstan em Cirrenceastre, uma tentativa que eu impedi. Hrothard era muito parecido com Brice: um guerreiro brutal que obedecia ao seu senhor sem pena nem remorso.

Ele abriu um sorriso largo para seus companheiros.

— Eu cansei duas beldades daquelas, pessoal! Mas há uma ameixinha dinamarquesa madura só esperando por vocês!

Outra gritaria preencheu o salão.

— Quando as coisas se acalmarem — falei para Swithun, e fiz uma pausa quando uma jovem assustada trouxe canecas e uma jarra de cerveja para a mesa. Esperei até ela se afastar, passando entre os bancos e as mãos que a apalpavam.

— Quando estiver mais quieto, você vai subir a escada.

Ele riu, mas ficou em silêncio.

— Descubra o que as garotas sabem. Seja esperto. Não deixe acharem que você está interessado, só deixe que elas falem.

Era por isso que estávamos ali, para descobrir o que estava sendo preparado naquela cidade portuária remota na borda leste da Britânia. Eu duvidava que alguma prostituta da taverna soubesse muita coisa, mas qualquer migalha de informação era útil. Eu já havia descoberto muita coisa apenas indo até lá. A cidade estava cheia de guerreiros que deveriam ter voltado para casa. Os juncos que marcavam a entrada traiçoeira foram alinhados com o canal verdadeiro em vez de serem posicionados para fazer com que os barcos inimigos fossem parar num baixio onde iriam encalhar, e isso significava que os novos senhores da cidade esperavam mais embarcações e não queriam perdê-las. E o verdadeiro senhor de Dumnoc, eu não tinha dúvida, era Æthelhelm, e Æthelhelm queria se vingar de mim.

E eu sabia qual seria a vingança.

Só não sabia exatamente como ele faria.

— Meu Deus — disse Cerdic —, olhe para aquilo!

Ele espiava pela janela, e o que quer que tivesse visto também havia atraído a atenção de outros homens, que abriram a porta para olhar para o rio.

Havia aparecido um barco.

Eu nunca tinha visto uma embarcação como aquela. Era branca! As madeiras tinham sido desbotadas pelo sol, ou, mais provavelmente, pintadas com cal. O branco dava espaço para um verde-escuro azedo na linha-d'água, sugerindo que ondas fortes haviam arrancado a caiação. Era longa e bonita; pela aparência, uma embarcação dinamarquesa, pensei, mas obviamente estava em mãos saxãs, porque na proa alta havia uma cruz com um brilho prateado. A vela estava dobrada na verga, mas mesmo assim parecia feita de pano branco. Um estandarte havia se enrolado em volta de um ovém, balançando impotente. Mas, assim que o timoneiro virou a embarcação para o espaço vazio no cais, a bandeira se soltou e tremulou orgulhosa para o leste. Exibia um cervo branco saltando num fundo preto.

— O senhor Æthelhelm — murmurou Swithun.

— Silêncio agora! — Hrothard tinha ido até a porta, visto o barco e gritou para os homens meio bêbados que se apinharam do lado de fora da taverna para receber a embarcação branca. — Mostrem respeito!

Eu estava de pé em cima do banco para ver por cima da cabeça dos homens que foram ao cais observar a chegada do barco. Alguns, uns poucos, usavam chapéu, que tiraram diante da passagem da embarcação. Era linda, pensei. Mal causava alguma ondulação enquanto deslizava feito um fantasma para a água abrigada entre os píeres. Suas linhas eram perfeitas, as madeiras curvadas por artesãos de modo que o barco parecia descansar na água, em vez de cortá-la. Os remos deram um último impulso e depois foram puxados pelos furos na lateral do barco e postos a bordo, enquanto o timoneiro o colocava habilmente no espaço. Cabos foram lançados, homens os puxaram e a embarcação se acomodou suavemente no cais.

— O *Ælfswon* — comentou um homem, admirando.

O cisne brilhante, um bom nome, pensei. Os remadores relaxaram o corpo nos bancos. Eles deviam ter feito muito esforço para trazer o cisne brilhante através do vento que aumentava e contra as ondas malignas da entrada do porto. Atrás deles, na popa, vi um grupo de guerreiros com elmos, a cota de malha coberta por capas vermelho-escuro. Eles saltaram no cais e outros homens lhes jogaram os escudos. Eram seis. Será que Æthelhelm estava ali?

Dois escravos do porto colocaram uma passarela de madeira no espaço estreito entre o barco e o píer. Havia uma pilha de caixotes e barris à meia-nau, meio escondendo as pessoas que esperavam para desembarcar, mas então surgiram dois padres que atravessaram as pranchas, e depois deles veio um grupo de mulheres, todas com capuzes. As mulheres e os padres ficaram no cais, esperando.

Um homem alto, usando um elmo com uma crina de cavalo preta na cimeira e capa preta atravessou a passarela. Não era Æthelhelm. Era mais alto. Vi um brilho de ouro em seu pescoço quando ele se virou para esperar a saída do último passageiro. Era uma jovem. Vestia branco e tinha a cabeça desnuda, de modo que seus cabelos longos balançavam ao vento. Era esguia, alta e estava evidentemente nervosa porque, quando chegou ao centro da passarela, pareceu perder o equilíbrio. Por um momento achei que ela iria cair na água, mas então o homem alto com crina na cimeira do elmo estendeu a mão, segurou o braço dela e a conduziu para a segurança.

Os homens do lado de fora da taverna começaram a aplaudir e a bater os pés. A garota pareceu surpresa com o barulho e se virou para nós, e a visão de seu rosto me fez perder o fôlego. Era jovem, de olhos azuis, pálida, sem marcas na pele, de boca larga, linda e absolutamente infeliz. Supus que devia ter 13 ou 14 anos, e obviamente ainda não havia se casado, caso contrário teria prendido os cabelos. Duas mulheres puseram uma capa com acabamento de pele em volta de seu corpo magro e uma delas puxou o capuz da capa sobre os longos cabelos da garota. O homem alto segurou seu cotovelo e a levou para fora do cais, com as mulheres e os padres os seguindo, todos protegidos pelos seis guerreiros portando lanças. A garota passou rapidamente pela taverna de cabeça baixa.

— Quem é ela, em nome de Jesus? — perguntou Swithun.

— Ælswyth, é claro. — Um dos homens do lado de fora tinha ouvido a pergunta.

O homem alto, do elmo com crina preta, caminhava ao lado de Ælswyth e era pelo menos uma cabeça mais alto que ela. Ele olhou de relance para nós e eu me encolhi instintivamente para as sombras. Ele não me viu, mas eu o reconheci.

— E quem é Ælswyth? — perguntou Swithun, ainda olhando para a figura encapuzada. Como todos os outros homens perto do rio, estava hipnotizado por ela.

— De onde você é? — perguntou ele.

— Da Nortúmbria.

— Aquela é a filha mais nova do senhor Æthelhelm. E é melhor vocês, ratos nortistas, se acostumarem com ela.

— Eu poderia me acostumar com isso — disse Swithun respeitosamente.

— Porque ela vai morar no seu reino fedorento, coitada.

E o homem que escoltava Ælswyth era Waldhere, o líder guerreiro do meu primo.

E meu primo não tinha esposa.

Æthelhelm tinha planejado sua elaborada vingança. Ele ia para Bebbanburg.

Oito

Dormimos num monte de palha imunda numa baia vazia do estábulo do Ganso, dividindo o espaço fedorento com outros seis homens. Uma lasca de prata nos rendeu um desjejum de pão duro como pedra, queijo azedo e cerveja aguada. Uma trovoada me fez olhar para o céu, mas, apesar de o vento ainda soprar forte e de as nuvens estarem cinzentas e baixas, não havia chuva nem sinal de tempestade. Então percebi que a trovoada era o som de barris vazios sendo rolados pela rua do outro lado do pátio da taverna. Fui até o portão e vi homens empurrando seis enormes tonéis para o interior. Outro homem conduzia uma fila de mulas de carga levando cestos cheios de sal.

Chamei Swithun e lhe dei prata.

— Passe o dia aqui — ordenei, indicando a taverna do Ganso. — Não arranje briga. Não fique bêbado. Não cante vantagem. E mantenha os ouvidos atentos.

— Sim, sen... — Ele conseguiu parar antes de dizer "senhor".

Swithun adorava me chamar de "vovô" quando havia algum estranho por perto, mas, quando ficávamos sozinhos, tinha enormes dificuldades em não dizer "senhor". Agora estávamos sozinhos, mas havia uns vinte homens no pátio, alguns molhando o rosto com a água de um cocho de cavalos, outros usando uma latrina perto do muro leste. A latrina não passava de uma vala profunda com um banco de madeira em cima. Supostamente era limpa por um córrego. Fedia.

— Só deixe que as garotas falem e escute!

— Vou fazer isso, sen... e — Ele hesitou, depois olhou para as moedas de prata. Pareceu surpreso com minha generosidade. — Tudo bem se eu... — Swithun hesitou de novo.

— Elas não vão falar a não ser que você pague, e você não está pagando por palavras, está?

— Não, sen...

— Então cumpra sua tarefa. — Eu duvidava que alguma garota já estivesse acordada, mas Swithun foi ansioso para o salão da taverna.

Oswi pareceu chateado.

— Eu poderia ter...

— Esta tarde — interrompi. — Esta tarde será sua vez. Até lá Swithun vai estar exausto. Agora vamos sair desse fedor.

Eu estava curioso para saber aonde os barris estavam sendo levados, mas não demorei para descobrir porque, antes de termos dado trinta passos saindo pelo portão dos fundos da taverna, os guinchos começaram. Um grupo de homens estava abatendo porcos numa rua larga que ia para o leste, em direção ao campo. Dois homens empunhavam machados, o restante estava com facas e serras. Os animais guinchavam, sabendo o destino que os esperava, os machados baixavam e o sangue esguichava nas paredes das casas e empoçava nos sulcos da rua. Cachorros latiam no entorno da matança, corvos se empoleiravam nos telhados e mulheres usavam jarras, tigelas e baldes para recolher o sangue fresco para misturar com aveia. Os açougueiros cortavam grosseiramente quartos dianteiros, barrigas, lombos e presuntos que eram jogados para os homens que enchiam os grandes barris com camadas de carne e sal. Os pés também eram guardados, junto com os rins, mas uma parte considerável dos animais era jogada fora. Cabeças, tripas, corações e pulmões eram descartados e os cães lutavam pelas entranhas. Mulheres pegavam pedaços enquanto mais animais ainda eram empurrados, berrando, e tinham o crânio aberto pelas lâminas cegas. O desperdício de cabeças e corações era prova de que aqueles homens estavam com pressa.

— Isso não é certo — murmurou Cerdic.

— Desperdiçar as cabeças assim? — perguntei.

— Porcos são inteligentes, senhor... — Ele se encolheu — Desculpe. Meu pai criava porcos. Ele sempre dizia que são bichos inteligentes. Os porcos sabem! É preciso surpreender um porco quando a gente vai matá-lo. É justo.

— São só porcos! — exclamou Oswi com desprezo.

— Não está certo. Eles sabem o que está acontecendo.

Deixei-os discutir. Eu me lembrava de que o padre Cuthwulf, que era espião de Æthelflaed, tinha dito que a frota zarparia depois da festa de santa Eanswida, e ainda faltavam semanas para isso. No entanto, assim como eu espalhava histórias para enganar os meus inimigos, Æthelhelm podia fazer o mesmo. Se havia algum significado para esse massacre frenético, certamente era que a frota zarparia muito antes do dia de santa Eanswida. Talvez nos próximos dias. Talvez até mesmo hoje! Por que outro motivo Ælswyth estaria aqui? Seu pai não iria querer que ela esperasse por semanas nessa cidade desolada da Ânglia Oriental, nem que suas tropas passassem tanto tempo à toa.

— Vamos ao porto — falei a Oswi e Cerdic.

Eu tinha encontrado uma vara tosca na pilha de lenha da taverna e me apoiei nela enquanto passava mancando pelo Ganso. Mantinha as costas curvadas. O avanço era lento, é claro, mas eu esperava que ninguém que visse um velho maltrapilho mancando com as costas curvadas suspeitasse de que eu era Uhtred, o Senhor Guerreiro. Deixei Cerdic segurar meu cotovelo enquanto atravessávamos o trecho irregular entre a terra e o cais. A vara batia nas tábuas, e, quando Cerdic me soltou, cambaleei ligeiramente. O vento ali era mais forte, ainda assobiando no cordame dos barcos atracados e formando espuma nas ondas do rio.

O longo cais acompanhava a margem do rio e os dois píeres se projetavam dele, as estruturas precárias tão apinhadas de embarcações que a maioria delas estava atracada lado a lado, às vezes três amarradas juntas, as duas de fora dependendo da embarcação interna para mantê-las presas ao píer ou ao cais. O *Ælfswon* estava na metade do cais, guarnecido por doze homens, que suspeitei que tivessem dormido a bordo. Não havia mais quartos para se hospedar na cidade. Todas as tavernas estavam apinhadas. E, se Æthelhelm, ou quem comandava aquelas tropas, não as retirasse logo, haveria problema. Homens à toa fazem bobagem, especialmente os que estão à toa e têm cerveja, prostitutas e armas.

Vi que a maioria dos barcos era mercante. Eles tinham bojos mais largos e proas mais baixas que os de guerra. Alguns pareciam abandonados. Uma embarcação estava com água pela metade, as madeiras enegrecidas pelo abandono. Não tinha vela amarrada na verga e um ovém partido balançava ao vento forte, mas mesmo assim havia um barco atracado a ela. Outras embarcações estavam cheias de barris e caixotes, a carga colocada com cuidado a meia-nau, e todos esses barcos tinham três ou quatro homens a bordo. Contei quatorze dessas embarcações mercantes que pareciam prontas para zarpar. E havia barcos de guerra, mais esguios, mais longos e mais ameaçadores. A maioria, como o *Ælfswon*, tinha uma cruz na proa. Eram oito, contando com o *Ælfswon*, e todos os oito tinham homens a bordo. A maioria estava com a linha-d'água limpa. Parei ao lado de um, olhei para a água cheia de espuma e vi que a embarcação tinha sido encalhada recentemente para que as algas fossem raspadas do casco. Um casco limpo dá mais velocidade ao barco, e a velocidade vence batalhas no mar.

— O que você está olhando, aleijado? — perguntou um homem.

— Que Deus o abençoe — gritei. — Que Deus o abençoe.

— Saia daqui e morra — rosnou o homem, depois fez o sinal da cruz. Um aleijado significava azar. Nenhum marinheiro iria de boa vontade para o mar com um aleijado a bordo, e até mesmo um aleijado perto de um barco poderia atrair algum espírito maligno.

Obedeci à primeira ordem caminhando pelo píer mancando. Tinha contado seis pares de bancos, o que significava trinta e dois remadores. O *Ælfswon* e os dois barcos atracados à frente e atrás dele eram maiores ainda. Digamos cinquenta homens a bordo de cada embarcação, o que significava que os oito barcos de guerra de Æthelhelm poderiam carregar quatrocentos guerreiros, com mais ainda nos barcos de carga. Ele tinha um exército.

E eu não tinha dúvida de para onde ia esse exército. Para Bebbanburg. Meu primo era viúvo, por isso Æthelhelm iria lhe dar uma noiva. Meu primo estava sendo obrigado a passar fome até se render, por isso Æthelhelm lhe levaria comida. Meu primo tinha homens para defender os muros de Bebbanburg, mas não o suficiente para retomar suas terras, e assim Æthelhelm levaria guerreiros para ele.

E o que Æthelhelm receberia em troca? Ele se tornaria senhor do norte da Nortúmbria e seria celebrado como o homem que expulsou os escoceses das terras saxãs. Teria uma fortaleza segura ao norte, de onde poderia invadir o reino de Sigtryggr, um ataque que dividiria as forças do meu genro quando Eduardo invadisse pelo sul. E ele tomaria uma fortaleza tão formidável que poderia desafiar abertamente Eduardo de Wessex. Poderia insistir para que Æthelstan fosse deserdado, caso contrário todo o norte da Inglaterra se tornaria inimigo de Wessex. E, talvez o melhor de tudo, Æthelhelm conseguiria se vingar de mim.

— Bom dia — gritou uma voz amigável, e vi Renwald mijando na beira do píer. — O tempo ainda está feio! — Ele e sua tripulação obviamente tinham dormido a bordo do *Rensnægl*, que estava atracado ao barco mercante frísio. Eles fizeram um toldo de pano de vela sobre a popa para protegê-los do vento.

— Você vai ficar alguns dias aqui? — perguntei.

— Você está mancando! — comentou ele, franzindo a testa.

— É só uma dor no quadril.

Renwald olhou as nuvens.

— Vamos ficar até que o tempo melhore. Vai chover e ventar um pouco, depois vamos embora. Encontrou sua família?

— Não sei se eles ainda estão aqui.

— Rezo para que estejam — declarou ele generosamente.

— Se eu tiver de voltar para o norte, você nos leva? Eu pago.

Ele deu uma risada com o que eu disse.

— Eu estou indo para Lundene! Mas vocês vão encontrar um bocado de barcos indo para o norte! — Renwald olhou para as nuvens outra vez. — O céu provavelmente vai ficar limpo hoje, e assim partimos amanhã. Só estamos esperando o tempo se assentar, não é? E vamos na vazante de amanhã.

— Eu pago bem — falei. Eu começava a temer que precisasse voltar ao Humbre mais cedo do que esperava e tinha aprendido a confiar em Renwald.

Ele não respondeu à minha oferta porque estava olhando fixamente para o mar.

— Santo Deus Todo Poderoso — disse, e eu me virei e vi uma embarcação entrando no rio. — O coitado deve ter tido uma noite ruim — acrescentou Renwald, fazendo o sinal da cruz.

O barco que se aproximava parecia escuro sob o céu escuro. Era uma embarcação de guerra, longa e baixa, com a vela apertada na verga e os remadores impelindo-a rio acima. Parecia estar caindo aos pedaços, com a vela rasgada e o cordame partido balançando ao vento. A proa era alta e encimada por uma cruz na qual havia uma flâmula preta e comprida. Virou na direção dos píeres, com as ondas pequenas formando espuma branca na proa e os remadores cansados lutando contra o vento, a correnteza e a maré.

O timoneiro apontou o barco escuro para o *Ælfswon* e eu esperei que a tripulação do *Ælfswon* gritasse para ele ficar longe. Mas, para minha surpresa, os homens o estavam esperando com cabos de atracação. Os cabos foram lançados, os remos postos para dentro e o recém-chegado foi puxado até se acomodar ao lado da embarcação maior, de casco branco.

— Ele é privilegiado — comentou Renwald com inveja, depois balançou a cabeça. — Desculpe, vou para Lundene! Mas você vai encontrar um barco que vá para o norte.

— Espero que sim — respondi, depois voltei pelo píer, para ver quem, ou o que, a embarcação escura havia trazido.

— Que Deus abençoe todos vocês! — gritou uma voz aguda, suficientemente alta para ser ouvida acima dos uivos do vento e dos grasnados das gaivotas. — Em nome do Pai, do Filho e do outro, minha bênção a vocês!

Ieremias tinha vindo a Dumnoc.

Ieremias, o bispo louco que não era bispo e talvez nem fosse louco, era meu arrendatário, pagava pela terra que ocupava ao senhor de Dunholm. Esse era o homem que havia me trazido quinze xelins de prata e depois mijado neles. Seu nome verdadeiro era Dagfinnr Gundarson, mas o jarl Dagfinnr, o Dinamarquês, havia se transformado no bispo Ieremias de Gyruum, e hoje, enquanto seu barco sujo era atracado junto do impecável *Ælfswon*, ele apareceu com os mantos reluzentes de bispo e carregando um báculo: um cajado de bispo que não passava de um bastão de pastor, embora o de Ieremias tivesse um gancho de prata.

— Que Deus lhes traga saúde! — gritou, com os longos cabelos brancos balançando ao vento —, e que Deus lhes traga filhos saudáveis e mulheres férteis! Que Deus lhes traga boas colheitas e grandes frutos! Que Deus multiplique suas ovelhas e aumente seu rebanho! — Ele levantou os braços para o céu opaco. — Eu rezo por isso, Deus! Rezo para que abençoeis estas pessoas e que com vossa enorme misericórdia mijeis copiosamente sobre todos os inimigos delas!

Começou a chover.

Fiquei surpreso pela chuva ter demorado tanto para cair, mas de repente começou, a princípio com gotas pesadas, então aumentou rapidamente até se tornar um aguaceiro terrível. Ieremias casquinou, depois deve ter me visto. Ele não tinha como me reconhecer, é claro, eu usava o capuz sobre a cabeça e ele estava olhando do cais, através da chuva forte, para o píer onde estávamos, mas viu um aleijado com as costas encurvadas e imediatamente apontou o báculo para mim.

— Curei-lo, Deus! Derrameis Sua misericórdia sobre aquele homem alquebrado! — Sua voz rasgou o som da tempestade. — Endireitei-lo, senhor! Tireis Vossa maldição de cima dele! Peço em nome do Pai, do Filho e do outro.

— *Guds Moder* — murmurei.

— Senhor? — perguntou Cerdic.

— É o nome do barco dele. Mãe de Deus, e não me chame de senhor.

— Desculpe, senhor.

Eu tinha ouvido dizer que o *Guds Moder* era um horror, um barco caindo aos pedaços, com fendas enormes e cordames esgarçados, e que afundaria se fosse de encontro a menor das ondas, mas a embarcação jamais teria sobrevivido a esse tempo se não estivesse em boas condições. Ieremias só queria que ele parecesse sujo e malcuidado. Cabos soltos balançavam no mastro, mas dava para ver que, por baixo desse descuido, era uma embarcação rígida e capaz de navegar, uma embarcação de guerra. Ieremias tinha me dado as costas e atravessou o convés do *Ælfswon* seguido por quatro dos seus homens, todos com cota de malha e usando elmos. Continuava rezando e pregando enquanto atravessava o cais, porém eu não conseguia mais ouvi-lo. Fomos atrás.

A chuva era malévola, escorrendo dos tetos de palha da cidade e inundando os becos. Ieremias não se importava. Ele pregava enquanto andava. Dois guerreiros de Æthelhelm o haviam encontrado e agora o guiaram, passando diante do Ganso, onde Ieremias insistiu em parar para gritar pela porta aberta:

— Prostitutas e bebedores de vinho, as escrituras proíbem as duas coisas. Arrependam-se, miseráveis filhos de Belzebu! Engolidores de cerveja e fornicadores de vagabundas! Arrependam-se! — Os homens olhavam atônitos da porta do Ganso para o bispo encharcado de chuva em suas vestes episcopais de tecido brocado que arengava para eles. — Quem se espanta? — perguntou. — Quem balbucia? Aqueles que se enchem de vinho! Esta é a palavra de Deus, seus bebedores beócios boquirrotos! Seus olhos verão mulheres estranhas! As escrituras dizem isso! Acreditem! Eu já vi mulheres estranhas, mas, pela graça de Deus, estou redimido! Estou santificado! Estou salvo das mulheres estranhas!

— O desgraçado é louco — comentou Cerdic.

Eu não tinha tanta certeza. De algum modo o desgraçado louco sobrevivera ao domínio de Brida na Nortúmbria. Ela havia odiado fervorosamente os cristãos, mas ele sobrevivera à sua campanha assassina contra seu deus. Ieremias possuía um forte em Gyruum, mas nunca tinha precisado dele. Talvez, pensei, Brida tivesse reconhecido alguém tão lunático quanto ela, ou então tinha farejado que a religião de Ieremias era uma piada.

Um dos guardas de Æthelhelm segurou o cotovelo de Ieremias, obviamente querendo convencer o profeta que arengava a sair da chuva e entrar num salão aquecido por uma lareira, e Ieremias se permitiu ser conduzido. Fomos atrás deles, passando pela rua onde o sangue de porco era lavado das paredes pela chuva, depois chegamos à borda da cidade, onde um grande salão tinha sido construído numa ligeira elevação do terreno. Era um belo salão, com um teto íngreme feito com bastante palha. E grande o suficiente para um banquete de duzentos homens, avaliei. Ao lado havia estábulos, depósitos e um celeiro. Tudo isso cercava um pátio onde dois lanceiros usando as capas vermelho-escuras de Æthelhelm vigiavam a porta do salão. Ieremias foi levado para dentro. Duvidei que pudéssemos segui-lo, e eu não queria me arriscar a entrar ali porque poderia ser reconhecido. Mas um grupo de mendigos estava amontoado embaixo de um abrigo coberto de palha numa extremidade do celeiro e me juntei a eles. Mandei Oswi de volta ao Ganso, mas fiquei com Cerdic.

Esperamos. Ficamos sentados, encolhidos, comprimidos por mendigos que balbuciavam, sem pernas, cegos. Uma das mulheres, cujo rosto era uma confusão de úlceras purulentas, se arrastou até o salão e foi chutada de volta por um guarda.

— Já falamos para vocês esperarem lá — rosnou o lanceiro. — E agradeçam porque o senhor permite isso!

O senhor? Será que Æthelhelm estava aqui? Nesse caso, pensei, ter vindo para Dumnoc tinha sido um erro terrível, não porque eu temesse que ele pudesse me reconhecer, mas porque, se ele estivesse na cidade, com certeza sua frota devia estar pronta para zarpar e eu não teria chance de reunir meus barcos e homens antes de ele chegar a Bebbanburg. Fiquei sentado tremendo, preocupado e esperando.

Passava do meio-dia quando a chuva enfim parou. O vento ainda soprava forte, mas não era mais tão maligno. Dois cães saíram do salão, andaram de um lado para o outro na lama e nas poças durante um tempo, depois levantaram a pata ao lado de um poste. Uma garota trouxe canecas de cerveja para os guardas na porta do salão, depois ficou conversando e rindo com eles. Dava para ver, por cima dos tetos de palha da cidade, um barco de pesca seguindo para o mar, a vela enfunada, tensionada no vento frio. Um sol aquoso brilhava no cais distante. O tempo estava melhorando, e isso significava que a frota de Æthelhelm poderia ir para o mar.

— De joelhos, seus cagalhões — gritou um guarda de repente para nós. — Isto é, se vocês tiverem joelhos. Se não tiverem, só fiquem prostrados do melhor jeito que puderem! E façam fila!

Um grande grupo saía do salão. Havia guardas com elmos e capas vermelhas, dois padres, e então vi Æthelhelm, expansivo e afável, o braço em volta da filha que tentava erguer a bainha do vestido claro para que não tocasse na lama. Ainda parecia sofrer, mas o sofrimento não conseguia mascarar sua beleza delicada. Era pálida, de rosto perfeito e o corpo esguio a fazia parecer frágil apesar da altura. Waldhere, o guerreiro do meu primo, estava do outro lado dela. Seus ombros largos estavam cobertos por uma capa preta sob a qual ele usava cota de malha. Não tinha elmo. Atrás dele estava o brutamontes de Æthelhelm, Hrothard, rindo de alguma coisa que o caldorman tinha acabado de dizer, e, por último, vinha Ieremias, resplandecente em seu manto episcopal úmido. Peguei um bocado de lama e passei no rosto, depois me certifiquei de que o capuz cobria meus olhos.

— Caridade é o nosso dever — ouvi Æthelhelm dizer enquanto se aproximava de nós. — Se quisermos o favor de Deus, devemos favorecer seus filhos mais desafortunados. Quando for senhora do norte, querida, você deve ser caridosa.

— Eu serei, pai — respondeu Ælswyth obedientemente.

Não ousei erguer o olhar. Podia ver as botas de couro macio de Æthelhelm com acabamento em prata e sujas de lama, e podia ver as sapatilhas de tecido bordado de sua filha, o belo desenho sujo de terra.

— Que Deus o abençoe — disse Æthelhelm e largou um xelim de prata na mão do homem ao meu lado. Estendi as mãos e fiquei de cabeça baixa. — De que mal você sofre? — perguntou Æthelhelm. Estava parado bem à minha frente.

Não falei nada.

— Responda ao senhor — vociferou Hrothard.

— Ele... Ele... Ele... — gaguejou Cerdic ao meu lado.

— Ele o quê? — quis saber Hrothard.

— É id... id... idiota, senhor.

Um xelim caiu nas minhas mãos, depois outro na de Cerdic.

— E você? — indagou Æthelhelm a ele. — De que sofre?

— I... Idiota também.

— Que Deus abençoe vocês, dois, idiotas — desejou Æthelhelm e continuou andando.

— Toque nisso! — Ieremias vinha atrás de pai e filha e balançava uma tira de pano cinzenta e suja diante dos nossos olhos. — Foi um presente que o senhor Æthelhelm me deu, e tem poder, meus filhos, grande poder! Toquem-na! Esta era a cinta que a mãe de Cristo estava usando quando o filho foi crucificado! Olhem! Vocês podem ver o sangue abençoado nela! Toquem-na, meus filhos, e sejam curados! — Ele estava bem diante de mim. — Toque, seu imbecil de meio cérebro! — Ele me cutucou com um pé. — Toque o pano da mãe de Deus e seu tino vai retornar como um pássaro ao ninho! Toque e seja curado! Este pano encostou no ventre abençoado que carregou nosso Senhor!

Ergui a mão que segurava o xelim e rocei a tira de pano com os dedos, e, quando o fiz, Ieremias se inclinou e segurou meu queixo barbudo, forçando-me a olhar para cima. Ele se curvou sobre mim e me encarou.

— Você será curado, seu idiota — disse em tom passional. — O demônio que possui você fugirá ao meu toque! Acredite e seja curado. — E, quando falou isso, notei uma perplexidade súbita atravessar suas feições magras. Ele tinha grandes olhos castanhos e loucos, o rosto cheio de cicatrizes, o nariz adunco e os cabelos brancos revoltos. Franziu a testa.

— Obrigado, senhor — murmurei e baixei a cabeça.

Houve uma pausa que pareceu durar uma eternidade, então Ieremias foi em frente.

— Toque-o — ordenou Ieremias a Cerdic, e senti o alívio me inundar.

Só havia me encontrado com Ieremias uma vez, e naquela ocasião eu vestia belos ornamentos, como um senhor da guerra, mas de algum modo ele tinha visto algo familiar no mendigo louco e coberto de lama cujo rosto inclinou para o seu.

— Agora vão embora! Vão mancando, se arrastando, pulando, vão de qualquer jeito! — gritou um guarda para nós enquanto os notáveis retornavam ao salão.

— Não se apresse — sussurrei para Cerdic.

Usei a vara que estava carregando, curvei as costas e desci lentamente a encosta em direção às casas mais próximas. Jamais tinha me sentido tão vulnerável em toda a minha vida. Eu me lembrei da noite em que fui a Cippanhamm porque Alfredo havia se disfarçado de harpista para espionar os dinamarqueses de Guthrum que tinham capturado a cidade. O medo que senti naquela noite era capaz de fazer um coração parar, puro terror, e agora eu sentia o mesmo, mancando de volta por Dumnoc até chegar ao Ganso. Swithun estava bebendo sentado a uma mesa, e, ao nos ver à porta, veio contar que Oswi estava lá em cima.

— Ele subiu aquela escada rápido feito um esquilo catando nozes.

— Então, faça com que ele desça agora — mandei —, porque estamos partindo.

— Agora?

— Busque-o! Não importa o que ele esteja fazendo, só o arranque de cima da coitada e o traga para cá.

Minha pressa não era só porque eu temia ter sido reconhecido mas também porque tudo que tinha visto em Dumnoc sugeria que a frota de Æthelhelm não demoraria a zarpar. Meu filho e Finan deviam ter levado nosso pessoal e os barcos para Grimesbi e eu precisava chegar lá rapidamente, o que implicava encontrar uma embarcação que fosse para o norte. Usei o xelim de Æthelhelm para comprar uma caneca de cerveja que Cerdic e eu dividimos enquanto esperávamos Swithun, mas, assim que ele e Oswi se juntaram a nós, saímos depressa da taverna e fomos para o píer oeste, onde a embarcação de Renwald estava atracada. Dava para ver os homens preparando os barcos para o mar. A tempestade tinha passado, o vento soprava forte para o sudoeste, as ondas com sua espuma branca eram menores e havia até retalhos de luz do sol no campo verde ao longe.

— Senhor! — Swithun pareceu assustado.

Eu me virei e vi os guerreiros domésticos de Æthelhelm saindo do salão e vindo pela rua. Hrothard os comandava e apontava para as construções, mandando homens entrarem em estabelecimentos, tavernas e até na grande igreja. Três correram para a porta da taverna do Ganso e ficaram parados, barrando-a.

— Aqui — falei, desesperado.

Havia uma fileira de cabanas no cais. Forcei uma porta e encontrei um espaço atulhado de cordas enroladas, fardos de pano para vela, pilhas de redes dobradas, um barril de piche para calafetagem e sacos de carvão usado para derreter piche.

— Precisamos nos esconder — falei. — E rápido!

Reviramos os suprimentos do vendedor de velas, fazendo um abrigo no fundo da cabana e depois empilhando redes e panos para esconder o espaço que tínhamos aberto. A última coisa que fiz antes de me arrastar por cima do amontoado de material e me esconder foi chutar o barril de piche, assim o líquido denso vazou e escorreu lentamente pelo chão até perto da porta. Eu havia tentado barrar a porta, mas não encontrei nada que servisse, por isso apenas empurrei outro barril para bloquear a entrada. Depois nos agachamos no esconderijo, puxamos um fardo de pano por cima da cabeça e ficamos quase sufocados com o fedor de piche e carvão.

As paredes da cabana eram frágeis, com grandes fendas entre as tábuas desgastadas pelo tempo. Dava para olhar para fora através de uma dessas fendas, então vi os homens se espalharem pelo cais revistando os barcos. Dois deles estavam bem perto.

— Eles nunca vão encontrá-lo — disse um dos homens.

— Ele não está aqui! — retrucou o outro com escárnio. — Aquele dinamarquês maluco filho da mãe só está sonhando. Ele é louco, de qualquer forma. Não é mais bispo que eu.

— Ele é um feiticeiro. As pessoas têm medo dele.

— Eu não tenho.

— Tem, sim!

Hrothard gritou com os dois, querendo saber se tinham revistado as cabanas.

— É melhor a gente olhar — declarou um deles, cansado.

Pouco depois ouvi a porta se abrir. Um dos homens xingou.

— Eu não vou entrar aqui.

— Ele não está aí! — gritou o outro. — Está a quilômetros daqui, seu desgraçado — acrescentou em voz baixa.

— Santo Deus — deixou escapar Swithun ao meu ouvido.

Dava para ver homens com cães em guias, farejando inutilmente portas e becos. Os cães farejaram as cabanas também, mas o fedor de piche era avassalador e eles passaram direto. Ficamos agachados, mal ousando respirar. Conforme a tarde avançava, a empolgação morreu e a busca evidentemente foi abandonada. Mais cargas foram trazidas para o cais e postas nas embarcações. Então houve outra agitação quando Ieremias partiu e o senhor Æthelhelm foi até o porto se despedir dele. Não escutei a conversa, mas me arrastei por cima da confusão de redes e usei a faca para aumentar a abertura entre duas tábuas. Vi o *Guds Moder* ser impelido pelos remos rio abaixo, em direção ao mar. O sol estava se pondo, era mais ou menos a hora da maré alta e pequenas ondas batiam na parte de baixo das tábuas do cais. Voltei ao nosso esconderijo e olhei por outra fresta, vendo o senhor Æthelhelm e seis guardas voltando para a cidade.

— Eles não vão partir hoje — falei.

— Amanhã, então? — perguntou Swithun.

— Provavelmente — respondi, e soube que era tarde demais.

Mesmo que o destino estivesse comigo e eu encontrasse um barco que me levasse para o norte ao amanhecer, jamais chegaria a Grimesbi a tempo. A frota de Æthelhelm passaria pela foz do Humbre e chegaria a Bebbanburg muito antes que eu pudesse reunir meus homens, tripular as embarcações e zarpar em perseguição.

Senti a tristeza do fracasso e instintivamente procurei o martelo. Em vez disso, me peguei apertando uma cruz. Xinguei o destino. Eu precisava de um milagre.

Eu não sabia o que fazer, por isso não fiz nada.

Ficamos na cabana. A agitação havia morrido muito tempo antes. Duvido que Æthelhelm tivesse acreditado mesmo que eu estava em Dumnoc, mas a suspeita de Ieremias o havia obrigado a fazer uma busca que não havia rendido frutos, mas sem dúvida tinha permitido que seus homens saqueassem as casas revistadas. Enquanto isso Swithun me contou sobre sua prostituta faladeira.

— Ela disse que tem quase quatrocentos guerreiros na cidade, senhor.

— Como ela sabe disso?

— Um deles falou para ela — respondeu, como se isso fosse óbvio. Suponho que era.

— O que mais?

— Os cavalos deles foram levados de volta para Wiltunscir, senhor.

Essa era uma informação útil, além de fazer sentido. Se quisesse levar todos os cavalos para Bebbanburg, Æthelhelm precisaria de pelo menos mais seis ou sete barcos e de tempo para fazer baias neles. E não havia necessidade de cavalos em Bebbanburg. Bastava desembarcar as tropas, levá-las pelo Portão do Mar e depois alardear sua presença expondo seu estandarte na muralha da fortaleza. Constantin já estava relutante em perder homens atacando as fortificações. Saber que a guarnição do meu primo tinha sido reforçada com comida e novos guerreiros certamente iria convencê-lo a abandonar o cerco.

E eu não podia fazer nada para impedir Æthelhelm.

Eu me lembro do conselho que meu pai resmungou. Meu irmão ainda era vivo e estávamos tendo uma rara refeição com apenas nós três à mesa alta do salão. Meu pai nunca havia gostado muito de mim, mas, de qualquer forma, ele gostava de pouquíssimas pessoas, e tinha dado o conselho para o meu irmão, ignorando-me.

— Você terá de fazer escolhas, e, de vez em quando, vai fazer escolhas erradas. Todos nós fazemos.

Ele havia franzido a testa para a penumbra do salão onde um harpista dedilhava as cordas do instrumento.

— Para com isso — tinha gritado.

O harpista havia parado de tocar. Um cão tinha ganido embaixo da mesa e tivera a sorte de evitar um chute.

— Mas é melhor fazer a escolha errada do que não escolher — tinha completado meu pai.

— Sim, pai — respondera meu irmão obedientemente.

Algumas semanas depois ele havia feito uma escolha, e teria sido melhor se não tivesse feito nenhuma, porque acabou sendo decapitado, transformando-me no herdeiro de Bebbanburg. Em Dumnoc, eu me lembrei do conselho do meu pai e imaginei que escolhas eu tinha. Nenhuma, pelo que podia ver. Suspeitei que a frota de Æthelhelm partiria no dia seguinte. Depois disso eu precisaria voltar a Grimesbi e esperar a notícia de que meu primo tinha arranjado uma noiva e estava mais forte que nunca.

Por isso eu precisava de um milagre.

Swithun, Oswi e Cerdic dormiam. Sempre que um deles roncava, eu o acordava com um chute, embora não houvesse guardas por perto. Pus um fardo de pano por cima do piche pegajoso e abri a porta da cabana para olhar a escuridão. Por que Ieremias tinha partido? Obviamente ele estava aliado a Æthelhelm, então por que não ir com ele para Bebbanburg? A pergunta me incomodava, mas eu não conseguia encontrar a resposta.

Eu me sentei à porta da cabana e ouvi o som do vento, o estalar dos cordames, a água batendo nos cascos e os barcos rangendo enquanto se moviam ao vento. Era possível ver a luz fraca de velas em alguns barcos. Eu não podia ficar na cabana. Quando amanhecesse, o porto ficaria movimentado. Homens embarcariam e mais carga seria colocada nos barcos. Precisávamos ir embora, mas o desespero me deixava indeciso. Por fim, pensei em Renwald. Sem dúvida ele deixaria Dumnoc com a maré e partiria em direção a Lundene, mas talvez ouro pudesse convencê-lo a ir para o Humbre em vez disso, para o norte. Então eu iria para casa em Dunholm, parando de fingir que tinha abandonado o lugar e o meu sonho de recuperar Bebbanburg.

Dois homens vinham pelo cais. Fiquei sentado, imóvel, e nenhum deles olhou na minha direção. Um peidou e os dois riram. Dava para ouvir o canto dos pássaros, por isso concluí que não demoraria a amanhecer. Pouco depois vi o primeiro gume de luz cinzenta como uma espada no céu ao leste. Eu precisava me mexer. Se ficássemos na cabana, seríamos descobertos. Os primeiros homens já tinham chegado ao cais, e logo viriam outros.

Porém, outra coisa veio primeiro.

O milagre.

O milagre chegou ao alvorecer.

Veio do mar frio e cinzento.

Cinco embarcações, com suas formas ameaçadoras-escuras contra o alvorecer.

Vinham com a maré montante, as fileiras de remos subindo e descendo como asas, as velas enroladas no topo dos mastros.

Vinham com cabeças de dragão, proas de animais, e o primeiro vislumbre da glória do alvorecer reluziu em elmos, pontas de lanças e machados.

Vinham depressa e vinham com chamas. Fogo e barcos não são uma boa combinação. Tenho mais medo do fogo no mar do que da raiva tempestuosa de Ran, a deusa do mar, mas aquelas embarcações ousavam carregar tochas acesas que cintilavam com suas chamas e deixavam um rastro de fumaça acima das esteiras que deixavam na água.

O quinto barco, o último da fila, não tinha cabeça de fera. Em vez disso, a proa alta era encimada por uma cruz. Por um momento pensei que fosse o *Guds Moder*, a embarcação de Ieremias, mas então vi que ela era mais longa e mais pesada, e que seu mastro era mais inclinado. Enquanto observava, vi as chamas irromperem na proa conforme os homens acendiam tochas.

— Acordem! — berrei para os meus homens. — E venham! Rápido!

Eu tinha instantes, apenas alguns instantes. Talvez não tivesse tempo suficiente, mas agora não havia opção além de escapar, por isso levei meus três homens pelo cais até o píer oeste. Os poucos homens que já estavam no cais nos ignoraram, olhando para a frota que se aproximava. A sentinela na torre de vigia devia estar dormindo quando as embarcações surgiram no horizonte, mas agora estava acordada — tinha visto os cinco barcos e começou a bater num sino. Era tarde demais. O objetivo da torre era avistar os barcos ainda no mar, e não agora, quando estavam a poucos metros de distribuir fogo, destruição e morte em Dumnoc.

Pulei na embarcação vazia, atravessei o convés e saltei no *Rensnægl*.

— Acorde! — gritei com Renwald, que já estava acordado, mas confuso. Ele e sua tripulação dormiram na popa do *Rensnægl*, sob o toldo de pano de lona. Ele ficou parado, olhando para nós quatro. — Você precisa zarpar! — vociferei para ele.

— Santo Deus! — exclamou ele, olhando para além de mim, para a outra ponta do píer, onde um dos cinco barcos tinha abalroado uma embarcação atracada, despedaçando as tábuas.

As primeiras tochas acesas foram atiradas. Duas das embarcações que chegaram remaram para o centro do porto, para o amplo espaço entre os dois píeres. Cada uma foi para um lado, abalroando os barcos atracados no ponto onde o píer se juntava ao cais. Vi homens de cota de malha, armados com lanças e escudos, descendo a terra para formar uma parede de escudos no começo de cada um dos píeres, impedindo o acesso a eles. Cães uivavam na cidade, o sino da igreja começou a tocar e a sentinela na torre de vigia continuava a dar seu alarme.

— Em nome de Deus, o que está acontecendo? — perguntou Renwald.

— Ele se chama Einar, o Branco — falei —, e veio queimar a frota de Æthelhelm.

— Einar? — Renwald pareceu atônito.

— É um norueguês, pago pelo rei Constantin da Escócia.

Eu não tinha certeza disso, mas Eduardo de Wessex havia me dito que Einar mudara de lado, seduzido pelo ouro escocês, e eu não conseguia pensar em outra pessoa que pudesse ter vindo a Dumnoc destruir a frota reunida para libertar Bebbanburg.

— Agora zarpe! — ordenei a Renwald.

Ele se virou para olhar para os noruegueses que formaram uma parede de escudos atravessando o píer. Devia haver uns trinta homens naquela formação, mais que o suficiente para defender o pequeno gargalo. O dia ficava mais claro, e a luz do sol deixava o mundo preto e cinza.

— Me dê sua espada! — gritei para Renwald.

— Não podemos lutar contra eles! — exclamou ele, consternado.

Eu queria a espada para cortar os cabos de atracação. Os homens de Einar já estavam fazendo isso por nós. Um grupo corria pelo píer, cortando ou jogando longe os cabos de atracação dos barcos menores. Queriam provocar o caos. Queimariam ou quebrariam as embarcações maiores destinadas a ajudar Bebbanburg mas também espalhariam a frota mercante e pesqueira de Dumnoc. Quando viam homens a bordo de um barco atracado ou carga empilhada num bojo, abordavam a embarcação à procura de algum saque, e eu queria cortar os cabos do *Rensnœgl* antes que eles nos vissem.

— Eu não quero lutar com eles — rosnei, então corri de volta para a popa, onde sabia que Renwald mantinha as armas. Eu me abaixei sob o toldo, empurrei dois de seus tripulantes para o lado e peguei uma espada longa, arrancando-a da bainha de couro.

— Senhor! — gritou Swithun.

Eu me virei e vi que dois noruegueses já haviam percebido que o *Rensnœgl* tinha tripulantes e conseguiam ver a carga no bojo. Deviam ter farejado um saque, porque pularam no barco ao lado e já iam saltar no nosso.

— Não! — Renwald tentou ficar no meu caminho.

Empurrei-o com força, fazendo-o tropeçar e cair em cima da carga, depois me virei quando um guerreiro de cota de malha pulou no nosso convés. Ele não portava escudo, só uma espada desembainhada. Seu rosto barbudo era emoldurado por um elmo com placas faciais sobre as bochechas, só permitindo ver seus olhos, arregalados e ansiosos. Achou que éramos uma presa fácil. Ele viu a espada na minha mão, mas pensou que eu era algum velho marinheiro saxão que não era páreo para um guerreiro norueguês. Por isso simplesmente estocou com a espada, pensando em enfiar a arma na minha barriga para então abrir um corte lateral, derramando minhas tripas no convés do *Rensnœgl*.

Foi fácil aparar o golpe. A espada de Renwald era velha, estava enferrujada e provavelmente cega, mas era pesada, e meu movimento afastou a lâmina do norueguês para a minha esquerda. Antes que ele pudesse se recuperar, bati em seu rosto com o pomo da empunhadura. Acertei a borda do elmo, mas com força suficiente para fazê-lo cambalear. O sujeito ainda estava tentando recuperar a postura para me enfrentar quando enfiei a espada de Renwald nas suas tripas. A lâmina estava cega, mas mesmo assim a ponta perfurou a cota de malha, rasgou o gibão de couro que ele usava por baixo e penetrou em sua bexiga. O norueguês deu um grito estrangulado e se jogou em cima de mim, tentando arranhar meu rosto e arrancar meus olhos com a mão livre, mas agarrei sua barba e o puxei com força, usando seu próprio impulso contra ele. Fiquei de lado, continuei puxando e o norueguês passou por mim tropeçando, então aproveitei o movimento para arrancar a espada da sua barriga. Suas pernas foram de encontro à tábua de cima do costado do *Rensnægl* e ele caiu. Ouviu-se o som de algo se espatifando na água e um grito, então ele desapareceu, afundando por causa da cota de malha.

O segundo homem tinha se contentado em ver seu companheiro trucidando uma tripulação de saxões miseráveis, mas a morte do colega foi tão rápida que ele não teve chance de ajudar. Agora queria vingança, porém não pensou em atacar Swithun, Oswi ou Cerdic, que estavam desarmados na proa do *Rensnægl*. Em vez disso, pulou, rosnando, na pilha de carga e me encarou. Viu um homem maltrapilho e grisalho com uma espada velha e enferrujada e isso deve tê-lo feito pensar que eu só tinha dado sorte de sobreviver ao primeiro ataque. E pulou de novo, dessa vez tentando cortar minha cabeça com sua espada. Ele era jovem, estava furioso, tinha cabelos claros e desenhos de corvos nas bochechas. Além disso, era idiota, um jovem idiota de cabeça quente. Éramos dez a bordo do *Rensnægl* e ele tinha me visto matar seu companheiro com a habilidade de um guerreiro treinado. Entretanto, tudo que via era uma tripulação saxã, enquanto ele era um guerreiro norueguês, um lobo do norte, e iria nos ensinar como os noruegueses tratavam saxões despudorados. Brandiu a espada vindo na minha direção. O movimento foi amplo, selvagem, um golpe mortal que deveria ter atravessado meu pescoço, mas também foi tão óbvio quanto a estocada do primeiro. Eu o vi chegando com o canto do olho enquanto me virava para ele, então senti o júbilo da batalha fluindo pelo meu corpo, a certeza de que o inimigo tinha cometido um erro e que por isso outro homem corajoso estava prestes a se juntar aos bancos que eu havia apinhado no salão do Valhala. O tempo pareceu ficar lento enquanto a espada vinha na minha direção. Vi o jovem fazer uma careta com o empenho de colocar toda a sua força naquela lâmina, e então simplesmente me abaixei.

Eu me abaixei, a espada passou feito um chicote acima da minha cabeça, então me levantei de novo com a lâmina enferrujada apontando para o céu. O norueguês, ainda avançando, empalou-se na velha espada de Renwald. A ponta se cravou em seu queixo, atravessou a boca, subiu por trás do nariz, penetrou no cérebro e em seguida surgiu no topo do crânio. Ele pareceu subitamente congelado, com a cabeça perfurada. Sua mão perdeu a força de repente e a espada retiniu ao cair no convés do *Rensnægl*. Soltei minha arma, afastei-o de mim, e peguei sua espada, com um fio de corte decente. Cortei o cabo de atracação da popa com três golpes, depois joguei a lâmina afiada para Cerdic.

— Corte o cabo da proa! — gritei. — Depois a regeira! Rápido!

Cerdic pegou a espada e usou sua enorme força para cortar os dois cabos com dois golpes, livrando o *Rensnægl*. A maré nos afastou imediatamente do píer. Um terceiro norueguês tinha visto o que havia acontecido, notou um dos seus colegas caído em cima da carga, o corpo sofrendo espasmos e a espada ainda cravada no crânio. O sujeito pulou no barco ao qual o *Rensnægl* estava amarrado antes e deu um grito furioso, mas a maré vazante era forte e já estávamos fora de alcance.

Também corríamos o risco de encalhar. Swithun tinha visto que o norueguês agonizante usava uma bela bainha com placas de prata e tentava desafivelar o cinto.

— Deixe! — vociferei. — Pegue um remo! Cerdic, um remo! Depressa!

Cerdic, geralmente tão vagaroso, foi rápido ao pegar um remo e o usou para empurrar o *Rensnægl* para longe do banco de lama lustrosa que surgia à nossa esquerda. Tirei a espada enferrujada da cabeça do guerreiro agonizante e a usei para cortar os cabos que seguravam o toldo suspenso sobre a popa do navio que obstruía a plataforma do timoneiro.

— Pegue uma esparrela! — gritei para Renwald. — E ponha seus homens nos remos! E solte a vela!

Coloquei a espada enferrujada na mão do agonizante. Emitia sons como se sufocasse, seus olhos se voltavam rapidamente para a esquerda e para a direita, mas ele parecia incapaz de mover braços ou pernas. Peguei a espada do sujeito na proa do *Rensnægl*, certifiquei-me de que o pobre rapaz ainda estava com a arma de Renwald na mão e acabei com seu sofrimento. O sangue surgiu e se derramou sobre a carga de peles. Nesse momento, um clarão irrompeu à minha direita. Um dos barcos de Æthelhelm tinha pegado fogo e as chamas saltaram pelos ovéns cobertos de alcatrão e se espalharam pela verga. A tripulação de Renwald, que tinha parecido atônita demais para se mover quando os noruegueses nos atacaram, corria para enfiar os remos nos buracos das tábuas laterais do *Rensnægl*.

— Remem! — gritou Renwald.

Ele podia ter ficado confuso por causa do pânico e do massacre do amanhecer, mas era um marinheiro experiente o bastante para captar o risco de encalhar. Larguei a espada e soltei a adriça presa à base do mastro, depois baixei a verga até estar logo acima do convés, onde Orsi, de pé em cima da barriga do morto, usou uma faca para cortar as cordas que mantinham presa a vela dobrada. A lona marrom-escura baixou e eu puxei a verga de volta para cima enquanto um dos tripulantes de Renwald pegava a ponta de estibordo e a retesava. Outro homem retesou a ponta de bombordo, então senti o barco se firmar. O vento vinha das nossas costas, do sudoeste, mas a maré corria forte contra nós, por isso precisamos dos remos e da vela para avançar. Renwald tinha conseguido posicionar a esparrela no lugar e puxou seu cabo, fazendo o *Rensnægl* se virar lentamente, e lentamente a embarcação ganhou rumo, e lentamente ela se afastou da lama lustrosa, em direção ao centro do rio.

E no porto de Dumnoc ocorria um massacre.

NOVE

O RENSNÆGL FEZ JUS ao nome se arrastando com uma lentidão dolorosa pelo rio, a proa rombuda se chocando irritada na maré montante. Essa maré terminaria logo e a água ficaria parada, então a correnteza do rio ajudaria a nos levar para o mar. Porém, até esse momento chegar, mesmo o menor progresso era um trabalho árduo. Em terra havia um massacre e nos dois píeres embarcações estavam em chamas. Os cabos de algumas delas tinham sido cortados e agora essas embarcações subiam o rio à deriva. O sol estava acima do horizonte, o que permitia ver homens formando uma parede de escudos no espaço aberto em frente à taverna do Ganso. Logo eles atacariam as paredes de escudos norueguesas, que eram menores e impediam o acesso aos píeres, mas já era tarde demais para salvar a maior parte dos barcos. Alguns poucos atracados no cais construído ao longo da margem do rio foram poupados, entre eles a embarcação de Æthelhelm, o *Ælfswon*. Eu via homens apinhados dentro dele, alguns segurando remos longos, prontos para afastar qualquer embarcação em chamas que ameaçasse se aproximar do flanco do barco branco.

— Seria melhor seguirmos rio acima — gritou Renwald para mim. — Estaríamos mais longe daqueles filhos da mãe.

Ele queria dizer que, aproveitando a maré para o interior e indo até a parte mais rasa do rio, não poderíamos ser perseguidos pelas embarcações que atacavam, pois todas tinham o dobro do calado do *Rensnægl*. Ele estava certo, é claro, mas fiz que não com a cabeça.

— Vamos para o mar — avisei. — E então você vai nos levar para o norte, até Grimesbi.

— Vamos para Lundene — retrucou Renwald.

Peguei a espada boa do jovem norueguês e voltei a ponta avermelhada para Renwald.

— Você vai nos levar para Grimesbi — falei, vagarosa e claramente.

Renwald me encarou. Até agora havia pensado que eu era um velho decrépito que tinha ido para a Ânglia Oriental em busca de terras da família. No entanto, eu não estava mais encurvado, mas mantinha uma postura ereta; falava com severidade, e não murmurando; e ele tinha acabado de me ver matar dois homens no tempo que demoraria para estripar uma lebre.

— Quem é você?

— Meu nome é Uhtred de Bebbanburg.

Por um momento, Renwald pareceu incapaz de falar, depois olhou para os tripulantes, que tinham parado de remar e olhavam para mim boquiabertos.

— Rapazes — disse ele, depois precisou pigarrear para continuar a falar —, vamos para Grimesbi. Agora remem!

— Você será pago — prometi. — E generosamente. Para começo de conversa, pode ficar com esta espada. — Limpei a lâmina da espada na carga de peles e depois a enfiei embaixo da plataforma do timoneiro.

O *Rensnægl* tinha conseguido atravessar o rio até a margem norte, onde a correnteza da maré era mais fraca, entretanto, mesmo assim, o progresso daquela embarcação pesada era digno de pena, apesar dos seis remos e da grande vela. Estávamos nos arrastando para o mar, e na outra margem Einar, o Branco, demonstrava por que também era chamado de Azarado.

Devia ter parecido uma boa ideia colocar homens em terra para impedir a passagem para os dois píeres enquanto o restante da sua força destruía a frota de Æthelhelm, porém as duas paredes de escudos com um contingente tão baixo sofriam um ataque violento dos furiosos saxões ocidentais, que se lançaram dos becos e das ruas de Dumnoc para formar suas próprias paredes de escudos. Imaginei que os noruegueses estivessem cansados. Eles chegaram ao alvorecer e deviam estar exaustos depois de uma noite remando contra o vento. A parede de escudos do leste parecia estar se sustentando, mas vi quando a outra cedeu e os sobreviventes fugiram por cima dos barcos atracados para retornar à segurança do barco de Einar mais próximo. No entanto, esse barco já não era seguro. A maré o impedia de se afastar do píer. Saxões furiosos seguiram os fugitivos e pularam na proa da embarcação imóvel. Vi espadas sendo brandidas, homens saltando na água rasa, homens morrendo. Aquele barco estava perdido.

Entretanto, boa parte da frota de Æthelhelm também estava. Na ponta dos píeres a fumaça se adensava, escurecendo o céu matinal, enquanto os barcos pegavam fogo. Algumas embarcações mercantes menores tinham sido ocupadas por nórdicos e velejavam para longe do tumulto, seguindo-nos rio abaixo, enquanto atrás delas três barcos de guerra de Æthelhelm estavam em chamas. Sua própria embarcação, o *Ælfswon*, parecia ter sobrevivido, assim como dois outros grandes barcos de guerra de Wessex que compartilhavam o longo cais, mas grande parte da frota estava pegando fogo, afundando ou tinha sido capturada. A tripulação da maior embarcação de Einar, de casco escuro com a cruz na proa, ainda atirava tochas acesas nos barcos menores de Æthelhelm, mas começou a se afastar enquanto a parede de escudos sobrevivente recuava. Outro barco de Einar se aproximou do píer leste e vi noruegueses pulando a bordo. Então o barco recuou, afastando os homens da vingança saxã. A embarcação com a cruz na proa foi a última a deixar para trás o caos do fogo, e, quando saiu de uma nuvem de fumaça agitada, vi uma bandeira se desenrolar na ponta do mastro. Por um momento ela pareceu relutante em tremular, mas então encontrou o vento e se estendeu, exibindo uma mão vermelha segurando uma cruz.

— De quem é aquele símbolo? — perguntei.

— É um barco escocês — respondeu Renwald. — E aquela é a bandeira de Domnall.

— O homem de Constantin?

— E é um homem feliz — completou Renwald, olhando para o caos de embarcações quebradas e cascos em chamas.

Cinco barcos vieram a Dumnoc ao alvorecer, mas apenas quatro partiram, acompanhados por doze embarcações de carga capturadas. Se Einar sobreviveu, ele deve ter presumido que o *Rensnœgl* era uma das embarcações capturadas porque, conforme os barcos maiores nos ultrapassavam na foz do rio, ninguém fez nenhuma menção a nos impedir. Em vez disso, um homem acenou da plataforma do timoneiro do barco escuro de Domnall e nós retribuímos a saudação. Logo, a proa do *Rensnægl* encontrou as ondas maiores do mar aberto, nós puxamos os remos para dentro e deixamos a grande vela nos carregar para o norte ao longo da costa.

— Ele se chama *Trianaid* — disse Renwald, indicando a embarcação escocesa com a cabeça.

— *Trianaid*? — questionei.

— Significa Trindade — respondeu ele. — Geralmente eu o vejo no Forth. Nunca o tinha visto tão ao sul assim.

— Achei que todos os barcos de Constantin estavam lutando contra os nórdicos nas ilhas.

— A maioria está, mas ele mantém o *Trianaid* mais perto de casa.

— Agora ele o mantém em Bebbanburg — falei com amargura.

— É mesmo, senhor.

Meu único consolo era saber que o *Trianaid*, assim como a frota de Einar, devia estar passando por um tempo conturbado em Bebbanburg. Eles não podiam usar o porto do forte, aonde só se podia chegar através do canal estreito que corria diretamente abaixo da muralha norte e passava pelo Portão do Mar, que era muito bem guarnecido. Qualquer embarcação que usasse o canal seria alvejada por lanças e pedras, o que significava que os barcos de Einar deviam se abrigar no ancoradouro mais raso entre Lindisfarena e a terra firme. Era um refúgio difícil e apertado, e num vendaval ficava tremendamente perigoso. Quando eu era criança, um mercador escocês havia se refugiado lá durante uma tempestade, que acabou piorando durante a noite. Ao acordarmos, havíamos descoberto que o barco tinha sido levado para a terra. Eu me lembro da satisfação do meu pai ao perceber que a embarcação e sua carga eram agora propriedade sua. Ele tinha me deixado acompanhar os guerreiros que galoparam pelas areias na maré baixa para cercar a embarcação encalhada. Os cinco tripulantes se renderam imediatamente, é claro, porém meu irmão mais velho havia ordenado que fossem mortos mesmo assim.

— Eles são escoceses! — dissera ele. — São insetos! E você sabe o que fazemos com os insetos.

— Eles são cristãos! — eu havia protestado. Naquela época, quando tinha uns 7 ou 8 anos, eu ainda tentava ser um bom cristãozinho e com isso evitar as surras débeis do padre Beocca.

— Eles são escoceses, seu idiota — tinha insistido meu irmão. — A gente se livra dos desgraçados! Quer matar um?

— Não!

— Você é um fracote patético — reagira ele com desprezo, depois havia desembainhado a espada para se livrar dos insetos.

No fim das contas, a embarcação encalhada não tinha nada mais valioso que peles de ovelha, uma das quais passaria a cobrir minha cama nos dois anos seguintes. Eu estava me lembrando dessa história quando Renwald entregou a esparrela a um tripulante e depois tirou a espada do jovem norueguês de baixo da plataforma da popa. Virou o punho, admirando o fio de prata entrelaçado na cruzeta.

— É uma arma valiosa, senhor.

— Provavelmente da Francia — falei. — E você vai descobrir que ela é mais útil do que aquele pedaço de ferro enferrujado que você chama de espada.

Renwald sorriu.

— Posso ficar com ela?

— Fique, venda, faça o que quiser. Mas mantenha a lâmina oleada. É uma pena deixar uma espada boa enferrujar.

Ele a enfiou de volta no espaço estreito.

— Então o senhor vai para Bebbanburg?

Meneei a cabeça.

— Nós vamos para a Frísia.

— E por isso foi primeiro a Dumnoc? — perguntou ele, astuto.

— Eu tinha negócios em Dumnoc — retruquei rispidamente. — E agora vamos partir para a Frísia.

— Sim, senhor — disse ele, obviamente sem acreditar.

Avançamos com o vento ao nosso favor, embora, na verdade, o *Rensnægl* parecesse não avançar nunca. O barco se arrastava, pesado, enquanto a frota de Einar se afastava à nossa frente. Observei seus barcos velejando por um mar cintilante iluminado por um sol que reluzia entre nuvens esgarçadas que se espalhavam a norte e a leste. Tentei instintivamente tocar meu martelo como agradecimento a Tor pelo milagre e meus dedos encontraram a cruz, o que me fez pensar se aquele símbolo teria me trazido sorte. Esse era um dos argumentos mais fortes do cristianismo: o destino sorria para os cristãos. Um rei cristão, como argumentavam seus feiticeiros, vencia mais batalhas, recebia arrendamentos mais caros e gerava mais filhos que um senhor pagão. Eu esperava que isso não fosse verdade, mas nesse momento cuidei de murmurar uma prece de agradecimento ao deus cristão que tinha arranjado para o destino sorrir para mim nas últimas horas.

— Æthelhelm não vai zarpar hoje — comentei.

— Ele vai precisar de mais que um dia ou dois para se recuperar da surpresa matinal — concordou Renwald. — Ele perdeu umas boas embarcações.

— Ele não vai ficar feliz — declarei, animado.

Meu milagre tinha acontecido. Einar havia me dado aquilo de que eu tanto precisava: tempo. Æthelhelm tinha planejado levar comida e reforços para Bebbanburg, mas agora a maior parte da comida e muitos de seus barcos estavam destruídos.

Então o destino me sorriu de novo.

Logo ao norte de Dumnoc, o rio Wavenhe chega ao mar. Algumas famílias de pescadores viviam na foz do rio em choupanas feitas da madeira que era levada pelo curso de água, uma região marcada por um trecho amplo de ondas agitadas, o que sugeria a um marinheiro que, ainda que a ancoragem além dessa área fosse convidativa, era perigoso ir até lá. Mais para o interior, reluzente sob o sol, havia um grande lago, e atrás dele, eu sabia, uma confusão de lagos, rios, riachos, bancos de areia, juncos e pântanos que eram lar de pássaros, enguias, peixes, rãs e pessoas cobertas de lama. Eu nunca havia navegado para dentro do Wavenhe, mas tinha ouvido falar de comandantes que se arriscaram pelos baixios da entrada e sobreviveram. Mas agora, enquanto a frota de Einar chegava à altura da foz do rio, uma embarcação saiu do ancoradouro.

Eu tinha ouvido falar que Ieremias, o bispo louco, era um excelente marinheiro. Devia ser mesmo, porque ele havia saído de Dumnoc no fim da tarde e com certeza tinha entrado no Wavenhe enquanto a noite ainda caía. E agora o *Guds Moder* saía do rio, navegando pelos baixios com enorme confiança. A vela, enfunando-se para longe de nós, era adornada com uma cruz. A embarcação veio rápido, deslizando para o mar aberto com os cordames esgarçados se agitando ao vento. Tive um vislumbre dos cabelos brancos de Ieremias balançando a esse mesmo vento. Ele era o timoneiro.

Eu havia me perguntado por que Ieremias tinha deixado Dumnoc cedo em vez de esperar a frota de Æthelhelm, e agora descobria a resposta. Eu tinha presumido que ele era aliado de Æthelhelm, uma suposição natural depois de ver a recepção calorosa que recebera do ealdorman. Também tinha ouvido Ieremias alardear o presente de Æthelhelm, a cinta manchada que supostamente havia pertencido à mãe de Cristo e que mais provavelmente era um pedaço de pano sujo rasgado da túnica de alguma escrava de cozinha. Uma aliança entre Æthelhelm e Ieremias fazia sentido — o bispo podia ser louco, mas ainda possuía um ancoradouro e um forte na foz do rio Tinan. Enquanto Constantin reivindicava as terras de Bebbanburg, Ieremias era dono da fortaleza mais ao norte da Nortúmbria. Além disso, tinha barcos e homens, e, o melhor de tudo, conhecia o litoral da Nortúmbria melhor que qualquer homem vivo. Eu duvidava que os comandantes das embarcações de Wessex soubessem onde ficavam os baixios e as pedras ocultas, mas Ieremias sabia. Por isso, se Æthelhelm planejava viajar até a fortaleza, seria bom ter Ieremias como guia. Eu não havia questionado minha suposição de que ele era aliado de Æthelhelm até agora, quando vi seu barco de casco escuro sair do rio Wavenhe para se juntar à frota de Einar. Vi quando ele acenou para o *Trianaid*, depois o *Guds Moder* virou para o norte, velejando na companhia dos inimigos de Æthelhelm.

— Ieremias foi fazer o reconhecimento de Dumnoc para eles — falei.

— Eu achava que ele era aliado do senhor Æthelhelm. — Renwald estava tão surpreso quanto eu.

— Eu também — admiti. E agora parecia que Ieremias era aliado dos escoceses.

Olhei para o seu barco e refleti que não importava de quem ele era aliado. Certamente era meu inimigo.

Os escoceses eram meus inimigos.

Os saxões ocidentais eram meus inimigos.

Ieremias era meu inimigo.

Einar, o Branco, era meu inimigo.

Portanto, era melhor que o destino fosse meu amigo.

Continuamos indo para o norte.

Grimesbi era menor que Dumnoc, mas tinha as mesmas casas castigadas pelo tempo, os mesmos cheiros aconchegantes de sal, fogo de lenha e peixes e o mesmo povo endurecido pelo mar lutando para ganhar a vida nas ondas longas e geladas. Havia cais, píeres e um ancoradouro raso, e atrás do fosso da cidade ficava um pântano desolado. Mas Grimesbi era nortumbriana, o que, naquele ano, significava que o reeve era dinamarquês; um homem de rosto severo e punho forte chamado Erik, que me tratou com civilidade, mas com cautela.

— Então o senhor vai partir? — perguntou.

— Para a Frísia.

— Foi o que ouvi dizer — observou ele, depois parou para tirar alguma coisa de dentro do nariz largo. Deu um peteleco, jogando o que quer que havia encontrado no chão da taverna. — Eu deveria cobrar uma taxa sobre tudo que o senhor tirasse do porto — continuou. — Cavalos, bens domésticos, bens de comércio, tudo, a não ser suas vitualhas e seu povo.

— E você paga essa taxa ao rei Sigtryggr?

— Pago — respondeu Erik cautelosamente, porque ele sabia que eu sabia que ele só repassava uma parte do dinheiro devido ao rei. E, provavelmente, apenas uma parte ridiculamente pequena. — Eu pago isso e as taxas de atracação a Jorvik.

— É claro que paga — falei, e pus uma moeda de ouro na mesa. — Eu acho que Sigtryggr me perdoaria se eu não pagasse, não é?

Seus olhos se arregalaram. Na última vez em que eu havia parado em Grimesbi, a taxa de atracação era um centavo por dia, e a moeda na mesa pagaria para uma frota passar um ano inteiro.

— Eu acho que ele iria perdoá-lo, senhor — disse Erik. A moeda sumiu.

Pus uma moeda de prata onde a de ouro havia estado.

— Vou levar três dos meus barcos para o mar — avisei —, e vou ficar quinze dias fora, talvez mais. Mas não vou levar as mulheres nem as crianças. Elas vão ficar aqui.

— Mulheres dão azar no mar, senhor — comentou ele, olhando para a moeda e esperando para descobrir o que ela compraria.

— As mulheres precisam ser protegidas. Eu poderia deixar guerreiros aqui, mas preciso de todos os meus homens. Vamos para a Frísia tomar terras. — Erik assentiu para mostrar que acreditava, e talvez acreditasse, ou talvez não. — Não preciso de mulheres e crianças a bordo — continuei. — Principalmente se for lutar contra algum senhor frísio por um pedaço de terra defensável.

— É claro que não, senhor.

— Mas as mulheres precisam ficar em segurança — insisti.

— Tenho alguns homens bons para manter a ordem.

— Então, quando eu voltar ou quando mandar buscar as famílias, elas vão estar todas em segurança e sem terem sido molestadas?

— Eu juro, senhor.

— Sigtryggr vai enviar homens para protegê-las. — Eu tinha mandado uma mensagem a Sigtryggr e estava certo de que ele mandaria alguns guerreiros. — Mas esses homens só vão chegar dentro de um ou dois dias.

Erik estendeu a mão para a moeda, mas eu a cobri com a minha.

— Se minhas mulheres forem molestadas, nós voltaremos aqui.

— Eu prometo que elas estarão em segurança, senhor — declarou ele.

Em seguida, afastei a mão e a segunda moeda sumiu. Cada um de nós cuspiu na palma da mão e nos cumprimentamos selando o acordo.

Meu filho tinha trazido seis embarcações para Grimesbi, que agora estava apinhada com o meu povo. As mulheres, as crianças e a carga pesada viajaram rio abaixo nos barcos e meus homens vieram de Eoferwic a cavalo. Todas as estalagens da cidade estavam cheias e algumas famílias moravam a bordo das três embarcações de guerra atracadas no cais mais longo da cidade. Ali perto, num píer, havia três grandes barcos mercantes que meu filho tinha comprado.

— Não há espaço suficiente para duzentos cavalos — avisou ele, soturno. — Teremos sorte se conseguirmos colocar sessenta. Mas eram os únicos à venda.

— Vão servir — falei.

Agora Berg estava equipando os três barcos para carregar cavalos.

O bispo louco

— Muita gente perguntou o motivo, senhor — disse ele —, e eu contei o que o senhor mandou dizer: que eu não sei. Mas todos parecem saber que vamos para a Frísia.

— Isso é bom. Isso é muito bom. E você não precisa mais guardar esse segredo.

Berg estava construindo baias no bojo dos barcos, precaução necessária para manter parados os cavalos temerosos enquanto estivessem no mar. E, como era ele quem estava no comando, o trabalho era bem-feito, por isso não tive coragem de lhe dizer que os barcos provavelmente jamais seriam necessários. Eram apenas parte do logro, uma tentativa de convencer as pessoas de que eu tinha mesmo abandonado qualquer pretensão de recuperar Bebbanburg e, em vez disso, planejava levar meu povo e seus animais para uma nova terra. Sem dúvida, pensei desanimado, eu poderia eventualmente vender os três barcos, mas era quase certeza de que por menos do que tinha pagado. Doze homens trabalhavam na embarcação mais próxima, com os martelos e as serras fazendo bastante barulho enquanto armavam as resistentes baias.

— Mas interrompa o trabalho agora e remova a cabeça da proa das três embarcações de guerra — mandei.

— Remover, senhor? — Berg pareceu surpreso. Dois dos barcos de guerra tinham belas cabeças de dragão recém-esculpidas. O terceiro, o maior, tinha uma magnífica cabeça de lobo. Berg as havia feito para me agradar, e agora eu exigia que ele as removesse das proas.

— Remova e coloque uma cruz cristã no lugar.

— Uma cruz! — Agora ele estava realmente surpreso.

— Das grandes. E as pessoas que estão vivendo nesses barcos precisam sair hoje. Elas podem acampar nos barcos mercantes. Vamos zarpar amanhã ao alvorecer.

— Amanhã — ecoou ele, empolgado.

— E uma última coisa. Os cavalos estão aqui?

— Todos em estábulos pela cidade, senhor.

— Você tem um animal cinzento, não é?

— Hræzla! É um bom cavalo!

— Corte os pelos do rabo dele e me traga.

Berg olhou para mim como se eu fosse louco.

— O senhor quer o rabo de Hræzla?

— Faça isso primeiro, depois as cruzes. Meu filho vai colocar as provisões nos barcos.

Uhtred já havia mandado homens trazerem suprimentos para o cais. Eu tinha dito que ele precisava comprar comida e cerveja para duas semanas; o bastante para alimentar cento e sessenta e nove homens.

Esse era o número que eu levaria para o norte. Cento e sessenta e nove guerreiros para lutar contra meu primo, contra as forças de Æthelhelm e contra o rei da Escócia. Eram bons homens, quase todos experientes. Apenas alguns jovens ainda não tinham feito parte de uma parede de escudos e aprendido o terror que é lutar contra um inimigo que está tão perto que dá para sentir seu bafo de cerveja.

Eu dei uma bela recompensa a Renwald. Como não estava com muitas moedas, lhe ofereci um dos meus braceletes, uma bela peça de prata com runas gravadas.

— Tomei este bracelete numa luta ao norte de Lundene. Esse é o nome do homem que matei. — Apontei para as runas. — Hagga. Ele não deveria ter morrido. Pelo menos não naquele dia.

— Não?

— Eles só estavam fazendo um reconhecimento. Eram seis, e nós éramos oito. Estávamos relutando. Hagga quis lutar.

Eu me lembrava de Hagga. Ele era jovem, montava um belo cavalo e usava um elmo magnífico que era grande demais para sua cabeça. O elmo tinha placas faciais e era adornado com a imagem gravada de um rosto rosnando. Acho que ele pensou que seríamos uma presa fácil porque nenhum de nós usava cota de malha e porque havia duas mulheres no grupo de caça. Por isso Hagga nos insultou e nos desafiou. Então, por fim, lhe demos a luta que ele queria, mas ela não durou muito. Eu acertei Bafo de Serpente com força em seu elmo, que, como era grande demais para sua cabeça, acabou se virando e atrapalhando sua visão. Hagga deu um grito patético enquanto morria.

Olhei para o *Rensnægl* atracado num dos píeres de Grimesbi.

— Compre uma embarcação mais rápida — falei.

Renwald fez que não com a cabeça.

— Esse barco me serve bem, senhor. É igual a mim: lento, mas seguro.

— Confiável — falei. — E, quando tudo isso acabar, pode contar comigo.

— Na Frísia, senhor? — perguntou ele, sorrindo.

— Na Frísia. — Retribuí o sorriso.

— O senhor irá com minhas orações.

— Por isso, e por tudo que você fez, obrigado — falei calorosamente.

Ao pôr do sol caminhei com Finan por uma trilha ao lado de uma vala de drenagem fora da cidade. Eu tinha contado a ele boa parte do que havia acontecido em Dumnoc, porém Finan estava ansioso para saber mais. Mas antes perguntei sobre Æthelstan e ele me garantiu que o jovem príncipe estava em segurança no salão de Sigtryggr.

— Ele queria vir conosco — comentou Finan.

— É claro que queria.

— Mas eu disse que era impossível. Meu Deus, dá para imaginar o problema que seria se ele morresse enquanto é mantido como refém? Deus nos livre!

— Ele sabe que não pode ir.

— Mesmo assim, queria.

— E queria ser morto? Então eu seria culpado por isso, a trégua acabaria e todos estaríamos enfiados em merda até o pescoço.

— Quer dizer que não estamos?

— Talvez até as axilas.

— Tão ruim assim, é? — Demos alguns passos em silêncio. — E então? O senhor Æthelhelm estava em Dumnoc?

— Distribuindo prata — falei, e depois contei mais a Finan. Terminei descrevendo como planejava capturar Bebbanburg.

Ele ouviu sem dizer nada até que eu finalizasse, depois perguntou:

— O rei Eduardo disse que havia quatrocentos escoceses em Bebbanburg?

— Comandados por um homem chamado Domnall.

— Dizem que ele é uma fera lutando.

— Você também é.

Finan sorriu com o comentário.

— Então são quatrocentos escoceses?

O portador do fogo

— Foi o que Eduardo disse. Mas isso pode incluir as guarnições que Constantin deixou nos fortes da muralha, por isso acho que ele tem pelo menos duzentos e cinquenta em Bebbanburg.

— E quantos homens o seu primo tem?

— Não sei direito, mas ele pode reunir pelo menos trezentos. Eduardo acha que ele tem duzentos no forte.

— E Einar?

— Perdeu um barco e homens em Dumnoc, mas ainda tem quatro tripulações.

— Digamos que mais cento e vinte?

— Pelo menos isso — falei.

— E Æthelhelm vai levar quantos?

— Se ele ao menos for, vai levar o máximo que puder. Trezentos? Talvez mais.

— Ieremias?

— Cinquenta, talvez sessenta. Mas ele não vai estar em Bebbanburg.

— Não? — Finan pareceu duvidar. Franziu a testa, depois pegou uma pedra e a fez quicar por cima de um lago com espuma verde na superfície. — Como o senhor sabe que Ieremias não está indo para Bebbanburg com Einar neste exato momento?

— Eu não sei.

— Então está só supondo.

— Ieremias está traindo todo mundo, por isso não quer que pareça que escolheu algum lado. Se ele for para Bebbanburg, terá de ancorar com as embarcações de Einar, e nesse caso meu primo vai saber que foi traído, ou no porto de Bebbanburg, o que levará Constantin a concluir o mesmo. Ieremias quer estar do lado vencedor, por isso está do lado de todo mundo. Ele pode ser louco, mas não é idiota. Vou lhe dizer: ele foi para Gyruum esperar para ver como as coisas se resolvem.

Finan assentiu, aceitando o argumento.

— Mas mesmo assim — disse —, se entrarmos, provavelmente vamos lutar contra trezentos homens?

— Mais próximo de duzentos.

— E lutando morro acima?

— Parte do tempo.

— E podemos ter mais quatrocentos ou quinhentos do lado de fora, tentando nos pegar pelas costas?

— Sim.

— Para não mencionar os desgraçados dos escoceses, que não estarão felizes.

— Eles nunca estão.

— Bom, isso é verdade. — Finan jogou outra pedra e a observou afundar na espuma escura do lago. — E Sigtryggr não vai ajudar o senhor?

— Ele vai me ajudar, mas não vai participar do ataque aos muros. Ele precisa de todos os seus homens para quando a trégua acabar.

Finan caminhou alguns passos até uma árvore morta que se erguia sinistra e preta à margem do lago. Não havia outras árvores por perto, e ela estava morta havia tanto tempo que o tronco tinha se rachado e a fenda estava repleta de cogumelos. Os únicos galhos que restavam eram dois cotocos grossos e meio caídos. Havia dezenas de trapos pregados ou amarrados nesses galhos tristes.

— Uma árvore de orações — comentou Finan. — Será que algum santo morou aqui?

— Um deus morou aqui.

Ele olhou para mim, achando divertido.

— Um deus? O senhor está dizendo que um deus optou por morar neste lugar desolado?

— Odin construiu um salão aqui.

— Jesus, o senhor tem deuses estranhos. Ou talvez seu colega Odin goste de pântanos, não é? — Finan tirou uma faca do cinto. — O senhor acha que os deuses ouvem as orações?

— Eu não ouviria se fosse um deus. Dá para imaginar? Todas aquelas mulheres se lamuriando, as crianças gemendo e os homens sofrendo?

— O senhor é um guerreiro extraordinário, mas sejamos gratos por não ser um deus. — Finan cortou uma tira de seu gibão, depois encontrou uma rachadura num galho e enfiou o pano nela. Eu o vi fechar os olhos e murmurar uma oração, mas não perguntei se rezava a Odin ou ao deus cristão.

— O negócio, senhor — disse ele, olhando para a tira de pano —, é que não consigo pensar num jeito melhor de capturar aquele lugar.

— Nem eu, a não ser levando mil homens. E não tenho recursos para isso. Estou ficando sem dinheiro.

Finan gargalhou.

— É, o senhor está desperdiçando o dinheiro como o bispo Wulfheard num bordel. — Ele levantou a mão e tocou o pedaço de pano. — Então vamos fazer isso, senhor. Vamos fazer.

Encontrei Eadith na pequena igreja de Grimesbi. A cidade podia ser dinamarquesa e boa parte dos habitantes podiam ser cristãos, mas ela dependia de barcos e marinheiros para prosperar, e nenhuma cidade portuária ficava rica afastando o comércio. Marinheiros cristãos conseguiam ver a cruz em cima da igreja a mais de um quilômetro de distância e por isso sabiam que seriam bem-vindos. Além disso, como jamais cansei de dizer aos meus seguidores cristãos, nós, pagãos, raramente perseguíamos os cristãos. Como acreditamos que existem muitos deuses, aceitamos a religião de outra pessoa como assunto dela, ao passo que os cristãos, que insistem perversamente que só existe um deus, acham que é seu dever matar, mutilar, escravizar ou vilipendiar qualquer um que discorde. Dizem que isso é para o nosso próprio bem.

Eadith não tinha ido à igreja para rezar, e sim para usar o piso que, sem nenhum móvel, era um espaço amplo e vazio em que ela havia aberto uma peça de linho. O pano era azul-claro.

— Lamento pela cor — disse. Eadith estava de quatro, engatinhando sobre o pano com outras duas mulheres. — Deve ter sido tingido com fsatis. Eu pedi uma cor mais escura, mas o único tecido escuro que eles tinham era lã.

— Lã seria pesado demais — falei.

— Mas este linho foi caro. — Ela pareceu preocupada.

— E o branco não vai se destacar bem nele — comentou Ethne, esposa de Finan.

— Então use preto.

— Não temos pano preto! — exclamou Eadith.

— Ele tem — falei, olhando para o padre que franzia a testa perto do altar.

— Tem? — perguntou Eadith.

— Ele está usando. Corte a batina dele!

— Senhor! Não! — O padre recuou para um canto. Era um homem pequeno, careca, de rosto fino e olhos ansiosos.

— Pinte — sugeriu Finan. — Use piche. — E indicou o padre com a cabeça. — Aquela batina miserável não daria para dois cervos, e o senhor precisa de um de cada lado. Deve ter piche suficiente no porto.

— Boa ideia! — disse o padre apressadamente. — Use piche!

— Não vai secar a tempo — observou Ethne. — Um lado pode até secar, mas precisamos virar o pano para pintar o outro.

— Carvão? — sugeriu o padre, nervoso.

— Piche — falei. — Só de um lado. Depois você costura na vela do *Hanna*. *Hanna* era um dos três barcos que Berg tinha comprado. O nome anterior era *São Cuthbert*, mas Berg, odiando o nome cristão, mudou para *Hanna*.

— Hanna? — eu tinha perguntado.

— Sim, senhor. — Ele tinha ficado vermelho.

— A filha de Olla?

— Sim, senhor.

— A garota que queria vender o irmão como escravo?

— Essa, senhor, sim.

Eu o havia encarado, fazendo o rubor aumentar.

— Você sabe que dá azar mudar o nome de um barco?

— Eu sei, senhor. Mas e se uma virgem mijar no bojo? Fica tudo certo, não é? Meu pai sempre dizia que, se a gente encontrar uma virgem e pedir para ela mijar no... — A voz de Berg tinha desaparecido e ele havia indicado o renomeado *Hanna*. — Aí fica bom, não é? Os deuses não vão se incomodar.

— Você encontrou uma virgem em Eoferwic? — eu tinha perguntado, atônito.

Ele enrubescera de novo.

— Encontrei sim, senhor.

— Hanna?

Berg havia me encarado com um olhar patético, temendo que eu desaprovasse.

— Ela é tão adorável, senhor — dissera ele bruscamente. — E talvez, quando isso acabar... — Berg estava nervoso demais para terminar a pergunta.

— Quando isso acabar e nós vencermos, você pode voltar a Eoferwic.

— E se não vencermos? — perguntara ele, nervoso.

— Se não vencermos, Berg, estaremos todos mortos.

— Ah! — Ele havia aberto um sorriso de orelha a orelha. — Então precisamos vencer, não é, senhor?

E, para vencer, precisávamos dos pelos do rabo do cavalo de Berg, de uma peça de linho azul-claro, de um pouco de piche e do favor dos deuses.

— Tem de bastar — falei a Eadith naquela noite.

Eu não estava conseguindo dormir, por isso fui até o porto e vi o reflexo da lua crescente estremecer no estuário depois do ancoradouro enquanto, no cais, minhas três embarcações de guerra tremiam ao vento da noite — *Hanna*, *Eadith* e *Stiorra*. Berg tinha dado nomes de mulheres aos barcos, escolhendo dois para mim e um para ele. Acho que, se eu tivesse escolhido os nomes, teria optado por Gisela, a mãe dos meus filhos, e Æthelflaed, que havia recebido meu juramento, que jamais violei. Mas as escolhas de Berg também eram boas. Sorri ao me lembrar do nervosismo de Berg e da ideia de uma menina de 12 ou 13 anos reduzir um guerreiro como ele a um sujeito inseguro. Quantos anos ele devia ter?, pensei. Dezoito? Dezenove? Berg tinha participado de paredes de escudos, havia enfrentado guerreiros com espadas e com lanças, tinha matado e conhecido o júbilo da batalha, mas um rosto bonito e um emaranhado de cabelos castanhos o deixaram tremendo como um garoto de 15 anos em sua primeira batalha.

— No que você está pensando? — perguntou Eadith quando se juntou a mim. Ela passou o braço pelo meu e apoiou a cabeça no meu ombro.

— No poder das mulheres.

Ela apertou meu braço, mas não disse nada.

Eu estava à procura de presságios e não encontrava nenhum. Nenhum pássaro voava, até os cães da cidade estavam silenciosos. Eu sabia que a responsável pela minha insônia era a ansiedade pela batalha, o medo de ter errado os meus cálculos.

— Já passa da meia-noite? — perguntei a Eadith.

— Não sei. Acho que não. Talvez.

— Eu deveria dormir.

— Vai partir ao amanhecer?

— Antes, se puder.

— E quanto tempo demora essa viagem?

Sorri.

— Se tiver bons ventos? Dois dias. Sem? Três.

— Então em dois ou três dias... — começou Eadith, e sua voz hesitou.

— Vamos travar a primeira batalha — terminei por ela.

— Meu Deus — disse Eadith, e acho que era uma oração. — E a segunda?

— Talvez dois dias depois.

— Você vai vencer. Você é Uhtred, sempre vence.

— Nós precisamos vencer.

Nenhum de nós falou durante um tempo, apenas ouvimos o estalar dos barcos, o sopro do vento e as pequenas ondas quebrando.

— Se eu não voltar — comecei, e ela tentou me silenciar. — Se eu não voltar — insisti —, leve nosso povo para Eoferwic. Sigtryggr vai cuidar de vocês.

— Ele não terá marchado para o norte?

— Já deve ter partido, mas, se eu não sobreviver, ele voltará logo para Eoferwic.

— Você vai sobreviver — declarou ela com firmeza. — Eu dei o anel de esmeralda para a Igreja e rezei.

— Você fez o quê? — perguntei, atônito.

— Dei a esmeralda à Igreja.

Eadith possuía uma esmeralda suntuosa engastada num anel de ouro que lhe foi dado por Æthelred, que na época era meu inimigo e amante dela. Ela nunca o usava e eu sabia que o guardava não por sentimentalismo, mas porque o valor lhe oferecia alguma segurança nesse mundo perigoso.

— Obrigado.

— Eu não disse o motivo ao padre, mas pedi que ele rezasse por nós.

— Em vez disso ele vai construir uma casa nova — falei, achando divertido.

— Desde que reze, ele pode construir um salão de banquetes. — Eadith estremeceu, observando o reflexo longo da lua. — A bandeira está pronta. E a crina de cavalo.

— Obrigado.

— Você vai voltar! — exclamou ela ferozmente.

Pensei em como eu sempre tinha desejado morrer em Bebbanburg. Mas ainda não, ainda não.

— É mais provável que eu mande buscarem você. Espere os barcos daqui a duas, talvez três semanas.

— Não vou parar de rezar.

Eu me virei e a levei para longe do porto. Precisava dormir. Ia para a cama e amanhã partiríamos para a batalha.

O estuário estava calmo naquele alvorecer de um dia de verão. A água tinha cor de prata e ardósia e se movia lentamente, como se a deusa do mar respirasse enquanto dormia. No cais havia uma grande confusão enquanto os homens jogavam escudos, cotas de malha e armas nos três barcos já pesados com os suprimentos. Havia barris de cerveja, de arenque salgado e de pão, barris de carne de porco salgada e dezenas de barris vazios. Havia pilhas de sacos cheios de palha, tudo amarrado nos bojos rasos das embarcações. As três tinham cruzes na proa; cruzes altas e esguias feitas de madeira recém-cortada. Meu filho comandava o *Stiorra*, Finan era o comandante do *Hanna* e eu iria a bordo do *Eadith*.

— Despeçam-se — gritei pelo cais. — O dia está passando! — O sol estava quase acima do horizonte, tocando a prata e a ardósia e produzindo tremores de ouro.

Finan não era um marinheiro, por isso lhe dei Berg, que, como todo norueguês, sabia governar um barco e enfrentar uma tempestade. Eu preferiria que Finan estivesse no *Eadith* comigo — nós estávamos juntos desde que nos conhecemos —, mas nos próximos dias lutaríamos em três grupos, e era melhor que ele ficasse com seus homens o tempo todo.

— Espero que a água não fique agitada — comentou ele.

— Eu quero um vento sul feroz — falei —, portanto faça suas orações.

Ele tocou a cruz pendurada no peito.

— Meu Deus — disse ele —, estamos sonhando com esse momento há anos.

Abracei-o impulsivamente.

— Obrigado por ficar.

— Ficar?

— Você poderia ter voltado à Irlanda.

Finan riu.

— E não ver o fim da história? Meu Deus, é claro que eu fiquei.

— Não é o fim da história — retruquei. — Eu prometi a Æthelflaed que cuidaria da filha dela.

— Meu Deus, você é um idiota! — Ele gargalhou.

— E Æthelstan é um negócio inacabado.

— Então a vida não vai ser chata depois disso. Eu estava ficando preocupado.

— Vá — falei. — Estamos indo.

Em seguida abracei Eadith. Ela estava chorando baixinho. Outros homens se despediam de modo semelhante de suas esposas ou dos filhos.

Acariciei o cabelo ruivo de Eadith.

— Vou mandar buscar você — prometi.

Então era hora de embarcar. Os cabos de atracação foram soltos e os homens fizeram força com os remos para empurrar os barcos para longe do cais. Houve um estardalhaço quando os remos foram enfiados nos buracos do casco ou, no caso da minha embarcação, baixados entre os toletes. Apontei para os homens nos três bancos de bombordo na proa e gritei para darem duas remadas direcionando a proa do *Eadith* para o mar aberto. Vi Renwald olhando do *Rensnœgl* e acenei para ele, que também acenou. Eadith gritou um adeus, a voz quase perdida em meio aos grasnados das gaivotas, e o barco com seu nome balançou ligeiramente enquanto o casco virava. Toquei o martelo pendurado no peito e rezei aos deuses para serem bons conosco, depois segurei a esparrela.

— Juntos agora! — gritei, e todas as pás dos remos foram à frente e esperaram acima da água calma do porto. — Remem!

E assim nossos três barcos seguiram para o estuário, as proas altas cortando a água parada. Dávamos longas remadas, sem pressa, simplesmente guiando o casco pelo canal entre os juncos, depois virando para o leste, em direção ao sol nascente. Não havia outras embarcações à vista.

Passamos pelo Bico do Corvo, aquela língua de areia longa e traiçoeira que guarda a foz do Humbre, e de lá viramos para o norte, e um sopro de vento sudoeste me deu esperança de que logo poderíamos içar a vela. Homens cansados de remar não lutam tão bem quanto os descansados.

Éramos três barcos num alvorecer de verão e íamos para a guerra.

Dez

A VIAGEM DEMOROU MAIS do que eu havia previsto e muito mais do que eu esperava. Tínhamos deixado Grimesbi com tempo calmo, mas ao meio-dia o sopro de vento sudoeste havia mudado para noroeste e tinha se tornado um vendaval. Era um mau presságio. Então, em algum momento da tarde, remamos por um trecho de ondas altas e repletas de pedaços de remos e madeira. Eram os restos de um barco naufragado, o aviso mais óbvio que eu já havia recebido dos deuses. Será que a cruz na proa das nossas embarcações deixou Ran, a deusa do mar, com raiva? Eu não tinha nenhum animal para sacrificar, por isso Gerbruht guiou o *Eadith* enquanto eu abria uma veia no meu braço direito, o braço da espada, e fazia meu sangue pingar no mar, dizendo a Ran que as cruzes só estavam na proa dos barcos para que eu obtivesse uma vitória que desse prazer aos deuses.

Pensei que a raiva dela não tinha sido aplacada porque tivemos dificuldade para nos abrigar naquela noite. Remamos perto de terra firme, o suficiente para ouvir o barulho das ondas furiosas atacando a costa. À medida que a luz desaparecia, temi que tivéssemos de ir para o leste, para o mar aberto, enfrentar ondas pesadas através da escuridão, mas na última luz do dia Ran nos mostrou um riacho e nossos três barcos entraram com cuidado num ancoradouro agitado com o vento. Não havia nenhuma fonte de luz em terra, nenhuma fogueira nem cheiro de fumaça, apenas juncos e baixios de lama intermináveis. Na maré baixa, durante aquela noite inquieta, a quilha do *Eadith* ficou batendo em areia ou lama. O ar estava frio, trazido pelo maligno vento norte, que também nos deu chuva.

O segundo dia também foi ruim, mas à tarde o vento recuou tão subitamente quanto tinha se virado na véspera. O vento ainda estava forte, agitando o mar, mas pelo menos numa direção que nos ajudava. Com isso pudemos levantar as velas e seguir a favor do vento. As três proas atravessavam as ondas, e meus homens, descansando dos remos, precisavam esvaziar o bojo dos barcos constantemente. À tarde navegávamos mais para o oeste, seguindo o litoral da Nortúmbria, porém passamos o dia inteiro bem longe da terra firme para que qualquer um que vislumbrasse nossas velas em meio às ondas pensasse que íamos para a Escócia, ou mais para o norte, rumo às terras nórdicas. Vimos poucos barcos, apenas algumas embarcações de pesca trabalhando perto da costa.

Eu havia esperado que chegássemos ao nosso destino no terceiro dia, mas o tempo tinha nos retardado. Assim, naquela terceira tarde, quando eu pensava que teríamos travado a primeira escaramuça, encontramos abrigo na foz do rio Wiire. Na margem norte do rio havia uma bela construção de pedra que tinha sido uma abadia antes da chegada dos dinamarqueses. Eu me lembrava do dia em que os guerreiros selvagens de Ragnar trucidaram os monges, saquearam o tesouro e queimaram o mosteiro. A igreja, como era de pedra, tinha resistido ao fogo, mas o teto havia caído, deixando as paredes chamuscadas e um toco, outrora a torre do sino. Enquanto remávamos para a foz do rio, vi que tinham construído uma nova cobertura para a igreja e que saía fumaça do buraco na cumeeira. Mais fumaça era levada pelo vento forte, vinda das casinhas em volta da velha igreja, e oito pequenos barcos de pesca estavam ancorados no rio ou então tinham sido puxados para o cascalho, onde mais fumaça ainda subia das fogueiras para secar arenques na praia. Duas crianças pequenas, cujo serviço era manter as gaivotas longe dos arenques, fugiram quando chegamos, mas foram mandadas de volta ao trabalho por um homem que depois se levantou e nos encarou. Outras pessoas olhavam para nós do pequeno povoado. As cruzes nas nossas proas iriam convencê-las de que não éramos dinamarqueses nem noruegueses, mas mesmo assim elas deviam estar nervosas. Acenei, mas ninguém respondeu.

Então, pouco antes de o sol desaparecer atrás das colinas a oeste, um pequeno barco se afastou da praia. Dois homens remavam e um terceiro estava sentado na proa. O *Eadith* era o mais próximo da terra, por isso o barco veio na nossa direção. Eu havia ordenado que todos os meus pagãos escondessem os martelos e disse para os que tinham desenhos no rosto que fingissem estar dormindo embaixo dos bancos. Eu usava uma cruz, mas temia ser reconhecido, por isso me agachei no espaço apertado embaixo da plataforma do timoneiro na popa e cobri a cabeça com o capuz, enquanto Swithun, que tinha se mostrado um rapaz inteligente durante a visita a Dumnoc, esperava para receber os visitantes. Eu tinha dado minha corrente de ouro para ele usar, além de uma fina capa de lã com acabamento de pele de lontra.

— Que a paz de Deus esteja nesta embarcação — saudou o passageiro do pequeno barco. Ele estava vestido de padre, mas duvidei que tivesse sido ordenado pela Igreja. — Vou subir a bordo! — gritou enquanto sua pequena embarcação se aproximava. E então, sem convite, subiu pelo costado do *Eadith*. — E quem, em nome de Cristo, são vocês?

O rio Wiire marcava a fronteira sul das terras de Ieremias, e qualquer padre na região devia ter sido nomeado pelo bispo louco, que afirmava que sua autoridade vinha diretamente do deus pregado, e não de Contwaraburg ou de Roma. Esse padre era um homem baixo com cabelos cacheados castanhos, uma barba em que uma garça poderia fazer ninho e um sorriso largo que mostrava ainda ter três dentes. Não esperou que alguém respondesse e exigiu pagamento imediatamente.

— Se vocês vão ficar até o amanhecer, devem pagar a taxa! Sinto muito. As regras não são nossas, é a lei de Deus.

O padre falava em dinamarquês, e Swithun, que conseguia se virar nessa língua com dificuldade, fingiu não entender.

— Você quer alguma coisa? — perguntou em inglês, falando muito devagar e um tanto alto.

— Dinheiro! Moedas! Prata! — O padre usou um dedo sujo para fazer uma mímica de contar dinheiro na palma da mão.

— Quanto? — perguntou Swithun, ainda falando muito devagar.

— Você não disse quem são vocês! — protestou o padre, e murmurei uma tradução nas sombras.

— A taxa depende da resposta? — perguntou Swithun, e de novo eu traduzi.

O padre riu.

— É claro que depende! Se você for um anglo-oriental pobre, vindo de um pântano cheio de moscas com uma carga de cocô de cachorro e bosta de ganso, é mais barato do que se for um maldito saxão ocidental que está carregando cotas de malha da Francia e vinho da Nêustria! Você é de Wessex?

— Ele é — respondi. — E você é...?

— O padre Yngvild, e o seu senhor me deve um xelim por embarcação. Três xelins por uma noite de abrigo. — Ele deu um risinho, sabendo que era um pedido absurdo.

— Três *pennies* — ofereceu Swithun, que estava acompanhando suficientemente bem a conversa.

Traduzi, e Yngvild franziu a testa para mim.

— Quem é esse? — perguntou a Swithun. Ele não conseguia me ver porque eu estava na sombra e coberto pela capa.

— Meu harpista — respondeu Swithun, deixando que eu traduzisse. — E ele é feio, por isso deve ficar escondido.

— Três *pennies* não bastam — disse Yngvild, evidentemente satisfeito com a explicação de Swithun. — Seis.

— Três — insistiu Swithun.

— Cinco.

— Três!

— Feito. — Yngvild riu de novo porque tinha barganhado em inglês e evidentemente acreditou que havia nos enganado de algum modo. — E agora, quem são vocês?

Swithun se empertigou e pareceu sério.

— Eu sou o príncipe Æthelstan — anunciou em tom grandioso —, filho de Eduardo de Wessex, ætheling dos saxões ocidentais, e fui mandado aqui pelo meu pai e pela irmã dele, Æthelflaed, senhora da Mércia.

Yngvild o encarou com uma expressão de puro espanto. Abriu a boca para falar, mas apenas gaguejou, impotente. Eu tinha dito a Swithun para contar a mentira de forma confiante, e ele o havia feito. Agora se mantinha ereto e impositivo, encarando o padre mais baixo. Por fim, Yngvild conseguiu dizer alguma coisa.

— Você é...

— Me chame de senhor! — disse Swithun rispidamente.

— Chame-o de senhor — vociferei, ameaçador.

Yngvild olhou ao redor, mas não viu nada além de guerreiros cansados usando cruzes. Na verdade, nenhum príncipe de Wessex teria vindo tão ao norte sem conselheiros, padres e uma temível guarda de guerreiros domésticos, mas não só Yngvild do Wiire não tinha experiência com príncipes como muito antes eu havia aprendido que as mentiras mais ultrajantes eram as mais prontamente aceitas.

— Sim, senhor — disse ele, encolhido.

— Estamos viajando para a terra dos escoceses — declarou Swithun em tom altivo —, onde devemos conferenciar com o rei Constantin numa tentativa de trazer a paz à ilha da Britânia. Você serve a Constantin?

— Não, senhor!

— Então ainda não estamos na Escócia?

— Não, senhor, o senhor deve continuar indo para o norte!

— Então quem é o seu senhor?

— O bispo Ieremias, senhor.

— Ah! — Swithun pareceu encantado. — A senhora Æthelflaed disse que poderíamos encontrá-lo! Ele está aqui? Podemos cumprimentá-lo?

— Ele não está aqui, senhor, ele está... — Yngvild indicou o norte — ... está em Gyruum, senhor. — Eu me senti completamente aliviado e esperava que Yngvild estivesse dizendo a verdade. Tinha temido que Ieremias tivesse ido a Bebbanburg, ainda que isso fosse improvável se ele quisesse esconder sua traição. — Ele mandaria saudações ao senhor, tenho certeza — acrescentou Yngvild rapidamente.

— Ele está perto? — perguntou Swithun. — Temos um presente para o bispo Ieremias!

— Um presente? — Yngvild pareceu cobiçoso.

— A senhora Æthelflaed é generosa e mandou um presente para o seu senhor bispo, mas precisamos seguir rapidamente para o norte!

— Eu posso ficar com o presente! — avisou Yngvild, ansioso.

— Ele deve ser entregue pessoalmente ao bispo Ieremias — retrucou Swithun, sério.

— Gyruum não fica longe, é logo ao norte, senhor — disse Yngvild rapidamente. — É uma viagem curta, senhor, muito curta. Fica na foz do próximo rio.

— Talvez visitemos o lugar — observou Swithun despreocupadamente —, se pudermos despender esse tempo. Mas diga ao senhor bispo Ieremias que agradecemos pela passagem segura por suas águas e pedimos que ele reze pelo sucesso da nossa missão. Garoto! — Swithun estalou os dedos e Rorik foi correndo até ele. — Dê-me três *pennies*, garoto. — Swithun pegou as moedas e as entregou a Yngvild, acrescentando um xelim de prata com a imagem do rei Eduardo. — Uma recompensa por sua gentileza, padre — disse com ar condescendente —, e um pagamento por suas orações.

Yngvild fez uma profunda reverência, recuando no convés. No último instante, ele se lembrou de fazer o sinal da cruz e murmurar uma bênção para a embarcação, depois foi rapidamente para terra firme em seu barquinho. Eu sabia que de manhã, assim que o dia clareasse, um mensageiro correria pelas colinas até Gyruum. Por terra não era longe, mas nós enfrentaríamos uma viagem de algumas horas, por isso Ieremias seria avisado de que três embarcações desconhecidas estavam perto de seu litoral bem antes da nossa chegada. Ele poderia acreditar ou não que éramos enviados de Wessex a caminho da Escócia, mas teria a garantia de que éramos cristãos, e eu esperava que isso bastasse. O maior medo dele, é claro, seria que fôssemos sobreviventes do ataque de Einar a Dumnoc que, de algum modo, tivessem descoberto que ele tinha feito o reconhecimento do porto para os noruegueses e estivessem em busca de vingança. Mas por que iríamos parar no Wiire, alertando-o dessa forma? Esse não era o único motivo para eu ter me arriscado a falar com Yngvild. Poderíamos facilmente ter dito a ele que ficasse longe e cuidasse da própria vida, mas eu aproveitara a oportunidade para descobrir se Ieremias estava mesmo em Gyruum. Eu tinha instruído Swithun cuidadosamente a não fazer perguntas óbvias, como quantos homens Ieremias comandava ou se havia alguma fortificação na foz do Tinan. Com certeza Ieremias iria querer saber se tínhamos feito perguntas desse tipo e ficaria tranquilizado ao saber que não havíamos demonstrado curiosidade. Ainda assim estaria cauteloso, mas ao mesmo tempo intrigado com a ideia de um presente vindo da distante Mércia.

O portador do fogo

— E talvez eu esteja pensando demais — falei a Finan e ao meu filho, que se juntaram a mim no *Eadith* depois de anoitecer. — Sendo esperto demais.

— Mas ele é esperto, não é? — perguntou meu filho. — Ieremias.

— É — respondi. — É esperto demais, como um rato.

— E louco?

— Louco, esperto, astuto e perigoso.

— Parece Ethne quando está de mau humor — interveio Finan.

— O que ele faria se três barcos desconhecidos simplesmente entrassem no Tinan? — perguntou meu filho.

— Se tivesse algum tino, ele se retiraria para sua fortaleza.

— Ele ainda pode fazer isso amanhã — disse Uhtred em tom soturno.

— O importante é que ele esteja lá, e Yngvild disse que está. Seria melhor se não estivesse em seu forte maldito amanhã, mas, se estiver... que seja. Mesmo assim vamos conseguir o que queremos.

Amanhã.

O antigo forte romano de Gyruum ficava no promontório ao sul da foz do Tinan. Do mar ele não parecia formidável, era apenas um barranco coberto de capim verde no alto, mas eu tinha cavalgado até lá e visto o fosso e o barranco, ambos muito suavizados pela chuva e pelo tempo, mas ainda perigosos para qualquer atacante. Pelo que dava para ver, Ieremias não havia acrescentado uma paliçada, mas isso era apenas a visão da face voltada para o mar; qualquer atacante certamente iria por terra.

Rodeamos o promontório no meio da manhã. Tínhamos deixado o Wiire ao alvorecer, remando num mar calmo e num ar sem vento. Tive um vislumbre de um cavaleiro indo para o norte, o que indicava que logo Ieremias saberia da nossa chegada. Além disso, ele devia ter sentinelas na fortificação coberta de capim, atentas para descobrir se nossas três embarcações continuariam indo para o norte ou se entrariam no Tinan.

Entramos. Agora havia um vento inconstante, incapaz de decidir se vinha do norte ou do oeste, mas suficiente para agitar o mar. Remamos. Não tínhamos pressa. Se estivéssemos vindo atacar o povoado de Ieremias, estaríamos fazendo força nos remos, arrastando os cascos pelo mar o mais rápido possível. Estaríamos usando elmos e cotas de malha e as proas dos barcos estariam apinhadas de homens prontos para saltar em terra. Mas íamos devagar, ninguém usava elmo e nossas três embarcações tinham cruzes na proa e não dragões. Eu continuava olhando para o forte e, pelo que pude ver, ele não estava guarnecido. Não se via nenhuma lança acima do barranco verdejante. Havia dois homens lá em cima, mas só isso.

Então rodeamos o promontório, entrando no rio. Vi a margem sul e me senti aliviado porque ali, na minha frente, atracado num cais recém-construído que se projetava pelo pântano ligado ao rio, estava o barco caindo aos pedaços de Ieremias, o *Guds Moder*. Doze barcos menores, todos de pesca, estavam amarrados ao píer, ao passo que outros dois, também de pesca, estavam ancorados num lugar afastado. Mais perto dali ficava a praia onde, anos antes, eu tinha sido libertado da escravidão quando a embarcação vermelha bateu no cascalho e meus salvadores saltaram da proa. Meu tio, irmão do meu pai, havia me vendido como escravo, esperando que eu morresse, mas, de algum modo, sobrevivi e conheci Finan, outro escravo. E ali, naquela praia de cascalho, começou nossa longa estrada para a vingança. Agora eu rezava para que essa estrada estivesse perto do fim.

Ieremias tinha sido alertado da nossa chegada por seus vigias. Cerca de quarenta homens e mulheres esperavam na praia, enquanto outros ainda desciam a colina vindos do velho mosteiro que era o salão do bispo. Swithun, usando de novo a capa com acabamento de pele de lontra e com minha corrente de ouro reluzindo no pescoço, ficou de pé na proa do *Eadith* e fez um cumprimento nobre. Eu estava na popa, virei-me e pus as mãos em concha ao redor da boca para gritar ao meu filho, que guiava o *Stiorra*.

— Você sabe o que fazer?

— Sei! — Ele pareceu animado.

— Faça devagar!

Como resposta, Uhtred apenas sorriu, depois deu uma ordem que instigou seus remadores a levarem o *Stiorra* lentamente rio acima. Eles não remavam com força, apenas mergulhavam as pás para afastar a embarcação suavemente do *Eadith* e do *Hanna*, que seguiam para o cascalho, usando os remos para firmar os cascos na correnteza do rio e na maré vazante. O *Stiorra* se desviou de novo e virou na nossa direção por um momento, depois os remadores o levaram outra vez rio acima, mas ainda de forma muito preguiçosa, como se o barco não tivesse a intenção de colocar homens em terra, mas de simplesmente manter sua posição no rio até a hora de todos voltarmos ao mar.

Estávamos nos demorando longe da praia porque eu procurava Ieremias e não conseguia vê-lo no meio das pessoas que esperavam no cascalho. Mas então surgiu uma procissão extraordinária na colina baixa onde ficava o mosteiro. Doze homens — eu sabia que Ieremias os chamava de apóstolos — vinham à frente do grupo, mas esses apóstolos usavam cota de malha, elmos e portavam lanças e escudos. Seis crianças pequenas vinham atrás, todas com mantos brancos e segurando galhos cheios de folhas, que elas balançavam de um lado para o outro enquanto cantavam. Ieremias vinha atrás. O bispo louco montava um jumento minúsculo, um animal tão pequeno que os pés de Ieremias arrastavam no chão. De novo trajava uma veste episcopal de tecido brocado, carregava o báculo com gancho de prata e usava uma mitra enfiada na cabeça de cabelos brancos e longos. Três mulheres, todas vestidas de freira com mantos e toucas cinza, vinham atrás. As vozes das seis crianças soavam claras e doces acima do suspiro do vento e do som das ondas pequenas que quebravam na praia de cascalho. Entreguei a esparrela a Gerbruht.

— Mantenha-o longe da terra — mandei.

Gerbruht era habilidoso e eu confiava que ele conseguiria manter o *Eadith* a alguns passos da praia enquanto eu me agachava no bojo do barco onde trinta dos meus homens também estavam abaixados, todos usando cota de malha, mas nenhum ainda com elmo. Escudos, espadas, machados e lanças estavam no convés. As pessoas que esperavam em terra podiam nos ver, mas não veriam que estávamos prontos para a batalha. Prendi Bafo de Serpente à cintura. Rindo, Rorik segurava o meu elmo, o belo elmo com um lobo de prata agachado na cimeira.

— Quem são vocês? — gritou uma voz da margem de cascalho. O homem usou a língua saxã, presumivelmente porque o mensageiro de Yngvild tinha dito a Ieremias quem éramos. Era evidente que essa mensagem não havia causado nenhum alarme porque, ainda que muitos homens na praia portassem espadas, apenas os doze apóstolos estavam de cota de malha.

— Eu sou Æthelstan de Wessex — gritou Swithun da proa — e trago saudações amistosas do meu pai, o rei Eduardo de Wessex, e da irmã dele, Æthelflaed da Mércia!

— Não chegue mais perto! — gritou o homem.

— A senhora Æthelflaed mandou um presente para o seu bispo! — gritou Swithun, e levantou uma túnica fedorenta que tínhamos enrolado num pedaço de linho limpo. — São os cueiros usados pelo bebê João Batista! Ainda estão manchados com seu mijo santo!

Agachado ao meu lado, Rorik começou a rir. Silenciei-o.

— Pode jogar para mim! — gritou o homem da praia. Ele estava sendo adequadamente cauteloso.

— Espere! Espere!

Quem interrompeu foi Ieremias com sua voz aguda. Ele havia abandonado o jumento minúsculo e caminhava pela praia e gritava em sua língua nativa, o dinamarquês.

— Não seja tão grosseiro com nossos hóspedes! Um presente? Deve ser dado adequadamente. Senhor Æthelstan!

Eu me escondi enquanto o bispo chegava perto da beira da água.

— Senhor bispo? — respondeu Swithun.

— Venha para a terra! — Ieremias usou a língua inglesa.

— Quer que eu pule na água?

— Quero que ande em cima dela, como fez nosso senhor! O senhor pode andar sobre a água?

Surpreso com a pergunta, Swithun hesitou.

— É claro que não! — gritou por fim.

— O senhor deveria treinar! — reprovou Ieremias. — Deveria treinar! Só é preciso ter fé, nada mais, apenas fé! Então se aproxime um pouco mais, só um pouco. E pode trazer seis homens, apenas seis, por enquanto.

— Seja desajeitado! — sussurrei para Gerbruht.

O *Eadith* tinha se desviado um pouco rio abaixo, que era o que eu desejava. Gerbruht gritou para os homens de estibordo puxarem os remos, e esta era a última coisa que ele devia ter ordenado se realmente quisesse levar o *Eadith* suavemente para a praia porque, em vez de apontar o nariz lentamente para o cascalho, a embarcação virou a proa para a foz do rio e foi levada pelo curso d'água. Gerbruht pareceu entrar em pânico, gritando para todos os remadores fazerem força juntos.

— Agora! Com força! Remem! — Então, enquanto o *Eadith* se lançava para a frente, ele puxou a esparrela com força e eu senti o barco se virando para a praia. — Remem! — berrou ele. — Com força agora, remem! — Gerbruht havia executado tudo com perfeição.

Ao mesmo tempo, Finan, ou pelo menos Berg, que era seu timoneiro, tinha feito o *Hanna* avançar suavemente corrente acima, usando remadas preguiçosas e lentas, apenas o bastante para afastá-lo cinquenta ou sessenta passos de nós, e agora de repente virou a longa embarcação e também foi para a praia.

— Remem! — ouvi Berg gritar. — Remem!

— Mais uma remada! — berrou Gerbruht. — Agora!

Os remos compridos se curvaram com esse esforço final e a proa do *Eadith* raspou no cascalho, o barco parou com um solavanco e homens com cotas de malha irromperam de seu bojo, passaram pelos remadores e pularam em terra. Os homens de Finan pulavam da proa do *Hanna*. Tínhamos conseguido, com a aparente falta de jeito como marinheiros, encurralar Ieremias e seus homens entre nossas duas forças, enquanto meu filho, ao nos ver atacar a praia, subitamente remava com intensidade, levando o *Stiorra* para o píer, que ficava a pouco menos de um quilômetro rio acima.

— Eu quero o bispo vivo! — gritei para os meus homens. — Vivo!

Fui um dos últimos a sair do barco. Tropecei na água rasa e quase caí, mas Vidarr Leifson, um dos meus guerreiros noruegueses, segurou-me e me firmou. Rorik me entregou o elmo. Eu não carregava escudo. Desembainhei Bafo de Serpente enquanto vadeava os últimos metros, mas duvidei que fosse precisar dela. Ela teria sua hora, e seria logo, mas nesse momento, nessa praia, meus homens tinham feito exatamente o que eu havia pedido. Os homens de Finan estavam rio acima em relação aos guerreiros de Ieremias e os meus estavam rio abaixo, e juntos estávamos em superioridade numérica. Se Ieremias tivesse algum bom senso, teria fugido no momento em que viu o que estava acontecendo. A maior parte dos seus homens não tinha escudos nem cota de malha e havia mulheres e crianças entre eles, que aumentavam o pânico com gritos. Mas Ieremias apenas nos encarava boquiaberto, depois gritou, sacudindo o báculo para as nuvens.

— Esmague-os, Senhor Deus! Esmague-os!

Três dos seus discípulos confundiram a oração com uma ordem e vieram na nossa direção, mas meus homens estavam preparados para a batalha. Na verdade, estavam ansiosos por ela, famintos por ela, então houve um embate súbito no cascalho, o clangor de espadas. Cada homem de Ieremias estava diante de pelo menos dois dos meus. Vi a lâmina das espadas desviar a investida das lanças, vi a lâmina deles rasgar barrigas ou cortar pescoços, ouvi o grito maligno dos meus homens quando mataram sem piedade os três de Ieremias e o berro das mulheres que viam seus homens morrendo na praia.

Algumas pessoas, mais sensatas do que as que tinham morrido, viraram-se e correram para o mosteiro na colina, mas os homens de Finan simplesmente subiram o barranco coberto de capim e bloquearam o caminho. Tudo acabou em instantes. Três homens estavam esparramados e cobertos de sangue na praia e o restante era arrebanhado de volta para onde Ieremias tinha caído de joelhos e gritava para seu deus.

— Mandai Vossos anjos santos, Senhor! — implorou. — Defendei Vossos servos! Arrancai a língua de Vossos inimigos e os cegai! Vingai-nos, ó Senhor, vingai-nos e salvai-nos!

Enquanto isso seus homens largavam as armas. Alguns, como Ieremias, estavam ajoelhados, não rezando como ele, mas em submissão.

Olhei rio acima e vi que meu filho tinha capturado o *Guds Moder*. Suspeitei que a captura daquele barco era ainda mais importante que pegar Ieremias, que, sabendo que havia sido enganado, agora pedia reforços celestiais.

— Que os vermes consumam as entranhas deles, ó Senhor — berrou. — E que larvas se refestelem nas bexigas deles! Eles são desprezíveis diante de Vós, ó Senhor, portanto esmagai-os com Vosso enorme poder! Mandai Vossos anjos luminosos para nos vingar! Fazei apodrecer a carne deles e despedaçai os ossos! Senhor, tende misericórdia! Senhor, tende misericórdia!

Caminhei até ele, meus passos ruidosos no cascalho. Nenhum dos seus homens tentou me impedir.

— Consumi-os com fogo inextinguível, Senhor! Afogai-os no excremento fétido do diabo! — Seus olhos estavam fechados com força, virados para o céu. — Que Satã vomite pela garganta deles, Senhor, e dê a carne maligna deles aos seus cães! Imploro que os atormenteis, Senhor! Que os esmagueis! Peço tudo isso em nome do Pai, do Filho e...

— ... e do outro — terminei por ele, tocando o ombro dele com a lâmina de Bafo de Serpente. — Saudações, Ieremias.

Ele abriu os olhos castanhos, olhou para mim, parou um instante e depois me deu um sorriso doce como o de uma criança.

— Saudações, senhor. Que gentileza me visitar!

— Vim trocar umas palavras com você.

— Veio! — Ele pareceu deliciado. — Eu adoro palavras, senhor! Adoro! O senhor adora palavras?

— Adoro — falei, e encostei a lâmina da espada em sua bochecha magra. — E minha palavra predileta hoje é *banahogg*. — Significava golpe mortal, e eu a reforcei cutucando seu rosto com Bafo de Serpente.

— É uma bela palavra em norueguês, senhor — comentou ele, sério. — Uma palavra muito boa, de fato, mas de todas as palavras norueguesas acho que prefiro *tilskipan*. O senhor acha que podemos chegar a um *tilskipan*?

— É por isso que estou aqui, para chegar a um acordo com você. Agora de pé. Trocaríamos palavras.

— Não, senhor, não! Não! Não! — Ieremias estava chorando. As lágrimas escorriam dos seus olhos azuis e desciam pelas rugas profundas de suas bochechas até desaparecerem na barba curta. — Não! Por favor, não! — O último "não" foi um grito de desespero. Ele estava de joelhos, as mãos cruzadas suplicando, enquanto olhava para mim e soluçava.

O fogo reluzia na igreja naquela noite. As chamas se agitaram, arderam por um momento e diminuíram.

— O que você disse que era aquilo? — perguntei.

— A colher de Jacó, senhor.

— Agora são cinzas — falei, animado.

O bispo louco

— Jacó mexeu a sopa de Esaú com aquela colher, senhor — disse Ieremias entre os soluços.

A colher, esculpida grosseiramente em madeira de bétula, era agora cinzas brancas no fogo do carvão que aquecia e iluminava a catedral de Ieremias. Havia mais luz vindo das velas no altar, mas para além das janelas a noite era escura e profunda. A construção, que ele insistia em chamar de catedral, era uma igreja de pedra, construída anos antes, muito antes do tempo do meu avô. Outrora havia sido um lugar importante para os cristãos, mas então os dinamarqueses vieram, os monges foram mortos e a igreja e seu mosteiro se tornaram ruínas até que Ieremias ganhou o lugar. Na época, ainda se chamava Dagfinnr e era um guerreiro doméstico de Ragnar, o Jovem, mas uma manhã ele apareceu nu no grande salão de Dunholm e anunciou que agora era filho do deus cristão e tinha adotado o nome de Ieremias. Exigiu que Ragnar, um pagão, o adorasse. Brida, a esposa de Ragnar, que odiava cristãos, insistiu que Dagfinnr fosse morto, mas Ragnar, com pena do sujeito e pensando em seu longo tempo de serviço, o mandou com a família para as ruínas do mosteiro, sem dúvida achando que o louco idiota não viveria muito tempo. Mas Dagfinnr sobreviveu, e homens que não tinham terra, foras da lei e homens sem senhores o encontraram e lhe juraram lealdade. Agora Ieremias era o senhor de Gyruum e de suas terras. Segundo boatos, ele tinha cavado um poço logo depois de chegar ao mosteiro arruinado, mas em vez de encontrar água descobriu um bocado de prata enterrada pelos antigos monges de Gyruum. Eu não sabia se essa história era verdadeira, mas com certeza ele havia prosperado o suficiente para comprar o *Guds Moder* e uma frota de embarcações menores que percorriam o mar em busca de arenques, bacalhau, hadoque, salmão, linguado e savelhas, que eram defumados ou salgados na praia antes de serem vendidos ao longo do litoral. Quando se tornou a senhora efetiva da Nortúmbria após a morte de Ragnar, Brida deixou Ieremias em paz, talvez reconhecendo nele um eco de sua própria loucura ou, mais provavelmente, achando divertido porque os cristãos verdadeiros ficavam tão ultrajados com as afirmações de Ieremias.

A antiga igreja, agora consertada com um teto de palha grosseiro, estava apinhada de pequenas caixas de madeira, cada uma contendo um dos tesouros de Ieremias. Até agora eu tinha queimado a colher de Jacó, um tufo da barba de Elias, um pedaço de palha da manjedoura do menino Jesus, a folha de parreira que Eva usou para cobrir o seio esquerdo e a forquilha com que são Patrício pegou a última cobra da Irlanda.

— E o que é isso? — perguntei, abrindo outra caixa.

— Não, senhor, isso não! Tudo menos isso!

Espiei a caixa e vi uma orelha de porco murcha.

— O que é isso? — perguntei.

— A orelha do empregado do sumo sacerdote, senhor — murmurou Ieremias entre os soluços. — São Pedro a cortou no jardim de Getsêmani.

— É uma orelha de porco, seu idiota!

— Não! É a orelha que Nosso Senhor curou! Cristo tocou nessa orelha! Ele a colocou de volta na cabeça do empregado!

— E como ela veio parar aqui, então? Nessa caixa?

— Ela caiu de novo, senhor.

Segurei a orelha seca diante do braseiro aceso.

— Você mentiu para mim, Ieremias.

— Não! — gemeu ele.

— Você mentiu para mim. Uma mentira depois da outra. Eu vi você em Dumnoc.

O soluço parou de repente e um sorriso perverso surgiu no rosto de Ieremias. Ele era capaz de mudar subitamente de humor, talvez porque fosse louco.

— Eu sabia que era o senhor — disse, astuto.

— Você não disse nada quando me viu.

— Eu vi o seu rosto e naquele momento não tive certeza, por isso rezei, senhor, e Deus demorou a me responder, mas depois de um tempo Ele respondeu, e, quando contei ao senhor Æthelhelm o que Deus tinha me dito, ele achou que eu estava agindo como um lunático.

— Mesmo assim ele mandou homens me procurarem — falei com raiva.

— Mandou? — perguntou Ieremias com aparente ignorância.

— Porque você disse que eu estava lá — continuei, agora furioso. — Eu sou o seu senhor e você me traiu!

— Eu rezei para que Deus protegesse o senhor.

— Seu verme mentiroso!

— Deus é meu pai, Ele me ouve! Eu rezei!

— Eu deveria cortar sua garganta agora — ameacei, e tudo que Ieremias fez foi dar um ganido. — Você falou das suas suspeitas a Æthelhelm para que ele lhe desse um favor. É isso?

— O senhor é pagão! Eu achei que estava fazendo a vontade do meu Pai.

— Me traindo.

— Sim, senhor — sussurrou ele, e franziu a testa para mim. — O senhor é pagão! Eu só estava fazendo a vontade do meu Pai.

— E no dia seguinte eu vi o *Guds Moder* com os barcos de Einar. De que lado você está?

— Eu já falei, senhor, estou realizando a obra de Deus trazendo a paz! Bem-aventurados os pacificadores, porque serão chamados de filhos de Deus! O arcebispo me disse isso, senhor, o arcebispo em pessoa! Hrothweard me disse! Não! — A última palavra desesperada saiu quando larguei a orelha seca nas chamas do braseiro. Houve uma erupção de fogo, sentiu-se cheiro de toucinho e Ieremias soluçou outra vez. — O arcebispo disse que eu deveria ajudar a trazer a paz!

— Mate o desgraçado de uma vez — vociferou Finan nas sombras.

— Não! — Ieremias arrastou os pés até o altar. — Não, não, não.

— O senhor Æthelhelm, que o recebeu em Dumnoc, é aliado do meu primo — falei. — Mas o jarl Einar, que saudou você e seu barco quando viajou de Dumnoc para o norte, agora serve a Constantin. Os dois acham que você está do lado de cada um deles.

— Bem-aventurados os pacificadores — murmurou Ieremias.

— Não tenho muito tempo, só esta noite — avisei. — Mas é tempo suficiente para queimar tudo aqui.

— Não, senhor!

— Deixe-me falar com ele — rosnou Finan.

Ieremias olhou para Finan e estremeceu.

— Eu não gosto daquele homem, senhor.

— Ele é cristão. Você deveria gostar dele.

— Abençoado seja, meu filho. — Ieremias fez o sinal da cruz para Finan.

— Eu não gosto dele, senhor. É um homem horrível.

— Ele é horrível, mas talvez consiga arrancar a verdade de você.

— Eu já disse, senhor! Bem-aventurados os pacificadores!

Fiz uma pausa, observando-o. Ieremias era mesmo louco? Na metade do tempo ele fazia todo o sentido; na outra metade, sua mente vagava em algum lugar etéreo onde só existiam ele e seu deus. Sua angústia quando eu queimava seus badulaques parecia bem real e seu medo não era fingimento, porém, ainda assim, ele insistia em mentir. Finan queria arrancar a verdade dele com uma surra, mas eu suspeitava que Ieremias iria gostar de sofrer algum tipo de martírio. Além disso, se um homem abre a boca depois de ser espancado, não se pode confiar no que ele diz, porque um homem aterrorizado diz o que acha que seu atormentador quer ouvir. Eu queria ouvir a verdade, mas o que Ieremias desejava?, pensei de repente. E por que ele tinha mencionado o arcebispo? Eu me lembrei de ter ouvido que ele havia ido a Eoferwic e falado com Hrothweard, o novo arcebispo, por isso talvez houvesse alguma verdade em seus gritos ensandecidos falando de paz.

Fui até ele, que se encolheu instintivamente e começou a arquejar.

— Eu não vou... — começou, mas as palavras foram interrompidas por um grande soluço.

— Você não vai o quê? — indaguei.

— Contar ao senhor! — disse ele violentamente. — O senhor não é um pacificador! O senhor é um pagão! O senhor é Uhtredærwe! — Isso significava Uhtred, o Perverso, um nome pelo qual os cristãos gostavam de me chamar. — O senhor adora ídolos e imagens de bronze! O senhor é a abominação para o meu Pai no céu! Eu preferiria morrer a lhe contar! — Ieremias fechou os olhos e ergueu o rosto para a cobertura de palha, onde a fumaça do braseiro subia lentamente junto aos caibros. — Peço que me leveis, Senhor — gritou ele. — Levai seu servo sofredor para Vossos braços amorosos. Levai-me! Levai-me! Levai-me!

Eu me agachei diante dele, me inclinei e sussurrei em seu ouvido.

— Muito bem.

Ieremias interrompeu a oração abruptamente, abriu os olhos e me encarou. Por um momento pareceu quase mais apavorado do que quando eu tinha falado com aspereza.

— Muito bem? — repetiu em voz baixa.

Continuei sussurrando.

— O arcebispo queria que eu descobrisse se você era capaz de guardar um segredo.

— O senhor falou com... — começou ele, depois ficou em silêncio quando pus um dedo na frente dos lábios.

— Finan não deve escutar — murmurei. — Ele não é de confiança.

Ieremias assentiu vigorosamente.

— Ele parece traiçoeiro, senhor. O senhor não pode confiar em homens pequenos.

— E ele é irlandês — acrescentei.

— Ah! Bom! Sim, senhor!

— Ele deve acreditar que eu odeio você, mas estou aqui em nome do arcebispo. Ele prometeu substituir tudo que eu queimei. Prometeu.

— Mas — disse ele, franzindo a testa, depois olhou para o martelo pendurado na corrente em volta do meu pescoço — o senhor não é cristão!

— Quieto! — falei, pondo o dedo outra vez na frente dos lábios. Olhei rapidamente para Finan, depois baixei a voz ainda mais. — Olhe!

Levantei a empunhadura de Bafo de Serpente, e ali, no botão, havia uma cruz de prata. Tinha sido dada anos antes por Hild, que eu havia amado e ainda amava, apesar de agora ela morar num convento em Wintanceaster, mas, por um tempo, fomos amantes. Eu tinha colocado a cruz na empunhadura da espada por sentimentalismo, mas agora ela me servia bem, enquanto Ieremias a olhava. A prata refletia a luz do braseiro.

— Mas... — começou Ieremias de novo.

— Às vezes a obra de Cristo precisa ser feita em segredo — sussurrei. — Diga, Ieremias, os cristãos estão vencendo as guerras na Britânia?

— Sim, senhor — respondeu ele, entusiasmado. — Graças a Deus, o reino de Deus se aproxima do norte a cada ano. Os pagãos estão perplexos! Os exércitos de Deus limpam o terreno!

— E quem comandava esses exércitos cristãos?

Ieremias ficou boquiaberto por um segundo, depois disse em voz baixa, surpreso:

— O senhor.

— Eu comandava — declarei.

Isso era verdade, mas eu só tinha comandado aqueles exércitos por causa do juramento a Æthelflaed. Hesitei por um instante. Meu fingimento estava funcionando, era tranquilizador e reconfortante para Ieremias, mas agora eu precisava adivinhar — se estivesse errado, poderia perder sua confiança.

— O arcebispo me falou de Lindisfarena.

— Falou! — Ieremias ficou empolgado e eu, aliviado. Minha suposição estava certa.

— Ele quer que ela seja uma ilha de orações — prossegui, lembrando-me das palavras de Hrothweard.

— Foi o que ele me disse! — exclamou Ieremias.

— Por isso o arcebispo quer que você restaure o mosteiro à sua verdadeira glória.

— Isso deve ser feito! — disse Ieremias ferozmente. — É um lugar de poder, senhor, muito maior que Gyruum! Uma oração feita em Lindisfarena é ouvida por Deus! Não pelos santos, senhor, mas pelo próprio Deus! Com Lindisfarena posso obrar milagres!

Silenciei-o de novo. Era hora da segunda suposição, embora esta fosse mais fácil.

— Meu primo lhe prometeu a ilha?

— Prometeu, senhor.

Eu sabia que o arcebispo Hrothweard, que era um homem de bom senso e dever, nunca havia prometido Lindisfarena a Ieremias. A ilha e seu mosteiro arruinado eram sagrados para os cristãos porque são Cuthbert tinha vivido e pregado lá. Meu primo jamais havia restaurado o mosteiro, mesmo sendo possível vê-lo dos muros de Bebbanburg, provavelmente porque temia que uma nova abadia e suas construções atraíssem um ataque norueguês ou dinamarquês. Mas, agora que ele estava sitiado, precisava de embarcações para trazer comida à guarnição, por isso fazer uma promessa sobre Lindisfarena seria um jeito fácil de recrutar a ajuda do bispo louco.

— O que meu primo lhe prometeu? Que iria ajudá-lo a reconstruir o mosteiro?

— Sim, senhor! — respondeu Ieremias, empolgado. — Ele prometeu que tornaríamos Lindisfarena mais gloriosa que nunca!

Balancei a cabeça com tristeza e sussurrei:

— O arcebispo ficou sabendo que meu primo também prometeu Lindisfarena aos monges negros.

— Aos beneditinos! — Ieremias ficou horrorizado.

— Porque eles trouxeram o cristianismo aos saxões — expliquei —, e ele não confia em você porque você é dinamarquês.

— Aos olhos de Deus não somos dinamarqueses nem saxões! — protestou Ieremias.

— Eu sei disso, e você também sabe, mas meu primo odeia dinamarqueses. Ele está usando você. Quer que você leve comida para ele, mas depois vai traí-lo! Os monges negros estão esperando em Contwaraburg e virão para o norte quando os escoceses forem embora.

— Deus não vai permitir que isso aconteça! — reclamou Ieremias.

— E foi por isso que eu fui enviado.

Ieremias olhou nos meus olhos e eu o encarei, sem piscar. Percebi a dúvida em seu olhar.

— Mas o senhor Æthelhelm... — começou ele.

— Prometeu ouro aos monges negros — interrompi. — Eu achava que você sabia disso. Achava que era por isso que tinha ajudado Einar a atacá-lo!

Ieremias balançou a cabeça.

— O senhor Uhtred — Ieremias estava falando do meu primo — queria comida, senhor, porque houve um incêndio nos silos dele. Mas ele ficou com medo porque o senhor Æthelhelm está trazendo homens demais. O senhor Uhtred acha que o senhor Æthelhelm quer ficar com a fortaleza.

— Eu achei que meu primo ia se casar com a filha de Æthelhelm.

— Ah, ele vai, senhor. — Ieremias deu uma risadinha e seus olhos se arregalaram ainda mais. — Muito jovem e suculenta, aquela jovem! Um consolo para o seu primo.

O portador do fogo

Consolo por quê?, pensei. Por perder o controle de Bebbanburg para os homens de Æthelhelm?

— Então Æthelhelm deixaria meu primo ficar com Bebbanburg, mas insistiria que a guarnição fosse de homens dele?

— Um exército inteiro, senhor! Pronto para esmagar os pagãos!

E isso fazia sentido. Com Bebbanburg sob o domínio de Æthelhelm, Sigtryggr teria exércitos saxões ao norte e ao sul. Meu primo, astuciosamente, tinha evitado se envolver em qualquer guerra entre saxões e dinamarqueses, mas, para resgatá-lo, Æthelhelm exigia que Bebbanburg fizesse parte das forças que esmagariam a Nortúmbria.

— E meu primo não queria o exército de Æthelhelm em sua fortaleza?

— Ele não quer isso! Alguns homens, sim, mas um exército? Não!

— Então você disse que enfraqueceria a frota de Æthelhelm?

Ieremias hesitou. Senti que ele queria mentir, por isso grunhi, o que o fez se sacudir, como se estivesse surpreso.

— Os escoceses já estavam planejando isso, senhor — admitiu apressadamente.

— E você sabia? — perguntei, e ele apenas assentiu. — E o que Deus acha de você falar com o rei Constantin?

— Senhor! — protestou Ieremias. — Eu não falei com ele!

— Falou — acusei. — De que outro jeito você combinaria de conduzir a frota deles até Dumnoc? Você andou falando com os dois lados. Com o meu primo e com Constantin.

— Com o rei Constantin não, senhor. Eu juro pelo útero da virgem santa.

— Você falou com o senhor Domnall, então.

Ele fez uma pausa e assentiu.

— Falei — admitiu em voz baixa.

— Vocês fizeram um acordo, um *tilskipan*.

— Sim, senhor.

— Você queria uma garantia — falei gentilmente de novo. — Meu primo prometeu que você teria o mosteiro se o ajudasse, mas e se ele perdesse? Isso deve ter preocupado você.

— Preocupou, senhor! Eu rezei!

— E deus mandou você falar com os escoceses?
— Sim, senhor!
— E eles prometeram lhe dar o mosteiro se você os ajudasse?
— Sim, senhor.
— E você fez o reconhecimento de Dumnoc para eles?
Ieremias assentiu de novo.
— Sim, senhor.
— Mas por que você não participou do ataque? Por que não lutou ao lado dos homens de Einar?
Ele me encarou com os olhos arregalados.
— Eu sou um pacificador, senhor! Bem-aventurados os pacificadores! Eu disse ao senhor Domnall que não podia empunhar uma espada, sou um bispo! Eu ajudaria os escoceses, senhor, mas não mataria por eles. Deus proíbe!
— E se você tivesse lutado junto dos barcos de Einar, o senhor Æthelhelm saberia que você traiu meu primo.
— É verdade, senhor.
Se Ieremias era louco, pensei, era um louco sutil, um louco inteligente, sinuoso feito uma cobra. Ele havia convencido os escoceses e o meu primo de que estava do lado de cada um deles, tudo para poder construir seu novo mosteiro em Lindisfarena, independentemente de qual lado vencesse.
— Você acredita mesmo que meu primo vai cumprir com a promessa? Ou que os escoceses deixarão você construir um mosteiro na terra deles? Nenhum dos dois é de confiança.
Ieremias me encarou com lágrimas nos olhos.
— Deus quer que eu construa, senhor! Ele fala comigo; Ele exige isso; Ele espera que eu faça isso!
— Então você deve construí-lo — falei com sentimento. — E o arcebispo entende isso! Foi por esse motivo que ele lhe mandou uma mensagem.
— Uma mensagem? — perguntou Ieremias, ansioso.
— Ele lhe manda a bênção e garante que rezará pelo seu sucesso. Promete que vai apoiar sua obra em Lindisfarena e lhe mandar tesouros, tesouros formidáveis! Mas só se você me ajudar. — Segurei sua mão e a coloquei na cruz de prata que ficava na empunhadura de Bafo de Serpente. — Eu juro

pela minha alma que isso é verdade, e juro que quando eu for senhor de Bebbanburg você será o abade, o bispo e o senhor de Lindisfarena. — Apertei sua mão no botão da espada. — Eu juro em nome do Pai...

— Meu Pai — interrompeu ele.

— Em nome do seu Pai, do seu Irmão e do...

— E em nome do outro — completou ele, ansioso —, porque isso deixa Deus com ciúme. Ele me disse.

— Com ciúme?

Ieremias assentiu vigorosamente.

— Veja bem, o outro é o santo — disse ele, enfatizando a palavra "santo" —, ao passo que meu Pai e meu Irmão deveriam ser santos, mas não são. E isso é muito errado!

— É errado — falei, tranquilizando-o.

— Por isso meu Pai disse para eu não falar o nome do outro. Jamais.

— E seu Pai também vai lhe dizer para confiar em mim.

Por um momento achei que tinha levado o fingimento um pouco longe demais, porque Ieremias não reagiu, apenas franziu a testa para mim. Depois fechou os olhos com força e murmurou baixinho. Fez uma pausa, aparentemente ouvindo, assentiu, murmurou de novo e depois abriu os olhos e me encarou com uma felicidade sincera.

— Acabei de perguntar a Ele, senhor, e Ele diz que posso confiar no senhor! Louvado seja o Senhor.

— Louvado seja o Senhor, realmente — repeti, ainda segurando sua mão. — Então agora fale tudo que eu preciso saber.

E, na antiga igreja de Gyruum, na noite assombrada pela fumaça, ele falou.

QUARTA PARTE
O retorno a Bebbanburg

ONZE

— O SENHOR DEVERIA TER cortado a maldita garganta dele — vociferou Finan na manhã seguinte, ou melhor, mais tarde naquela noite, porque eu tinha acordado meus homens nas profundezas da escuridão.

As fogueiras que defumavam peixes tremeluziam na praia quando meus homens as alimentavam com madeira trazida pelo mar, e à luz das chamas súbitas eles vadearam na água rasa e colocaram armaduras e armas nas nossas embarcações. Mais fogueiras surgiram na colina acima, cercando o salão onde eu tinha aprisionado todos os homens, as mulheres e as crianças de Ieremias. Sete dos meus guardas vigiavam o salão e dois outros montavam guarda com Ieremias, que tinha implorado para passar a noite em sua catedral cheia de relíquias.

— Eu rezaria, senhor — tinha implorado ele. — Eu rezaria pelo seu sucesso.

— Rezar! — zombou Finan. — O senhor deveria ter me deixado cortar a porcaria da garganta dele.

— Ele é louco, não mau.

— Ele é esperto, o senhor mesmo disse.

— Ele acredita em milagres — retruquei.

De algum modo Dagfinnr, o Dinamarquês, tinha ouvido falar dos milagres cristãos e se convencido de que o deus pregado lhe daria o poder de fazê-los se ele coletasse relíquias suficientes, por isso havia nascido Ieremias. Ele culpava seu fracasso em transformar água em cerveja de amora ou curar a cegueira pelo triste fato de que lhe fora negada a propriedade de Lindisfarena.

— É um lugar de poder! — tinha me dito, sério. — O céu toca a terra naquela ilha! É um lugar santo.

— Então ele quer construir uma nova catedral em Lindisfarena — eu disse para Finan agora — e depois vai se tornar o senhor de toda a Britânia.

— O rei Ieremias? — perguntou Finan com escárnio.

— Rei Ieremias, não, papa Ieremias, e ele vai chamar seu reino de reino do céu. Todo mundo vai viver em paz, não haverá doença nem pobreza e a colheita nunca vai faltar. — Confiando em mim, Ieremias tinha revelado suas ambições, numa verborragia empolgada. — Não haverá senhores nem fortalezas, o leão vai se deitar com o cordeiro, espadas serão fundidas para fazer arados, não haverá mais urzes espinhentas e os homens poderão ter quantas mulheres quiserem.

— Santo Deus, só isso?

— E deus lhe disse que todos os milagres vão começar em Lindisfarena, de modo que é lá que ele vai construir sua nova Jerusalém. Ieremias quer mudar o nome da ilha. Vai ser ilha Abençoada.

— Abençoada é a minha bunda — disse Finan.

— E eu serei o santíssimo grande protetor da ilha Abençoada.

— Por que ele vai precisar de protetor se todo mundo vai viver em paz?

— Porque ele diz que o diabo vai ficar feito um leão rugindo, querendo devorar as pessoas.

— Achei que o leão estaria dormindo com o cordeiro. E, de qualquer forma, o que é um leão?

— O diabo disfarçado.

Finan gargalhou e balançou a cabeça.

— E o senhor prometeu dar as ruínas do mosteiro a esse idiota?

— Não posso, elas pertencem à Igreja, mas posso lhe dar terras na ilha. E, se ele tomar as terras da Igreja também, não vou impedi-lo.

— A Igreja não vai gostar.

— Não me importo nem um pouco com o que agrada ou não a Igreja — falei, maldoso. — E Ieremias é inofensivo.

— Ele vai trair o senhor — disse Finan — como traiu todo mundo.

Por algum motivo Finan era avesso a Ieremias, uma aversão mútua. Imaginei se seria porque Finan, um cristão, sentia-se ofendido pelos delírios do bispo louco. Eu conseguia imaginar alguns cristãos achando que Ieremias zombava deles, mas não tinha muita certeza disso. Achava que ele era sincero, mesmo sendo louco, enquanto Finan só queria cortar sua garganta.

Mas eu não cortaria a garganta dele nem qualquer outra parte. Tinha gostado de Ieremias. Ele era seriamente louco e estava passionalmente equivocado. Além disso, era esperto e o tinha provado nas negociações com Æthelhelm, os escoceses e meu primo, embora todas essas mentiras e ardis fossem destinados à realização de seu reino milagroso. Ele acreditava que o deus pregado estava do seu lado, e eu não me sentia disposto a ofender esse deus nem nenhum outro, pelo menos não nesse dia em que travaria a batalha com a qual eu havia sonhado durante toda a minha vida. Por isso lhe prometi terras em Lindisfarena, depois permiti que ele me abençoasse. Suas mãos esqueléticas apertaram minha cabeça enquanto ele arengava com o deus pregado pedindo minha vitória. Até se ofereceu para ir conosco.

— Posso invocar os anjos do meu Pai para lutar ao seu lado — havia prometido, mas eu o convenci de que suas orações seriam igualmente eficazes se fossem feitas em sua catedral.

— O senhor pode deixá-lo viver — disse Finan, mal-humorado —, mas não o deixe aqui!

— O que ele pode fazer?

— O senhor simplesmente vai embora e o deixará em paz?

— O que mais eu faria?

— Eu não confio no desgraçado.

— O que ele pode fazer? — perguntei outra vez. — Ele não pode alertar que estamos indo a Bebbanburg. Precisaria de uma embarcação rápida para isso, e ele não tem nenhum barco.

— Ele é um milagreiro. Talvez voe.

— Ele é um idiota pobre e inocente — retruquei, depois mandei Swithun chamar todos os guardas que vigiavam Ieremias e seu pessoal no velho mosteiro. Era hora de partir.

De fato, Ieremias era um idiota pobre e inocente, mas eu não era igualmente tolo? Eu estava levando um pequeno grupo de guerreiros para recuperar a fortaleza inexpugnável onde os homens do meu primo esperavam, onde Einar, o Branco, esperava e onde os escoceses esperavam.

Fomos para o norte.

Quatro barcos — o *Eadith*, o *Hanna*, o *Stiorra* e o *Guds Moder* — partiram de Gyruum na escuridão. Eu estava no *Guds Moder* e tinha deixado Gerbruht responsável pelo *Eadith*. Remamos rio abaixo em direção ao mar, e o som das pás dos remos afundando na água era o ruído mais alto naquela noite silenciosa. Cada mergulho dos remos agitava as águas do rio, produzindo uma miríade de luzes que cintilavam e, cada vez que as pás subiam, salpicavam um pouco daquelas luzes que eram as joias de Ran, a deusa do mar. Considerei que esse brilho era um sinal da bênção dela. Alguns trechos de névoa se agarravam ao rio, mas havia luar suficiente atravessando as nuvens finas para que as margens escuras do Tinan fossem mostradas.

Partimos na água parada da maré baixa, mas a montante começou assim que seguimos em direção ao mar. Por um momento, a correnteza estava contra nós, mas, assim que atravessássemos os promontórios, viraríamos para o norte e a maré nos ajudaria. Mais tarde, naquele dia, lutaríamos contra as correntes do mar, mas eu esperava que até lá o vento estivesse enfunando nossas velas.

Porém, não havia vento quando saímos do rio. Havia apenas o silêncio da noite através da qual os quatro barcos seguiam como fantasmas vagarosos sob a ação dos remos e um céu repleto de estrelas, enquanto as nuvens se moviam para o oeste. Havia estrelas acima de nós e as joias de Ran abaixo; o mar estava calmo. O mar nunca fica parado, é claro. Um lago calmo pode parecer liso como gelo, mas o mar sempre se move. É possível perceber sua respiração, o lento movimento para cima e para baixo da água, mas raramente eu tinha visto um mar tão calmo quanto naquela noite estrelada e silenciosa. Era como se os deuses estivessem prendendo a respiração, e até meus homens estavam em silêncio. Em geral as tripulações cantam enquanto remam, ou pelo menos resmungam, mas naquela noite ninguém falava, ninguém cantava, e o *Guds Moder* parecia deslizar por um vazio escuro, assim como o *Skíðblaðnir*, o barco dos deuses, navegando sem ruído entre as estrelas.

Olhei para trás enquanto a corrente oculta do mar nos levava para o norte. Estava olhando para o promontório do Tinan para ver se havia alguma fogueira. Eu suspeitava que Constantin, ou pelo menos Domnall, tivesse postado homens na margem norte do rio para vigiar os barcos de Ieremias. Se houvesse batedores escoceses naquela margem, eles não teriam como cavalgar para Bebbanburg mais rápido do que nossas embarcações velejariam até lá, mas poderiam acender um sinal de advertência. Fiquei olhando, mas não vi nada. Eu esperava que qualquer escocês ocupando o sul das terras de Bebbanburg já tivesse se retirado, porque nesse momento as forças de Sigtryggr já deviam ter atravessado a muralha. Ele havia prometido levar pelo menos cento e cinquenta homens para o norte, mas tinha me avisado que não estava disposto a travar uma batalha difícil contra Domnall. Essa batalha levaria a um massacre, e Sigtryggr precisava de cada espada para enfrentar o ataque saxão que sabia estar a caminho.

Não havia nenhuma fogueira para dar um sinal por todo o promontório. O litoral estava escuro. Os quatro barcos seguiam sozinhos, indo para o norte com o *Guds Moder* à frente, que era o menor de todos, portanto, o mais lento, por isso as outras embarcações acompanhavam nossa velocidade. Apenas quando o horizonte a leste ganhou um fio de luz cinzenta como a lâmina de uma espada que os remadores começaram a cantar. Começou no *Stiorra*, os homens entoando a balada de Ida, uma canção que eu sabia que meu filho tinha escolhido porque falava de como nosso ancestral, Ida, o Portador do Fogo, havia atravessado o mar frio para capturar a fortaleza na pedra alta. Ida e seus homens estavam famintos, desesperados, e se lançaram rocha acima, sendo contidos por um inimigo violento. Eles foram repelidos outras três vezes, segundo a canção, e seus mortos eram abundantes na encosta enquanto eles se amontoavam na praia, provocados pelos inimigos. A noite caía e uma tempestade se aproximava vindo do mar. Ida e seus guerreiros estavam presos entre a fortaleza e as ondas agitadas, enfrentando a morte pelas armas ou pelo mar, até que Ida gritou que seria uma morte pelo fogo.

Ele queimou seus barcos perto da água, então pegou um pedaço de madeira em chamas e atacou sozinho. Estava envolto em chamas, deixando um rastro de fagulhas, e ele se lançou ao muro, atirando o fogo no rosto dos inimigos. E eles correram, temendo aquele guerreiro de fogo que tinha vindo de uma terra tão distante. Meu pai zombava da canção, dizendo que um golpe de lança ou um balde de água teriam bastado para impedir Ida, mas era inegável que ele havia tomado a fortaleza.

O canto ficou mais forte conforme a tripulação dos outros três barcos se juntavam, entoando a canção do triunfo ardente no ritmo das remadas, enquanto seguíamos para o norte ao longo do litoral da Nortúmbria. E, quando o sol tocou a borda do mundo com o fogo do novo dia, um vento fraco vindo do leste agitou a água, fazendo-a ondular.

Eu gostaria de que o vento viesse do sul, até mesmo um vendaval, ou pelo menos um sopro forte que mantivesse as embarcações de Einar em seu ancoradouro estreito atrás de Lindisfarena, mas em vez disso os deuses me mandaram um vento suave do leste. Toquei meu martelo e agradeci a eles pelo vento não vir do norte. Ieremias tinha confirmado que as embarcações de Einar, o Branco, estavam no ancoradouro raso atrás da ilha, e um vento forte vindo do sul lhes daria uma passagem longa e cansativa até a embocadura do porto em Bebbanburg. O vento leste ainda tentaria soprá-los de volta para o canal da entrada do ancoradouro, mas, assim que tivessem ultrapassado os baixios, eles poderiam içar velas e ir para o sul com o vento a bombordo.

— E há um barco escocês lá, também, senhor — tinha acrescentado Ieremias.

— O *Trianaid*?

— É um barco grandalhão, senhor — comentara ele. — Os escoceses gostam de construir embarcações pesadas, por isso tenha cuidado para ele não abalroar o senhor. O *Trianaid* é lento, mas pode despedaçar suas tábuas de costado como um martelo caindo sobre uma casca de ovo.

— Quantos tripulantes?

— Pelo menos cinquenta, senhor. O barco é um monstro.

Eu tinha me lembrado de ter visto Waldhere, o comandante das tropas domésticas do meu primo, em Dumnoc.

— Você o trouxe de Bebbanburg? — eu tinha perguntado a Ieremias.

— Eu trouxe, senhor — confessara ele. — E dois outros antes.

— Como? — Se os escoceses tivessem visto alguma embarcação de Ieremias na fortaleza, eles saberiam que estavam sendo traídos.

— A névoa, senhor — tinha respondido. — Levei um dos nossos menores barcos e fiquei parado na baía, perto de Cocuedes, até a névoa ficar densa. — Cocuedes era uma ilha pequena perto do litoral ao sul de Bebbanburg.

— Quem eram os outros dois?

— Padres, senhor. — Ieremias pareceu desaprovar, presumivelmente porque os padres não haviam reconhecido sua autoridade como bispo. — Peguei-os há um mês e os levei a Gyruum, e de lá eles foram para o sul, negociar com o senhor Æthelhelm.

Debaixo do meu nariz, eu tinha pensado com amargura.

— Eles foram mandados para combinar o casamento?

Ieremias assentira.

— Ela traz um dote opulento, pelo que ouvi dizer! Ouro, senhor! E é uma coisinha doce. — Ele havia suspirado, desejoso. — Tem peitinhos iguais a maçãs maduras. Eu gostaria de lhe dar uma bênção completa.

— Gostaria do quê? — eu havia questionado, surpreso.

— Colocar as mãos nela, senhor — respondera Ieremias com aparente inocência.

Ele não era totalmente louco.

No meio da manhã, enquanto o sol iluminava o mar que se partia em pequenas ondas, o vento aumentou. Içamos a vela esgarçada de Ieremias, decorada com uma cruz escura, e, quando ela estava enfunada, o *Guds Moder* se inclinou na brisa que ficava cada vez mais forte. Recolhemos os remos e deixamos o vento nos levar para o norte. As outras embarcações fizeram o mesmo, soltando as grandes velas. O cervo de Æthelhelm estava lá, preto de piche no linho azul-claro, na vela bojuda do *Hannah*.

Ainda não tínhamos chegado à metade do caminho, mas o vento estava ao nosso favor, as ondas salpicadas de espuma quebravam brancas nas proas, nossas esteiras se abriam luminosas ao sol e íamos para Bebbanburg.

*

Quando somos jovens, ansiamos pela batalha. Nos salões iluminados pelo fogo, ouvimos canções sobre heróis — como eles mataram na guerra, romperam a parede de escudos e encharcaram a espada com o sangue dos inimigos. Quando jovens, ouvimos os guerreiros se vangloriando, ouvimos suas risadas enquanto se lembram das batalhas e seus gritos de orgulho quando seu senhor os faz recordar alguma vitória difícil. E os jovens que não lutaram, que ainda não seguraram os escudos ao lado de outro homem na parede, são menosprezados. Por isso treinamos. Dia após dia treinamos com lança, espada e escudo. Começamos na infância, aprendendo a brandir uma espada com armas de madeira, e hora após hora somos golpeados e golpeados. Lutamos contra homens que nos machucam para ensinar, aprendemos a não chorar quando o sangue do couro cabeludo aberto cobre os olhos, e lentamente ficamos mais habilidosos com a espada.

Então chega o dia em que recebemos a ordem de marchar com os homens, não como crianças para segurar os cavalos e catar armas depois da batalha, e sim como homens. Se tivermos sorte, teremos um elmo velho e amassado e um gibão de couro, talvez até uma cota de malha que pende feito um saco. Teremos uma espada com mossas no gume e um escudo marcado por armas inimigas. Somos quase homens, não exatamente guerreiros, e em algum fatídico dia encontramos um inimigo pela primeira vez e ouvimos as canções da batalha, o choque ameaçador das lâminas contra os escudos, e começamos a descobrir que os poetas estão errados e que as canções que falam de orgulho mentem. Mesmo antes de as paredes de escudos se encontrarem, alguns homens se cagam. Eles tremem de medo. Bebem hidromel e cerveja. Alguns se vangloriam, entretanto a maioria fica em silêncio até que se juntam num cântico de ódio. Alguns contam piadas e a risada é nervosa. Outros vomitam. Nossos líderes de batalha discursam para nós, falam dos feitos dos nossos ancestrais, da imundície que é o inimigo, do destino das nossas mulheres e crianças se não vencermos. E entre as paredes de escudos os heróis se pavoneiam, desafiando-nos ao combate um contra um. Vemos os campeões do inimigo e eles parecem invencíveis. São homens grandes, de rosto sério, cobertos de ouro, reluzindo em sua cota de malha, confiantes, cheios de desprezo, selvagens.

A parede de escudos fede a merda, e tudo que os homens querem é estar em casa, em qualquer lugar que não nesse campo, se preparando para a batalha, mas nenhum de nós vai se virar e fugir, caso contrário será desprezado para sempre. Fingimos que queremos estar ali, e, quando enfim a parede avança, passo a passo, e o coração bate ligeiro como as asas de um pássaro, o mundo parece irreal. O pensamento voa, o medo reina. Então é gritada a ordem de acelerar a carga, e você corre ou tropeça, mas fica na sua fileira porque esse é o momento pelo qual passou uma vida inteira se preparando. E então, pela primeira vez, ouve o trovão das paredes de escudos se encontrando, o clangor das espadas, e começam os gritos.

Isso nunca vai acabar.

Até o mundo terminar no caos de Ragnarök, lutaremos pelas nossas mulheres, por nossa terra e por nossos lares. Alguns cristãos falam de paz, do mal que é a guerra, e quem não quer a paz? Mas então algum guerreiro enlouquecido vem gritando o nome imundo do deus dele na sua cara. As únicas ambições dele são matar você, estuprar sua esposa, escravizar suas filhas e tomar sua casa, por isso você precisa lutar. Então verá homens morrendo com as tripas embrenhadas na lama, com o crânio aberto, sem os olhos, os ouvirá engasgando, ofegando, chorando, gritando. Verá seus amigos morrerem, escorregará nas tripas de um inimigo, encarará um homem enquanto enfia a espada na barriga dele, e, se as três senhoras do destino ao pé da Yggdrasil o favorecerem, você conhecerá o êxtase da batalha, o júbilo da vitória e o alívio de sobreviver. Então irá para casa e os poetas vão compor uma canção sobre a batalha. E talvez seu nome seja cantado e você se vanglorie de sua proeza. Os jovens ouvirão com espanto e inveja e você não falará do horror. Não dirá como é assombrado pelo rosto dos homens que matou, como no último fôlego eles pediram piedade e você não teve nenhuma. Não vai falar dos rapazes que morreram gritando pela mãe enquanto você torcia uma lâmina nas tripas deles e rosnava seu desprezo. Não vai confessar que acorda à noite coberto de suor, com o coração batendo forte, tentando escapar das lembranças. Não vai falar disso porque esse é o horror, e o horror é contido no baú do coração, é um segredo. E admiti-lo é admitir o medo, e somos guerreiros.

Não tememos. Pavoneamos. Vamos para a batalha como heróis. Fedemos a merda.

Mas suportamos o horror porque precisamos proteger nossas mulheres, manter nossos filhos longe da escravidão e guardar nossos lares. Por isso os gritos nunca irão terminar, até que o próprio tempo acabe.

— Senhor?

Swithun foi obrigado a tocar meu braço para interromper meu devaneio. Dei um pulo, espantado, e descobri o vento soprando através do casco, a vela dando um bom impulso, minha mão na esparrela e nossa embarcação avançando em linha reta e numa velocidade constante.

— Senhor? — Swithun parecia ansioso. Devia ter pensado que eu estava em transe.

— Eu estava pensando naqueles pudins de sangue que a esposa de Finan faz — falei, mas ele continuou me olhando com uma expressão de preocupação. — O que foi?

— Olhe, senhor. — Swithun apontou para trás.

Eu me virei, e, ao horizonte, havia quatro barcos, mal visíveis, confundindo-se com o amontoado de nuvens na borda do mundo. Tudo que dava para ver eram suas velas sujas e escuras em contraste com as nuvens brancas, mas eu apostaria Bafo de Serpente contra uma faca de cozinha que sabia quem eram. Eram os restos da frota de Æthelhelm, os barcos maiores que estavam ancorados no cais de Dumnoc e que escaparam do ataque de Einar. Como eram grandes, deviam ser mais rápidos que as nossas quatro embarcações. Não só mais rápidos, mas com tripulações maiores — eu não duvidava que Æthelhelm tivesse pelo menos duzentos e cinquenta homens apinhados nos cascos longos que nos seguiam. Por enquanto, os quatro barcos estavam muito longe, mas ainda tínhamos um longo caminho. Seria por pouco.

Meu filho tensionou a vela de modo que o *Stiorra* acelerou. Ele o trouxe para estibordo do nosso barco e afrouxou a vela para igualar a velocidade à nossa.

— Aquele é Æthelhelm? — gritou com as mãos em concha na frente da boca.

— Quem mais seria?

Ele parecia prestes a fazer outra pergunta, depois pensou melhor. Não poderíamos fazer nada, a não ser que quiséssemos abandonar nossa viagem nos direcionando para um dos poucos portos naquele litoral. E meu Uhtred sabia que eu não faria isso. Ele deixou o *Stiorra* ficar para trás.

No início da tarde já era possível ver os cascos das embarcações que nos perseguiam, dentre as quais as madeiras claras do *Ælfswon* estavam bem nítidas. Os quatro barcos se aproximavam de nós, mas achei que ainda chegaríamos antes a Bebbanburg, entretanto isso não bastaria. Eu precisava de tempo antes que Æthelhelm interferisse. Então os deuses mostraram que nos adoravam, porque o vento deve ter diminuído ao sul. Vi as grandes velas se afrouxarem, então se enfunarem e depois se afrouxarem outra vez. Um instante depois o sol se refletia nas pás dos remos, e em seguida as longas fileiras começaram a mergulhar e subir, mas nenhuma tripulação poderia remar tão rápido quanto os nossos barcos naquele vento amigável que vinha do leste. Por um tempo os quatro barcos saxões perderam terreno, mas o trecho de vento calmo não durou e suas velas se enfunaram de novo, os remos foram puxados para bordo e mais uma vez eles começaram a se aproximar de forma implacável. A essa altura Æthelhelm devia ter reconhecido o barco caindo aos pedaços de Ieremias e adivinharia que os outros três eram meus. Saberia que eu estava à sua frente.

No meio da tarde, pude ver as ilhas Farne rompendo o horizonte, e pouco depois o contorno de Bebbanburg no alto de sua rocha. Estávamos navegando depressa, o vento soprando forte, as velas impulsionando os barcos e nossos talha-mares rompendo as ondas e fazendo a água borrifar nos conveses. Meus homens vestiram cotas de malha, prenderam espadas à cintura, tocaram os martelos ou as cruzes e murmuraram orações. Atrás de nós, as quatro embarcações de Wessex estavam tão perto que dava para ver homens a bordo, as cruzes nas proas e as cordas entrelaçadas que esticavam as velas, mas não tinham se aproximado o suficiente. Eu teria um pouco de tempo, e esperava que fosse o bastante. Havia colocado uma cota de malha, a melhor que eu possuía, com bordas de ouro, e Bafo de Serpente estava pendurada à cintura. O sol se refletiu na lança de um homem na muralha de Bebbanburg. Também dava para ver os escoceses; um pequeno grupo de cavaleiros galopava para o norte ao longo da praia. Eles viram os nossos barcos e, como as sentinelas nos muros altos de Bebbanburg, deviam ter reconhecido o *Guds Moder*, e agora os cavaleiros se apressavam para levar a notícia a Domnall.

Assim quatro de nós nos preparávamos. Minha pequena frota se aproximava da fortaleza, com as ondas sibilando nos cascos impelidos pelo vento. Meu primo podia nos ver e agora seus homens deviam estar indo para os muros observar nossa chegada. Domnall estaria ordenando que Einar levasse suas embarcações para o mar, enquanto Æthelhelm nos perseguia desesperadamente. O caos estava para eclodir, mas, para que ele me desse a vitória, eu precisava que todos acreditassem no que viam.

Meu primo esperava uma frota trazida por Ieremias que o ajudaria. Ele andava preocupado com a hipótese de Æthelhelm, que forneceria os homens e a maior parte da comida, trazer uma força grande demais e usurpar a fortaleza, mas veria quatro barcos pequenos, um deles o *Guds Moder*, com a cruz escura na vela e o característico emaranhado de cordame solto, e o cervo pintado grosseiramente na vela mestra do *Hanna*. Com isso, certamente acreditaria que Ieremias estava trazendo o auxílio prometido e acharia, pelo tamanho das embarcações, que a força que vinha ajudá-lo teria menos de duzentos homens. Era um grande contingente, com certeza, mas não o bastante para dominar sua guarnição. Atrás de nós, e ainda a alguma distância das ilhas Farne, estavam os barcos de Æthelhelm, maiores que os nossos e, pelo que dava para ver, nenhum ostentava seu estandarte. Meu primo podia ficar intrigado com eles, mas sem dúvida teria tomado conhecimento de que eu havia comprado barcos. Por isso a explicação mais simples para as embarcações que nos seguiam era que me pertenciam e que eu estava usando cruzes na proa para enganá-lo. Eu não tinha pensado na participação de Æthelhelm na confusão do dia, mas agora percebia que sua presença poderia ajudar, caso meu primo presumisse que suas embarcações eram minhas.

Os escoceses e seus aliados, comandados por Einar, esperavam algo totalmente diferente. Eles também foram informados de que uma frota para ajudar meu primo estava no mar, mas Ieremias os havia convencido de que faria a frota de Æthelhelm se aproximar muito lentamente, com os remos.

— Para dar tempo para os barcos de Einar os interceptar? — eu tinha perguntado a Ieremias em Gyruum.

— Sim, senhor.

— Mas como você convenceria Æthelhelm a diminuir a velocidade das embarcações?

— Eu contei a ele sobre os perigos.

— Que perigos?

— Rochas, senhor! Há rochas entre as Farnes e a terra, o senhor sabe.

— Elas podem ser evitadas com facilidade.

— O senhor sabe e eu sei — respondera ele —, mas os saxões ocidentais sabem? Quantos sulistas navegaram naquele litoral? — Ele tinha aberto um sorriso largo. — Eu disse a ele quantos barcos se perderam lá, falei que existem pedras escondidas perto da entrada do porto, que eles precisavam me seguir muito cautelosamente.

A cautela e o ritmo lento daria aos barcos de Einar e à embarcação escocesa tempo para bloquear a aproximação da frota de Æthelhelm. Então ele precisaria tomar uma decisão: abrir caminho lutando contra o inimigo ou recusar a batalha marítima e voltar ao longo da costa. Ele ainda podia ter de tomar essa decisão, porque, enquanto navegávamos entre as ilhas e a fortaleza, vi Lindisfarena e os barcos de Einar saindo do ancoradouro impelidos por remos. Estavam com dificuldade, esforçando-se para avançar contra o vento que vinha do leste, porém, se eu tivesse diminuído a velocidade, se tivesse baixado a vela e usado os remos para me esgueirar cautelosamente como se temesse baixios e pedras, Einar teria tempo de me interceptar. Mas não diminuí o ritmo. Nossas proas abriam caminho pela água formando espuma e o vento nos impelia com força para o estreito canal do porto. Em pouco tempo, pouquíssimo tempo, Domnall saberia que havia sido enganado.

E o que eu esperava? Toquei o martelo no pescoço e depois a cruz no botão de Bafo de Serpente. Eu esperava ser o senhor de Bebbanburg ao anoitecer.

Ou estar morto.

Mas toda essa loucura dependia de uma coisa, apenas uma coisa: de meu primo abrir os portões de sua fortaleza para mim. Toquei o martelo de novo e chamei Swithun.

— Agora — falei. — Agora.

Swithun estava usando um manto que havíamos pegado no salão de Ieremias, que por sua vez Ieremias tinha saqueado de uma igreja na época em que era chamado de Dagfinnr e servia a Ragnar, o Jovem.

— São belíssimos, senhor — tinha dito Ieremias, passando os dedos com carinho na bainha de uma casula. — Este é tecido com a mais fina lã de ovelha. Experimente, senhor!

Não experimentei. Em vez disso, escolhemos as vestimentas mais espalhafatosas, e agora Swithun usava uma sotaina branca que ia até os tornozelos, com cruzes de ouro na bainha, e uma casula mais curta, com borda de tecido escarlate e decorada com chamas vermelhas que, segundo Ieremias, eram as chamas do inferno. Sobre tudo isso, um pálio, que era uma echarpe larga com cruzes pretas bordadas.

— Quando eu for papa do norte — tinha confidenciado Ieremias —, vou usar apenas mantos dourados. Vou reluzir, senhor, como o sol.

Swithun não reluzia, mas com certeza sua aparência era extravagante. Então ele colocou um elmo com forro de pelos. Eadith havia pegado os longos fios que tínhamos cortado do rabo do garanhão de Berg e costurado na borda do elmo. Assim que Swithun pôs o elmo na cabeça, ele ficou parecendo algo selvagem, com os cabelos brancos e longos balançando ao vento forte. Ele foi até a proa do *Guds Moder* e balançou os braços freneticamente para a fortaleza.

E os homens que esperavam em Bebbanburg viram Ieremias vindo ajudá-los, como tinha prometido e exatamente como esperavam. Eles viram o enorme símbolo de Æthelhelm na vela do *Hannah*. Viram as cruzes nas proas. Viram a ajuda chegando rápido no forte vento leste.

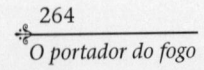

Agora velejávamos diretamente para a entrada. O sol estava baixo no horizonte a oeste, ofuscando-me, mas dava para ver homens acenando nas altas fortificações, então ordenei que meus homens retribuíssem a saudação. Eu via escoceses nas dunas ao norte do canal, apenas observando porque não podiam fazer nada para nos impedir. Atrás deles pude ver que os barcos de Einar tinham chegado a mar aberto e estavam soltando as velas, prontos para virar para o sul e interceptar a frota de Æthelhelm. Era tarde demais para nos deter, mas as quatro embarcações de Æthelhelm estavam quase chegando às ilhas. Rezei para que batessem nas pedras do fundo, mas o vento leste os afastou do perigo. Vi que o estandarte de Æthelhelm tremulava no *Ælfswon*, mas o vento leste fazia a bandeira apontar para a fortaleza, o que significava que os homens nos muros não conseguiam ver o cervo saltando. A tripulação dos barcos de Æthelhelm também acenavam para a fortaleza. Se Æthelhelm tivesse pensado por um momento, perceberia que o melhor curso era encalhar uma das suas embarcações na praia embaixo das fortificações de Bebbanburg e alertar os defensores sobre o que estava acontecendo, mas em vez disso ele continuou nos perseguindo e agora não teria como nos alcançar. Avançávamos para terra firme com o vento leste ao nosso favor, as proas rasgavam o mar e as velas estavam completamente retesadas. Quase dava para sentir o cheiro da terra. Eu conseguia ver o estandarte do meu primo tremulando no alto de Bebbanburg. O fundo do mar se elevava até formar a praia, o que fazia as ondas encurtarem, e nós adentramos um trecho de águas turbulentas onde o vento e a maré lutavam nos baixios. Continuamos em frente, fazendo a água borrifar, e agora os muros de Bebbanburg estavam logo acima, suficientemente perto para algum homem atirar uma lança em nosso convés. Guiei o navio para o centro do canal, as gaivotas circulavam o mastro e grasnavam. Afastei a esparrela de mim e o *Guds Moder* se enfiou na areia a poucos passos dos degraus feitos na pedra que levavam ao Portão do Mar de Bebbanburg.

E ele estava fechado.

O *Stiorra* veio em seguida, encalhando ao lado do *Guds Moder*, depois vieram o *Hanna* e o *Eadith*. Todos os quatro barcos estavam na areia, bloqueando o canal do porto, e homens saltavam das proas com cordas de couro de foca para manter as embarcações no lugar. Outros homens erguiam barris vazios ou sacos cheios de palha, fingindo levar os prometidos suprimentos para encher os depósitos de Bebbanburg. Os homens que carregavam esses fardos usavam elmo e cota de malha, além de espadas à cintura, mas nenhum carregava escudo. Para os defensores nos altos muros, não deveria parecer que vínhamos para a batalha. Metade dos meus homens ainda estava dentro dos barcos, segurando os remos, como se estivessem se preparando para remar até as águas mais seguras do porto.

Swithun estava cabriolando na areia e gritando para o topo dos muros. Eu continuava a bordo do *Guds Moder*, de pé na proa e olhando para o Portão do Mar. Se ele permanecesse fechado, estávamos condenados. Mais de cem dos meus homens se encontravam em terra agora, carregando barris, caixotes e sacos para o arco de pedra. Berg subiu os degraus até o portão e bateu na madeira sólida com o cabo da espada, enquanto Finan vinha até o *Guds Moder* e me olhava inquisitivamente.

— Ninguém atirou uma lança por enquanto — falei, observando o alto da muralha onde via homens olhando para nós. Não atiravam lanças mas também não abriam o portão, e rezei para não ter feito uma avaliação completamente errada desse dia.

— Abram o portão! — berrou Swithun. Berg bateu de novo. As ondas fizeram os navios encalhados se chocar uns contra os outros. — Em nome do Deus vivo! — gritou Swithun. — Em nome do Pai, do Filho e do outro! Abram o portão!

Pulei da embarcação, indo parar na água rasa, olhei para o leste e vi todas as embarcações que nos perseguiam, tanto as de Æthelhelm quanto as de Einar, vindo na nossa direção através da confusão de ondas nos baixios fora do porto. Duas delas colidiram e vi homens impelindo lanças uns contra os outros, mas, apesar de lutarem entre si, nós éramos os verdadeiros inimigos de ambos, e em alguns minutos estaríamos encurralados pela muralha de Bebbanburg, em menor número, e seríamos trucidados.

— O portão! — gritou Swithun para o topo da muralha. — Ordeno em nome de Deus que abram o portão!

Gerbruht pegou uma pedra enorme e subiu os degraus. Evidentemente planejava despedaçar a madeira sólida do portão, mas, mesmo com sua enorme força, não tínhamos chance de entrar na fortaleza antes que os barcos inimigos nos alcançassem. Meu filho se juntou a ele e, como Berg, bateu no portão fechado com o grande botão de sua espada. Agora Swithun estava ajoelhado, com os pelos de rabo de cavalo compridos batendo no rosto.

— Tende piedade, Cristo! — gemia ele. — Por Vossa imensa misericórdia fazei esses homens abrirem o portão!

— Pelo amor de Deus — berrou meu filho, desesperado —, abram o maldito portão.

Eu estava prestes a ordenar que meus homens voltassem às embarcações, pegassem os escudos e formassem uma parede. Se fôssemos morrer, morreríamos de um modo capaz de maravilhar os poetas e levá-los a forjar uma canção a ser entoada no salão do Valhala.

Mas então o portão se abriu.

Doze

Berg e meu filho foram os primeiros a atravessar o Portão do Mar. Eles não correram. Meu filho embainhou Bico de Corvo e ajudou o defensor a abrir totalmente uma das bandas pesadas do portão antes de entrar calmamente no túnel. Berg manteve a espada abaixada. Havia certo risco em mandar um norueguês à frente, mas ele tinha pegado uma cruz emprestada para usar sobre a cota de malha, e era provável que os guardas simplesmente achassem que ele era um cristão que gostava de usar o cabelo comprido como um nórdico. Fiquei observando-o desaparecer no túnel, seguido de perto por um grupo de homens carregando sacos nos ombros.

— Eles entraram — murmurou Finan.

— Espere — falei, não com ele, mas para me tranquilizar.

Tínhamos ensaiado esse momento. Precisávamos capturar o Portão do Mar sem levantar suspeitas, porque depois dele ficava um portão mais alto na paliçada de madeira que só era acessível através de um lance íngreme de degraus cortados na pedra e que guardava a extremidade norte da rocha. Esse portão mais alto era menos formidável que o grande, que ficava abaixo e agora estava aberto, mas, se o inimigo o fechasse, teríamos de travar uma batalha desesperada para capturá-lo, uma batalha que provavelmente perderíamos. Eu podia ver três homens na entrada, observando o que acontecia. Nenhum deles parecia alarmado. Estavam relaxados, um deles encostado no portal.

A tentação era correr até aquele portão mais alto e torcer para que meus homens da frente o alcançassem antes que o inimigo entendesse o que estava acontecendo, mas os degraus eram altos e íngremes e enganá-los tinha parecido ser a melhor tática. Só que agora eu via como os perseguidores estavam perto de nos encurralar. O *Ælfswon* se aproximava da entrada do porto. Dava para ver lanceiros com capas vermelhas, a água subitamente os escondendo quando uma onda quebrou na proa da embarcação branca. Uma massa de barcos vinha atrás, todos inimigos nossos. Olhei para a escada alta, mas nenhum dos meus homens ainda estava à vista.

— Onde vocês estão? — perguntei a ninguém.

— Que Deus nos ajude — rezou Finan baixinho.

Então um homem usando uma capa azul-escura e um elmo de prata de aparência suntuosa apareceu nos degraus distantes. Estava subindo, mas sem pressa.

— Não é um dos nossos homens, é? — perguntei a Finan. Em geral, eu conseguia reconhecer qualquer um dos meus pelas roupas ou pela armadura, mas nunca tinha visto antes aquela longa capa azul.

— Ele é da tripulação do *Stiorra* — disse Finan. — É Kettil o nome dele, eu acho.

— Andou gastando dinheiro, foi? — perguntei num tom amargo.

Kettil era um jovem dinamarquês que adorava roupas espalhafatosas. Era fastidioso, às vezes quase afetado, e facilmente subestimado. Ele parou, virou-se e falou com alguém que vinha atrás, depois meu filho e Berg o alcançaram e os três subiram juntos até o portão superior.

— Rápido! — instiguei.

E, como se tivesse me ouvido, Kettil desembainhou de repente seu seax e pulou os últimos três degraus. Vi a espada curta se cravar na barriga do homem encostado no portal, vi Kettil segurar o sujeito e empurrá-lo para trás antes de jogá-lo pela encosta rochosa. Meu filho e Berg atravessaram o portão com as espadas desembainhadas, e os homens que vinham atrás deles abandonaram os sacos cheios de palha e correram.

— Vão! — gritei para os homens que esperavam do lado de fora do Portão do Mar. — Vão! Vão! Vão!

Subi correndo pela praia. Sobressaltei-me ao ver um homem surgir de repente na muralha de pedra acima do arco do Portão do Mar, mas então percebi que era Folcbald, um dos meus frísios corpulentos. Não havia defensores na plataforma de combate acima daquele arco, mas por que haveria? Meu primo acreditava que estávamos levando comida e reforços, e, embora tivesse enviado homens para essa extremidade da longa rocha de Bebbanburg, a maior parte deles estava apinhada no canto da fortificação voltado para o mar para observar a luta entre os barcos de Einar e os de Æthelhelm. Essas embarcações estavam quase no canal do porto. Um dos homens do meu primo na fortificação deve ter reconhecido o estandarte com o cervo saltando no topo do mastro do *Ælfswon*, porque eu o vi pôr as mãos em concha e gritar para os guardas do portão mais alto. Mas esses guardas já estavam mortos.

— Eu estava perguntando onde eles queriam que puséssemos os suprimentos — contou meu filho mais tarde. — E, quando eles perceberam que não éramos amigáveis, já os estávamos matando.

O restante dos meus homens corria pelo arco do Portão do Mar e subia os degraus do outro lado. Tínhamos conseguido! Tínhamos capturado um caminho através das muralhas externas, subido os degraus íngremes, atravessado a paliçada interna e estávamos no coração da fortaleza.

Isso faz parecer fácil, mas Bebbanburg é enorme e nós éramos poucos. Meu filho, parado não muito depois do recém-capturado portão superior, se deparou com um espaço amplo e aberto que se elevava até uma confusão de pequenos salões e armazéns construídos à sombra do penhasco de onde o grande salão e uma igreja dominavam a fortaleza. À sua esquerda, no alto dos muros voltados para o mar, havia dezenas de homens e algumas mulheres que tinham acompanhado os barcos apostando corrida para chegar ao porto. Entre eles estava um grupo distinto por causa do brilho das suas cotas de malha, e esse equipamento de qualidade o fez supor que meu primo estivesse no meio. Um padre do grupo foi o primeiro a correr até o portão capturado, depois viu os corpos caídos e o sangue derramado na pedra e desistiu do impulso, voltando para os guerreiros com cota de malha reluzente. Gritava para avisá-los. Mais homens se juntavam ao meu filho, formando uma linha para defender o portão capturado.

— Tragam nossos escudos! — gritou meu filho para o Portão do Mar. — Precisamos de escudos!

Na praia, homens largavam os barris vazios e os sacos cheios de palha e se acotovelavam ao atravessar o arco do Portão do Mar. Aqueles que ficaram a bordo dos barcos, fingindo estar prontos para remar até a segurança do porto, agora vinham a terra carregando escudos para os que já estavam dentro da fortaleza. Rorik subiu a praia com dificuldade carregando nosso estandarte, meu escudo pesado, uma capa grossa com borda de pele de urso e meu belo elmo com um lobo na cimeira. Eu lutaria em minha glória de guerra. Bebbanburg merecia isso. Mas, antes que pudesse colocar o elmo ou prender a capa no pescoço, eu precisava estar dentro dos muros, porque agora as embarcações inimigas estavam perigosamente próximas. Olhei para trás e vi o casco branco do *Ælfswon* entrar no canal, enquanto o grande barco escocês, o *Trianaid*, não estava muito longe. Gerbruht passou por mim, indo em direção aos barcos, e segurei seu braço.

— Entre! Agora!

— Precisamos de mais escudos, senhor!

— Pegue os do inimigo. Agora, para dentro! — Levantei a voz. — Todos vocês, para dentro!

Os últimos dos meus homens atravessaram o portão correndo. O *Ælfswon* estava perto! Vi sua vela se agitando loucamente enquanto era afrouxada e a proa se virando para a praia. Guerreiros armados e de cota de malha se apinhavam na proa, olhando para mim enquanto eu chutava um barril vazio para longe da passagem em arco. Gritei para os meus homens fecharem o portão. O peso das duas portas era testemunho dos temores do meu primo — cada uma tinha um palmo de grossura, com barras imensas que a travavam por dentro, e ambas pendiam de dobradiças gigantescas que guincharam ao serem fechadas. Gerbruht ergueu a enorme barra e a largou nos suportes com um estrondo. Do outro lado do portão, escutei o som violento da quilha raspando na areia, ouvi a proa do *Ælfswon* se chocar com o abandonado *Eadith* e soube que os guerreiros de Æthelhelm estavam pulando na praia. Mas a tripulação de Æthelhelm, assim como os três homens que antes vigiavam o portão superior, tinha demorado demais.

Deixei Gerbruht e doze homens defendendo o Portão do Mar.

— Fiquem aqui em cima — ordenei, apontando para onde Folcbald estava na plataforma acima do arco de alvenaria — e joguem pedras em qualquer filho da mãe que tentar entrar.

— Pedras grandes! — acrescentou Gerbruht com deleite. Então ele gritou para seus homens começarem a pegar pedras, em grande quantidade embaixo da plataforma, e carregar escada acima. — Vamos transformar os miolos deles em mingau, senhor — prometeu, depois se virou quando um barulho de madeira rachando soou mais alto ainda do outro lado do portão.

Ouvi homens gritando de raiva, ouvi espadas se chocando e supus que a pesada embarcação escocesa tivesse abalroado o *Ælfswon*. Que os desgraçados brigassem, pensei, e subi os degraus íngremes, entrando em Bebbanburg.

Em Bebbanburg. Em meu lar!

Por um momento fiquei atônito. Eu tinha sonhado em voltar para casa durante toda a minha vida, e agora, dentro das fortificações de Bebbanburg, tudo parecia um sonho. O som do combate abaixo, o grasnar das gaivotas, a voz dos meus homens, tudo desapareceu. Tudo que fiz foi ficar olhando, mal ousando acreditar que estava de novo em casa.

O lugar havia mudado. Eu sabia disso, é claro, porque tinha visto a fortaleza das colinas, mas mesmo assim foi uma surpresa ver as construções estranhas. No alto do forte havia um novo grande salão, com o dobro do tamanho daquele que tinha sido herdado pelo meu pai, e ao lado do salão voltado para mim ficava uma igreja feita de pedra com uma cruz de madeira bem alta na empena da face oeste. Havia uma torre atarracada na extremidade leste da igreja, e era possível ver um sino pendurado na estrutura de madeira com telhado no topo da torre. Mais abaixo, numa laje de pedra entre o salão e as fortificações voltadas para o mar, havia uma construção queimada. Tudo que restava eram cinzas e algumas colunas enegrecidas, e supus que fosse o silo que havia pegado fogo. Outros silos, armazéns e alojamentos, muitos deles novos e todos feitos de madeira, preenchiam o restante do espaço entre o penhasco onde ficava o grande salão e os muros do lado leste da fortaleza. Ouvi outros barulhos enquanto os barcos se acumulavam no canal do porto, olhei para trás e vi que mais duas embarcações de Æthelhelm tinham se juntado ao combate violento que havia irrompido na praia. Os barcos de Einar vinham rapidamente para ajudar os escoceses, que dominaram o *Ælfswon*, mas agora enfrentavam os reforços dos saxões ocidentais. Essa batalha não era da minha conta, desde que Gerbruht e seus homens mantivessem o Portão do Mar em segurança.

Meu trabalho era cuidar dos homens do meu primo dentro da fortaleza e, para minha surpresa, não havia ninguém à vista.

— Eles fugiram — disse meu filho com desprezo. Em seguida apontou para o amontoado de armazéns construídos sob o penhasco onde ficavam a igreja e o grande salão. — Foram para aquelas construções.

— Eles estavam no alto dos muros? — perguntei.

— Uns sessenta, mas pouco mais de dez, mais ou menos, usavam cota de malha.

Então eles não estavam preparados, o que não era uma surpresa. É tedioso defender uma fortaleza durante um cerco, principalmente vigiando o inimigo ao redor que, se estiver tentando fazer com que a guarnição de defesa passe fome, não fará muito além de encará-la. Eu não tinha dúvida de que meu primo possuía uma grande força, toda com cota de malha e muito bem armada, vigiando o Portão de Baixo, e um grupo similar, menor, no Portão de Cima, ambos na extremidade sul da fortaleza. Mas o que ele tinha a temer vindo do Portão do Mar? Esse portão só poderia ser abordado se o inimigo viesse pelo oceano ou se fizesse uma longa caminhada pela praia, sob os muros voltados para o mar. E as sentinelas no alto teriam tempo suficiente para dar um alerta caso o inimigo tentasse uma dessas abordagens. Essas sentinelas pensaram que éramos aliados. E agora estavam mortas.

— Pai? — Meu filho parecia ansioso. Eu estava olhando para o grande salão, maravilhado com o tamanho e pasmo por me ver dentro dos muros de Bebbanburg. — Não deveríamos continuar? — incitou ele.

Uhtred estava certo, é claro. Tínhamos surpreendido o inimigo, que havia se retirado deixando sem defesa todo o norte de Bebbanburg, mas tudo o que eu fazia era me demorar perto do portão.

— Para o salão — falei.

Eu tinha decidido que deveríamos tomar o ponto mais alto da fortaleza, forçando os homens do meu primo a lutar morro acima na tentativa de nos repelir. Eu havia colocado o elmo, fechando as placas faciais de modo que tudo que o inimigo veria eram meus olhos na sombra dentro do metal com o lobo na cimeira. Deixei Rorik amarrar as tiras que mantinham as placas faciais do elmo fechadas, depois coloquei a capa pesada sobre os ombros e a prendi com um broche de ouro. Usava os braceletes de ouro e prata, troféus de batalhas passadas. Portava meu escudo pesado, com a cabeça de lobo de Bebbanburg pintada, e desembainhei Bafo de Serpente.

— Para o salão — repeti, mais alto.

Agora meus homens estavam com seus escudos. Eles pareciam ferozes e impetuosos, os rostos emoldurados por elmos. Eram meus guerreiros fortes e selvagens.

— Para o salão!

Eles passaram correndo por mim, comandados pelo meu filho.

— Pernas jovens — comentei com Finan, e nesse momento o sino da torre da igreja começou a tocar. Conseguia ver o instrumento enorme balançando e vi que a corda era puxada freneticamente, porque o sino se sacudia feito louco. O som era desarmônico, alto e em pânico.

— Agora eles acordaram — disse Finan friamente.

O sino tinha acordado os escoceses também, pelo menos os que ainda não estavam apinhados nas dunas observando a aproximação dos barcos. Vi homens e mulheres saindo das cabanas do lado oposto do porto e se reunindo perto da água. Domnall devia estar se perguntando o que havia provocado o alarme; além disso, devia estar considerando se esse era o momento de atacar o Portão de Baixo. Meu primo devia estar pensando o mesmo, e seu medo de um ataque escocês iria convencê-lo a deixar uma grande força guardando a fortificação ao sul. Constantin, pensei, divertindo-me com a ironia, não ficaria feliz se soubesse como seus homens estavam facilitando as coisas para nós.

— Levante o estandarte — ordenei a Rorik. Era o mesmo símbolo que tremulava acima do grande salão, o estandarte da cabeça do lobo de Bebbanburg.

Eu tinha olhado de relance para trás antes de seguir os homens mais jovens até o grande salão. Agora o canal do porto estava bloqueado por meus quatro barcos, pelos quatro de Æthelhelm, pelo *Trianaid* e pelas embarcações de Einar. Alguns homens de Æthelhelm tinham fugido para a praia ao norte e estavam sendo perseguidos por noruegueses, ao passo que outros travavam uma batalha feroz no convés dos barcos. Mas a maior parte do combate parecia acontecer na praia imediatamente abaixo do Portão do Mar, que escondia minha visão. Dava para ver que Gerbruht e seus homens meramente observavam a luta, o que significava que nem os saxões ocidentais nem, até o momento, os escoceses ou os noruegueses atacavam o portão. Assim, meus inimigos lutavam uns contra os outros, e pensar nisso me fez rir.

— O que é tão engraçado? — perguntou Finan.

— Eu adoro quando nossos inimigos lutam uns contra os outros.

Finan deu um risinho.

— Eu quase sinto pena dos rapazes de Æthelhelm. Vir até aqui e ter uma tripulação de escoceses furiosos prontos para enfiar na bunda deles? Bem-vindos à Nortúmbria.

À nossa frente havia uma elevação de rocha nua onde, no tempo do meu pai, os homens treinavam para a batalha e, nos dias ensolarados, as mulheres colocavam a roupa lavada para secar. Na outra ponta do trecho rochoso havia armazéns, alojamentos e estábulos, e à direita erguia-se o penhasco mais íngreme onde ficavam o salão e a igreja. Também era possível chegar a essas construções por meio de uma rampa de pedra grosseira que seguia a curva dos muros voltados para a terra firme, e meu filho conduzia nossos homens por essa rampa que, em alguns lugares, tinha sido cortada formando degraus. Eles avançavam rápido. Eu vi quando meus primeiros guerreiros correram passando pela igreja e entraram no grande salão pela porta lateral. Quase imediatamente algumas mulheres e crianças saíram correndo do salão, atravessando as grandes portas viradas para o mar, acima dos depósitos. Elas desceram os degraus íngremes correndo, acompanhadas por alguns guerreiros do meu primo que, pelo jeito, não se sentiam inclinados a lutar pelo alto do penhasco. Finan e eu nos apressamos, subindo um lance de degraus de pedra largos que iam da rampa até a igreja. O sino ainda dobrava, e eu cheguei a pensar em entrar na construção de pedras, encontrar quem puxava a corda do sino e silenciar o barulho, mas então decidi que aquele som frenético espalhava o pânico, e o pânico era meu aliado nesse fim de tarde. Uma mulher gritou da porta da igreja ao nos ver. Ignorei-a, seguindo meus guerreiros para a penumbra do salão.

— Uhtred! — berrei, procurando meu filho.
— Pai?
— A frente do salão! Forme uma parede de escudos na frente!

Ele gritou ordens e alguns homens o acompanharam para a luz do sol. Havia quatro corpos entre as mesas, no chão de pedra do salão, corpos de homens surpreendidos ainda lá dentro que foram idiotas o bastante para oferecer resistência. O fogo ardia fraco na grande lareira central, e bolos de aveia assavam no círculo de pedras em volta dela. Eu subi no tablado e abri uma porta que levava a um aposento sem janelas. Não havia ninguém no cômodo que, supus, era onde meu primo dormia. Havia uma cama coberta de peles, tapeçaria numa parede e três baús de madeira. O conteúdo deles teria de esperar. Voltei para o salão, pulei do tablado e me virei rapidamente ao escutar um rosnado à direita, mas era apenas uma cadela debaixo de uma mesa. Ela protegia os filhotes. Meus filhotes, agora, pensei, e me lembrei dos dias caçando nas colinas atrás do porto. E, de repente, o passado pareceu se desenrolar e pude escutar a voz do meu pai ecoando no salão. Não importava que os caibros pesados estivessem acima do que ficavam no tempo dele nem que o salão fosse mais comprido e mais largo. Isto era Bebbanburg! Era o meu lar!

— Pegue uma lança decente, seu cretino — tinha vociferado meu pai no último dia em que caçamos javali juntos.

Gytha, sua nova esposa e minha madrasta, protestou, dizendo que uma lança de adulto era pesada demais para um menino de 9 anos.

— Então deixe que ele seja estripado por um javali — respondera meu pai. — Vai ser um favor para o mundo e vai nos livrar de um cretino.

Meu tio havia rido do comentário. Eu devia ter escutado a inveja e o ódio naquela risada. Mas agora, uma vida inteira depois, eu tinha vindo desfazer a transgressão cometida pelo irmão do meu pai.

Atravessei a grande porta voltada para o mar e vi meus homens arrumados no espaço plano logo além dela. Tínhamos capturado o cume de Bebbanburg, mas isso não significava que havíamos dominado a fortaleza. Ainda precisávamos tirar os inimigos da pedra, e eles se reuniam abaixo de nós. Imediatamente embaixo de nós, numa área aonde se podia chegar pela escadaria que mulheres e crianças usaram para fugir, ficava o grande trecho de pedra chamuscada, agora à sombra da grande empena do salão e cheio de vigas queimadas que, eu supunha, tinham sido do silo incendiado. Para além ficavam outros depósitos e alojamentos, alguns com paredes chamuscadas. E os homens do meu primo, agora armados adequadamente com cota de malha e escudo, enchiam os becos entre as construções.

E percebi que havia cometido um erro. Tinha pensado que, ao capturar o grande salão, o ponto mais alto de Bebbanburg, eu forçaria os homens do meu primo a nos atacar, e homens atacando enquanto subiam degraus íngremes morreriam sob nossas espadas. No entanto, os guerreiros que se juntavam nos becos não davam nenhum sinal de que desejavam ser mortos. Eles esperavam que atacássemos, e, de repente, compreendi que, se meu primo tivesse o tino de uma pulga, ele iria nos deixar no alto enquanto reconquistava o Portão do Mar e deixava os homens de Æthelhelm entrarem. Precisávamos forçar o exército do meu primo que se reunia a abandonar sua posição, derrotá-lo e expulsá-lo de Bebbanburg antes que ele percebesse a oportunidade. O único modo de fazer isso era descer até o emaranhado de construções menores e caçá-los. E eu ainda não sabia quantos homens meu primo comandava, mas sabia que, quanto antes começássemos a matá-los, mais cedo eu poderia voltar a chamar Bebbanburg de lar.

— Uhtred! — gritei em busca do meu filho. — Fique aqui com vinte homens. Vigiem nossa retaguarda! O resto, me siga! — Desci correndo os degraus que eram o caminho principal para o grande salão e que levavam ao silo queimado. — Formem uma parede! — gritei quando cheguei ao pé da escada. — Uma parede! Finan! Para a esquerda!

Havia dois becos à nossa frente, ambos se enchendo de inimigos. Eles ainda estavam confusos. Não esperavam uma batalha nessa tarde de verão, e um homem precisa de tempo para se preparar diante da perspectiva da morte. Dava para ver que estavam nervosos. Não gritavam insultos nem avançavam de forma ameaçadora, apenas esperavam atrás dos escudos. Eu não lhes daria tempo.

— Agora, avançar!

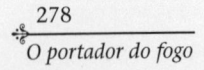

E o que os homens do meu primo viam? Eles viam guerreiros confiantes. A essa altura, sabiam que éramos o inimigo temido, a ameaça que havia pairado sobre Bebbanburg por tantos anos. Viam guerreiros ansiosos pela luta e sabiam o que meus homens tinham realizado no decorrer dos anos. Em toda a Britânia havia poucos grupos de guerreiros com tanta experiência quanto os meus homens, com uma reputação tão feroz quanto a dos meus homens, que fossem tão temidos quanto os meus homens. Às vezes eu os chamava de minha matilha, e os defensores que esperavam nos becos temiam ser rasgados e despedaçados com a selvageria dos lobos. Mas num sentido aqueles homens temerosos estavam errados. Nós não estávamos confiantes, e sim desesperados. Meus homens sabiam, tanto quanto eu, que a velocidade era tudo nesse dia. A batalha devia ser rápida ou seríamos dominados pelos inimigos que, nesse momento, ainda estavam confusos demais para entender o que estava acontecendo. Viveríamos se fôssemos rápidos e morreríamos se fôssemos lentos. Assim, meus homens atacaram com uma ansiedade que parecia confiança.

Levei os meus homens para o beco da direita. Três guerreiros poderiam formar uma parede de escudos para bloquear aquela passagem estreita, mas, em vez de permanecer firme, o inimigo recuou. Swithun, ainda usando o manto espalhafatoso de bispo e o elmo com fios de rabo de cavalo, estava à minha direita e portava uma lança longa e pesada que impelia com força para perfurar os homens que recuavam. Um desses tentou bloquear o golpe da lança com o escudo, mas, em vez de impedir a estocada com o centro do escudo, ele usou a borda, e o escudo se virou para o lado com a violência do golpe de Swithun. Estoquei com Bafo de Serpente no espaço que ele abriu e torci a lâmina quando ela se enterrou nas tripas do sujeito. E então, enquanto ele se curvava, agonizando, sobre a espada, acertei a borda de ferro do meu escudo em sua nuca e ele caiu.

Swithun já atacava o homem de trás enquanto eu dava um chute no meu, que caiu de costas, arrancando Bafo de Serpente da carne que a prendia. Um golpe acertou meu escudo com força suficiente para fazer a parte de cima da borda dele bater na tira de ferro que protegia o meu nariz. Posicionei o escudo de novo e vi uma lança vindo na direção dos meus olhos, me mexi para evitá-la, tentei golpear com Bafo de Serpente o lanceiro que gritava insultos e vislumbrei movimento à esquerda. O lanceiro desviou meu golpe com o escudo, e vi um homem enorme com um elmo cheio de mossas brandindo um machado para acertar minha cabeça. Devia ter sido esse o machado que havia acertado o meu escudo com tanta força, e o desgraçado enorme o empunhava com as duas mãos. Fui obrigado a erguer o escudo para proteger a cabeça, sabendo que convidava uma estocada baixa dada por uma lança, mas o lanceiro também portava um escudo, estava desequilibrado, e achei que minha cota de malha conseguiria conter seu impulso realizado com apenas uma das mãos.

Instintivamente, dei um passo por baixo do golpe do machado, usando o ombro para empurrar o grandalhão para a parede à minha esquerda no beco, e ao mesmo tempo tentei cravar Bafo de Serpente no lanceiro. Eu devia estar usando Ferrão de Vespa, não havia espaço para uma lâmina longa nessa luta. O lanceiro havia recuado, o golpe de machado foi desperdiçado no meu escudo, mas o brutamontes soltou a arma e tentou arrancar meu escudo com as mãos.

— Mate-o! — gritava ele. — Mate-o!

Eu tinha trazido Bafo de Serpente de volta para mim e consegui encontrar espaço para encostar a ponta na parte inferior da barriga dele e fazer força. Senti a ponta afiada romper a cota de malha e perfurar o couro, deslizar para dentro da carne e raspar em osso. O berro se transformou num suspiro de dor, mas ele continuou segurando o meu escudo, sabendo que, enquanto o mantivesse assim, eu estava vulnerável aos seus companheiros. O lanceiro tinha atingido minha coxa. Doía, mas a dor desapareceu quando Swithun perfurou o sujeito, gritando palavrões empurrando para trás o guerreiro empalado por uma lança no peito. Forcei e torci Bafo de Serpente, e de súbito o grandalhão deixou de resistir quando Vidarr e Beornoth, um norueguês e um saxão que sempre lutavam lado a lado, passaram por mim com Vidarr gritando por Tor e Beornoth invocando Cristo. E os dois se viraram para ele com suas espadas. Senti o sangue espirrar em mim e todo o beco parecia estar se inundando de sangue enquanto o grandalhão despencava. O lanceiro ofegava encostado na outra parede e gritava por misericórdia à medida que outros lobos da minha matilha se viravam para ele. Não tiveram misericórdia. O restante dos inimigos tinha fugido.

— Está ferido, senhor? — perguntou Beornoth.

— Não! Continuem!

O guerreiro enorme do machado tinha sido ferido pelo menos três vezes, mas ainda se esforçava para se levantar de novo, o rosto tenso de dor ou ódio. Beornoth acabou com ele passando a espada por sua garganta e mais sangue espirrou em mim. Ulfar, um dinamarquês, tinha quebrado a espada e se abaixou para pegar o machado.

— Continuem em frente! — berrei. — Continuem em frente! Não deixem que eles fiquem de pé!

O beco terminava num espaço aberto perto dos estábulos, sob os muros voltados para o mar. Esses muros eram altos, com uma plataforma de combate larga feita de carvalho sólido onde estavam doze homens do meu primo. Eles pareciam inseguros quanto ao que fazer, mas três portavam lanças e as atiraram em nós. Acompanhamos todo o trajeto das armas e as evitamos com facilidade. As lanças acertaram inutilmente a pedra. Os homens que tinham enchido o beco da direita fugiram para o sul, correndo para se juntar aos defensores do Portão de Cima, que ficava atrás de outro agrupamento de depósitos, celeiros e alojamentos. Eu estava prestes a ordenar aos meus homens que atacassem aquelas construções, impelindo os defensores de volta ao Portão de Cima, sabendo que poderíamos atacar aquela fortificação formidável avançando pela plataforma de combate em cima do muro, mas, antes que eu pudesse dar as ordens, Finan gritou um aviso e vi que muitos dos sobreviventes do breve combate nos becos, talvez trinta ou quarenta homens no total, corriam para o norte, na direção do Portão do Mar. Eram os homens que defenderam o beco mais largo, que Finan tinha limpado, e seu caminho para o sul havia sido bloqueado pelos meus guerreiros, por isso eles fugiam para a segurança dos resistentes muros do Portão do Mar. Os homens que nos vigiaram da alta plataforma de combate também correram para lá.

— Atrás deles! — berrei. — Finan! Atrás deles!

Finan deve ter ouvido o desespero na minha voz, porque imediatamente gritou para os seus homens correrem e os levou para o sul.

E eu estava desesperado. Estava me xingando pela idiotice que tinha feito.

Eu tinha deixado Gerbruht e uma pequena força defendendo o Portão do Mar, mas devia ter deixado mais. Os doze homens de Gerbruht poderiam conter qualquer ataque vindo do canal do porto ficando na plataforma de combate acima do arco, mas agora eles seriam atacados por dentro da fortaleza, por homens que poderiam abrir o portão e deixar entrar uma torrente de inimigos em Bebbanburg. Gerbruht era um guerreiro formidável e seus homens eram experientes, mas eles teriam de sair da plataforma e lutar para defender a passagem em arco contra um número de inimigos três ou quatro vezes maior, e eu achava que Gerbruht não perceberia o que precisava ser feito. Segurei o braço de Swithun.

— Diga ao meu filho para ir ao Portão do Mar. Rápido!

Swithun correu de volta pelo beco e subiu os degraus enquanto eu partia atrás de Finan, ainda me xingando. E também estava intrigado. Havia algo de irreal nesse dia, como se estivesse sonhando acordado, e não travando o combate que eu havia previsto durante toda a minha vida. Meus homens corriam pela fortaleza como uma matilha de cães sem objetivo, primeiro perseguindo um cervo, depois outro, sem nenhum caçador para guiá-los. E a culpa era minha. Percebi que tinha passado horas planejando como entrar em Bebbanburg, mas não havia pensado no que fazer assim que estivesse dentro da fortaleza. Agora o inimigo ditava a batalha e tínhamos sido obrigados a abrir mão do terreno alto para proteger nossa retaguarda. Eu estava atordoado e fazendo besteira.

E a besteira piorou. Porque eu tinha me esquecido de Waldhere.

Waldhere era o comandante das tropas domésticas do meu primo, o homem que tinha me confrontado no dia em que os barcos de Einar chegaram a Bebbanburg. Eu sabia que ele era um inimigo perigoso, um guerreiro quase tão experiente quanto eu. Ele não tinha lutado nas grandes batalhas com paredes de escudos que expulsaram os dinamarqueses de Wessex e depois os perseguiram através da Mércia, mas havia passado anos confrontando os violentos invasores escoceses que achavam que a terra de Bebbanburg pertencia a eles. É preciso ser forte para lutar contra os escoceses durante tanto tempo e sobreviver, e no reino de Constantin havia muitas viúvas que amaldiçoavam o nome de Waldhere. Eu o tinha visto pela última vez em Dumnoc, onde, levado por Ieremias para o sul, ele fora escoltar Æthelhelm e sua filha, Ælswyth, até Bebbanburg. Eles viajaram para o norte no *Ælfswon*, o maior barco do ealdorman e o primeiro saxão ocidental a encalhar no canal do porto de Bebbanburg, onde foi abalroado e atacado pelo escocês *Trianaid*. Instantes depois mais barcos se amontoaram no canal estreito, provocando uma batalha de três lados entre escoceses, noruegueses e saxões ocidentais. Tinha sido um caos, e eu achei que esse caos só poderia me ajudar.

Mas eu tinha me esquecido de Waldhere e de que ele conhecia Bebbanburg muito melhor que eu. Eu só havia passado os primeiros nove anos da infância na fortaleza, mas Waldhere tinha vivido aqui muito mais tempo, dedicado a manter Bebbanburg a salvo de inimigos. A salvo de mim.

Enquanto se aproximava do porto, Waldhere tinha percebido o que ia acontecer, que o *Ælfswon* seria atacado pelo grande *Trianaid*, que, por sua vez, seria atacado pelos barcos apinhados que vinham atrás dele. E, decidido a evitar a carnificina caótica, reuniu Æthelhelm, Ælswyth e suas aias, com a maior parte das tropas de Æthelhelm, na proa do *Ælfswon*. O *Trianaid* abalroou o *Ælfswon*, penetrando na lateral da embarcação e esmagando guerreiros embaixo da pesada proa escocesa. Então o combate começou enquanto os escoceses pulavam no parcialmente destruído *Ælfswon* e a selvageria se espalhava conforme mais embarcações se amontoavam e a batalha se estendia nas duas margens do canal do porto. Waldhere ignorou tudo isso e, em vez de participar do combate, pulou da proa do *Ælfswon* e levou seu grupo primeiro para o oeste, depois para o sul, conduzindo-o ao longo da praia rochosa sob os muros de Bebbanburg voltados para a terra. Gerbruht os viu partindo.

— Eu achei que eles estivessem fugindo — diria ele mais tarde.

Mas Waldhere conhecia Bebbanburg e sabia que era pouco provável que houvesse um ataque às fortificações voltadas para terra firme, construídas na encosta do penhasco que se erguia da água do porto. Mesmo se atacantes desembarcassem na região, achariam a subida quase impossível, mas, mesmo assim, havia uma entrada ali. Não era um portão, não havia degraus, apenas enormes troncos de carvalho parecidos com o restante da paliçada de madeira.

Essa paliçada estava construída sobre a rocha e não era enterrada no chão, como a maioria. Os enormes troncos de carvalho repousavam na pedra do penhasco. O muro era velho e precisava de reparos constantes. Esses reparos eram caros porque os grandes troncos precisavam ser trazidos de longe, do interior, ou então de barco, do sul, e levava uma semana para substituir um mero tronco.

— Um dia vamos construir uma muralha de pedra — tinha dito meu pai. — A muralha inteira! A volta toda.

Meu primo tinha começado esse trabalho, mas jamais havia terminado, e era nos muros virados para o oeste acima do porto, o local menos provável de ser atacado, que ficavam os dois troncos. Não eram presos ao restante da muralha nem reforçados por traves laterais, que enrijeciam o resto da fortificação. Em vez disso, eram mantidos no lugar por enormes pregos de ferro cravados na alta plataforma de combate. Mas os dois troncos podiam ser empurrados para fora, pela parte de baixo, formando um pequeno buraco por onde uma pessoa podia se arrastar. O caminho até os troncos era íngreme e ficava ainda menos convidativo porque as latrinas da fortaleza se localizavam nos muros acima. Quando o vento vinha do oeste, o fedor era pavoroso, mas esse mesmo fedor mantinha as pessoas longe da entrada secreta. Um inimigo sitiando vigiaria os portões de Bebbanburg, sem saber que a guarnição tinha outro lugar por onde homens poderiam fazer uma investida ou, como naquele dia, se infiltrar na fortaleza.

Eu conhecia a antiga passagem secreta embaixo da fortificação voltada para o mar. Meu pai a havia feito e eu tinha avaliado as chances de entrar na fortaleza subindo da praia até aquela abertura. Foi assim que capturei Dunholm, ignorando as enormes defesas na entrada do forte e fazendo os homens passarem por um portão pequeno que dava à guarnição acesso a uma fonte, um portão que os defensores consideraram difícil demais de ser abordado. Alcançá-lo implicava uma subida longa e difícil, quase impossível para um homem de cota de malha carregando um escudo e armas. Além disso, assim que a fortaleza estivesse sob ataque, era fácil bloquear a passagem por dentro. Por isso eu tinha descartado a ideia de sequer tentar usá-la.

Mas eu não sabia da nova entrada no lado oeste. Não tinha homens espionando para mim dentro de Bebbanburg, ninguém para me falar da nova passagem ou dizer que ela era até mesmo mais perigosa que a antiga porque qualquer um que passasse por ela ficaria escondido pela pedra que subia íngreme no interior da muralha. De modo que agora, sem que eu soubesse, Waldhere puxou os troncos para fora e Æthelhelm e seus guerreiros de capa vermelha entraram. Eles se reuniram à sombra da plataforma de combate, perto do grande salão, e não os vimos, não sentimos seu cheiro, não os ouvimos nem soubemos que eles estavam ali.

Porque estávamos tentando consertar a primeira besteira que eu tinha feito. Estávamos lutando para recuperar o Portão do Mar.

Gerbruht nunca tinha me impressionado com sua inteligência. Era enorme, forte, leal e alegre. E havia pouquíssimos homens que eu preferiria ter ao meu lado numa parede de escudos, mas ele não pensava rápido como Finan nem era decidido como meu filho. Eu o tinha deixado guardando o Portão do Mar porque achava que era uma tarefa simples, adequada à natureza teimosa e lenta de Gerbruht, e jamais previra que ele precisaria tomar uma decisão rápida e crucial.

Mas ele tomou. E tomou a decisão certa.

Nem os homens de Æthelhelm nem os escoceses com seus aliados noruegueses tentaram atacar o Portão do Mar. Seria uma tarefa gigantesca, ainda que não impossível, se eles tivessem usado os mastros das embarcações como escadas improvisadas. Teriam de passar o resto do dia organizando isso e eles não tinham tempo, estavam ocupados demais lutando uns contra os outros, e os poucos que se desgarraram e se dirigiram aos degraus de pedra foram recebidos por pedras atiradas por Gerbruht e seus homens lá em cima.

Agora, de repente, Gerbruht viu os homens do meu primo descendo de seu portão mais alto e imediatamente entendeu o perigo. Os homens em pânico poderiam destrancar o portão de baixo e deixar entrar uma horda de inimigos. Assim, Gerbruht abandonou sua plataforma e levou seus homens para formar uma parede de escudos na passagem em arco.

Os homens do meu primo tinham sofrido nos becos, despedaçados pela pura selvageria do nosso ataque, e agora procuravam refúgio. Não podiam ir até o grande salão, eu tinha impedido sua rota para os portões do sul onde, como suspeitava, meu primo devia estar reunindo suas forças, por isso fugiram para o norte. As grandes fortificações de pedra do Portão do Mar prometiam segurança, portanto, eles foram para lá, e então viram a parede de Gerbruht se formando. Era uma parede de escudos pequena, mas preenchia a abertura da passagem e oferecia morte aos primeiros homens que tivessem coragem de atacar. Os fugitivos hesitaram. Ninguém os comandava. Ninguém lhes dizia o que fazer. O sino da igreja continuava tocando em pânico, havia sons de batalha do lado de fora do Portão do Mar. E assim, sem líderes e apavorados, eles pararam.

E Finan os atacou por trás.

Sabendo melhor que ninguém a carnificina que aconteceria caso o Portão do Mar fosse aberto, Finan não parou para colocar seus homens em formação numa parede de escudos. Apenas se lançou sobre o inimigo com fúria irlandesa, dando seu grito de batalha insano. Ele tinha a vantagem do terreno elevado, sentia o medo dos inimigos e não lhes deu tempo de entender a vantagem que possuíam. Os inimigos tinham aliados do outro lado do portão — os sobreviventes de Æthelhelm, que estavam bastante ocupados —, e só precisavam dominar os doze homens de Gerbruht, destrancar o portão e empurrá-lo para fora. Mas, em vez disso, morreram. Os homens de Finan, com a crueldade de guerreiros encontrando um inimigo aterrorizado e à sua mercê, não demonstraram misericórdia. Transformaram os degraus de pedra numa cachoeira de sangue. E, vendo o massacre, Gerbruht tirou seus homens do arco e atacou morro acima. Quando cheguei ao portão superior, os homens do meu primo estavam mortos ou aprisionados.

— Queremos prisioneiros? — gritou Finan para mim.

Havia uns trinta homens ajoelhados, a maioria estendendo as mãos para mostrar que não portava armas. Cerca de metade do grupo inicial havia morrido ou estava morrendo, derrubada pelo ataque furioso de Finan. Pelo que dava para ver, nenhum guerreiro dele nem sequer tinha se ferido.

Eu não queria prisioneiros, mas não queria matar aqueles homens, alguns dos quais mal passavam de meninos. Muitos, sem dúvida, eram filhos de arrendatários de Bebbanburg ou netos de pessoas que eu tinha conhecido na infância. Se eu vencesse, eles seriam o meu povo, meus arrendatários, talvez até meus guerreiros. Porém, antes que pudesse gritar uma resposta, houve uma batida no portão.

— Gerbruht! — gritei. — Leve seus homens de volta à plataforma de combate!

— Sim, senhor!

— E, Gerbruht, muito bem!

Alguém gritou do lado de fora do Portão do Mar.

— Misericórdia! Deixem-nos entrar!

O homem bateu de novo no portão. Suspeitei que fosse um sobrevivente dos homens de Æthelhelm que ficaram para defender os barcos e foram atacados pelos escoceses e pelos nórdicos de Einar. Eu compartilhava da pena que Finan sentia deles. Esses guerreiros foram trazidos para esse litoral ermo e se viram lançados numa batalha implacável contra nórdicos selvagens. Seria misericordioso abrir o portão e deixar que os sobreviventes entrassem, e alguns daqueles saxões ocidentais podiam até ter lutado por mim. Mas era um risco que eu não ousava correr. O Portão do Mar tinha de permanecer fechado. E isso significava que os homens de Æthelhelm presos do lado de fora da muralha deveriam morrer e que nossos prisioneiros tinham de permanecer no interior da fortaleza.

— Finan! — gritei. — Dispa os prisioneiros! Jogue as armas deles por cima do muro! — Eu preferiria mandar os cativos para fora da fortaleza, mas isso iria condená-los. Bastaria despi-los e desarmá-los. Isso os deixaria impotentes.

As batidas no portão cessaram e ouvi um berro de fúria quando Gerbruht jogou uma pedra de cima do muro. Um homem gritou um palavrão em norueguês, o que me disse que só havia homens de Einar e escoceses, ambos inimigos do meu primo, do lado de fora do Portão do Mar.

— Guarde-o bem! — gritei para Gerbruht.

— Eles não vão entrar, senhor! — gritou ele em resposta. Eu acreditei.

— Pai. — Meu filho tinha passado pelos homens apinhados no portão superior cima e tocou meu braço coberto pela cota de malha. — É melhor você vir comigo.

Acompanhei-o voltando pelo portão superior e vi uma parede de escudos atravessando o centro da fortaleza. A parede começava logo abaixo do penhasco, onde ficavam a igreja e o grande salão, e se estendia até o muro voltado para o mar. Um estandarte tremulava no centro da linha, meu estandarte da cabeça de lobo, e sob ele estava meu primo, que finalmente havia reunido suas forças. Seus homens golpeavam os escudos com as espadas e batiam os pés no chão. Havia mais homens ainda formando uma parede de escudos menor perto da igreja, e ambas estavam acima de nós.

— Quantos? — perguntei.

— Cento e oitenta na rocha de baixo — respondeu meu filho — e trinta perto da igreja.

— Então os números são mais ou menos iguais.

— É ótimo que o senhor não saiba contar — comentou meu filho, parecendo achar isso mais divertido do que deveria. — E tem mais desgraçados ainda — acrescentou quando um grande grupo de homens penetrou no centro da parede de escudos do meu primo, que se abriu para dar espaço para eles.

Eu supus que aqueles homens estariam guarnecendo o Portão de Cima e que meu primo os tivesse chamado, confiando que os guardas do Portão de Baixo detivessem qualquer ataque dos escoceses. Agora eu podia ver meu primo mais claramente. Ele estava montado num cavalo e era acompanhado por outros três cavaleiros, todos atrás do estandarte no centro da parede de escudos maior, sobre a rocha de baixo.

— Ele engordou — falei.

— Engordou?

— O meu primo. — Ele parecia pesado no cavalo grande. Estava longe demais para que eu visse seu rosto emoldurado pelo elmo, mas dava para perceber que estava nos olhando enquanto seus homens batiam nos escudos com as espadas. — Vamos pegá-lo primeiro — declarei, vingativo. — Vamos matar o desgraçado e ver se seus homens ainda têm vontade de lutar.

Por um instante meu filho não disse nada. Depois eu vi que ele estava olhando para o cume de Bebbanburg.

— Ah, meu Deus — disse ele.

Porque o cervo que saltava tinha vindo para Bebbanburg.

— Como, em nome de Deus, eles entraram? — perguntou meu filho, agora sem diversão na voz, apenas perplexidade, porque os homens de Æthelhelm, com suas capas vermelhas, apareceram no alto do penhasco da fortaleza. Usavam cota de malha, formaram uma nova parede de escudos e gritaram comemorando ao ver como éramos poucos. Os homens de Finan ainda estavam fora do campo de visão deles, nos degraus perto do Portão do Mar, e as tropas de Æthelhelm deviam ter achado que éramos menos de cem. — Como, em nome de Deus, eles entraram? — perguntou meu filho de novo.

Eu não tinha resposta. Por isso, contei os guerreiros de capa vermelha e vi que eram pelo menos sessenta, e mais homens ainda vinham da extremidade sul da fortaleza para se juntar à parede de escudos do meu primo. Meu primo, empolgado com a chegada do aliado, gritava com seus homens, assim como dois padres que arengavam à parede de escudos cada vez mais grossa, sem dúvida dizendo que o deus pregado desejava que todos morrêssemos. Acima dele, nas partes altas da fortaleza, Æthelhelm aparecia alto numa capa escura e cota de malha reluzente. Ele também tinha um padre, que andava ao longo da parede de escudos, cada vez maior, oferecendo a bênção de seu deus para os guerreiros domésticos que se preparavam para nos matar.

Havia noruegueses vingativos esperando do lado de fora do portão e a morte formando duas paredes de escudos do lado de dentro. Eu havia lutado mal até agora, desperdiçando meus homens em ataques inúteis e sendo obrigado a me retirar em pânico. Pior, eu tinha dado tempo para o meu inimigo se recuperar da surpresa e colocar suas tropas em formação. Mas, de repente, enquanto via aquele inimigo preparado e esperando, eu me senti vivo. Tinha sido ferido na coxa direita, atingido pelo lanceiro que morrera gritando no beco. Encostei os dedos no ferimento e eles voltaram ensanguentados. Passei o sangue nas placas faciais do meu elmo e levantei os dedos para o céu.

— Para você, Tor! Para você!

— O senhor está ferido — disse meu filho.

— Não é nada — falei, e gargalhei. Eu me lembro de ter gargalhado naquele momento e me lembro do meu filho franzindo a testa, intrigado. Porém, minha maior lembrança foi da certeza súbita de que os deuses estavam comigo, de que lutariam por mim, de que minha espada seria deles. — Nós vamos vencer — falei ao meu filho. Eu sentia como se Odin e Tor tivessem me tocado. Nunca me senti mais vivo nem com tanta certeza. Eu sabia que não haveria mais erros e que isso não era um sonho.

Eu tinha vindo para Bebbanburg, e Bebbanburg seria minha.

— Rorik! — gritei. — Você está com a sua trombeta?

— Sim, senhor.

Abri caminho entre os meus homens, voltando a passar pelo portão superior. Finan tinha levado cinquenta guerreiros escada abaixo para ajudar o pequeno grupo de Gerbruht e esses cinquenta ainda estavam lá, jogando as armas, as cotas de malha e as roupas dos prisioneiros por cima da muralha de pedra.

E percebi que os homens costumam ver o que querem ver. Meu primo via cerca de cem de nós amontoados perto do portão do norte. Devia parecer que tínhamos recuado e agora estávamos presos entre sua força avassaladora e os noruegueses malignos do lado de fora. Ele enxergou a vitória.

Æthelhelm via o mesmo. Ele sabia contar, dava para ver que estávamos em menor número e no terreno mais baixo. Podia ver que estávamos encurralados, e, enquanto o sol baixava na direção dos morros do oeste, ele deve ter sentido o júbilo da vingança iminente.

Porém, eu tinha acordado daquele torpor irreal. Subitamente, eu sabia como meus lobos lutariam pelo resto desse dia.

— Finan — gritei —, mantenha os seus homens escondidos até ouvir a trombeta! Depois deixe seis homens ajudando Gerbruht e venha se juntar a nós com o restante. Você vai ser uma retaguarda! — Não havia necessidade de explicar mais que isso. Quando saísse das sombras com seus homens, Finan veria o que eu queria que ele fizesse. Ele assentiu, e justo nesse momento o sino da igreja, que estivera tocando desde que tínhamos invadido a fortaleza, parou e os homens do meu primo gritaram.

— O que está acontecendo? — perguntou Finan.

— Æthelhelm conseguiu entrar de algum jeito. Com uns sessenta ou setenta homens. Estamos em menor número.

— Muito?

— Um bocado.

Finan deve ter sentido meu humor porque me ofereceu um sorriso largo, ou talvez só estivesse tentando encorajar seus homens, que ouviam.

— Então o desgraçado do Æthelhelm está aqui — gritou ele para mim.

— Estamos em menor número e eles têm o terreno mais elevado. Isso quer dizer que vamos atacar?

— É claro que vamos! — gritei. — Espere dois toques da trombeta e venha!

— Estaremos lá! — gritou ele, depois se virou para apressar seus homens, que estavam arrebanhando os prisioneiros nus para a fenda entre a rocha e a muralha exterior.

Uma trombeta soou. Não a minha, mas sim no centro da fortaleza. Tocou uma nota longa e pesarosa e eu achei que era o meu primo avançando com sua parede. Mas, quando voltei pelo portão superior, vi que ela anunciava um único cavaleiro que se aproximava de nós. Os cascos do enorme garanhão ressoavam na pedra. Ele ainda estava a alguma distância, fazendo o cavalo andar lentamente, e seu rosto estava escondido pelas placas do elmo. Por um momento esperei que fosse o meu primo, mas ele continuava em sua parede de escudos, e pude ver Æthelhelm em meio às capas vermelho-escuras no terreno elevado. Então o guerreiro que se aproximava devia ser um campeão, mandado para nos provocar.

Dei as costas para ele e procurei meu filho.

— Quantos dos nossos homens têm lanças? — perguntei.

— Uns dez? Não muitos.

Eu me censurei por não ter pensado em lanças antes, porque, sem dúvida, os homens de Finan tinham jogado algumas por cima da muralha exterior, mas dez deviam bastar.

— Quando atacarmos — avisei ao meu filho —, ponha os lanceiros na segunda fila. Eles não vão precisar de escudos. — Não esperei sua resposta e fui encontrar o cavaleiro.

Era Waldhere, que tinha chegado com Æthelhelm, mas devia ter se juntado ao meu primo assim que pôde. Ele conteve o cavalo a cerca de vinte passos da minha parede de escudos e abriu as placas faciais do elmo para que eu visse seu rosto. Usava a mesma capa de pele de urso do dia em que Einar havia chegado. A vestimenta pesada devia ser quente, mas fazia com que ele parecesse enorme, especialmente a cavalo. O rosto rígido estava emoldurado pelo elmo cheio de marcas de batalha, coroado por uma garra de águia, e seus antebraços cobertos de cota de malha, como os meus, tinham argolas de ouro. Ele era um guerreiro em sua glória de batalha e ficou observando minha aproximação, depois tirou alguma coisa dos dentes amarelos e deu um peteleco, jogando a coisa na minha direção.

— O senhor Uhtred — começou ele, falando do meu primo — lhe oferece a chance de se render agora.

— Ele não ousou vir me dizer pessoalmente?

— O senhor Uhtred não fala com cagalhões.

— Ele fala com você.

Por algum motivo, esse leve insulto o deixou com raiva. Percebi pela sua expressão e ouvi a fúria reprimida na voz.

— Quer que eu o mate agora? — rosnou ele.

— Sim — respondi. — Por favor.

Ele zombou da minha resposta e balançou a cabeça.

— Eu o mataria com prazer, mas o senhor Uhtred e o senhor Æthelhelm querem que você seja mantido vivo. Sua morte será a diversão deles no salão esta noite.

— Desça do cavalo e lute comigo — retruquei — porque sua morte vai divertir meus homens.

— Se você se render agora — continuou ele, ignorando meu desafio —, sua morte será rápida.

Ri dele.

— Está com medo demais para me enfrentar, Waldhere?

Como resposta, ele apenas cuspiu na minha direção.

Dei as costas para ele.

— Este é Waldhere — gritei para os meus homens. — E ele está com medo demais para lutar comigo! Eu me ofereci e ele recusou. É um covarde!

— Então lute comigo, em vez disso! — Meu filho saiu da parede de escudos.

Na verdade, eu não queria que nenhum de nós lutasse com Waldhere. Não porque temesse sua habilidade, mas porque eu queria atacar os inimigos antes que eles encontrassem a coragem. Os guerreiros diante de nós, que batiam nos escudos com as espadas, não eram covardes, mas os homens precisam reunir a determinação de avançar para o abraço da morte. Todos temos a parede de escudos, só um idiota diria o contrário. Mas meus homens estavam preparados para o horror, e os do meu primo ainda se recuperavam do choque de perceber que deveriam lutar pela própria vida nesse fim de tarde. O sino da igreja os havia lançado ao pânico. Eles esperavam outra tarde monótona, mas, em vez disso, encaravam a morte, e os homens precisam de tempo para se preparar para esse encontro. Além disso, eles sabiam quem eu era, conheciam a minha reputação. Seus sacerdotes e líderes estavam dizendo a eles que venceriam a batalha, mas seus temores lhes diziam que eu nunca perdia, e eu queria atacar enquanto esses temores corroíam sua coragem. E a luta com Waldhere atrasava esse ataque, motivo pelo qual ele havia cavalgado até nós, é claro. Sua exigência de que nos rendêssemos, uma exigência que ele sabia que eu iria recusar, se destinava a dar tempo para os defensores reunirem a determinação. E o fato de ter cavalgado sozinho para me confrontar mostrava a esses defensores que ele não nos temia. Tudo fazia parte da dança da morte que sempre precede a batalha.

— E quem é você? — perguntou ele.

— Uhtred de Bebbanburg — respondeu meu filho.

— Eu não luto com cachorrinhos — zombou ele. Seu cavalo, um belo garanhão cinza, sacudiu subitamente a cabeça e deu um passo de lado na rocha. Waldhere o acalmou. — Se você se render — agora se dirigia a mim, mas suficientemente alto para os meus homens ouvirem —, seus guerreiros viverão. — Ele ergueu a voz para ter certeza absoluta de que todos os meus homens podiam ouvir a oferta ser repetida. — Larguem as armas! Larguem os escudos, e vocês viverão! Vão receber salvo-conduto para o sul! Larguem os escudos e vivam!

Houve um barulho atrás de mim quando um escudo bateu na pedra. Eu me virei, consternado, e vi o homem alto usando a capa azul-escura e o belo elmo de prata sair da parede de escudos. Ele tinha jogado o escudo no chão e agora caminhava até Waldhere. Finan tinha me dito que ele era Kettil, o jovem dinamarquês fastidioso.

— Kettil! — vociferei.

— Sim, senhor? — respondeu Kettil atrás de mim. Eu me virei, franzindo a testa, e vi Kettil com um elmo de ferro e sem capa. — Senhor? — perguntou ele, perplexo.

Voltei a olhar para o homem alto. Agora dava para ver que seu elmo era gravado com um padrão de cruzes cristãs entrelaçadas, e outra cruz, forjada em ouro, pendia sobre seu peito. Kettil era pagão, jamais usaria essas coisas. Eu já ia exigir que o covarde pegasse o maldito escudo e ocupasse o lugar de volta na parede, mas, antes que eu pudesse falar, ele desembainhou a espada longa e a apontou para Waldhere.

— Esse cachorrinho lutaria com você — disse o sujeito. Ele não tinha largado o escudo como sinal de rendição, mas porque Waldhere não portava escudo e ele ofereceria uma luta justa ao cavaleiro. — Se é que você tem coragem de me enfrentar, coisa que duvido.

— Não! — gritei.

Waldhere olhou para mim, perplexo e intrigado com minha reação à oferta de luta por parte do homem alto.

— Está com medo de que eu mate o seu cachorrinho? — zombou Waldhere.

— Lute comigo! — Quase implorei. — Lute comigo! Não com ele!

Ele riu de mim. Não sabia por que fiquei subitamente tão agitado, mas tinha entendido que eu não queria que ele lutasse com o homem alto que o desafiava. E assim, é claro, aceitou o desafio.

— Venha, cachorrinho — disse, e desceu da sela. Soltou o broche da capa e a deixou cair, de modo que o peso dela não atrapalhasse o braço da espada.

Segurei o braço do homem alto.

— Não! Eu proíbo!

Os olhos escuros na sombra do elmo me encararam com calma.

— Eu sou o seu príncipe — retrucou ele. — E você não me dá ordens.

— O que você está fazendo aqui?

— Eu estou prestes a matar esse homem abusado — respondeu Æthelstan.

Ouvi o silvo da espada de Waldhere sendo desembainhada e apertei o braço de Æthelstan mais forte.

— Você não pode fazer isso!

Ele afastou minha mão suavemente.

— O senhor comanda homens, senhor Uhtred, e comanda exércitos, mas não comanda príncipes. Eu obedeço a Deus e ao meu pai, e não obedeço mais a você. O senhor deveria me obedecer, portanto deixe-me cumprir com meu dever. O senhor está com pressa para vencer esta batalha, não é? Então por que perder tempo? — Ele me empurrou gentilmente para o lado e caminhou na direção de Waldhere. — Eu sou Æthelstan, príncipe de Wessex, e você pode largar a espada e me jurar lealdade.

— Eu posso estripá-lo como o cachorrinho magricela que você é — vociferou Waldhere. E, como Æthelstan mantinha a empunhadura da espada baixa, Waldhere atacou rápido, com um golpe alto, na tentativa de acabar com a luta num instante.

Waldhere era um homem grande, alto, de peito largo, robusto e musculoso. Æthelstan tinha altura equivalente à dele, mas era magro como o avô Alfredo. Ele parecia frágil perto de Waldhere, mas eu sabia que essa fragilidade era enganadora. Ele era rijo e ligeiro. O primeiro golpe de Waldhere foi uma estocada em direção à garganta de Æthelstan, um movimento ágil. Para nós, que estávamos olhando, parecia destinado a cortar a goela de Æthelstan, mas o príncipe simplesmente se deslocou para o lado, quase com desprezo, sem se incomodar em levantar a arma enquanto a espada de Waldhere passava perto de seu pescoço. Ela tocou, mas não rompeu a coifa de armas.

— Já está pronto para começar? — escarneceu Æthelstan.

A resposta de Waldhere foi um segundo ataque. Ele queria usar seu peso para derrubar Æthelstan. Tinha recuado a espada rapidamente, e Æthelstan continuou sem erguer a sua. Waldhere mugiu feito um touro no cio e usou as duas mãos para tentar cravar a espada na barriga de Æthelstan, ao mesmo tempo avançando, tentando perturar o príncipe e jogá-lo no chão, onde poderia transformar suas tripas em retalhos sangrentos. Ele devia pesar o dobro do rapaz e viu sua lâmina indo para onde queria. O mugido se transformou num grito de vitória. Então, de repente, a lâmina foi desviada quando Æthelstan usou a mão esquerda para evitar a estocada. Esse movimento deveria ter cortado a mão dele, até mesmo decepado os dedos, mas Æthelstan usava uma luva com tiras de ferro costuradas no couro.

— É um truque que Steapa me ensinou — diria mais tarde.

E, enquanto a espada de Waldhere era impelida inutilmente pelo ar, Æthelstan deu uma pancada com o punho de sua espada no rosto de Waldhere.

— Um truque que o senhor me ensinou — diria ele mais tarde.

Foi um golpe forte. Ouvi a pancada e vi o sangue do nariz quebrado de Waldhere. Vi Waldhere cambalear para longe, não porque tinha perdido o equilíbrio, mas porque não conseguia enxergar. O pomo da espada de Æthelstan tinha acertado seu olho esquerdo, esmagando-o, e a dor confundia o que lhe restava de visão. Ele se virou, atacando outra vez, mas o golpe foi fraco e Æthelstan o desviou, então soltou um grito de vitória enquanto dava seu único ataque da luta. Foi um golpe de espada com as costas da mão viradas para cima que acertou o pescoço de Waldhere. Vi Æthelstan fazer uma careta com o esforço de puxar a espada de volta, fazendo um movimento de serrote, rompendo a coifa de armas, rompendo pele e músculo, cortando os grandes vasos sanguíneos e indo até a coluna do grandalhão. Houve um jato de sangue que encharcou o belo elmo de Æthelstan, uma nuvem vermelha que os homens, assistindo à luta no coração da fortaleza, puderam ver claramente. E puderam ver seu campeão cair.

O som das espadas batendo nos escudos hesitou, depois parou completamente à medida que Waldhere se afastava de Æthelstan. O grandalhão largou a espada, levou as mãos ao pescoço e tombou de joelhos. Por um instante lançou um olhar perplexo para Æthelstan, depois caiu para a frente e estremeceu uma última vez ao lado da capa largada. Meus homens gritavam comemorando enquanto Æthelstan ia até o cavalo do morto e montava na sela. Deu alguns passos na direção do inimigo, vangloriando-se, depois limpou a lâmina da espada na crina do garanhão cinzento.

— Agora! — gritei. — Lanceiros na segunda fileira! E me sigam!

Tínhamos perdido muito tempo. Agora havia uma batalha a travar e uma fortaleza a ganhar. E eu sabia como ganhá-la.

Por isso atacamos.

Eu poderia atacar de dois jeitos. Um era avançar para a face da parede de escudos do meu primo e o outro era usar a longa rampa irregular que levava ao grande salão, rota que tínhamos tomado ao entrar na fortaleza. Assim que chegássemos ao topo da rampa, precisaríamos atacar os guerreiros domésticos de Æthelhelm que esperavam no alto dos degraus íngremes de pedra. Seria terrível. Atacar subindo alguma elevação é sempre desagradável, e, quanto mais difícil a subida, mais desagradável é. A alternativa era investir contra a longa parede de escudos do meu primo. A maior parte tinha duas fileiras, e, em alguns pontos, três, e uma parede de escudos com duas ou três fileiras é partida com mais facilidade que uma de quatro, cinco ou mesmo seis fileiras. Eu queria avançar com pelo menos quatro fileiras, por isso a minha não seria muito larga. E, apesar de eu acreditar que meus lobos ferozes abririam um caminho de sangue pelo centro da parede do meu primo, mais fina que a nossa, a visão da minha parede curta avançando atrairia os guerreiros de Æthelhelm. E, enquanto estivéssemos atravessando o centro, as alas do inimigo iriam nos envolver. Todas as forças do inimigo estariam no mesmo lugar, cercando-nos, e, ainda que isso não significasse uma derrota, seria uma luta sangrenta e longa e as baixas seriam maiores que num ataque curto e violento, portanto, na verdade, não havia escolha. Precisávamos fazer do jeito mais difícil.

Atacaríamos os homens de Æthelhelm no topo da rampa e encararíamos a perspectiva de combater guerreiros que ocupavam o terreno mais alto e que podiam baixar machados e espadas nas nossas cabeças. Meu primo, ao nos ver usando a rampa, não poderia oferecer reforços às tropas de Æthelhelm imediatamente porque não havia espaço suficiente nas lajes de pedra do lado de fora do grande salão e da igreja. Eu achava que ele me seguiria pela rampa. Ele faria seus homens se apressarem até nossa posição e atacaria nossa retaguarda, e era isso que eu queria, porque assim dividiria meu inimigo em dois. E teria duas paredes de escudos: uma virada morro acima para atacar Æthelhelm e minhas fileiras de trás viradas morro abaixo, para derrotar meu primo. E essas fileiras preencheriam toda a largura da rampa. Não poderíamos ser flanqueados.

Os inimigos voltaram a bater nos escudos com as espadas, mas a princípio o som era desanimado e ouvi homens gritando para as tropas baterem com mais força. O sol estava quase tocando o horizonte oeste. Ergui meu escudo e toquei as placas faciais do elmo com o cabo de Bafo de Serpente. Esteja comigo, rezei a Tor.

— Vamos atacar Æthelhelm primeiro — avisei aos meus homens. — Depois vamos acabar com os outros desgraçados. Estão prontos?

Meus guerreiros rugiram concordando. Eles eram bons, bons demais, como cães desesperados para serem soltos da coleira, então os levei para a minha direita, para a rampa.

— Mantenham as fileiras apertadas! — gritei, mas não precisava dar essa ordem porque eles já sabiam.

Tínhamos nove fileiras avançando com firmeza pela rampa, uma massa compacta de homens cobertos de cota de malha; homens com elmos, nervosos, empolgados, confiantes, amedrontados, ansiosos. Havia pouco que eu poderia lhes ensinar sobre uma parede de escudos, tínhamos feito parte de muitas, mas naquela tarde faríamos algo diferente. Eu me virei para a segunda fileira. Ela normalmente usaria os escudos para proteger a da frente, mas essa fileira não portava escudos. Em vez disso, os homens carregavam lanças longas e pesadas.

— Mantenham as lanças baixas; escondidas, se puderem.

Vi que Æthelstan ainda estava a cavalo, logo atrás da minha última fileira.

— Imagino que você o tenha trazido — acusei meu filho, que estava à minha direita. Eu sabia que ele e Æthelstan eram amigos.

Uhtred riu.

— Ele insistiu.

— E você o escondeu?

— Não exatamente, o senhor só não procurou por ele.

— Você é um idiota.

— Os homens costumam dizer que eu sou parecido com o senhor, pai.

Subimos um curto lance de três degraus de pedra. Os homens de Æthelhelm estavam cantando e batendo as espadas. Vi um padre de mãos erguidas, invocando que o deus pregado nos destruísse.

— Você é um idiota — repeti ao meu filho —, mas o mantenha vivo e eu o perdoo. — Eu me virei de novo para trás. — Rorik!

— Senhor?

— Toque a trombeta agora! Dois toques!

O primeiro toque ecoou no penhasco à frente enquanto a segunda nota soava. Finan devia estar esperando, a postos, porque seus homens apareceram imediatamente, saindo pelo portão superior em direção à base da rampa. A essa altura estávamos a cem passos, talvez um pouco mais, dos degraus íngremes onde os homens de Æthelhelm esperavam. Sua fila da frente tinha quinze homens, com os escudos se sobrepondo, os rostos como máscaras de metal. Essa primeira fileira não mais batia com as espadas nos escudos, porém as de trás continuaram. O padre se virou e cuspiu na nossa direção, e vi que era o padre Herefrith, meu inimigo de Hornecastre. Seu rosto com a cicatriz estava retorcido de raiva e dava para ver uma cota de malha por baixo da gola de sua batina. Ele brandia uma espada. Então a igreja não o havia disciplinado e ele estava ali como um dos feiticeiros de Æthelhelm. Gritava, mas não consegui ouvir que insultos ou maldições ele lançava. Porém, eu não me importei, porque os deuses antigos estavam comigo e Herefrith estava condenado.

Olhei para a direita e vi, na sombra dos morros, uma multidão formada principalmente por mulheres e crianças na outra margem do porto. Quase todos olhavam para nós, o que significava que Domnall não tinha tentado atacar o Portão de Baixo. Algumas poucas pessoas, pouquíssimas, tinham ido para o norte ver o que estava acontecendo perto do Portão do Mar, mas agora até elas tentavam ver o que acontecia no alto da fortaleza. Assim, Gerbruht e seus homens continuavam em segurança e a batalha seria aqui, na rampa pedregosa que levava ao cume de Bebbanburg.

Os homens de Æthelhelm dominavam o alto do morro. Eles pareciam formidáveis, uma parede de salgueiro com bordas de ferro e aço afiado, mas a morte rápida de Waldhere devia tê-los abalado. Ainda assim, Æthelhelm teria motivo para se sentir confiante. Eles tinham a vantagem do terreno e o trecho final era uma escadaria de pedra, tão íngreme quanto o barranco de terra de qualquer fortaleza. Æthelhelm devia estar convencido de que eu tinha cometido um erro, de que eu estava levando os meus guerreiros para a morte, e também sabia que meu primo, vendo como éramos poucos, levaria seus homens para atacar nossa retaguarda. Estaríamos lutando e subindo uma encosta escarpada, atacados pela frente e por trás. Olhei para a esquerda e vi meu primo, ainda a cavalo, instigando sua longa parede de escudos.

Agora os homens de Finan corriam para nos alcançar. Ao sair do Portão do Mar ele o havia exposto ao ataque do meu primo, mas, nesse ponto, apenas os inimigos dele esperavam do lado de fora do portão, e abri-lo seria convidar uma torrente de escoceses e noruegueses para o interior da fortaleza. Meu primo não iria querer abrir o Portão do Mar, pelo menos não até acabar comigo e se sentir confiante para atacar os homens do lado de fora. Por isso acabaria primeiro comigo, o mais breve possível.

Ele devia ter pensado que a batalha terminaria rapidamente porque os homens veem o que desejam ver, e meu primo tinha visto como minha força era pequena, e isso o havia encorajado a avançar com sua parede. Mas de repente Finan e seus homens apareceram, e a visão desses reforços fez sua parede de escudos hesitar. Finan estava berrando para seus homens formarem fileiras atrás das minhas, e ouvi meu primo gritar com os dele.

— Continuem! Continuem! Deus nos dará a vitória! — Sua voz era esganiçada. Perto de duzentos homens se apressavam para entrar na rampa atrás de nós. — Por santo Oswaldo e por Bebbanburg!

Notei que ele não estava na primeira fileira, e sim bem atrás, perto da retaguarda. Continuava montado, e agora era o único cavaleiro entre as tropas que vinham atacar nossa retaguarda.

Assim eu tinha a batalha que desejava. Em vez de caçar a guarnição pelo labirinto das construções de Bebbanburg, eu tinha os inimigos concentrados na minha frente e se reunindo atrás de mim. Agora só precisávamos matá-los. Eu me virei para me certificar de que os lanceiros levavam as lanças abaixadas. Levavam.

— Ouçam! — gritei para eles, mas não alto o bastante para que o inimigo à frente escutasse. — Homens que lutam contra o inimigo numa posição inferior não mantêm os escudos abaixados. Eles vão lutar como sempre lutam. Vão segurar os escudos para cobrir a barriga e as bolas, e isso significa que vocês terão um caminho livre para as pernas. Golpeiem o mais alto que puderem. Mirem nas coxas e aleijem os filhos da mãe. Aleijem-nos e vamos matá-los.

— Por Deus e por santo Oswaldo! — gritou um homem nas fileiras do meu primo.

Agora todos estavam atrás de nós, mas um punhado dos homens do meu primo tinha sido mandado para engrossar as fileiras de Æthelhelm. Devia haver quase cento e cinquenta homens no topo dos degraus, formando uma parede de escudos com cinco ou seis fileiras de profundidade na frente da igreja. Havia mais homens ali do que atrás de nós, mas nem estes nem o inimigo acima poderia nos flanquear. E agora, com os homens de Finan acrescentados aos meus, tínhamos quinze fileiras. Éramos formidáveis. O inimigo tinha visto seu campeão morrer e sabia que lutava contra Uhtred de Bebbanburg. Muitos homens nas fileiras de Æthelhelm tinham lutado em exércitos comandados por mim. Esses guerreiros me conheciam, e a última coisa que desejavam era lutar contra minha matilha de lobos numa tarde de verão.

Os guerreiros de capa vermelha de Æthelhelm aguardavam, os escudos se sobrepondo, e, como eu tinha previsto, mantinham os escudos no alto. Já dava para ver seus rostos com clareza, dava para percebê-los vendo a morte se aproximar. Eram homens experientes; como nós, travaram a longa guerra para expulsar os dinamarqueses da Mércia e da Ânglia Oriental, mas nós tínhamos lutado mais e por mais tempo. Éramos a matilha de lobos, éramos os matadores da Britânia, tínhamos lutado desde o litoral sul de Wessex até as regiões ermas do norte, do oceano até o mar, nunca tínhamos sido derrotados; e esses homens sabiam disso. Eles viam nossos machados de guerra refletindo o sol baixo, viam as espadas, viam como avançávamos com firmeza. Estávamos nos aproximando do último lance de degraus, mantendo os escudos sobrepostos, as espadas baixas e o passo lento, mas implacável. Um homem na fileira da frente de Æthelhelm vomitou e seu escudo oscilou.

— Agora! — rugi. — Matem-nos!

Atacamos.

Até mesmo em um exército inimigo nervoso há alguns homens que gostam da batalha, que não têm medo, que se tornam mais poderosos em meio ao horror. Foi um desses que matou Swithun, que, como todos nós da primeira fileira, mantinha o escudo erguido e se agachou atrás de seu abrigo para receber o golpe que sabia que viria. Talvez Swithun tenha tropeçado nos degraus ou se curvado muito para a frente, porque um homem enterrou a lâmina de seu machado na base da coluna dele. Eu não vi, mas ouvi Swithun gemer. Eu estava agachado, mantendo o escudo acima da cabeça e com Ferrão de Vespa em posição. Bafo de Serpente estava na bainha e ficaria nela até que a parede de escudos adiante fosse rompida. No negócio íntimo de matar homens cujo cheiro do último bafo se pode sentir, não existe arma tão boa quanto um seax, uma espada curta.

Tínhamos subido os degraus correndo e havíamos erguido os escudos, que o inimigo golpeou com um grito de fúria e vitória. Swithun morreu, assim como Ulfar, um dinamarquês, e o pobre Edric, que tinha sido meu serviçal. Um golpe retumbante atingiu a bossa do meu escudo, mas sem força suficiente para me fazer ficar de joelhos. Acho que deve ter sido de espada. Se Waldhere estivesse vivo, ou se Æthelhelm conhecesse o serviço, teria amontoado a primeira fileira com machados de guerra pesados e brutais que nos derrubariam como gado sendo morto antes do frio do inverno. Em vez disso, eles usavam principalmente espadas, e a espada não é uma arma para bater. Ela pode cortar ou perfurar, mas para transformar o inimigo numa massa de ossos quebrados, sangue e carne estraçalhada não há nada que se compare a um machado pesado. Quem me acertou tinha amassado a bossa de ferro do meu escudo de salgueiro, mas foi o último golpe que deu nesta terra. Eu já impelia Ferrão de Vespa, sentindo-a perfurar a cota de malha e romper a grossa camada de músculos até alcançar a maciez lá dentro. Continuei empurrando com o escudo e torcendo a espada para que ela não ficasse presa nas tripas do inimigo, e uma lança veio por trás, passando entre mim e meu filho até cravar sua ponta na coxa de um inimigo. Vi o sangue escorrer do ferimento e o homem cambaleou, o homem em quem eu tinha enfiado Ferrão de Vespa tombou e as fileiras atrás de mim faziam força. E acho, apesar de não lembrar, que estávamos dando nosso grito de guerra.

Cheguei ao degrau de cima. Havia corpos obstruindo o caminho. Passei por cima. Outro golpe acertou meu escudo com força suficiente para inclina-lo de lado, mas Berg estava à minha esquerda e seu escudo firmou o meu.

Estoquei com Ferrão de Vespa, senti-a acertar em madeira, voltei com ela e a impeli mais baixo, dessa vez sentindo cota de malha e carne. Um homem barbudo gritava comigo por cima da borda do escudo e seu grito se transformou numa agonia boquiaberta quando o seax de Berg encontrou suas costelas. À direita, meu filho estava berrando enquanto enfiava o seax entre dois escudos inimigos. O homem que Berg tinha ferido caiu e eu passei por cima dele. O lanceiro atrás de mim o matou, depois passou a lança por mim, cravando a ponta na virilha de um inimigo. O homem deu um grito terrível, baixou o escudo, curvou-se com o sangue jorrando na pedra, e eu cravei Ferrão de Vespa em suas costas, raspando sua espinha, e ele caiu. Pisei em sua cabeça e passei por cima. Duas, talvez três fileiras inimigas tinham caído. Outro passo à frente, segure o escudo com firmeza. Olhe para o topo. O medo grita em algum lugar profundo. Ignore-o. Agora você sente o cheiro de merda. Merda e sangue, o fedor da glória. O inimigo está com mais medo. Mate-o. Mantenham os escudos firmes. Matem.

Um rapaz de barba rala tentou me acertar brandindo a espada. Obrigado, pensei, porque, para atacar dessa forma, ele precisou mover o escudo para o lado e morreu com Ferrão de Vespa no peito. Ela atravessou a cota de malha como um trado perfurando manteiga. Horas de treino resultaram na morte do rapaz. Meus homens rosnavam. Uma espada acertou meu elmo, outra atingiu meu escudo. Berg matou o homem que tinha golpeado meu elmo ao brandir a espada. Não se deve fazer isso numa parede de escudos, deve-se aguilhoar. Que os deuses me mandem sempre inimigos que golpeiam brandindo a espada. O homem que acertou meu escudo estava recuando, os olhos arregalados de medo. Tropecei num corpo, caí apoiado em um joelho e aparei um golpe de lança vindo da direita. Foi um golpe fraco porque o homem estava recuando enquanto impelia a arma. Eu me levantei e mandei Ferrão de Vespa na direção do homem que tinha acertado o meu escudo, e de repente desviei meu ataque para a direita, passando a lâmina nos olhos do lanceiro. Trouxe-a de volta e a cravei no primeiro homem, que tremia de horror. Ferrão de Vespa encontrou a garganta dele e me encharcou de sangue. Eu estava ficando rouco de tanto gritar, lançando maldições contra um inimigo que descobria como era lutar contra os meus lobos. Baixei o escudo ligeiramente e vi Æthelhelm de olhos arregalados encostado na parede da igreja ao lado da frágil e pálida filha. Ele a estava envolvendo com o braço. Cerdic me empurrou para o lado. Ele havia baixado a lança e encontrado um machado de guerra. Não portava escudo. Simplesmente correu para o inimigo, um homem enorme dominado pela fúria da batalha. O machado rachou um escudo ao meio, que ele empurrou de lado, então enfiou a lâmina no rosto do homem que estava atrás. O golpe foi tão forte que o rosto do sujeito se transformou numa massa coberta de sangue. Avançamos para proteger Cerdic.

— A linha está se rompendo! — disse meu filho.

Cerdic gritava de raiva, brandindo o machado enorme e derrubando homens. Um dos seus golpes chegou a acertar o meu escudo, mas naquele dia era impossível pará-lo. Um homem de capa vermelha tentou enfiar a espada em Cerdic, mas Ferrão de Vespa penetrou em sua boca aberta e eu a torci enquanto cravava mais fundo. Eu ainda estava gritando para o inimigo, prometendo a morte. Eu era Tor, eu era Odin, eu era o senhor das batalhas.

Æthelstan tinha levado seu cavalo para a base dos degraus cobertos de corpos. Tinha aberto as placas faciais do elmo e estava de pé nos estribos, com a espada suja de sangue levantada bem alto.

— Eu sou o príncipe de vocês! — gritou. — Entrem na igreja e viverão! — Æthelhelm olhou para ele, boquiaberto. — Eu sou o seu príncipe! — gritava Æthelstan repetidamente. Seu cavalo cinzento estava sujo de sangue. — Entrem na igreja e viverão! Larguem as armas! Entrem na igreja!

Hrothard parou na frente de Æthelhelm. Hrothard! Ele gritava como eu, a espada vermelha, o escudo sujo com uma camada de sangue em cima do cervo saltando.

— Ele é meu! — gritei, mas meu filho me tirou do caminho com o ombro e correu para o sujeito alto, que tentou bater nele com o escudo e estocou com a espada por baixo, tentando acertar as pernas do meu filho. Mas Uhtred baixou seu escudo rapidamente, desviando o golpe, e atacou Hrothard, que aparou a investida. O choque das espadas foi como um sino tocando. Hrothard cuspia palavrões, meu filho sorria. As espadas se chocaram de novo. Homens observavam. Homens de capa vermelha tinham largado as armas, estendiam as mãos para mostrar que se rendiam e observavam as lâminas se movendo tão rápido que era impossível contar os golpes. Eram dois artífices trabalhando. Então meu filho cambaleou. Hrothard viu a abertura e impeliu sua lâmina à frente. Uhtred avançou na direção da estocada, tendo fingido perder o equilíbrio, e agora estava nas costas de Hrothard e sua espada, na garganta do adversário, então a cortou. O ar ganhou uma nuvem de sangue, e Hrothard caiu.

O padre Herefrith gritava para os homens de Æthelhelm continuarem lutando.

— Deus está com vocês! Vocês não podem perder! Matem-nos! Matem o pagão! Cristo está com vocês! Matem o pagão! — Ele se referia a mim.

Æthelhelm e sua filha tinham desaparecido. Não os vi fugir. Um homem tentou me acertar com uma lança debilmente e eu a empurrei de lado com o escudo, cheguei perto e cravei Ferrão de Vespa até o fundo. Ele ofegou no meu rosto, soluçou e eu o xinguei enquanto subia a espada, estripando-o. Ele emitiu um som que parecia um miado ao cair.

E, ao ver meu seax preso nas tripas do sujeito agonizante, Herefrith me atacou. Meu filho o fez parar, usando o escudo para empurrar o padre de volta na parede da igreja. Meu filho era cristão, ou pelo menos dizia ser, e matar um padre condenaria sua alma às chamas eternas, por isso ele se contentou em apenas empurrar o padre grande para longe, mas eu não tinha medo do inferno cristão. Deixei Ferrão de Vespa onde estava e peguei a lança que o agonizante tinha usado tão sem força.

— Herefrith! — gritei. — Vá encontrar seu Deus!

Corri para ele com a lança apontada. Sua espada não desviou minha arma mais que um palmo e a ponta atravessou a batina, a cota de malha, a barriga, a coluna, até bater e se dobrar na parede de pedras da igreja que estava suja, riscada de sangue e com seu sangue escorrendo. Deixei-o com a lança ainda dentro dele, deixei-o para morrer.

— A linha deles se rompeu! — Meu filho estava ao meu lado. — A linha deles se rompeu, pai!

— Eles ainda não foram derrotados — rosnei.

Arranquei Ferrão de Vespa do cadáver e olhei para a rampa, vendo que meu primo esperava, sem lutar. Ele viu a parede de escudos de Finan esperando seu ataque e viu a linha dos seus aliados se rompendo e fugindo. Seus guerreiros estavam na metade da rampa e tinham visto nossa selvageria; e o medo os batia como as asas de um pássaro capturado.

— Senhor príncipe — falei com Æthelstan, que ainda estava ao pé da escada, atrás dos homens de Finan.

— Senhor Uhtred?

— Fique com vinte homens. — Minha voz estava rouca, a garganta dolorida de tanto gritar. — Vigie este lugar. E fique vivo, seu maldito. Fique vivo!

A fúria da batalha estava em mim. Eu quase havia perdido essa luta. Tinha sido descuidado no início, quase perdendo o Portão do Mar, e tinha tido sorte. Apertei o cabo de Ferrão de Vespa e agradeci aos deuses por seu favor. E agora faria o que tinha jurado fazer tantos anos atrás. Eu mataria o usurpador.

— Finan!

— Senhor?

— Vamos trucidar esses desgraçados!

Fui até o topo da rampa, ao degrau de cima, que estava vermelho de sangue, justamente quando o céu do oeste se encharcava com o escarlate do fim do dia. Eu estava gritando para que os homens do meu primo ouvissem.

— Nós vamos encharcar essa rocha com sangue! Eu sou Uhtred! Eu sou o senhor daqui. Esta é a minha rocha!

Entreguei Ferrão de Vespa a Rorik e desembainhei Bafo de Serpente. Achei que aquela parede de escudos maior não ficaria de pé. De agora em diante seria uma carnificina. E Bafo de Serpente estava com sede.

Parei ao lado de Finan, no que tinha sido nossa fileira de retaguarda e agora era a fileira da frente. Meu primo estava a cavalo, cerca de seis ou sete fileiras atrás dos homens da frente, e esses homens me viram sorrir. Eu tinha desamarrado as placas faciais do elmo, deixado que eles vissem o sangue no meu rosto, que vissem o sangue na minha cota de malha, nas minhas mãos. Eu era um homem de ouro e sangue. Era um senhor da guerra e estava tomado pela fúria da batalha. O inimigo estava a dez passos de distância e eu caminhei cinco desses dez, ficando sozinho diante deles.

— Esta é a minha rocha! — vociferei para eles.

Ninguém se mexeu. Dava para ver o medo neles, dava para sentir seu cheiro.

— Firmes — ouvi Finan gritar. — Firmes. — Os homens dele avançavam lentamente, ansiosos para matar.

— Eu sou Uhtred — falei ao meu inimigo. — Uhtred de Bebbanburg. — Eles sabiam quem eu era. Meu primo havia zombado de mim durante anos, mas aqueles homens ouviram as histórias sussurradas de batalhas distantes. Agora eu estava diante deles e levantei Bafo de Serpente apontando-a para o meu primo. — Você e eu — gritei.

Ele não respondeu.

— Você e eu! — gritei de novo. — Ninguém mais precisa morrer! Só você e eu!

Ele apenas me encarou. Vi que seu elmo tinha uma cauda de lobo pendendo do topo. Havia ouro em seu pescoço e em seus arreios. Era gorducho, a cota de malha ficava esticada na barriga. Ele podia se vestir como um senhor da guerra, mas agora estava apavorado. Nem podia abrir a boca para ordenar aos homens que atacassem.

Por isso ordenei aos meus.

— Matem-nos! — gritei, e atacamos.

Eu digo aos meus netos que a confiança vence batalhas. Não desejo que eles lutem, preferiria tornar o mundo de Ieremias uma realidade e viver em harmonia, mas sempre há algum homem, e geralmente é um homem, que olha com inveja para os nossos campos, que quer a nossa casa, que acha que seu deus rançoso é melhor que o nosso, que virá com fogo, espada e aço tomar o que construímos e torná-lo seu. E, se não estivermos prontos para lutar, se não tivermos passado aquelas horas tediosas aprendendo a usar espada, escudo, lança e seax, esse homem vencerá e nós morreremos. Nossos filhos serão escravos, nossas mulheres serão prostitutas e nosso gado será morto. Por isso precisamos lutar, e um homem que luta com confiança vence. Um homem chamado Ida veio até este litoral há quase quatrocentos anos. Veio do mar, comandando barcos cheios de homens cruéis, e tomou a fortaleza rústica construída nessa rocha, matou os defensores, usou as esposas deles para seu prazer e tornou os filhos deles seus escravos. Eu era descendente de

Ida. Os inimigos dele, que agora eram os galeses, o chamavam de Flamdwyn, o Portador do Fogo. Será que ele realmente queimou os inimigos nesta rocha? Talvez, mas quer a canção de Ida conte a verdade ou não, uma coisa é certa: Ida, o Portador do Fogo, veio a este penhasco e teve confiança para fazer um novo reino em uma ilha antiga.

Agora eu pisava nos rastros do Portador do Fogo banhando a rocha com sangue outra vez. Eu estava certo. Os homens do meu primo não aguentaram. Não tinham confiança. Alguns largaram os escudos e as espadas, e esses tiveram a chance de viver, mas qualquer um que tentasse lutar teve o que desejava. Eu também tinha largado o escudo, não precisando dele porque o inimigo estava cedendo, recuando, alguns fugindo rampa abaixo. Os mais corajosos do meu primo formaram uma parede de escudos em volta do cavalo dele, e nós a atacamos. Golpeei escudos, esquecendo que uma espada não derruba um inimigo numa parede em boa formação, mas a fúria, sim. Bafo de Serpente cortou a borda de ferro de um escudo e partiu o elmo do homem que o segurava. Ele tombou de joelhos. Um homem tentou cravar a lança em mim, ela rasgou minha cota de malha, perfurou a lateral da minha cintura e Bafo de Serpente arrancou um olho dele, meu filho passou por mim e matou o sujeito. Finan era de uma eficiência fria, Berg gritava em seu norueguês nativo, Cerdic estava quebrando escudos com seu machado. Os degraus de pedra estavam escorregadios de sangue. Meus homens berravam, uivavam, matavam, abriam caminho por meio de homens derrotados. Meu primo tentou levar o cavalo de volta entre suas fileiras da retaguarda, e Cerdic despedaçou uma das patas traseiras do animal com o machado. O cavalo caiu relinchando sobre as ancas e Cerdic cravou o machado em seu pescoço, arrastando meu primo para fora da sela com borda de velocino. Homens se rendiam ou tentavam se render. Um padre gritou para eu parar. Mulheres gritavam. Meu filho agarrou pelos cabelos um homem sem elmo e o puxou contra seu seax, torcendo a lâmina nas tripas, jogou-o de lado e cravou a espada na barriga de outro.

Então a trombeta soou.

Uma nota longa e límpida.

O sol havia se posto, mas o céu continuava claro. Estava vermelho no oeste, roxo no leste e não se via nenhuma estrela por enquanto. A trombeta soou de novo, anunciando Æthelstan, que trouxe seu cavalo pela longa rampa de pedra. Ele tinha ordenado a Rorik que a tocasse, exigindo o fim da matança.

— Acabou, senhor Uhtred — gritou quando nos alcançou. — O senhor venceu.

Havia homens de joelhos. Homens que tinham se mijado. Homens que nos olhavam com terror. Homens chorando porque tinham conhecido o horror, e o horror éramos nós. Éramos a matilha de lobos de Bebbanburg e tínhamos tomado de volta o que Ida, o Portador do Fogo, havia obtido pela primeira vez.

— Acabou — repetiu Æthelstan, agora mais baixo.

Corvos voavam dos morros. No cume atrás de nós havia cães lambendo sangue. Tinha acabado.

— Não acabou totalmente — retruquei. Meu primo ainda estava vivo. Ele se levantou tremendo ligeiramente, vigiado por Cerdic. Sua espada tinha caído na pedra e eu a peguei perto do cadáver de seu cavalo e a entreguei a ele, pelo punho. — Você e eu.

Ele balançou a cabeça. Seu rosto gorducho estava vermelho, os olhos apavorados.

— Você e eu — repeti, e de novo ele balançou a cabeça.

Por isso eu o matei. Golpeei com Bafo de Serpente e continuei golpeando. E ninguém tentou me impedir. E só parei de golpear quando seu corpo era uma massa disforme coberta de sangue, roupas, ossos partidos, cota de malha rompida e carne trucidada. Limpei Bafo de Serpente em sua capa.

— Corte a cabeça dele — ordenei a Rorik —, e os cães podem comer o resto.

Eu tinha voltado para casa.

Epílogo

E INAR SE MOSTROU realmente azarado. Junto com a tripulação do *Trianaid*, seus homens derrotaram o que restava das forças de Æthelhelm na frente do Portão do Mar, mas Einar levou uma lança na barriga e morreu naquela noite. Os escoceses queriam atacar o portão, mas algumas pedras jogadas pelos homens de Gerbruht os dissuadiram. E os homens de Einar, depois que seu senhor foi ferido, não tiveram coragem de enfrentar outro combate. Eles saquearam as embarcações de Æthelhelm, pegaram o dote de ouro que acompanhava Ælswyth para o norte e isso foi vitória suficiente para eles.

   Os escoceses não atacaram o Portão de Baixo. Meu primo tinha deixado trinta homens para sustentar aquele bastião formidável, e com trinta homens eu poderia sustentá-lo até que o mundo se acabasse em caos. De manhã abri o portão e cavalguei para fora com meu filho, Finan e Æthelstan. Nós quatro esperamos no caminho estreito onde Einar tinha começado a construir uma paliçada, e por fim Domnall veio nos encontrar. Era um homem impressionante, de olhos escuros, cabelo preto, ombros largos e se postava, elegante, na sela de um notável garanhão preto. Ele não disse nada, apenas assentiu num gesto curto. Tinha vindo sozinho.

   — Diga ao seu senhor que Uhtred de Bebbanburg é o senhor daqui agora — falei —, e que as fronteiras da minha terra são como eram no tempo do meu pai.

   Ele olhou para além de mim, para o Portão de Baixo decorado com crânios que meu primo tinha colocado lá como um alerta aos invasores. Eu havia acrescentado duas cabeças: os restos despedaçados e sangrentos do crânio do meu primo e a de Waldhere.

— Não importa quem é o senhor dessa fortaleza. — Domnall falava de um modo surpreendentemente afável, mas, afinal, ele era um senhor da guerra que não precisava de insultos para instilar medo. — Vamos sitiar o local. — E voltou a olhar para mim.

— Não vão, não — falei. Eu me remexi na sela para aliviar a dor na lateral da cintura. Tinha sido ferido ali, mas o corte não era fundo, nem o da coxa. — Eu não sou o meu primo, não vou ficar sentado atrás desses muros.

— O senhor me aterroriza — disse ele secamente.

— Então mande meus cumprimentos ao rei Constantin e lhe diga para se contentar com as terras do pai dele, assim como estou contente com as terras do meu.

— E pode lhe dizer outra coisa. — Æthelstan tinha avançado seu cavalo até ficar perto do meu. — Eu sou Æthelstan — disse ele. — Príncipe de Wessex, e esta terra está sob a proteção do meu pai.

Era uma afirmação sem fundamento, com a qual eu duvidava que o rei Eduardo concordaria, mas Domnall não questionou. Além disso, ele sabia que Sigtryggr estava a menos de um dia de marcha dali, com uma grande força de cavaleiros. Eu ainda não sabia disso, mas Domnall, sim, e ele não era idiota. Tinha consciência de que Bebbanburg havia sido reforçada e que ele estaria em número tremendamente inferior assim que Sigtryggr nos alcançasse.

Assim, os escoceses partiram ao anoitecer, levando sua parte do ouro de Æthelhelm, todo o gado de Bebbanburg e qualquer outra coisa que pudessem carregar.

— Daqui a dois dias — falei ao meu filho — vamos levar sessenta cavaleiros para o norte e percorrer nossa fronteira. Se encontrarmos algum guerreiro escocês na nossa terra, vamos matá-lo. — Eu faria com que Domnall e seu senhor soubessem que agora Uhtred de Bebbanburg era o senhor aqui.

Sigtryggr cumpriu com a promessa, assim como eu havia cumprido com a minha. Eu tinha prometido que ele não perderia homens, só pedi que ele trouxesse um exército para as terras de Bebbanburg para ameaçar os escoceses. Domnall havia sido obrigado a mandar homens para vigiar esse exército, assim enfraquecendo a força que sitiava Bebbanburg. Eu duvidava que ele teria ordenado um ataque, mas a ameaça de Sigtryggr tinha tornado esse ataque menos provável ainda. E naquela tarde meu genro trouxe mais de cento e cinquenta homens através do istmo estreito, pelo portão de crânios, para dentro de Bebbanburg.

Æthelhelm sobreviveu. Ele, como muitos dos seus homens, tinha se abrigado na igreja, onde todos largaram as armas e mandaram um padre negociar a rendição. Eu queria matá-lo, mas Æthelstan proibiu. Ele havia passado um longo tempo conversando com o ealdorman, depois veio até mim e decretou que Æthelhelm viveria.

— Você é um idiota, príncipe — falei. — Seu pai o mataria.

— Ele vai apoiar o meu pai — retrucou Æthelstan.

— Ele prometeu isso? O que o faz acreditar que ele vai cumprir com a promessa?

— O senhor vai manter a filha dele como refém.

Isso me surpreendeu.

— Eu vou ficar com Ælswyth?

— Vai — confirmou Æthelstan, depois sorriu. — E seu filho vai me agradecer por isso.

— Dane-se o que meu filho quer — falei, pensando na confusão sórdida que aquele relacionamento causaria. — Você acha mesmo que Æthelhelm não trocaria uma filha por um reino?

Æthelstan reconheceu meu argumento, assentindo.

— Ele é um homem poderoso — disse. — Com seguidores poderosos. Sim, ele vai sacrificar Ælswyth em troca de suas ambições. Mas, se ele morrer, o filho mais velho vai querer vingança. Você só troca um inimigo idoso por um mais jovem. Desse modo, Æthelhelm fica me devendo.

— Devendo a você? — zombei. — Você acha que ele está agradecido? Ele só vai odiá-lo ainda mais.

— Provavelmente. Mas você vai mantê-lo aqui até que ele pague um resgate — Æthelstan sorriu — a você. Ele é rico, e você, meu amigo, gastou ouro demais para tomar esta rocha. Quando tiver pagado o resgate, ele não será mais um homem rico. Assim, nós o enfraquecemos.

Rosnei para esconder o prazer diante dessa ideia.

— Um dia eu vou matá-lo — falei, admitindo o argumento com relutância.

— Provavelmente vai, senhor, mas não hoje, e não antes de ele encher seus cofres de novo com ouro.

E naquela noite tivemos um banquete. Foi um banquete pobre, composto principalmente de peixe, pão e queijo, mas havia bastante cerveja, o que fez com que fosse um banquete. E os poucos homens do meu primo nos quais confiávamos, principalmente os jovens, banquetearam conosco. O restante tínhamos expulsado para serem homens sem senhores, nas colinas.

Os sobreviventes dos guardas de Æthelhelm, com suas capas vermelhas, estavam no pátio inferior, entre o Portão de Baixo e o de Cima. De manhã eu iria mandá-los para o sul, deixando um homem em cada três levar uma arma para se defenderem na longa caminhada para casa. O próprio Æthelhelm se sentou à mesa elevada, como seu status merecia. Foi afável como sempre, mas seus olhos pareciam assombrados. Vi meu filho servindo cerveja para a filha dele, tão linda e pálida, e ela riu quando meu filho se inclinou para perto e sussurrou em seu ouvido. Æthelhelm ouviu a risada e atraiu meu olhar. Nós nos encaramos por um momento, ainda inimigos, depois gritos de comemoração vindos das mesas de baixo deram a nós dois uma desculpa para desviar o olhar. Eu sentia falta de Eadith, mas um dos barcos de Æthelhelm ainda podia enfrentar o mar, e de manhã eu mandaria Berg e uma pequena tripulação para o sul para trazer nossas mulheres e famílias para o novo lar.

O harpista do meu primo tocou a canção de Ida. Meus homens cantaram. Dançaram. Alardearam suas proezas, contaram histórias sobre sua batalha e não confessaram o horror. Havia muitos feridos deitados num salão menor. Tínhamos coletado teias de aranha e musgo, rasgado os estandartes do meu primo para fazer bandagens e tentamos estancar os ferimentos, mas vi um dos padres do meu primo, um rapaz, dando a unção dos enfermos aos cristãos. Outros estavam deitados segurando o cabo de uma espada ou de um seax. Alguns tinham a arma amarrada a uma das mãos, decididos a me encontrar um dia no Valhala.

E naquela noite fui com Finan até a laje de pedra do lado de fora do salão. A lua estava comprida na água. Seu reflexo formava um caminho tremeluzente, o mesmo caminho que Ida, o Portador do Fogo, tinha seguido para fazer seu novo lar num litoral estranho. E havia lágrimas nos meus olhos turvando aquele caminho longo e brilhante.

Porque eu estava em casa.

Nota histórica

A NOTA HISTÓRICA É a parte em que confesso meus pecados, revelando o que é invenção em um romance ou em que parte mudei escandalosamente a história. No entanto, *O Portador do Fogo* contém tanta invenção que uma nota histórica é quase absurda, porque praticamente tudo no romance é ficção. Não houve conferência entre Eduardo, Æthelflaed e Sigtryggr, nem confronto em Hornecastre, nem invasão escocesa da Nortúmbria em 917 d.C.

Deixando de lado a confissão, o leitor pode ter ao menos alguma confiança de que muitos personagens da história existiram e que as ambições e as ações que lhes dei são coerentes com seu comportamento e suas políticas conhecidos. A única exceção a essa defesa bastante débil tem a ver com o ealdorman Æthelhelm. Ele existiu e era um nobre saxão ocidental extremamente rico e poderoso, mas provavelmente morreu antes de 917, e prolonguei sua vida porque ele é um oponente útil para Uhtred. Ele foi sogro do rei Eduardo, e é justo supor que ele quisesse que Æthelstan fosse repudiado e deserdado em favor do segundo filho de Eduardo, Ælfweard, que, claro, era seu neto. A rivalidade entre Æthelstan e Ælfweard irá se tornar importante com o tempo, mas durante a história que contei em *O Portador do Fogo* ela serve meramente para dar a Æthelhelm os motivos para causar problemas. As pessoas que, como Æthelhelm, negavam a legitimidade de Æthelstan, diziam que Eduardo não tinha se casado com a mãe dele e que, portanto, Æthelstan era bastardo. Os registros históricos não são totalmente claros com relação à verdade dessa afirmação, e nos romances escolhi acreditar na legitimidade de Æthelstan. Aparentemente, Eduardo tentou proteger o jovem Æthelstan mandando-o à sua irmã Æthelflaed, senhora da Mércia, e, de fato, Æthelstan encontrou segurança nesse reino. O romance atual também sugere que Eduardo havia se afastado de Ælflæd, a filha de Æthelhelm, e isso também parece provável.

O pano de fundo do romance sobre Uhtred fala da criação da Inglaterra. Quando o romance começa, na década de 870, não existia Inglaterra. Nem existia Gales ou Escócia. A ilha da Britânia era dividida em muitos reinos. Esses reinos brigavam interminavelmente, mas as incursões e os assentamentos vikings provocaram uma resposta que resultará num reino unido da Inglaterra. Um processo semelhante aconteceu em Gales, principalmente sob o comando de Hywel Dda, e na Escócia sob Constantin, ambos grandes reis que começaram a unificação de suas terras. Apesar de eu ter difamado Constantin, sugerindo que ele fez uma invasão malsucedida à Nortúmbria em 917, a ideia não é totalmente ridícula; ele faria uma invasão assim mais tarde. Ele era cauteloso com relação ao poder saxão no sul e, com o tempo, tentou derrubá-lo.

Quando Uhtred nasceu, o reino que seria chamado de Inglaterra estava dividido em quatro. Os dinamarqueses conquistaram três deles e quase capturaram o último, Wessex, no sul. A história da criação da Inglaterra é uma narrativa de como esse reino do sul, Wessex, recapturou gradualmente todas as terras ao norte. O sonho de uma Inglaterra unida pertence adequadamente a Alfredo, o Grande, rei de Wessex, que morreu em 899 e cujos feitos garantiriam o próprio Wessex, sem o qual o processo jamais poderia ter acontecido. Além disso, Alfredo adotou o sistema de burhs, ou burgos, que eram cidades fortificadas. Os dinamarqueses, apesar de serem guerreiros temíveis, não estavam equipados para a guerra de cerco, e a existência daquelas cidades com muralhas fortes e suas grandes guarnições os frustraram. A mesma tática foi usada na Mércia, onde o marido de Æthelflaed governou boa parte do sul do reino. Depois da morte dele, Æthelflaed, agora reconhecida como senhora da Mércia, empurrou a fronteira para o norte, penetrando em território dinamarquês, e garantiu o que tinha conquistado construindo mais burhs. Seu irmão, Eduardo, era o senhor de Wessex e estava fazendo praticamente o mesmo na Ânglia Oriental. E assim, em 917, os dinamarqueses tinham perdido praticamente todo o seu território, a não ser a Nortúmbria. O antigo reino da Ânglia Oriental não foi revivido, foi simplesmente engolido por Wessex, mas a Mércia ainda se agarrava à sua identidade separada. Sem dúvida, os saxões ocidentais queriam integrar a Mércia em seu reino, mas houve uma considerável resistência dos mércios à ideia de se tornar apenas outra parte do poderoso reino de Wessex. E, apesar de seu irmão ser o senhor de Wessex, Æthelflaed encorajava a Mércia a preservar sua independência. Mesmo assim, em 917 a Mércia estava devendo muito e sob a influência da monarquia de Wessex. A Inglaterra ainda não nasceu, mas a ideia de um único reino para todos que falavam a língua inglesa também não era o sonho impossível que devia parecer na época de Alfredo. Tudo que resta para ser conquistado é a Nortúmbria, comandada por Sigtryggr, apesar de eu ter me enfiado no dilema de um romancista histórico ao casá-lo com Stiorra, personagem fictício.

A fortaleza de Bebbanburg existiu. Ainda existe, só que agora se chama Castelo de Bamburgh e é uma fortaleza medieval magnífica e restaurada, construída onde antes ficava o antigo forte. Um anglo chamado Ida, que seus inimigos britânicos chamavam de Ida, o Portador do Fogo, navegou da parte principal da Europa e capturou o penhasco com seu forte por volta de meados do século VI d.C. Ele estabeleceu um pequeno reino chamado de Bernícia, abarcando boa parte do que hoje é Northumberland e o sul da Escócia. Teimosamente, chamo todas as tribos de língua inglesa de saxãs, mas claro que havia os anglos e os jutos entre eles e, perversamente, os ingleses pegaram dos anglos o nome do reino, e não dos dominantes saxões do sul. Os membros da família angla de Ida permaneceram como senhores de Bebbanburg até o século XI, e muitos deles assumiram o nome de Uhtred. Meu Uhtred é fictício, e sua luta pela posse de Bebbanburg (que recebeu esse nome por causa da rainha Bebba, da Bernícia, esposa do neto de Ida) é igualmente fictícia. O que é notável, talvez, é que a família permaneceu de posse da grande fortaleza durante todo o período de domínio dinamarquês, preservando-a como um enclave saxão e cristão num país pagão e viking. Suspeito que a família e os dinamarqueses colaboravam entre si, mas não se sabe, e com certeza a fortaleza que eles construíram era formidável, uma das grandes cidadelas da Britânia pré-normanda. Os visitantes ao castelo de hoje podem se perguntar onde ficam o porto e o canal do porto, mas esse ancoradouro raso e sua entrada foram cobertos de aluvião com o decorrer dos séculos e não existem mais. A família que usava o nome Uhtred ainda existe, e ainda usa uma variante desse nome como sobrenome, mas não mora mais em Bamburgh. Sou descendente deles, o que me convence de que posso tomar liberdades com sua história notável.

Assim, no meu mundo ficcional, Uhtred é de novo o senhor de direito e o dono de Bebbanburg. Sua grande ambição de recuperar a fortaleza de seu pai foi realizada, mas a ambição maior, a de um reino para todos que falavam a língua inglesa, permanece inconclusa. O que significa que, independentemente do que Uhtred pense, sua história também está inacabada.

Este livro foi composto na tipografia
ITC Stone Serif Std, em corpo 9,5/16, e impresso em
papel off-white no Sistema Digital Instant Duplex
da Divisão Gráfica da Distribuidora Record.